二見文庫

視線はエモーショナル

キャンディス・キャンプ／大野晶子＝訳

The Marrying Season
by
Candace Camp

Translated from the English
THE MARRYING SEASON
by Candace Camp

First published in the United States by Pocket Books,
a division of Simon & Schuster, Inc.
Japanese translation published by arrangement with
Maria Carvainis Agency, Inc through The English
Agency (Japan) Ltd.

視線はエモーショナル

登　場　人　物　紹　介

ジェネヴィーヴ・スタフォード	ロードン伯爵家の娘
マイルズ・ソアウッド	ロードン伯爵の友人
アレック・スタフォード	ロードン伯爵。ジェネヴィーヴの兄
ダマリス・スタフォード	アレックの妻
ガブリエル・モアクーム	アレックの友人
シーア・モアクーム	ガブリエルの妻。ダマリスの友人
レディ・ロードン	ジェネヴィーヴの祖母
ダースバリー卿	ジェネヴィーヴの婚約者
ラングドン	堕落した貴族
ジュリア・ソアウッド	マイルズの母
ネル・ソアウッド	マイルズの妹
アメリア・ソアウッド	マイルズの姉
ミス・ハルフォード	ダースバリー卿に思いをよせる女性
ハッティ・ウィザーズ	女中

1

ジェネヴィーヴ・スタフォードは、兄が花嫁を最初のダンスに連れだす光景をにこやかに見つめていた。「あんなに幸せそうなお兄さまを見るのは、はじめてですね」

祖母が、ロードン伯爵夫人としての威厳たっぷりに鼻を鳴らした。「せめて数カ月は待ってもよかったのではないかしら。あわただしい婚礼は、いつだって噂話の種になりますからね。しかも相手の身分が相応でないとなれば、なおさら話題にされてしまうわ」

「お兄さまがだれと結婚しようが、結婚までどれくらい待とうが、けっきょく噂になってしまうのではありませんか」とジェネヴィーヴはいった。

「ロードン伯爵が結婚するとなれば、たしかにそういう事態は避けられないでしょう。それでも、なにも蜂の巣を突くようなことをしなくても。アレックにはもっとふさわしい花嫁を選んでもらいたかったわ。最初の婚約で、大きな醜聞《しゅうぶん》を引き起こしてしまったことを考えれば」

「レディ・ジョスランがあんなことをしたからといって、だれもお兄さまを責めたりはしませんわ」ジェネヴィーヴは即座に兄を弁護した。

「アレックが、生まれや家柄や性格ではなく外見で女性を選ぶから、こういうことになってしまうんです」

「たしかにお兄さまは美しいものが好きですね」とジェネヴィーヴ。「でもダマリスには、美貌以上のものがあります」

伯爵夫人がジェネヴィーヴを横目できっとにらみつけた。「あなたまであの嫁の肩を持つようになったの？　たしかあなた、ふたりの結婚を望んでいないという点では、わたしと同意見だったはずよ」

祖母の強烈な視線を浴び、ジェネヴィーヴは頰がじわじわほてってくるのを感じた。祖母が相手だと、スカートに染みをつけて叱られる五歳の女の子に戻った気分にさせられてしまう。「お兄さまがまた傷つくようなことになってほしくなかっただけです。ダマリスが、ほしいものさえ手に入れたらさっさとお兄さまを捨ててしまうような人だと思っていたので。そんなことになったら、お兄さまは打ちのめされてしまうでしょうから」じっさい、ダマリスに捨てられたと思いこんだあのとき、アレックがそうなりかけていたことを、祖母は知らない。クレイヤー城で勃発《ぼっぱつ》した騒動が伯爵夫人の耳に入らないよう、細心の注意が払われてきたのだ。ジェネヴィーヴは慎重に言葉を継いだ。「で――でも、けっきょくダマリスのことを誤解していたとわかったんです。肝心なのは、ダマリスがお兄さまを心から崇拝していて、お兄さまも彼女を愛しているという点ではないかしら」

「まあ、〃愛〃ですって」伯爵夫人はくだらないとばかりにさっと手を払った。「アレックがそんな女々《めめ》しいものに入れこむとは、嘆かわしいわ」彼女は孫息子の欠点に思いを馳せ、顔を曇らせた。「せめてあなたは、そんな戯言《たわごと》に惑わされないでちょうだいね」

「ええ、もちろんですわ」ジェネヴィーヴは、自分がうっかり小さなため息をもらしたことには気づかなかった。

「あら、フェリシティ！」伯爵夫人がようやく心からうれしそうな声を発し、旧友のレディ・ホーンボーに顔を向けた。「どこに行ったのかと思っていたところなのよ」

「わたしがこっそりうたた寝でもしに行ったと？」レディ・ホーンボーが大声で応じた。

「じつはね、ほんとうにそうしようかと思っていたのよ。不眠症の治療には牧師さんのお説教以上のものはありませんものね。どうも、ジェネヴィーヴ」

「レディ・ホーンボー」ジェネヴィーヴは祖母の友人に礼儀正しくあいさつをしたものの、内心舌打ちしていた。舞踏室じゅうに響きわたる大声ですけずけとものをいうレディ・ホーンボーのことだから、いつ何時なにをいいだすかわかったものではない。

「ずいぶん大勢のお客さまがいらしたのね」レディ・ホーンボーがそういって広間を見わたし、うなずいた。「サー・マイルズと一緒にいるのはどなた？」

ジェネヴィーヴはそちらをちらりと見た。サー・マイルズ・ソアウッドが、おしゃれな金髪男性の隣にいるふたりの女性に向かってお辞儀をしているところだった。黒っぽいまつげに縁取られた金色がかった茶色い目を、愉快そうにきらめかせている。髪もその目とほぼ同じ、明るい薄茶色だ。表情豊かな厚い唇が、例によって陽気な曲線を描いている。身だしなみに非の打ちどころはなく、フォーマルな黒の衣裳がその広い肩を際立たせていた。とびきりの美男子――たとえば堕天使ルシファーと見まがうモアクーム卿のような――ではないものの、サー・マイルズ・ソアウッドが人好きのする抗《あらが》いがたい魅力の持ち主であることは、たいていの者が認めるところだ。

「どうせ浮ついたセリフを口にしているのでしょう、いつものように」ジェネヴィーヴは顔をしかめた。上流社会のなかでも、サー・マイルズの口車に乗せられることのないのはせいぜいわたしくらいのものね、と彼女は思った。マイルズはもう何年も前から兄の親友ではあったが、ジェネヴィーヴと彼の意見が一致することなどまずなかったのだ。

「あれはダースバリー伯爵。最高の家柄だわ。醜聞とは無縁だし」

「つまり、あちらが跡取りなのね。もちろん、あの方のお父上なら存じているわ――愚鈍《ぐどん》な人だったわね」レディ・ホーンボーがオペラグラスを掲げ、じろじろと観察しはじめた。

「では、彼の隣にいる美しい方が、義理のお母さまかしら?」

「ええ。ぞっとするような女よ」伯爵夫人が鼻をふんと鳴らした。

ジェネヴィーヴは、マイルズと言葉を交わしている魅力的な女性をつくづくながめてみた。

複雑にまとめ上げられた艶《つや》やかな黒髪、鹿のように大きくてつぶらな茶色い瞳。耳たぶと首もとをお揃《そろ》いのダイヤモンドが飾っている。深紫のシルクドレスに身を包み、レースで縁取られた襟もとから豊かな白い胸がこぼれ落ちそうだ。ジェネヴィーヴは、その肉感的な女っぽいからだと、背の高いひょろりとした自身のからだとを比較せずにはいられなかった。

「先代はたしか一年前に亡くなったはずだから、あの方もそろそろ喪《も》が明けるのね。ダースバリー卿と結婚して以来、ずっと田舎に縛りつけられていたから、きっとこれから社交界に躍りでるつもりね。ところで、一緒にいる若い娘さんはどなた？」

「ミス・ハルフォードね」と伯爵夫人が答えた。「先代が後見していた娘さんよ。数年前に父親を亡くしてから、ダースバリー一族と一緒に暮らしているそうよ。レディ・ダースバリーのお気に入りらしいわ」

「ハリー・ハルフォードのご令嬢？　それなら、レディ・ダースバリーが気に入るはずね」レディ・ホーンボーが、いつもの騒々しい笑い声を発した。「財産持ちだもの。ダースバリーが彼女との結婚を考えているとしても、不思議はないわ」

ジェネヴィーヴの祖母が肩をすくめた。「容姿は十人並みよ。それに、ダースバリーがお金に困っているという話は聞いたことがないけれど」

「そうね。でも、お金はあるに越したことはないでしょう。もしかするとサー・マイルズも、遺産相続人のあの娘さんに惹《ひ》きつけられているのかしらね」とレディ・ホーンボーが憶測を口にした。

「マイルズが？」ジェネヴィーヴは一瞬ぎょっとしたあと、笑い声を上げた。「マイルズは、夫におさまるタイプの人ではありませんわ」

「そうね、派手な遊び人ですもの」と祖母も同意した。「愚かな娘さんたちを大勢、泣かせてきたのを知っているわ」

「あら、あの方を中傷するなんて」レディ・ホーンボーが反論した。どうやらマイルズがお気に入りのようだ。「けっして悪い人ではなくてよ。それどころか、その反対だわ」

「サー・マイルズが悪い人だといっているわけではないのよ。愚かな娘があの人の笑顔にうっとりしたり、あの人の褒《ほ》め言葉を愛の誓いとかんちがいしたところで、それはあの人のせいではありませんものね。ジェネヴィーヴがあの人のおだてに乗るほど愚かでなくて、ほんとうによかったわ」

「サー・マイルズが、わたし相手に浮ついたセリフを口にすることはありませんわ」とジェネヴィーヴはいった。「あの方はお兄さまとの友情をとても大切にしていますから。それにもちろん、わたしのほうにもその気はありませんし」

「でも、いくらサー・マイルズが独身貴族を満喫《まんきつ》していようと、いつかは結婚しなければならないわね」と伯爵夫人。「ごきょうだいはみな女性ばかりで、跡取りとなるのはあの方だけなのだから。ただ、彼がミス・ハルフォードのような平凡な娘に興味を示すとは思えないわ。どちらかといえば、あの未亡人のほうがお好みでしょうね」

「ダースバリー卿の義理のお母さまのこと？」とジェネヴィーヴはたずねた。「でもあの方、まちがいなくサー・マイルズより歳が上でしょう」

「三歳か四歳はね。若くして年配の男性に嫁いだ人だから」祖母がそっけなくいった。「でもあの魅力なら、それくらいの歳の差は関係ないのではないかしら」

「たしかにサー・マイルズも、あの方がお気に入りのようですね」ジェネヴィーヴは辛辣《しんらつ》な口調でいった。

「それにレディ・ダースバリーのほうも、まんざらでもなさそうだわ」レディ・ホーンボーはこの話題を楽しんでいるようだった。

なるほどレディ・ダースバリーは顔を輝かせ、目をきらめかせながらマイルズとのおしゃべりを楽しんでいるようすだ。身を乗りだして彼の腕に手をかけ、にっこりほほえみかけている。ジェネヴィーヴはむっとした。マイルズにかんすることとなると、よくそんなふうになってしまうのだ。彼女はぷいと顔を背《そむ》け、広々とした舞踏室を見わたした。

「不思議はないわ」とレディ・ホーンボーがつづけた。「サー・マイルズはハンサムな若者ですもの。そうは思わない、ジェネヴィーヴ？」

「はい？　あ、ええ、そうですね」ジェネヴィーヴは無関心を装い、扇をはためかせた。

「もうずいぶん前からの知り合いですので、そういうことにはあまり気づきませんでしたけれど」

「気づかなかったですって！」レディ・ホーンボーがすっとんきょうな声を上げた。「あらまあ、お嬢さん、あなたの目を疑いたくなってしまうわ」

「あの方の話はそれくらいにしておきましょう」と祖母が制した。「いまこちらに向かっているようだから」

ジェネヴィーヴがちらりと目を上げると、たしかにマイルズが笑みを浮かべてこちらに近づいてきていた。期待で胸が高まってくる。マイルズにはひどくいらだつこともあるとはいえ、彼とのちょっとした舌戦は、昔から小気味よく感じていた。それに本音をいえば、彼が歩く姿は、じっさい目の保養になる。

「伯爵夫人」マイルズが女性たちに向かってじつに優雅に一礼してみせた。「レディ・ホーンボー、レディ・ジェネヴィーヴも。三人の見目麗《みめうるわ》しい女性を独り占めできるとは、自分の幸運が信じられません」

「お上手だこと」レディ・ホーンボーがかすかに不快感をにじませた声で応じ、扇で彼の腕を軽く叩いた。「あなたがここにいらした目的は、この若いレディだけだということくらい、お見とおしですのよ。若い紳士を惹きつける人がいるとしたら、ここにはジェネヴィーヴしかいませんもの」

「サー・マイルズのことを誤解なさっているようですわ」ジェネヴィーヴがおどけた調子で

いった。「この方は、相手がわたしだろうが、ほかのどの女性だろうが、かまわないんです。蝶のように、美しい花すべてに引きよせられる方なのですから」

マイルズの金色がかった目が楽しげにきらめいた。「レディ・ジェネヴィーヴ！　つまりぼくが移り気だとでも？」

「移り気とはいっていませんわ。ただ……見境がない、と」

マイルズが笑い声を上げた。「おやおや、ずいぶん辛辣ですね」

「ほんとうのことをいったまでです」

「いけませんね、ご自分をそこまでおとしめては」

「わたしが？　いまはあなたのお話をしているものとばかり思っていましたけれど」ジェネヴィーヴは即座に切り返した。

「しかしぼくが見境のない男だとしても、いまはあなたにダンスを申しこみたいと思っているところなので、あなたもぼくが称賛する数多くの若い女性のひとりということになりますね。いっておきますが、あなたはそのなかでもひときわ上位に位置しているんですよ」

ジェネヴィーヴはこらえきれずにふくみ笑いをもらした。「みごとなお手並みだこと」

「それはどうも。では、お手をどうぞ。踊りましょう」マイルズが腕を差しだしてきた。

ジェネヴィーヴは彼の腕を取り、ふたりして広間の中央に向かった。「あなたって、うぬぼれが強いのね」と彼女はいった。「わたしの返事を聞く前から腕を差しだすなんて」

「きみが踊ってくれるのはまちがいなかったからね」マイルズがにやりとしていった。「きみは踊らずにいられないのさ」

「そうかしら？」ジェネヴィーヴはまゆを片方つり上げた。「ご自分が、そこまで魅力的だと？」

「いや。しかしきみは、どんなに頑固で傲慢《ごうまん》で愛想がなかろうと、ダンスだけは大好きだろ」

ジェネヴィーヴは鋭く切り返そうと、すっと息を吸ったものの、笑いだしてしまった。

「たしかにあなたの踊りは最高だわ」と認める。「じっさい、わたしに踊りを教えてくれたのはあなたでしたものね」

「そうだったかな？」

「どうせ忘れられていると思っていたわ。上流社会の若い娘さんをひとり残らず相手にしていたら、そんなことをいちいちおぼえていられるはずがないもの」

「踊りに練習は欠かせないからね」マイルズはにやりとして、鍛練を積んだじつに優雅なしぐさで彼女にぐっと顔を近づけた。いまこの広間にいる女性はこの腕に抱くきみだけだ、とでもいうように。「それでも、きみとのダンスはつねに忘れがたい」

「そんな甘い言葉にだまされないわよ」ジェネヴィーヴはあきれたように天を仰いだ。

「たったいま、おぼえていないっていったばかりじゃないの。あれは、あなたとガブリエルが兄と一緒にクレイヤー城を訪ねてきた夏のことだったわ。お祖母《ばあ》さまったら、わたしにダンスをおぼえさせるのは無理だと、すっかりあきらめていたの。ダンスの先生が怒って去ってしまったから」

マイルズが大声で笑った。「きっと、その辛辣な言葉で追い返したんだろうな」

「脂ぎった小男だった」ジェネヴィーヴはむっとしていい返した。「その人、わたしに口づけしようとしたのよ——わたし、まだ十三歳だったのに！」彼女はそこではっとして口を閉じた。マイルズにからかわれ、つい品のない話題を持ちだしてしまったことに気づいたのだ。これもまた、マイルズの数多い不愉快な一面だった——彼と一緒にいると、どういうわけかとんでもないことを口走ってしまうのだ。幸い、マイルズはなにを聞いてもめったに驚いた顔はしなかったが。

「アレックがそいつの皮を剝がなかったのが驚きだな」

「もちろん、兄にいえるわけがないわ。あの小男を殺しちゃったらどうしようと思ったし、兄が投獄されたら困るもの」

「そうだな。どうしてアレックにダンスを教わらなかったんだい？」

「兄はあなたほど踊りがうまくなかったから。ガブリエルも踊り上手だけれど、当時のわたしはあの方にぞっこんだったものだから、近くに行くたびにどぎまぎしてつまずいてばかりいたの」

「きみの少女時代のあこがれの君は、ぼくではなくてゲイブだったのか？」マイルズがわざとらしいしぐさで胸に手を当てた。「レディ・ジェネヴィーヴ、傷ついたよ」

ジェネヴィーヴは笑った。「それなら、慰《なぐさ》めて差しあげましょう。いまのあなたは、ガブリエルをはるかにしのぐ位置につけているわ」彼女はガブリエル・モアクームが妻のシーアと一緒にいるほうにちらりと目をやった。アレックとダマリスと一緒に、笑いながら話をしている。

「ああ、ジェニー……まだゲイブを許せずにいるのかい？」マイルズが真剣な声になってたずねた。

「兄に背を向けた人だもの」ジェネヴィーヴの青い目がぱっと燃え上がった。アレックの目にもたびたび同じ炎が宿るのを見てきたマイルズは、スタフォード家には猛々しく専制的だった祖先の血があいかわらず脈々と受け継がれていることを実感した。「モアクーム家の人間は兄の心を打ち砕いた。ジョスランが兄を裏切ったというだけではないわ。兄はガブリエルのことを友だちだと信じていた。あなたにはわからないのよ、あの城で育つのがどういうものか。近くには家柄のいい子どももなんてひとりもいなかったし、スタフォード家の人間は使用人や領民と親しくしてはいけないとされていた。そんなことをしたら、父のお仕置きが待っていたわ」

「クレイヤー城で孤独だったのは、アレックひとりだけではなかったと思うがね」マイルズがやさしくいった。

「え、それは……」ジェネヴィーヴは彼をちらりと見やった。マイルズという男は、ときおり狼狽《ろうばい》させられるほど鋭い洞察力を発揮することがある。彼女はなんでもないとばかりに肩をすくめ、冷めた声でいった。「わたしは兄とはちがうから。とにかく兄にとって、学校に上がってあなたやガブリエルと友だちになったことには、大きな意味があったの。そのガブリエルから、ジョスランが兄を恐れて逃げたといって責められるなんて——それどころか、兄があの愚かな娘を手にかけてしまったかのようにいわれるなんて！　そのせいで、兄はものすごく傷ついたのよ」

「しかし、アレック本人はゲイブを許しているじゃないか」マイルズは会話に没頭するふたりの友人に向かってうなずきかけた。

「ええ、そうね……兄はわたしより寛大な人だから」ジェネヴィーヴは悲しげにほほえんだ。「兄のほうが母似なのかもしれないわ。兄にしてみれば、ガブリエルに謝罪してもらえれば、それで充分だったんでしょうね」

「当時は、ガブリエルもすごくつらい目に遭《あ》っていたんだ」とマイルズがいった。「自分がアレックと友だちになったがために、その気もなかった妹を無理に婚約させてしまったのではないかと、ひどく悩んでいた」

「ガブリエルの妹は、身勝手なうえに愚かだった。その結果、死んだからといって、犠牲者づらをされてはたまらないわ。兄のためにも、ガブリエルをきらいにならないよう努力はしているつもりよ。それでも、ジョスランのことだけはぜったいに許せない」ジェネヴィーヴは目をぎらつかせ、あごを引き締めた。

「恐ろしい人だな、きみは！　きみだけは敵にまわさないようにしなければ」

「ばかなことをいわないで。あなたは兄に背を向けるような人ではないでしょう。あなたの誠実さを否定する人はいないわ」

「ほかに欠点はいろいろあるけれどね」マイルズがにやりとした。音楽がはじまり、彼が手を差しだしてきた。「過去の諍《いさか》いを話題にするのはやめだ。さあ、ジェニー、踊ろう」

ジェネヴィーヴはにこりとして、彼の腕のなかにおさまった。

マイルズがジェネヴィーヴを送り届けたとき、伯爵夫人のもとにはモアクーム夫妻とアレックとダマリスが加わっていた。ガブリエル・モアクームはジェネヴィーヴに礼儀正しく一礼したものの、自分にたいするそちらの本心はわかっているといわんばかりの皮肉な目をしていた。ジェネヴィーヴはあいさつを返したとき、努めていつもの冷たい視線にならないようにした。先ほどマイルズにも、ガブリエルを好きになるよう努力していると伝えたばかりだし、彼の妻はダマリスの親友であり、これから先この夫妻とともに過ごす時間が多くなるのはまちがいないのだから。ガブリエルの妻シーアにたいしては、もっと心のこもった笑みを向けた。婚礼の準備が進められたこの数日間、シーアとは何度か時間を過ごしており、自分でも驚いたことに彼女のことが好きになっていたのだ。

アレックは朝からずっと口もとがゆるみっぱなしで、ジェネヴィーヴよりもさらに色の薄い青の目を幸福にきらめかせていた。彼は衝動的に妹を抱きよせた。その愛情のこもったしぐさに、本人もジェネヴィーヴも驚いた。

「ほんとうにおめでとう」ジェネヴィーヴは兄にそっと告げた。

「ありがとう」アレックは笑みを浮かべてジェネヴィーヴから手を離した。「これでみんな大いにほっとしたんじゃないかな。ここ数週間のぼくの態度を考えれば」

「お兄さま、熊みたいだった」ジェネヴィーヴはそっけなくいった。結婚式の準備のためにダマリスが一カ月ほどここチェスリーに戻っているあいだ、アレックはクレイヤー城の広間を亡霊のように歩きまわってばかりいたのだ――しかも、不機嫌でけんかっ早い亡霊だった。

「この人、いつだって熊みたいなところがあるわよね」ダマリスがアレックに笑みを向けながらそんなことを口にしたが、その顔つきから察するに、たんなる愛情表現にすぎないようだ。

「自分でも、かなりぴりぴりしていたと思う」アレックがそう認めると、みんなしてからかうように笑った。

そんな和《なご》やかな会話の最中、ジェネヴィーヴはシーアがマイルズをわきに引きよせたことに気づいた。シーアはなにやら短く言葉をかけ、部屋の反対側に向かってうなずきかけている。ジェネヴィーヴがそちらを見やると、ひとりの若い女性が年かさのいった女性のわきに緊張した面持ちですわり、ダンスの光景をながめていた。マイルズがうなずいてシーアに笑みを向け、その場を辞した。ジェネヴィーヴは、彼が部屋を横切ってその若い女性の前に行って一礼し、彼女を連れてフロアに出ていくようすを目で追った。

「気がきくのね」ジェネヴィーヴは隣にやってきたシーアにそう声をかけた。

「あら、たいしたことじゃないわ。マイルズはいつだって気さくに応じてくれるから」シーアはほつれたシナモン色の巻き毛をさりげなくもとの位置に押し戻した。ジェネヴィーヴは、シーアの元気よく跳ねまわる長い髪が、ほんの数本でもほつれていないところを見たことがなかった。「じつは、あなたにもお願いしたいことがあるの」

「わたしに？」ジェネヴィーヴは驚いて聞き返した。

「ええ。ダマリスをアレックから引き離して――ご覧のとおり、簡単なことじゃなさそうだけれど――旅行用のドレスに着替えさせないと」

「え？」ジェネヴィーヴはぽかんとした顔をした。

「そういうのは、花嫁のお友だちがすべきことでしょう？」

「あら、ええ、そうね――た、たぶん。わたし、いままで――一度も――」ジェネヴィーヴは頬を染めて口ごもった。「つまり、その、もちろんわたしにも友人はいますけれど、そういう友人ではなくて」言葉を発するごとに、自分がまぬけに思えてくる。よく知らない人と話すのは苦手だ。とりわけ、シーアのように形式張った月並みの会話ではすまないタイプが相手だと。ジェネヴィーヴはすっと背筋をのばし、自分の不器用さを隠すために昔から用いてきた、冷たくよそよそしい表情を浮かべた。「ロンドン以外の場所に友人はいないので」

「ここチェスリーではなにかと勝手がちがうものね」シーアが陽気にそう応じ、ジェネヴィーヴの腕をしっかりつかんでダマリスのもとに引っ張っていった。

ジェネヴィーヴは驚きつつもシーアについていった。シーアがダマリスの腰に腕をまわし、しきりに抗議するアレックに向かって笑いながら首をふり、いまやもうひとりのレディ・ロードンとなった女性を引き離そうとする光景を、ジェネヴィーヴは困惑顔でながめた。シーアとダマリスが楽しげに言葉を交わしながら階段を上がっていき、ジェネヴィーヴはそのあとをついていった。ふたりの会話に加わらなければ。落ち着かない気分でそう考えながらも、なにをいったらいいのかわからなかった。

ふたりはダマリスとアレックの大陸への新婚旅行について話していた。前夜ふたりが話していた本の話題とはちがって、海外旅行の話ならばジェネヴィーヴにもなにか口にできるはずなのだが、思いつく言葉すべてがしゃちこばったものに感じられ、ようやく頭のなかでそれなりの文章を練り上げたときには、話題はダマリスの嫁入り支度のことに移っていた。

「きちんと揃えるだけの時間がなかったの」ダマリスがため息をもらしながら寝室に入って

いった。「でも、新しいドレスだけはなんとか用意できたわ」

ベッドの上には旅行用のドレスが広げられていた。鮮やかな青のおしゃれなハイネックドレスで、前面の大きな飾り紐がアクセントとなっているところがどことなく軍服を思わせた。ジェネヴィーヴは感激して息を呑んだ。

「まあ、ダマリス！　なんてすてきなの」ジェネヴィーヴはさらに近づいてドレスをつくづくながめた。似ても似つかないふたりではあったが、ジェネヴィーヴと彼女の義姉となったダマリスは、ことファッションにかんしては趣味が共通していた。ジェネヴィーヴは指先でドレスの生地をなでた。「とてもきれいな色だわ。さぞかしお似合いでしょうね」

「戻ってきたら、ときどきお貸しするわね」ダマリスはそういうと、少しおどけたように言葉を継いだ。「クレイヤー城で、あなたのドレスをさんざん着させてもらったお礼よ」

「お借りできたらうれしいけれど」ジェネヴィーヴはため息をもらした。「でも、これはあなたにお似合いの色だわ。わたしが着たら、歩く亡霊のように見えてしまう。もう何年も前の話だけれど、社交界にデビューしたときは、明るい色のドレスが着たくてたまらなかったの」自分でもつい切ない声になっていることに気づくと、すばやくつけ加えた。「でももちろん、お祖母さまのいうとおりだった。わたしには淡い色がいちばん似合うの」

「それでも、試してみるべきよ」シーアがきっぱりといった。「わたしは、昔着ていた冴《さ》えない色のドレスは二度と着ないと誓ったわ」

「恋をすると、人はそうなるそうね」ダマリスがからかうような視線を友人に向けた。シーアが笑った。「ええ、そうみたいね。だからわたし、みんなに恋をするよう勧《すす》めているの」

「チェスリーに引っ越してくればすむ話よね。あなたがガブリエルと出会ったのもここなら、わたしがアレックと出会ったのもここだもの」ダマリスはジェネヴィーヴをふり返った。「あなたもまわりをよく見たほうがいいわ、ジェネヴィーヴ。未来の旦那さまがお客さまのなかにいるかもしれないから」

ジェネヴィーヴはダマリスの言葉の意味がいまひとつよくわからなかったが、優雅に笑みを浮かべてみせた。

「チェスリーじゃないわ」とシーアが反論した。「聖ドゥワインウェンのおかげよ」

「聖――？」とジェネヴィーヴは問いかけた。「そういう名前の聖人ははじめて聞いた気がするけれど」

「ウェールズの聖人なの」

「愛の守護聖人よ」とダマリス。「教会に彼女の像があるわ。もう見たかしら？　わきの礼拝堂のなかよ。霊廟《れいびょう》のあるところ」

ジェネヴィーヴは、そこにあった古びた木の像をなんとなく思いだした。「それって、けっこう古い像のことかしら？」

シーアが笑った。「古いどころの話じゃないわ。製造場所もわからないの。地元の騎士が、ウェールズでの戦闘の際にあそこの聖堂から持ち帰ったそうよ。そのとき、ウェールズの花嫁も一緒に連れて帰った。彼は花嫁にぞっこんだったみたいで、聖ドゥワインウェンへの祈りが通じたと感謝していたらしいわ」

「とてもロマンチックな話よね」とダマリスがいった。「でも伝説になったのは、そのあとの出来事なの」

「なにがあったの？」ジェネヴィーヴは興味を抱いてたずねた。

「あの像の前で、心の底から誠実に祈りを捧げれば、愛する人にめぐり逢えるそうよ」とシーアが説明した。

ジェネヴィーヴは疑わしげにまゆを片方つり上げた。「その祈りがほんとうに通じた人を、だれかご存じ？」

「ええ。わたしよ」とシーアがこともなげにいった。

ジェネヴィーヴはどう応じたものかわからず、ダマリスをふり返った。「あなたも？」

「いえ、わたしはちがうわ。わたしの場合、愛を見つけるのではなく、必死に避けようとしていたもの」ダマリスはそっけなく答えた。

「兄がそんな願いごとをするはずがないのはまちがいないわ」ジェネヴィーヴは、あの図体の大きな強面《こわもて》の兄が古びた聖人像の前にひざまずき、胸の内をさらけ出す光景を想像して、ふくみ笑いをもらした。

「そうね。たしかにありそうにない話だけれど」とシーアも同意した。「でも、わざわざ願いをかける必要はないのかもしれないわ。心に抱くだけで効果があるのかも」

外見はともかく、アレックという男が人並みにロマンチックな心の持ち主であることは、ジェネヴィーヴにもわかっていた。片や自分の心は、まさしくスタフォード家にふさわしいものだった。彼女はうっすらと笑みを浮かべた。「それなら、わたしにはまったく効果がないでしょうね」

さんざん時間のかかった、ジェネヴィーヴの祖母曰《いわ》く〝騒々しい見世物〟がすんでようやく、新郎新婦が新婚旅行に出発した。ジェネヴィーヴはほかの招待客と一緒ににこやかに手をふって見送ったものの、一抹《いちまつ》の寂しさをおぼえないでもなかった。もちろん、兄を失ったわけではない。これから先も、いつでも兄を頼りにできることはわかっている。それでも、これまでと同じというわけにはいかないだろう。

「これでなにもかもが変わってしまったわね」祖母がジェネヴィーヴの心の内を見透かしたようにいったが、そういうことはよくあるので、ジェネヴィーヴもとくに驚かなかった。伯爵夫人が方向転換し、ダマリスの家に戻りかけた。「今度はあなたの将来について考えなければ」

「わたしの？」とジェネヴィーヴ。

「もちろんですよ」どっこらしょと腰を下ろした伯爵夫人は、その日はじめて若干の弱々しさをかいま見せた。「アレックの結婚にまつわる噂話を考えれば、ますますあなたにはいい結婚相手を見つけないと」

「わたしが？　結婚？」ジェネヴィーヴは驚いて祖母をふり返った。

「ええ。当然ながら、わが一族の評判に傷がつくのは避けられないでしょう。ダマリスの不幸な生まれが知れわたってしまえば。けれどあなたが非の打ちどころのない家柄の男性と結婚すれば、それをもみ消すことができる」

「でも……わたし、結婚する予定はありませんけれど」

「いまはね。そんなに驚いた顔をしなくてもいいでしょう、ジェネヴィーヴ。まさかあなただって、売れ残りたくはないでしょう？」

「ええ、それは、もちろんそうですけれど。ただ、結婚なんて考えてもいなかったので……すぐには」

「いままでは、考える必要がなかったものね。でもあなたも、もう二十五歳よ。もちろん、まだ売れ残りとはいえないけれど、それでも……子どもを産むことも考えなければなりませんからね」

「子ども？」ジェネヴィーヴは弱々しく応じた。

「まあ、ジェネヴィーヴったら。わたしの言葉をいちいちおうむ返しするのはやめなさい。そろそろそういう時期だと念を押しているだけなのですから。アレックが花嫁をもらったいま、あなたはもうスタフォード家のお屋敷の女主人ではいられなくなるのよ。もうロードンの家事を取り仕切る役目ではありません。ほかの女性に手綱《たづな》をわたしたくない気持ちはわかるけれど。でもまあ、いまここでそんなことを話す必要もないわね。まだ時間はたっぷりあるのだから」伯爵夫人はくるりと背中を向け、残っている招待客をざっと見わたしたのち、優雅で簡素なドレスのポケットに手をやった。「あら、いやだ。眼鏡をどこかにおいてきてしまったみたいだわ」

「お祖母さまの鼻眼鏡のことですか?」ジェネヴィーヴは驚いてたずねた。伯爵夫人があの小さな眼鏡をかけるのは、手もとを見るときだけのはずだ。

「ええ。教会にいたとき、ポケットから滑り落ちてしまったのね。お願いだから、取ってきてもらえないかしら」

「もちろんですわ」

ジェネヴィーヴは外套《がいとう》を受け取ると、すぐに聖マーガレット教会に向かった。村から小さな橋で隔てられたところに建つ、四角い塔を備えた石造りの小さな教会だ。がらんとした教会内部を、午後の陽射しだけが照らしていた。ジェネヴィーヴは、祖母と一緒にすわってい た最前列の信徒席に向かった。眼鏡は見あたらなかったものの、念のためにクッションの上に手を滑らせ、座席の下を確認しようとしゃがんでみた。しかしため息をもらし、立ち上がった。なにかを忘れるなんて――あるいは、こんなふうにかんちがいをするなんて、祖母らしくない。それに、祖母がこんなくだらない用事に彼女を送りこんだ理由が、いまひとつわからなかった。

理由はともあれ、祖母が先ほど口にした驚くような言葉について、少しひとりで考える時間が与えられたことはうれしかった。もちろん、祖母のいうとおりだった。ジェネヴィーヴも、そろそろ結婚しなければならないのだ。ダマリスがどんなに愛想のいい人だとしても、彼女は家の切り盛りに慣れている。新しい家の手綱をジェネヴィーヴにゆだねたままにはしないだろう。片やジェネヴィーヴも、ほかの女性が取り仕切る家で暮らす気にはなれなかった。結婚するつもりがないわけではない。自分も結婚するだろうとは思っていた……いつか、そのうちに。しかしどうやら、いまがその〝いつか〟のようだ。

ジェネヴィーヴはため息をついて教会内をふらりと横切り、わきにある小さな礼拝堂に入っていった。ステンドグラスがはめられた細い窓から射しこむほのかな光が、はるか昔にこの世を去った騎士とその貴婦人の墓に彫られた肖像を照らしている。わきの壁の前に、ひびが入った古めかしい聖人の木像が立ち、その隣にはろうそくを立てる奉納台と祈禱《きとう》台が設置されていた。これが、シーアのいっていた像にちがいない。ジェネヴィーヴはその荒削りな彫像の前に進んだ。この田舎教会のなかにあって、ひときわ地味な彫像だった。かつて華やぎを添えていたとおぼしき色彩の名残が、そこここにかすかに見られた。彫像の片方の肩に端を発するひび割れが、胸の下、数センチのところまで走っている。とても伝説を生むような彫像には見えない。シーアがいっていたように、祈りを捧げた者に真実の愛が訪れたというのは、ほんとうなのだろうか。もちろん、スタフォード家の人間にはありえないこと。それでも……ジェネヴィーヴは、ダマリスと踊っているときの兄の顔を思いださずにはいられなかった。あのときの兄は、いつものいかめしい表情はどこへやらで、目をきらめかせていた。それに、この教会で誓いの言葉を口にしながら見つめ合っていたときのふたりの顔も、頭から離れない。ふと、熱くて冷たいなにかに胸を貫《つらぬ》かれた気分がした。ああいう感情をおぼえるというのは、どんなものなのかしら？　だれかの手に心をゆだねるというのは？

ジェネヴィーヴはのどにこみ上げてきた感情をぐっと呑みこんだ。少しばかばかしさをおぼえながらも、奉納台から小さなろうそくを一本手に取り、ほかのろうそくの炎を借りて火をつけた。どこかに引っかけてしまわないようスカートを慎重に持ち上げながらひざまずき、クッションの効いた革張りの横木の上で両手を組み合わせる。

さて、このあとは？

ジェネヴィーヴはすぐわきの質素な彫像をちらりと見やった。彫りは粗くとも、その顔立ちは穏やかで、こちらの気持ちを理解しているようにすら感じられる。ジェネヴィーヴは小さな赤いガラスのコップのなかで躍る炎に向き直った。

「神さま」とつぶやく。「夫と出会えますように。ふさわしい夫と」あわてて言葉を継ぐ。でも、〝ふさわしい〟って、どういうこと？「財力のある、性格のいい男性と」

ほかには？　神さまなら、わたしの夫としてふさわしい資質くらい、わかっていらっしゃるはず。まずは、由緒《ゆいしょ》ある家柄の男性でなければならない。大金持ちである必要はないけれど、ある程度の財力は必要だ。歳を取りすぎている人は困る。ファーンスリー卿の息子のようなおしゃべりはお断り。かといって、ローマ時代の遺跡やなにかを話題にしてばかりいる、シーアの兄のような本の虫タイプもいやだ。乗馬が得意な人がいい。自分と同じくらい馬を愛していない人と生涯をともにするなど、想像もできなかった。責任感と義務感のある人。見苦しくない容姿。ガブリエル・モアクームほどの美男子である必要はないけれど、なんといっても毎日顔を合わせる相手なのだから。ほんの一瞬、マイルズのようなこちらを笑わせてくれ、茶目っ気たっぷりで、ダンスフロアで優雅に相手をしてくれる男性だったらいいのに、と思う――が、当然ながらそういう資質は夫の絶対条件とは別だろう。

ジェネヴィーヴはろうそくに向かって顔をしかめた。炎を見つめていたせいで、小さな金と黒の斑点が視界に浮かんだ。いまだれかがここに入ってきたら、おかしな女だと思われてしまうかもしれない。ばからしいことこのうえない――ひざまずいて祈るだけで、ふさわしい夫と出会えるとでもいうのだろうか。

扉がばたんと大きな音を立て、ジェネヴィーヴはぎょっとして跳び上がった。胸をどきどきさせながら、教会の身廊《しんろう》に足を踏みいれた。

戸口に金髪の男性が立っており、教会のなかをのぞきこんでいた。ダースバリー卿だ。見苦しくない容姿に、由緒ある家柄。落ち着きある、責任感の強い男性。一族の歴史は、スタフォード家に匹敵する。

「ああ、そこにいましたか」彼がうれしそうにそういってにこりとした。「ロードン伯爵夫人にいわれて、捜しにきました。お捜しのものは見つかりましたか？」

ジェネヴィーヴはにこりと笑みを返した。「ええ、見つかったようですわ」

2

七カ月後

「やあ、マイルズ」〈ホワイツ〉に足を踏みいれたマイルズを、声が出迎えた。

マイルズは暖炉の近くでくつろぐ紳士の一団をちらりと見やり、礼儀正しくうなずきかけた。「キャリントン、ジャイルズ、ミスター・ディルワース」

「ずいぶん久しぶりだな。どこに行っていた？」

「領地で仕事に追われていたのさ」マイルズはのんびりとした足取りで彼らに近づいていった。先方は賭けごとにのぼせ上がっている連中で、マイルズがそこに加わることはまずなかったものの、数分ほど会話を交わすのが礼儀というものだろう。

「今夜のモアクーム邸での舞踏会には出るんだろうと思っていたよ」とキャリントンがいった。

「ここに招待状がある」マイルズは明言を避け、ポケットをぽんと叩いた。舞踏会に出るかどうかはまだ決めていないことをわざわざ告げる必要はない。最近は華やかな社交界が退屈に思えてならなかった。

「モアクームはいいやつだが、どんな舞踏会になるのかな。レディ・ジェネヴィーヴとダースバリー卿が婚約したんだから、あのふたりはまちがいなく出席するだろう。しかし愚鈍な男だよ、ダースバリーは」

「そうだな」マイルズはそう答え、目に見えるかどうかという糸くずを袖口からさりげなくつまみ上げた。「レディ・ジェネヴィーヴは幸せそうか？」

「よくわからんな、彼女にかんしては」ミスター・ディルワースが苦笑した。「しかしダースバリーが婚約を破棄《はき》するんじゃないかと、もっぱらの噂だ」

「なんだって？」マイルズはさっと顔を上げた。「だれがそんなことを？　婚約を破棄するなど、ろくな男のすることではないぞ」

「まあ、思うに、ダースバリーのような気位の高い紳士にはそんなことはできないだろうな。しかし、そこらじゅうでそう噂されている。何カ月も田舎にこもったりしてなきゃ、きみの耳にもその噂が届いたろうさ」キャリントンがあいまいなしぐさで手をふった。

「レディ・ルックスバイのせいじゃないかな」

「だれだって？」

「ほら、『オンルッカー』紙にゴシップ記事を書いている人物だよ。レディ・ルックスバイと名乗ってる」

「あの三流紙か？」マイルズはあざけるようにいった。

ミスター・ディルワースが集会室のテーブルからその新聞を一部取ってきた。「ああ、こんなぐあいさ――『卿は結婚になにを迷っているのか？〈ブルックス〉では、D卿が祭壇にたどり着くかどうかが賭けの対象になっているらしい。北部出身のかの令嬢にとって、卿が最後の望みかもしれないが、またしても婚礼が延期されたとなれば、わたくしレディ・ルックスバイも不吉な予感がしてならないというもの』」

マイルズは無作法に鼻を鳴らした。「ばかをいうな――そのへぼ記者がふたりのことを少しでも知っているとでもいうのか」

「火のないところに煙はなんとやらってことさ」キャリントンが茶目っ気たっぷりにいった。

「ああ、そこなんだよ――レディ・ルックスバイがやけに事情に詳しいというのがおかしいよな。彼女はじつは上流社会の一員じゃないかという説もあるくらいだ」

「さてと、紳士諸君。ぼくはもう行くから、せいぜい噂話を楽しんでくれたまえ」マイルズはそういってその場を辞すことにした。「さっき、きみらもいっていたように、舞踏会に出席しなきゃならないんでね」

「しかし、いまきたばかりじゃないか」男たちが困惑顔でマイルズを見つめた。

「そうだが……」マイルズは軽く一礼すると、その場をあとにした。

ジェネヴィーヴが大勢の客をながめている傍《かたわ》らで、レディ・ダースバリーとミス・ハルフォードが、飾ってある花や音楽を称賛し、混雑する舞踏室の熱気が増してきたと話していた。一メートルほど離れたところでは、ダースバリーの友人たちが購入を検討している馬車についてだらだらとしゃべっている。

ジェネヴィーヴにとって、婚約者の友人や家族のなかに恐ろしいほど退屈な者がいるというのは、悲しい現実だった。完ぺきな紳士を貫こうとするダースバリーは、生真面目で礼儀を重んじるあまり、もっと愉快な連中とつるむ気などまったくないようだ。ジェネヴィーヴはため息を押し殺し、こうして他人に囲まれているのはお目付役が必要とされる期間だけだ、と自分にいい聞かせた。結婚さえしてしまえば、環境は変わる。ふたりきりでいられるようになるはずだ。

ジェネヴィーヴは胸に硬いしこりが生じるのを感じた。なぜかはわからないが、こんなふうに胸が締めつけられることが、ここのところますます頻繁《ひんぱん》になっていた。祖母にはなにも話していない。心配させたくはないし、じっさいなんでもないことなのだから。それに最近、よく眠れないのも不思議だった。なかなか寝つけず、ちょっとしたことですぐに目をさましてしまうのだ。

「レディ・ジェネヴィーヴ、どうぞごあいさつを」レディ・ダースバリーことエローラの言葉に、ジェネヴィーヴははっとわれに返った。見れば、フォスター・ラングドンがエローラとミス・ハルフォードの輪に加わっている。

「ミスター・ラングドン」ジェネヴィーヴはついうめきたくなるのをぐっとこらえた。フォスター・ラングドンは数週間前からやたらにつきまといはじめ、さんざん称賛の言葉を並立てては、あなたの婚約発表を聞いて胸が破れたといっては嘆いてみせるようになっていた。ジェネヴィーヴはできるかぎり彼を避けようとしたが、エローラのほうはこの男がお気に入りのようで、めったに追い払おうとはしないのだった。

「あなたにかかれば、今宵《こよい》の月も恥じ入って頬を染めてしまいますな」ラングドンはそんな世辞を口にすると、彼女が差しだしてもいない手を取った。

「まあ、お上手ですこと」ジェネヴィーヴは冷ややかにそういいながら手を引き抜こうと力をこめ、やっとのことでぐいと彼の手をふりほどいた。

ラングドンがぐっと身をよせてきたので、ジェネヴィーヴはじりじりとあとずさりしつつ、彼が発する強烈なワインのにおいに顔をしかめた。どうやらすっかり酔っ払っているらしい。そんな彼女の推測を証明するかのように、ラングドンはぐらりとよろめき、支えを求めて手をのばした。ジェネヴィーヴはさらに数センチほどからだを離した。

「ちょっと失礼――」といいかけたとき、マイルズ・ソアウッドの声がした。

「レディのみなさま」マイルズが陽気なあいさつを口にした。「ラングドン、社交界一の美女たちを独り占めするなど、許せないな」

ジェネヴィーヴはほっと胸をなで下ろしてマイルズをふり返った。同時に、彼がラングドンの前に立ちはだかってくれた。すぐ隣では、新たな訪問客に気づいたエローラが気取った笑みを浮かべ、潤《うる》んだ黒い目を期待にきらめかせた。

「サー・マイルズ！」エローラがうれしそうにいった。「ずいぶんお久しぶりですわね。あなたがいなくて、わたくしたち、とても寂しい思いをしておりましたのよ。ついきのうも、あなたはきっとわたくしたちを避けていらっしゃるんだわ、とミス・ハルフォードに話していたばかりですの」

「いいえ、それはお考えちがいというものです、奥さま」マイルズがエローラに一礼した。「ロンドンを離れていたのです。領地で仕事があったものですから。あなたのような美しいレディを避けることなどありえませんので、どうぞご安心を」彼はジェネヴィーヴをふり返り、にやりと笑ってみせた。「レディ・ジェネヴィーヴ。あなたもぼくがいなくて寂しい思いをしていたのでしょうね」

「まあ、あなたがロンドンを離れていらしたとは、気づいてもいませんでしたわ」ジェネヴィーヴは高飛車な態度で応じた。

マイルズがにやりとした。「愛しのレディ、それはまっ赤なうそでしょう」ジェネヴィーヴがまゆをつり上げたのを見て、彼はつづけた。「以前、ぼくは靴のなかに入りこんだ小石のようなもの、といっていましたよね。人間、そういう不愉快なものが消えてなくなれば、いやでも気づくはずです」

彼の言葉に、ジェネヴィーヴは歌うような笑い声を上げた。エローラが一瞬驚いた視線をジェネヴィーヴに向けたあと、気を取り直して口を開いた。「レディ・ジェネヴィーヴは、あなたを侮辱しようとしたわけではないと思いますわ」

「サー・マイルズはわたしのことをよくご存じですので、そういわれても信じていただけないのではないかしら」とジェネヴィーヴのことは、まだお下げ髪のころから存じ上げていますが、ぼくにとってはずっと悩みの種でした」

「たしかに」とマイルズも同意する。「レディ・ジェネヴィーヴは口を挟んだ。

「まあ、ひどい」ジェネヴィーヴはそう切り返しながらも目をきらめかせた。

「ぼくがひどい男だとおっしゃるなら、ダンスをご一緒することで、罪を償《つぐな》わせてもらえませんか」とマイルズ。

「もちろんですわ。あなたに悔い改める機会を与えずにいるなんて、わたしにはできませんもの」

「では、失礼」マイルズはほかのふたりの女性に頭を下げると、ジェネヴィーヴに腕を差しだした。

「あそこから連れだしてくれてありがとう」フロアに向かいながら、ジェネヴィーヴはマイルズにそっと声をかけた。

「ラングドンに不愉快な思いを？」

「あの人、しょっちゅう現れては、あれこれお世辞を並べ立てるの」

「あれこれお世辞をいわれてよろこぶ女性もいるよ」とマイルズが指摘した。

「わたしはちがう。それに、なかなか消えてくれなくて。あの人、ちょっと鈍いのではないかしら」

「きみにきらわれていることがわかっていないのなら、そうかもしれないな。ぼくは六メートル離れたところからでも、それがわかったから」

「よかったわ」ジェネヴィーヴはにこりとした。「わたし、ほんとうにあなたのことを靴のなかの小石みたいだなんていったかしら？」

マイルズが笑った。「ああ。〝取るに足らない存在とはいえ、かぎりなく不愉快〟というのが正確な言葉だったかと」

「まあ、そのときのわたし、相当いらついていたのでしょうね。あなた、なにをしたの？」

「ぼくが？　どうしてぼくがなにかしたと？」

「いつだって、あなたがなにかしたせいなんですもの」とジェネヴィーヴはからかうようにいった。自分の笑みが大きすぎることは自覚していたが、いまはそんなことなどどうでもいい気分だった。マイルズの腕のなかでフロアをくるくる回転するのは、あまりに甘美でのんきなひとときだった。

マイルズがわざとらしい落胆の表情を浮かべて頭をふった。「どうやらきみは、ぼくを誤解しているようだ……さっき、きみを救出した男だというのに」

ジェネヴィーヴはにこりとした。「わかった。もうあなたの悪口はいわないわ」

「ジェネヴィーヴ！」彼が目を見開いた。「だめだよ、考えてもごらん！　そんなことをしたら、からだによくないんじゃないかな」

ジェネヴィーヴは笑った。「もうずいぶん長いこと、一緒に踊っていなかったわね。最後は兄の結婚式だったかしら？　いえ、そんなはずはないわ」

「たしか、十二夜の舞踏会以来ではないかな」マイルズがいかにも悲しげな笑みを向けた。「きみが忘れてしまうのもしかたがない。あの夜、きみはほかのことで頭がいっぱいだったろうから」

「どういう——あ、そうね、そのとおりだわ」あの夜、ダースバリーに求婚されたのだった。それを忘れるなんて、どうかしているわ。「あれから、どこにいらしていたの？　なにをして？　エローラのいうとおりだわ。あなた、どこのパーティでも見かけなかった」

「しばらく領地で過ごしていたからね。きみがぼくの不在に気づいていたとは驚きだな。結婚式の計画を立てるのに忙しかっただろうに」

「ええ。でもわたしよりもお祖母さまのほうが熱心なの」ジェネヴィーヴは愉快げに目を輝かせた。「お祖母さまとエローラが細かいことでいちいち角を突き合わせるのをながめるのは、なかなか楽しいのよ」

「ぼくなら、お祖母さまの勝ちに賭けるね」

「賢明ね。もっとも、お式を挙げる場所についてはエローラが勝ったわ。イングランド東部イーリーの大聖堂で挙げるって、譲らないの」

「お祖母さまのほうは、ダラム大聖堂で挙げたがっていたんだろうね」

「いいえ、ちがうの。お祖母さまはクレイヤー城の礼拝堂で挙げたがっていたの」

「きみはどちらがいいんだい？」

「どちらでもいいわ。あの礼拝堂はそれほど大きくないから、その点ではエローラの意見がもっともでしょうね。でもお祖母さまは、だからこそあの礼拝堂を望んでいたのではないかしら。そうすれば、ダースバリーの親族をいくらか閉めだせたでしょうから——どうやら何百人といるみたいなの。もちろん、わたしもお祖母さまのその考えには反対しないわ」

「ああ、そうだね」

「けっきょく、あんな愚鈍な人間をごっそりクレイヤー城に迎えるなんて冗談じゃない、という兄の言葉で決着したの。いずれにしてもお祖母さまだって、あそこまで遠路はるばる出かけるのはいやでしょうし」

「アレックはひっそりとした暮らしが好きだからな」マイルズがしみじみといった。「あいつとダマリスがロンドンにいると聞いたときは、驚いたよ」

「ダマリスがお買い物をするためだと思うわ」

「なるほど」マイルズがにこりとした。「あいつは幸せにしているかい？」

「ええ、それはもう。あのふたり、うんざりするほど深く愛し合っているの。うっかり部屋の外にも出られないほどよ。ひょっとしてあのふたりが廊下で抱き合っていたり……それ以上のことをしているのではないかと恐ろしくて」

「なんだかすねた口ぶりだね」

「すねてなんていないわ！」ジェネヴィーヴは少々むっとして抗議した。「わたしはただ……ありのままをいっているだけよ」

「そうだろうとも」マイルズがおかしそうに茶色の目を躍らせたので、ジェネヴィーヴもつい口もとをゆるめた。「仲よし夫婦といえば、ガブリエルとシーアはどこだい？　これはあの夫妻が主催する舞踏会だろ？　なのに、ちらりとも姿を見かけていないな」

「ガブリエルがどこにいるのかは知らないわ。でもシーアとダマリスなら、赤ん坊のことを話していたから――」

「マシューのこと？」

「ええ。一緒に連れてきているの。あのふたり、どこにでもあの子を連れていくのよ」ジェネヴィーヴは少し驚いたような声でつけ加えた。

「奇妙なほど子どもに愛情をかける人間もいるからね」

ジェネヴィーヴは彼をきっとにらみつけた。「たいていの人が、子どもは乳母か家庭教師と一緒に領地に残してくるものよ」

「ぼくは、よく両親と一緒に旅をしていたよ」

「そうでしょう、だからあなた、こんなふうに育ったんだわ」彼女は口もとをゆるめ、小ばかにするようにいった。

「これは一本取られたな」

「シーアが、乳母がマシューを寝かしつける前に、会場をこっそり抜けだして子ども部屋に行くつもりだといっていたわ。ダマリスも一緒に行ってしまったから、取り残されたわたしはミス・ハルフォードとエローラとのおしゃべりにつき合わざるをえなかったの」ジェネヴィーヴはそのことを思いだすと顔をしかめた。

「どうやら、あまりお気に召さないひとときだったみたいだね」

「ええ」ジェネヴィーヴはため息をもらした。「わたし、情けないほど気むずかしい女でしょう？　そのうちわたしも、よくいる老いぼればあさんになってしまうんだわ。杖で床をこつこつ叩いて、親族にいちいち噛みつくような」

「そういうきみを、ぜひ見てみたいね」マイルズが苦笑した。「いい考えがある」

「なに？」

「そろそろワルツも終わりだから、ひとっ走りしてダマリスとシーアに合流するのはどうかな」

「子ども部屋に行く、ということ？」

「そうさ。あちらのほうが、きっとにぎやかで楽しいぞ。ガブリエルとアレックもそこにいるというほうに賭けてもいい」

「きっとそうね。あの人たち、奥さま方から離れようとしないから。ああ、マイルズったら、あんまりそそのかさないで」

「だめかい？」彼の金色がかった茶色い目がきらりと光ったのを見て、ジェネヴィーヴは奇妙な震えを感じた。音楽が終わっても、マイルズは手を離そうとしなかった。「さあ、一緒に行こう」

ジェネヴィーヴはうしろめたそうな笑い声を小さく上げてうなずき、マイルズに連れられるままそそくさと舞踏室をあとにした。

3

マイルズは先に立ってジェネヴィーヴを廊下から裏手の階段室に案内した。ふたりとも、教室から抜けだしたいたずらっ子のように笑っていた。

「どうして子ども部屋の場所を知っているの？」階段をふたつ上がったために少し息を切らしながら、ジェネヴィーヴはたずねた。

「忘れたのかい――ぼくとゲイブは幼なじみだ。いつもこの家か、ぼくの家で遊んでいた」

「そうだったわね」ジェネヴィーヴは少し切なげな声で応じた。「兄もあなたたちと遊ぼうと、いつもさっさと出かけてしまったものよ。わたし、それがひどくうらやましくて」

「そうなのかい？」マイルズは驚いて彼女をちらりと見やった。

「当たり前よ！　あなたたちは禁じられた遊びをあれこれ楽しんでいるというのに、こちらは家庭教師とお祖母さまに、背筋をまっすぐのばしてきちんと歩く方法を叩きこまれていたんだから」

「きみが禁じられた遊びに興味があるとわかっていればな」マイルズが妙にしゃがれた声で

そういったので、ジェネヴィーヴはさっと彼を見やった。彼の口もとが、見たこともないほどゆっくりと官能的に歪《ゆが》み、一瞬、その目に熱気が立ち上ったようだ。そのあとマイルズは彼女の手を離し、扉を開けた。

ジェネヴィーヴは頬がじわじわと熱くなっていくことに腹立たしさをおぼえつつ、それに気づかれないよううつむきかげんで扉を抜けた。と、目の前の光景に、はたと足を止めた。すぐ背後でマイルズも立ち止まった。

ここはこの屋敷の子ども用の棟で、廊下はより狭く、天井は低くなっていた。広間の奥に、シーアとダマリスがいた。ダマリスの隣にはアレックがいて、淡い金髪で天井をかすめそうになりながら壁によりかかり、くつろいだ穏やかな表情を浮かべている。三人とも、四番目のお仲間、すなわちモアクーム卿ことガブリエルが、かん高い声できゃっきゃと笑う金髪の子どもと床で戯《たわむ》れる姿を見つめながら笑っていた。

ジェネヴィーヴは噴きだしそうになりながらマイルズをふり返り、ふたりはしばし押し黙ったまま、美しく高貴な男が上着を脱いで黒髪をふり乱し、四つん這いになって陽気な男の子を背中にのせ、〝お馬さんごっこ〟をしている光景をながめた。

ややあってマイルズが小声でいった。「ダマリスにもじき子どもが生まれるんじゃないか？」

「え？」ジェネヴィーヴはぎょっとしてマイルズをふり返った。見た目にその兆候はまったく現れていなかったし、ジェネヴィーヴ自身、前日にダマリス本人からそのうれしい知らせを打ち明けられるまで、気づきもしなかったというのに。「どうしてわかったの？」

マイルズは頭をふった。「お忘れかな、ぼくには五人の女きょうだいがいるんだ——姪《めい》っ子と甥《おい》っ子も、数えきれないくらい。だからダマリスを見れば……そうとわかるさ」

「でもそんなの、口にすべきことじゃないわ！」ジェネヴィーヴはぴしゃりといった。ここまで衝撃を受けるのは、彼がそんな無作法な話題を持ちだしたせいなのか、それとも、こちらはまったく気づかなかったことを彼がいとも簡単に見抜いたためなのか、自分でもよくわからなかった。「とてもはしたないことよ」

「あのふたりの秘密を、ぼくが吹聴《ふいちょう》してまわるわけがないだろう」とマイルズが反論した。「きみはアレックの妹だから話したんだ」

「あなたが吹聴してまわるといっているわけじゃないの。でも紳士がそういうことを口にすべきではないわ」

マイルズがまゆを高々とつり上げた。「でもね、ぼくには目がちゃんとついているし、自分でも勘が鈍いとは思っていない。アメリアやダフネやメグが——」

「ええ、わかっていますとも」ジェネヴィーヴは急いで彼の言葉を遮った。「あなたには女きょうだいがたっぷりいるのよね。でもせめて、女性にかんするそういう知識を持っていないふりくらい、できるでしょう」

「ご自分のまぬけな言葉を自覚してもらいたいものだね」

「まあ、ひどい」ジェネヴィーヴは彼をにらみつけた。

その口論が広間の奥にいる二組の夫婦の注意を引いた。彼らは嬉々としてふたりを迎え入れた。「ジェネヴィーヴ！　マイルズ！」

「こっちにいらっしゃいな」

「ああ、ぜひ」ガブリエルが背中から子どもを下ろし、しなやかな動きで立ち上がった。金髪の子どもが不満げな声を上げたあと、マイルズとジェネヴィーヴの姿に目をとめ、いきなり勢いよく前に身を乗りだした。ガブリエルがしっかり抱いていなかったら、床に落ちてしまうところだった。

マシューは興奮したように両手をふりまわし、きゃっきゃと声を上げた。「マイス！　マイス！」

「あの子、なにをいっているの？」ふたりして兄たちのもとに向かいながら、ジェネヴィーヴはたずねた。

「ぼくの名前だよ」とマイルズが答えた。

「あなた、あの子にネズミ《マウス》と呼ばれているの？」

「まだ二歳なんだぞ。まだマイルズといえないだけさ」みんなの前まで行くと、マイルズが子どもに両手を差しだしながら声をかけた。「マシューぼっちゃん！」

その呼びかけがうれしかったようで、マシューは命を落とすか脚に大けがを負う危険も顧《かえり》みずにマイルズが差しだした腕のなかに飛びこんだ。マイルズはマシューを宙高く掲げ、揺さぶった。ジェネヴィーヴは驚いて息を止め、二組の夫婦を見やったが、わずかでも不安げな表情を見せている者はひとりもいなかった。マイルズが男の子を逆さまにしたときですら。

マシューはそんなふうにされるのが楽しくてたまらないようすで、きゃっきゃと笑い転げ、マイルズがようやく腰のあたりに抱きかかえると、からだを激しく上下させて要求した。

「もっと！　もっと！」

「このちび悪魔め」マイルズはそういったあと、残念そうに言葉を継いだ。「だが、もうやめておこう。きみが胃の中身をぶちまけたりしたら、母君に首をはねられてしまう」

「その心配はないわ」シーアが笑いながらいった。「この子の胃は、鉄のように頑丈だから」

「まさしくモアクーム家の男だ」とガブリエル。

「ということは、頭も鉄のように硬くなりそうだな」アレックがにこやかな顔でそういい、背後からダマリスに腕をまわしてぎゅっと抱きよせ、あごを彼女の頭に休めた。

ジェネヴィーヴはそんな兄を見つめていた。こんなふうに幸せそうな満ち足りた表情をした兄は、見たことがない。ダマリスと一緒に子どもができたことを報告したときの兄は、愛情と誇りを全身から放っていた。ジェネヴィーヴは胸が詰まる思いがした。兄のためにうれしかったからでもあるが、同時に、奇妙な寂しさがちくりと胸を刺したからでもある。

「この子の頭、もうかちかちに硬いのよ」とシーアがふざけたようにいって、愉快な逸話《いつわ》をひとつ披露《ひろう》した。ロンドンへの道中、マシューがどうしてもあるおもちゃで遊ぶのだといってきかなかったので、わざわざ道端に馬車を停めてそのおもちゃを見つけるべくトランクのなかを引っかきまわすことになったのだという。その話を聞きながら、ガブリエルがシーアの肩に腕をまわした。

　ジェネヴィーヴは二組の夫婦のあいだに視線を落ち着きなくさまよわせた。堂々と愛情表現する夫婦に挟まれて立っているのは、どこか気まずかった。ふつう、そんなことはしないものだ――とはいえ、だれもその点を不快には感じていないようだった。ジェネヴィーヴは、またしても自分だけが人とちがっていて、自分だけがまちがっているような気分にさせられた。もちろん、そんなのはばかばかしい考えだ。しきたりに反しているのは、こちらではなく先方なのだから。それでも彼らが幸せそうにくつろぐ一方で、ジェネヴィーヴは目のやり場に困ってしまうのだった。

　彼女はあいかわらず子どもを抱いているマイルズをふり返った。マシューはマイルズの襟をぎゅっとつかんでいた。ほかの人間にそんなことをされたら、マイルズもさぞかしあわてふためいたことだろう。マシューはもう片方の手で、マイルズのネクタイピンと懐中時計の飾りをしきりにいじっていた。

「これでガブリエルの服装がひどく乱れている理由がわかったわ」そうマイルズにささやき

かけると、このうえなく陽気な笑い声が返ってきたので、ジェネヴィーヴもつられて笑いはじめた。

「レディ・ジェネヴィーヴ？」

全員がふり返った。大階段の最上段に、ダースバリー卿が立っていた。驚いた顔で一団を見つめている。広間がしんと静まり返った。

「まあ！　ダースバリー卿」ジェネヴィーヴはふと、この光景が彼の目にひどく奇妙に映っているであろうことに気づいた。すっかりくつろぎ、笑い声を上げる一方――男たちはそれぞれの妻を抱きよせ、マイルズとガブリエルは子どもと格闘したせいでひどく乱れたなりをしているのだから。ジェネヴィーヴは頬を赤らめた。「あの――わたし――わたしたち、ただ――」

「わたしがいけないんです、ダースバリー卿」ダマリスがそういって、笑顔で一歩前に歩みでた。「モアクーム夫妻の息子さんに会いたくてたまらなかったものですから、ついここに連れてきてもらうようみなさんにせがんでしまって。でも、あなたの婚約者までさらってしまうなんて、ほんとうに申しわけなく……」

驚くようなことではなかったが、アレックがさっと妻のわきにつき、全員を上から見下ろしながら、例によって横柄な表情を浮かべた。「ダースバリー卿なら、ご理解くださるだろう」

ダースバリーのほうはどう見ても理解していないようだったが、それでもおざなりの笑みを浮かべて一礼した。「ええ、それは、けっこうですね。モアクーム卿、奥さま」彼はジェネヴィーヴに向き直った。「レディ・ジェネヴィーヴ、舞踏室に戻りましょうか?」

「ええ、そうしましょう」ジェネヴィーヴは歩みでて婚約者の腕を取った。シーアに礼儀正しくほほえみかける。「ありがとうございました、レディ・モアクーム。マシューに会わせてくださって」

「どういたしまして。ぜひまたいらしてくださいね」

ジェネヴィーヴはダースバリーと一緒にその場をあとにした。階段を下りていくとき、ふたたびみんなの話し声と笑い声が聞こえてきた。

「奇妙ですね、子どものところに集まるとは」ダースバリーが穏やかにいった。

「ええ、そうですね」

「あなたのお兄さまを悪くいっているわけではありませんよ、もちろん」

「わかっています」とジェネヴィーヴはいった。「みなさん、マシューのことがかわいくてしかたがないようですわ」

「しかし妙ですね、この舞踏会はモアクーム夫妻が主催していることを考えると。いかがなものかと思いますが、ぼくとしては」彼がジェネヴィーヴをちらりと見下ろした。「お疲れですか、レディ・ジェネヴィーヴ?」

「え？　いいえ、ちっとも」

「いま、ため息をついてらしたから。お疲れなのかと」

「わたしが？　気づきませんでした」

「妹さんの子どもを養子に迎えるとは、モアクームは気前のいい男なのですね。まだ新婚ほやほやのおふたりだというのに。あの子の生まれを考えれば、そうできることではないでしょう。人の噂になりますから」

「人の口に戸は立てられませんわ」

「そうですね。ただ、レディ・ロードンとレディ・モアクームが、あなたのご友人としてふさわしいかどうか、疑問に思う人もいることでしょう」

「いまなんと？」ジェネヴィーヴは冷たい声でそう問いかけると、祖母が自慢にするような尊大なそぶりで彼をふり返った。

「小耳に挟んだのですが――その、あやしいのではないかと――レディ・ロードンの生まれが……」

「レディ・ロードンは兄の妻です」ジェネヴィーヴはぴしゃりといった。

「そうですね。いずれにしても、あのおふたりはほとんどの時間をノーサンバーランドで過ごしていらっしゃるので、たいして問題にはならないでしょう。しかしレディ・モアクームは学才をひけらかしているともっぱらの評判です。あなただって、人からそんなふうにいわれたくはないでしょう」

「なんだか、レディ・モアクームがなにか商売を、いいえ、それ以上のことをしているような口ぶりですのね」

「まさか！　そんなつもりはありません！」ダースバリーがぎょっとした顔をした。「世間がそういう目で見ているなら、今夜、われわれがこの舞踏会に出席することはありませんでしたから」

そういうことを決めるのはこの自分だといわんばかりの彼の言葉に、ジェネヴィーヴはむっとしてあごを上げたが、彼女がなにかいうより早く、ダースバリーが彼女の手を軽く叩いてにこりとほほえみかけ、こう口にした。「あなたにほんの少しでも悪い評判をつけたくないんです」

ジェネヴィーヴはのどまで出かかった激しい反論をぐっと呑みこんだ。祖母からたびたびいわれているように、短気を起こさないよう自制しなければ。男性が、婚約者の評判に傷がつかないよう望んだところで、なにもおかしなことはない。

ダースバリーは、彼女の目に浮かんだ怒りの炎には気づいていないと見え、なにを気にするふうでもなく言葉をつづけた。「サターフィールドご夫妻にお別れのあいさつができませんでしたね。そのことがあったので、あなたを捜しにいったのです」

「残念でしたわ」ジェネヴィーヴは、サターフィールドなる人物について思いだそうとした。

ダースバリーの遠い親戚にあたる、魚のような目をした、あの男性のことだったかしら？

「ワルツがはじまりますよ」舞踏室に入りながらダースバリーがいった。以前から気づいていたが、彼はわかりきっていることを口にするのが好きなようだ。「踊りませんか？」その顔には、苦痛な義務を果たさんとするときの表情が浮かんでいた。

「いえ、すわって休ませてください。やはり、少し疲れてしまったようですわ」ダースバリーのたどたどしいステップに合わせてフロアをまわるなど、数分前にマイルズを相手になめらかにフロアをまわったあととなれば、ちっとも魅力的には思えなかった。

「やはりそうですか」ダースバリーが満足げにほほえんだ。「ああ、お祖母さまがいらっしゃいます」

彼は先に立ってフロアを横切り、壁際にすわっていた彼女の祖母のもとへ向かった。伯爵夫人は椅子に浅く腰かけて背中をぴしっとのばし、杖の頭に両手を休めていた。もう何年もその杖を愛用してはいるが、ジェネヴィーヴはかなり前から、あれは歩くための補助ではなく、人を突つきまわしたり、自分の言葉を強調すべく床をこつこつ打ち鳴らしたりするためのものではないかとにらんでいた。

しかし今夜は、その節くれ立った指に目をとめ、さすがの祖母も年老いてきたことを実感し、衝撃を受けずにはいられなかった。髪はとっくの昔に白く変わり、顔はしわだらけになっているとはいえ、いままではその強靭《きょうじん》な意志で弱々しさをことごとく打ち消していた祖母だった。ところがいま、その指にずらりと並ぶ宝石の指輪も、節くれ立った指や浮き上がった静脈、あるいは薄い皮膚に浮かぶ茶色い染みをごまかすことができずにいる。ジェネヴィーヴのはらわたを、ひんやりとした恐怖がわしづかみにした。

「お祖母さま?」彼女は不安げに声をかけた。「だいじょうぶですか?」

伯爵夫人の射抜くような青の目が、はかなげな印象をことごとく打ち消した。「なにをいっているの? わたしならだいじょうぶに決まっているでしょう」彼女は孫娘の隣にいる男性に向かってあごをしゃくった。「ダースバリー。ジェネヴィーヴ。ふたりともどこに行ってしまったのかと思っていたところですよ」

「なにも問題はありませんので、ご心配なく」ジェネヴィーヴの婚約者がいった。「レディ・ジェネヴィーヴは、兄上のお仲間と一緒にいらっしゃいました」

伯爵夫人はかすかに顔をしかめたものの、なにもいわず、ダースバリーが一礼してふたりに飲み物を取ってきますと立ち去ったときも、優雅にうなずきかけて見送っただけだった。

「いまのはどういう意味かしら、〝なにも問題はありませんので、ご心配なく〟というのは?」ダースバリーが充分離れたところに行ったと見るや、伯爵夫人がたずねた。「問題があるはずもないでしょう? あなたがアレックと一緒にいたところで、なにか問題があるとでも?」

「わたしにもよくわかりません、お祖母さま。わたしの姿が見あたらなかったものだから、きっと心配なさったのでしょう。わたしはお兄さまとダマリスと一緒に、子ども用の棟にいたのですけれど」

「それはまた、奇妙な場所にいたものね」

「ダースバリー卿も、そう感じたようですわ」

「ジェネヴィーヴ。ダースバリー卿といい争いでもしたの？」

「まさか。いい争うことなど、なにもありませんもの」

「なんだか、なにも問題はないという言葉を必要以上に聞かされている気がするの」伯爵夫人はそういって孫娘に疑わしげな視線を投げかけた。

「だって、ほんとうになにも問題はありませんもの」ここで、未来の夫が彼女に代わってあれこれ決定を下すものと思っていることが腹立たしい、などと訴えたところではじまらない。祖母のことだから、夫というのはそういうものであり、賢い女ならそこは笑顔で受け流し、うまく立ちまわればいいのだというに決まっている。

ジェネヴィーヴは昔から足かせをされることがいやでたまらなかった。それもあって、いつまでも結婚を渋っていたのだ。しかしそれも、いまやすべて過去のもの。いまは現実的にならなければ。旺盛な独立心と怒りっぽい気質をやわらげる必要がある。そうやって人に合わせることを学ばなければならないのだ。ダースバリーは、彼女の結婚相手としてまさにふさわしい人物。もう何カ月も前にそう結論づけたのだから、いまさらそれに疑問を差し挟んでもしかたがない。

　あごの痛みをおぼえ、ジェネヴィーヴはいつしか歯を強く噛みしめていたことに気づいた。またしても胸のあたりに奇妙なしこりが生まれつつある。もう家に帰って休みたかった。礼を失することなくいとまを告げるには、あとどれくらい待たなければならないのだろう。マイルズや兄たちは、まだ上の子ども部屋でおしゃべりしているのかしら。ダマリスたちのように、夫に肩を抱かれるというのは、どんな感じがするものなのだろう——所有欲と守りたいという気持ち、思いやりと欲望が入りまじった手つきで、人目もはばからずに抱きよせられるというのは。ダースバリー——いいえ、マーティンよ、妻になれば親しみをこめてマーティンと呼ばなければ——にあんなふうに肩を抱かれるところを思い浮かべようとした。が、できなかった。

　ばかばかしい。このわたしがそういうたぐいの夫を、そういうたぐいの男性を、求めているとでも？　いいえ、そんな態度を期待できる人がいるとすれば、たとえば……そう、たとえばマイルズならそういうことをするかもしれない。彼ならきっと妻にべったりより添い、その美しさを讃《たた》え、愛と幸福を語りかけることだろう——彼のことだから、真心をこめてそうするはず。少なくとも、最初は。でも数カ月もすれば、どこかの浮気女を追いかけて新しい恋におぼれ、ひとり家に取り残された妻は黙々と編み物をしながら悲嘆に暮れる運命だ。

「あの不愉快な女と半時間もあれこれいい争いをしてしまったわ」と伯爵夫人がいった。

「レディ・ダースバリーのことですか？」ジェネヴィーヴはたずねた。つい口もとがゆるみそうになり、唇の隅がぴくぴくと引きつってしまう。

「ええ、もちろんエローラのことよ。あの人、今度はどんな計画をいいだしたと思う？」

「想像もつきませんわ」

「そうでしょうとも。想像のつく人なんていているものですか。あの人……」伯爵夫人はそこで言葉を切り、息を吸いこんだ。この先を口にするには気合いを入れる必要があるとばかりに。

「お式のあと、教会の外で鳩を大量に放ちたいんですって」

ジェネヴィーヴはくすりと笑い声をもらしたあと、あわてて口に手を当てた。

「ええ、そう、お笑いぐさでしょ……あの人自身の結婚式なら、好きなだけサーカスにすればいいわ」祖母が目をすがめた。「でもこれは、スタフォード家のお式なのですよ」

「ええ、でも、ダースバリー家のお式でもあります」

「ダースバリー卿にしたって、そんなことはお望みじゃないはずだわ」伯爵夫人は威厳たっぷりのしぐさで手首をふった。「なにもかも、くだらないったらないのですからね。お客さまのあいだに鳥の大群を飛ばすなんてまねは、ぜったいにさせません、とはっきりいってやったわ。もちろん、あちらは逆毛を立てていましたけれどね。もっとうまいいい方もあるのでしょうけれど、とにかくわたし、肝をつぶしてしまって。あちらの猟場番人が藪《やぶ》を叩いて鳩を集めてくるのを待っていたら、それでなくとも遅れている日取りがさらに遅れてしまうじゃないの」

ふたたびくすくす笑いはじめたジェネヴィーヴを祖母がきっとにらみつけたが、祖母自身、口もとを引きつらせていたので、さほど効果はなかった。「おやめなさいな、ジェネヴィーヴ。さもないと、さすがのわたしも堪忍袋の緒《お》を切らしてしまいますよ」

「それはたいへん」ジェネヴィーヴはにこりとして祖母の手をさすった。「どうかいらいらなさらないで、お祖母さま。お式が遅れても、わたしは気にしませんから。たいしたことではないでしょう?」

「もちろんそうですけれど。最近は、猫も杓子《しやくし》も大急ぎで結婚しようとするみたいですからね。わたしは昔から、婚約期間は一年くらいがちょうどいいと思っていたわ。それをいったら、あなたのお兄さまの結婚は早すぎたけれど、アレックの場合、人になんといわれようが気にするような人ではありませんからね」

「もし一年待てとおっしゃるなら、わたしたちはよろこんで待ちますけれど」とジェネヴィーヴはいってみた。「十二夜のあとで結婚するのはどうかしら」

「だめよ」伯爵夫人がため息をもらした。「一月にお式を挙げるなんて、ぞっとするもの。いまの予定でいきましょう。それにエローラが、あの恐ろしい三流紙のことをやたらに持ちだすの。例の能なし貴婦人《レディ・ラックウィット》が、最新の記事でまたつまらないことを書いているそうよ」

「たしか筆名は、レディ・ルックスバイではなかったかしら」ジェネヴィーヴは笑みを浮かべていった。

「気をつけないと、中傷貴婦人《レディ・ライベル》と呼ばれるようになるでしょうね」伯爵夫人がぴしゃりといった。「その人ずっと、ダースバリー卿があなたとの結婚に怖じ気づいているようなことを書いてばかりいるそうね。それにダマリスにまつわる疑惑をさりげなく持ちだしたりして。まるでうちの一族を標的にしているみたいじゃないの」

「彼女はいろいろな人を攻撃しています。だからこそ、彼女の記事があそこまで人気なんです」

「まあとにかく、アレックがああいうものを読む趣味がなくてよかった。読んだら最後、新聞社に押しかけたでしょうから。とにかくエローラには――それにしてもまぬけな名前だと思わない？　エローラなんて――ああいう噂話は無視するにかぎるといっておいたわ。品のない騒ぎなど相手にしていられませんからね。でも思うに、エローラは大仰なドラマが好きなのね。ダマリスの身内よりあの人の身内にこそ、女優がいるのではないかしら」伯爵夫人は陰険な口調でつけ加えた。

「それこそ、〝中傷〟というものでは？」とジェネヴィーヴがからかうようにいった。「いえ、〝悪口〟といったほうがいいかしら」

「相手があなただから、こんなことをいっているのよ。なんといっても、義理の家族のことは大目に見るよりほかありませんからね」

ジェネヴィーヴと祖母のためにリキュール入りのグラスを手に戻ってきたダースバリーが、舞踏会が混雑しているのでなかなか飲み物を受け取れなかったことをくどくどと弁解した。そのあとは自宅のワインセラーについて延々と語りはじめたので、ジェネヴィーヴはいつしか心をさまよわせていた。広間の向こうに背の高い兄の金髪が見えるところからすると、どうやらみんな子ども部屋から戻ってきたらしい。舞踏室を見まわすと、サー・マイルズがレディ・ミルバーンと踊っていた。

「――そう思いませんか、レディ・ジェネヴィーヴ？」というダースバリーの声がした。

「え？　あら、ええ、おっしゃるとおりですわ」とジェネヴィーヴは応じた。

「やはりそうですか」ダースバリーがうなずいた。「ああ、あそこにファンハーストが。彼が売りに出している馬について話をしようと思っていたので、ちょっと失礼させていただきます」

ジェネヴィーヴはにこりとして一礼するダースバリーにうなずきかけた。彼が充分離れたところで、彼女は祖母に身をよせてささやきかけた。「さっき、わたしはなんの話に同意したのでしょうか？」

「わたしにはさっぱり。殿方が馬や犬やお酒について話しはじめたときは、耳を貸さないことにしていますから」

ダンスがいったん終わり、フロアに新しい一団が集まりはじめていた。ワルツの旋律が響きわたったかと思うと、まもなくジェネヴィーヴは、エローラがマイルズの腕に抱かれてなめらかに踊る姿に気づいた。エローラは恍惚《こうこつ》の表情をマイルズに向けていた。彼のほうも、同じくらいうっとりとした顔つきをしているように見える。

「レディ・ダースバリーがまたマイルズに色目を使っています」とジェネヴィーヴはいった。

「あの人は、五十歳未満の殿方全員に色目を使うのよ」祖母がジェネヴィーヴの視線の先を追った。

「でも、マイルズにはとくにご執心《しゅうしん》に見えますけれど」とジェネヴィーヴ。

「そうだとしても驚かないわね。二倍も歳の離れた人と結婚したあとなのだから、エローラとしても、もっと……精力的な人を見つけたいのでしょう」

ジェネヴィーヴは軽い衝撃をおぼえて祖母をふり返った。「お祖母さま、まさかあの人、マイルズとの結婚を望んでいるとでも？」

「結婚？　とんでもないわ。あの人はもうマイルズ以上の肩書きを手に入れているし、先代の遺産をたっぷり受け継いでいるはずですよ。エローラの望みは、ちょっとした情事だけでしょう。その相手にマイルズは打ってつけでしょうからね。顔立ちも整っているし男らしいし、なにより魅力的なうえに女性のあつかいを心得ている人ですからね。つねに思慮深い男性ですもの。けっきょくのところ、エローラもまずまず見る目があるということね」

ジェネヴィーヴは祖母をまじまじと見つめた。「お祖母さまったら！　まるでそういう情事を黙認するようなことをおっしゃるのね。いままでずっと、たしなみについてわたしに口が酸っぱくなるほどおっしゃっていたのに！」

「つまり、たしなみがあるように見せかけるのがなにより大切ということですよ。それにさっきもいったように、サー・マイルズは情事をひけらかすような方ではありませんからね」そういって伯爵夫人はうなずいた。「サー・マイルズは道楽者でもないし。もしそうなら、わが家への出入りは許していませんから。それでも殿方であることに変わりはないのだから、多少浮いた話があって当たり前でしょう。愛人を囲っても、それについておおっぴらに話したり、度を超したりすることのない人よ。愛人に純白の二輪馬車を与えて、ロンドンじゅうの人目にさらすようなまねはしないでしょう。あのおぞましいミスター・マニンガムとはちがって。それにマイルズは人妻や純潔な乙女を追いかけたりはしないわ。相手にするのは、ミセス・ベドリントンのように、そうしたことを心得ている未亡人だけ」

「そうですね」ジェネヴィーヴは気のない返事をした。「ミセス・ベドリントンがどなたか、わたしにはわかりませんけれど」

「今夜、きているはずよ」伯爵夫人が室内にざっと目をやった。「ほら、あそこ、ミスター・ジェサップと話している、あの髪の黒いご婦人」

ジェネヴィーヴは祖母の視線の先を追った。マイルズがその女性に惹きつけられる理由は一目瞭然だった。うらやましいほど豊かな黒髪と、大きな灰色の目。ほっそりとしたからだに、黒いレースで縁取られた薄紫色のドレスをまとっている。ジェネヴィーヴの趣味からすれば少々派手すぎるものの、人目を惹くおしゃれな装いであることは否定しようもない。マイルズは黒髪の女性が好みなのだろうか。となれば、やはりエローラにも、相手と同じくらいの関心を抱いているのかもしれない。

ダースバリー卿の友人であるミスター・コルトンからダンスに誘われたジェネヴィーヴは、数分ほど気を紛らわせることができると考え、それに応じた。そのあとはアレックが兄の務めとしてフロアに連れだしてくれた。おかげで兄夫婦と数分ほど会話を楽しむことができた。ふたたびワルツがはじまると、アレックが妻をフロアにさらっていったので、ジェネヴィーヴは祖母のもとへ戻ろうとした。

途中、女中のひとりがすっとわきに近づいてきて、ひょいとひざを曲げてあいさつした。

「お嬢さま？　これをことづかりました」

「え？」ジェネヴィーヴは驚き、女中が手にした折りたたまれた便せんを見下ろした。「わたしに？　まちがいないの？」

「はい、お嬢さま。淡い金髪をした背の高い女性といわれましたので」

漠然とはしているものの、たしかに当たっている。ジェネヴィーヴは女中の手から便せんを受け取り、広げてみた。

親愛なるジェネヴィーヴ
図書室で待っている。必ずきてほしい。
マイルズ

驚いたジェネヴィーヴはもう一度読み返してみたものの、やはりわけがわからなかった。女中に質問しようと顔を上げたが、すでにその姿は消えていた。

どうしてマイルズがわたしを呼びだすようなことを？　先ほど話をしてからの短いあいだに、どんな緊急の用事が持ち上がったというのかしら？　室内を見まわしてみたが、彼の姿は見あたらなかった。彼女は便せんを何重にも折りたたみ、ポケットに押しこんだ。どういうことなのかはわからなかったが、いずれにしても祖母には話さないほうがいいだろう。ジェネヴィーヴはくるりと方向転換し、いちばん近くの扉を抜けると、舞踏室をあとにした。

4

玄関広間に出たところで、ジェネヴィーヴは廊下の突きあたりにマイルズを見つけた。ダンスのあと、ミス・ハルフォードをつき添い役のもとに送り届けようと、エローラのいる一団に向かっているようだ。ここで彼を待っていようかとも思ったが、考え直した。マイルズが人目を忍んでふたりきりで話がしたいと思っていることは、まちがいないのだから。

そのまま廊下を進むと、前後に扉のある縦長の図書室に行きあたった。四方の壁に本棚がずらりと並んでいる。きっとシーアのお気に入りの場所ね。ジェネヴィーヴはそんなことを思いながらなかに足を踏みいれた。すわり心地のよさそうな椅子と小さな書き物机が部屋じゅうに配置されている。ジェネヴィーヴに背を向けるかたちで、黒革張りの長椅子がひとつおかれていた。部屋の奥まで進んだところで、その長椅子の向こうからフォスター・ラングドンがひょいと顔をのぞかせた。

「レディ・ジェネヴィーヴ!」彼がいかにもうれしそうに叫んだ。「愛の女神のご登場ですな」

いやだ！　いまここにマイルズが入ってきたらまずい。そんなことになれば、自分とマイルズが逢い引きをしていると、ラングドンにかんちがいされてしまう。

「ミスター・ラングドン。失礼しました。レディ・モアクームを捜していたものですから」

「愛しいレディ、そんないいわけは無用です」彼はよろめきつつ長椅子から起き上がり、千鳥足で近づいてきた。「ぼくのほうも、ぜひあなたとふたりきりになりたいと思っていたんですから」

それを聞いたジェネヴィーヴは、思っていた以上にまずい状況に追いこまれたことを悟った。ラングドンは少し前とくらべてもさらに泥酔しているようで、どうやら彼女が図書室に忍びこんだのは、彼と逢い引きするためだと思いこんでいるらしい。

「どうやら思いちがいをなさっているようですね、ミスター・ラングドン」ジェネヴィーヴは、のびてきた彼の手の先から逃れながらいった。「あなたがここにいるなんて、存じませんでした。だれかがいるなんて、思ってもいませんでした。では、これで失礼します」

「いやいや、わが女神さま、いいんですよ、恥ずかしがらなくても」ラングドンが彼女の手をつかみ、そこに唇をつけた。「なんと麗しい！　情け深い神が送りたもうた天使だ」

「お願いですから、放してください！」ジェネヴィーヴは手を強く引こうとしたが、彼にがっしりとつかまれ、できなかった。「わたしは天使でもありませんし、情け深い神があなたを惑わせるために女性を送りこむことはないと思いますわ」

ラングドンはいったん手を離したものの、今度は彼女の腕をつかんで自分のほうにぐいと引きよせた。ジェネヴィーヴは上体をねじって顔を遠ざけようとした。警戒心を抱きながらも、まだなんとか穏便にことをおさめようと必死だった。「放してください！」ときつい口調で訴える。「なにを考えていらっしゃるの？　そこらじゅうに人がいるんですよ！」

「そうだ！　そのとおりだ！　みな地獄に堕《お》ちればいい」ラングドンが抱きつき、顔を近づけてきたので、ジェネヴィーヴは顔を背けた。唇が顔のわきに押しつけられる。

「放さないと大声を出しますよ！」ジェネヴィーヴはあいかわらず低い声を保っていた。彼女としても、ここで騒ぎ立てて見物人を引きつけることだけは避けたかった。ピンで丁寧《ていねい》に留められていた髪がほつれ、彼ともみ合ううちにドレスがねじれてくるのがわかった――この男の腕ときたら、まるでタコね！　だれかに見られてしまう前に、なんとか逃げだし、この乱れを直さなくては。

ラングドンが両手でジェネヴィーヴの頭をつかみ、髪に指を食いこませてぐいと引きよせ、無理やり唇を重ねてきた。ジェネヴィーヴはのどの奥でうめき、怒りに任せて靴のかかとで彼の足を思いきり踏みつけた。ラングドンが遠吠えを発してうしろによろめき、髪から両手を引きはがした。

ジェネヴィーヴはくるりと背を向けて逃げだそうとしたが、泥酔しているわりにはすばやい動きでラングドンが飛びかかってきて、腕をつかまれ、ふたたびふり向かされた。そこで、かつての兄をまねて右手を引き、固めたこぶしを彼の顔にまともにのめりこませた。こぶしは鼻に命中し、その衝撃が腕に伝わってきた。血が噴きだし、彼の白いスカーフにぱっと散った。

ラングドンがかん高い悲鳴を上げ、バランスを取り戻そうと両腕をぐるぐるまわしはじめた。ジェネヴィーヴがきびすを返して逃げだそうとした瞬間、彼の手がドレスの襟を引っつかんだ。ラングドンが床にどさりと倒れこむと同時に、ジェネヴィーヴのドレスがびりびりと裂けた。

まさにそのとき、男の仰天した声が上がった。「レディ・ジェネヴィーヴ!」

ふり返ると、ダースバリー卿とその継母エローラ、そしてマイルズをはじめとする何人かが、愕然《がくぜん》とした顔で部屋の入口に立っていた。

レディ・ダースバリーとも踊ったし、ミス・ハルフォードとも踊った――これで義務は果たしたと考えたマイルズは、ミス・ハルフォードをレディ・ダースバリーのもとへ送り届けながら、ジェネヴィーヴを捜そうと考えていた。ただし、彼女が婚約者と一緒にいるなら、話はべつだ。ジェネヴィーヴとの短い会話がいくら楽しくとも、ダースバリーと話すのだけはごめんだった。話題が……そう、馬、カード、オペラ等々、話題がなんであれ、彼の口に上ったとたんに、ひどくばかばかしい話にしか聞こえなくなってしまうのだ。

ところが、義理の息子や数人の友人たちと一緒にいたレディ・ダースバリーのもとへミス・ハルフォードを送り届けたあとも、すんなりその場を去らせてもらえず、マイルズはこみ上げるうめきを呑みこみつつ、会話の輪に加わらざるをえなくなってしまった。

そのときだった。いきなり廊下の先で悲鳴が上がり、全員が図書室を目ざしはじめた。そして全員が、図書室の入口ではたと足を止めた。部屋のまんなかにジェネヴィーヴが立っていた。優雅にまとめられていたはずの髪はほつれ放題で、ドレスはねじ曲がり、ドレスの上部が大きく引き裂かれ、シュミーズが露わになっている。フォスター・ラングドンが長椅子の背にもたれかかっていた。服装は乱れ、鼻から血を流している。

一瞬、ショックのあまり、だれもが口をきくことも動くこともできなかった。マイルズが一歩足を踏みだしたとき、ダースバリー卿が吠えるような声でジェネヴィーヴの名を呼んだ。マイルズは足を止めた。彼女を救出すべきは自分ではなく婚約者のはずだ。

ダースバリーの声を耳にしたジェネヴィーヴがくるりと向き直り、恐怖のまなざしで全員を見つめ返してきた。引き裂かれて垂れた身ごろをさっと持ち上げ、からだを隠そうとする。

「ダ、ダースバリー卿！」

「これはいったい、どういうことですか？」ダースバリーが問い詰めるようにいった。「レディ・ジェネヴィーヴ、なにがあったんです？　このざまは、いったいどういうことなんですか」

「なにを考えている、ダースバリー？」マイルズは驚き、彼をにらみつけた。ダースバリーが動こうとしないので、足早に図書室に入りこんだ。それに気づいたラングドンがよたよたと逃げだそうとしたが、マイルズは彼のことは相手にせずに上着をさっと脱ぐと、ジェネヴィーヴの肩にかけてやった。

「ありがとう、マイルズ」ジェネヴィーヴの血の気を失った唇から言葉がもれた。彼女は近づいてきた婚約者に蒼白な顔を向けた。「わたし――ここに入ったら……あの人が……」声が震えている。

「なにが起きたのかは一目瞭然だろう」マイルズはダースバリーにいった。「あのごろつきがジェネヴィーヴを襲ったんだ。どうやら彼女のほうも、やり返したみたいだがね」マイルズはジェネヴィーヴを誇らしげに見つめた。「たいしたものだ。きみならきっとけんかが強い、とつねづね思っていたよ。なにしろ、根性があるから」そういってにやりと笑いかける。

ジェネヴィーヴもはかなげな笑みを返した。「わたし、スタフォードですもの」

「これを冗談にするつもりですか？」ダースバリーが信じられないとばかりの声を上げた。

「いいえ、もちろんそんなことはありませんわ、ダースバリー卿」ジェネヴィーヴはいささかつっけんどんな、こわばった声でいった。「マイルズがいったとおりです。ラングドンに口づけされそうになったので、抵抗して、取っ組み合いになりました」

レディ・ダースバリーとミス・ハルフォードがはっと息を呑み、ダースバリー卿がますます身をこわばらせた。「取っ組み合い？　まるでたいしたことではなかったようにおっしゃるんですね」

「じっさい、たいしたことにはなりませんでしたもの。幸いにも」とジェネヴィーヴ。「そうなる前に、応戦しましたから」

ダースバリー卿が、まゆを髪の生え際につきそうなほどつり上げた。「たいしたことではない、と？　このざまを、たいしたことではないとおっしゃるんですか？」彼は、部屋とそこに集まった野次馬を包みこむかのようにさっと腕を広げた。「あなたの評判はどうなるんです？　あなたの名誉は？　ぼくの名誉は？」

ジェネヴィーヴは目をすがめた。「あなたの名誉？　これがあなたの名誉とどう関係してくるのか、わたしにはよくわかりませんけれど」

「あなたはぼくの婚約者なんですよ！」ダースバリー卿が爆発した。「となれば、なにもかも、ぼくの名誉と関係してくるに決まっているじゃありませんか。あなたは未来のレディ・ダースバリーなのですから」

「わたしは生まれつきジェネヴィーヴ・スタフォードです」彼女の顔にはすでに血の気が戻っていた。頬はまっ赤に染まり、目は相手を射抜くように青くぎらついている。「そしてスタフォード家の名誉も、この国のほかのどの家柄にも引けを取らないくらい、りっぱなものですわ」

「男と一緒に図書室に入る前に、そのことをきちんと考えておくべきでしたね！」

「言葉を慎みたまえ、ダースバリー」ジェネヴィーヴのすぐわきにいたマイルズが身をこわばらせ、咎《とが》めるようにいった。「きみも、あとで後悔したくはないだろう」

「わたし、男性と一緒に図書室に入ったわけではありません」ジェネヴィーヴが切り返した。「ひとりでここに入ったら、たまたまあの人がいたんです」彼女はラングドンに指を突きつけようとふり返ったが、彼の姿はすでに消えていた。図書室のもう一方の扉が開け放たれているところからして、おそらくそこから逃げだしたのだろう。

「逃げられた！」マイルズが怒りを爆発させた。「あのごろつき、つかまえておくべきだった」

「なんのために？」ダースバリーが冷ややかにいった。「騒ぎをさらに大きくするためか？」彼がさりげなく示した背後には、物見高い客たちがなにごとかと詰めかけていた。「きみがあの男をさんざん殴りつける前から、事態は充分悪くなっていると思うが」

「あの男をさんざん殴りつけてやれば、事態は大きく改善されただろうさ」とマイルズは応じた。「そもそも、なぜジェネヴィーヴの婚約者がみずからそれをしないのか、みんな不思議に思うだろうな！」

「きみやジェネヴィーヴ、それに彼女の兄上とはちがって、ぼくは醜聞からは距離をおいておきたい性分なのでね」ダースバリーがジェネヴィーヴに向き直った。「なにが起きたにせよ、あなたがみずから招いた事態だということはまちがいありません。あなたはラングドンとふたりきりでいた。みずからゴシップの種を提供したようなものです。おかげでわが一族まで醜聞に巻きこまれてしまった。こんなこと、とてもがまんなりません。あなたのふるまいは、ダースバリー伯爵夫人にふさわしくない。残念ながら、もうあなたと結婚することはできません」

一瞬、はっとした沈黙が流れたのち、マイルズがすばやく前に足を踏みだした。「ラングドンにこいつをお見舞いする機会はなかったが、おまえにはたっぷりお見舞いしてやれるな」彼はそういうと右腕をくりだし、ダースバリーのあごにまともにパンチを食らわせた。

ダースバリーが床に倒れた。

マイルズはジェネヴィーヴをふり返り、腕を差しだした。「行こう」

ジェネヴィーヴは彼のわきに歩みより、指から婚約指輪をねじり取った。それを倒れたダースバリーの胸にぽとんと落としたあと、マイルズの腕を取り、ふたりして堂々と部屋から出ていった。

マイルズはただちにジェネヴィーヴを屋敷の外に連れだした。足を止めたのは、レディ・ジェネヴィーヴを自宅に送っていく旨《むね》をアレックに伝えるよう、従僕に告げたときだけだった。一方のジェネヴィーヴは、好奇に満ちた視線を一身に浴びて屈辱感をおぼえながらも、いつもの尊大さをにじませた冷酷な表情を保っていた。ここで泣き崩れて、みんなをよろこばせてなるものですか……みんなにどう思われようが気にしていないという顔をするのよ。

まずはジェネヴィーヴがマイルズの手を借りて貸し馬車に乗りこみ、つづいてマイルズが乗りこんだ。彼女は座席の背にからだを預けた。詮索好きな目から逃れたいま、それまで抑えこんでいた屈辱感がどっと押しよせてくる。

「残念だよ、ジェネヴィーヴ」マイルズが彼女の手を取った。ジェネヴィーヴは思わずその手をぎゅっと握りしめ、マイルズのみならず自分でも驚いた。

「ありがとう」おそらくマイルズも、自分があんな手紙を送りつけたがためにこんなことになってしまったと悔いているはずだ、とジェネヴィーヴは思った。しかし悪いのは彼ではない。「図書室に行ったわたしがいけなかったのよ」

「あそこにラングドンがいるなんて、きみは知らなかったんだから」マイルズが顔をしかめた。「ダースバリーはばかだ。それ以下だ」

「そうね」ジェネヴィーヴは彼の手をさらに強く握りしめた。「約束してほしいの、マイルズ。兄がラングドンやダースバリーに手を出さないよう、目を光らせておいてくれないかしら。そんなことになれば、ますます事態が悪化して、お祖母さまに恥をかかせてしまうわ」

目に涙がこみ上げてくる。

「伯爵夫人なら心配無用だろう。ぼくらよりも強い方なのだから。必要とあらば、アレックには目を配っておく。だが、たぶんダマリスがうまく牛耳ってくれるんじゃないかな」

それを聞いて、ジェネヴィーヴはうっすら笑みを浮かべた。こちらの気分を軽くしてくれるマイルズの存在がありがたかった。「たしかにダマリスは、兄のあつかいを心得ているわね。あんなふうにできる人は、ほかにはいないわ」

「男は恋をすると、変わるものらしいからな、聞いた話によると」

「まあ、マイルズったら。まさかあなた自身はいままで恋をしたことがないなんて、いわせないわよ」ジェネヴィーヴは彼にいたずらっぽい目を向けた。

「ああ、まあ、少なくとも百回はあるかな」マイルズは軽く受け流した。彼の力強い温かな手に包みこまれていると、なぜか安心できる。「問題は、ぼくの場合、恋に落ちたと思ったそばから相手に逃げられてしまう点だな」

「そのたびに、あなたの自尊心の表れとして、宝石を散りばめた装飾品をあとに残していくのでしょうね」

「驚いたな！　どこからそんな恐ろしい話を仕入れてくるんだい？」

「わたしだって、まったくものを知らないわけではないのよ。結婚前の娘には変な知識をつけないよう、世間がどんなにあくせくしたところで、無駄だわ。殿方がちょっとした情事を楽しむことくらい、だれもが知っていることだもの」とジェネヴィーヴはすまし顔でいった。

そのとき馬車が停まったおかげで、マイルズはそれに応じずにすんだ。ふたりは屋敷に入っていった。

「紅茶とブランデーを客間に頼む」マイルズは従僕にそう告げると、ジェネヴィーヴと一緒に客間に向かおうとした。

「わたしならだいじょうぶよ」とジェネヴィーヴはいった。「ブランデーなんて必要ないわ」

「ぼくが必要としているんでね」しかし執事が紅茶を運んでくると、マイルズはジェネヴィーヴのカップにもその強い酒をたっぷり注ぎ入れた。彼女はそれをひと口飲み、強烈な味覚に顔をしかめつつ、腰を下ろした。ふわふわの白い毛並みをした大きな猫が現れ、入口のすぐ内側で足を止めた。観衆の称賛を浴びようと、ポーズを取っているように見える。

「ザークシーズ!」ジェネヴィーヴはにこりとして猫に手招きした。

「おお、悪魔のお出ましか!」マイルズがつぶやいた。ザークシーズとマイルズは、一瞬たがいに険悪な視線を交わした。やがて猫が尻尾をひょいとひとふりし、マイルズのことなど無視するかのようにしずしずと前進すると、ジェネヴィーヴのひざに飛び乗った。

ふたたびジェネヴィーヴは涙がこぼれ落ちそうになったが、ごくりとつばを飲みこんでこらえ、ザークシーズの背中をなでつけた。猫は目を細め、のどの奥からぐるぐると低い音を響かせた。猫をなでるうち、ジェネヴィーヴの肩から力が抜けていった。

そのとき、玄関の扉が騒々しく開け閉めされる音が家じゅうに響きわたった。まもなく、アレックが足音高く入口を抜けてきた。「ジェネヴィーヴ? マイルズ? いったいどうした? モアクーム家の従僕から伝言を受け取ったが。ジェネヴィーヴがけがでもしたのかと思ったじゃないか」

ジェネヴィーヴはあざ笑った。「ええ、たしかにけがをしたようなものね。でも、お兄さまのいっている意味とは少しちがう。だれもお兄さまに話していないとは、驚きだわ」

「なんだかあたりがざわついてはいたが、だれかと話をする間もなく出てきたから」アレックにつづいてダマリスも部屋に入ってきた。そのわきには伯爵夫人もいる。

「それで？」アレックがマイルズから妹に視線を向けた。「どちらか、説明してくれるつもりはあるのか？」

「フォスター・ラングドンが無礼にもきみの妹君にいいよったので、妹君がやつの顔面にパンチをお見舞いしたのさ」とマイルズが短く説明した。

「悪党め！」アレックが顔をしかめた。「あのやくざなおべんちゃら野郎、昔から、ふしだらなくず男だと思っていたよ」

「あの人、酔っ払っていたの」とジェネヴィーヴはいった。「さもなければ、さすがにわたしに口づけしようだなんて大胆なまね、できなかったでしょう。前から鬱陶《うっとう》しくてしかたのない人だった」

ダマリスがジェネヴィーヴのわきにひざまずき、彼女の腕に手をかけた。「だいじょうぶ？　痛い思いをしたの？」

「傷ついたのはわたしの誇りだけ。あの人、ぐでんぐでんに酔っ払っていて、わたしが図書室に入っていったら、自分に会いにきたと勝手に思いこんだの。長椅子の向こうにのびていたから、起き上がるまであの人がいることには気がつかなかった。気がついていたら、そもそも入っていかなかったわ。わたしが立ち去ろうとしても、しつこく迫ってきて。でもわたしのドレスを引き裂いたのは、たんなる偶然だったと思う」

「ドレスを引き裂いただと!?」アレックが吠えた。

ジェネヴィーヴに訴えるような視線を向けられたマイルズは、立ち上がり、友人のもとへ行った。

「そう怒るな、ロードン。ジェネヴィーヴがやつを食い止めたんだから。おまけに、かなり強烈なパンチをお見舞いしてやったみたいだぞ。やつの鼻からワインみたいに血がだらだら流れていたところからすれば」

「ええ、そうよ。それに、足を思いきり踏みつけてやったとき、あの愚かな人が小娘のような悲鳴を上げなければ、だれにも知られずにすんだはずだわ」

「ほう、じゃあきみはやつの顔だけじゃなく足もだいなしにしてやったわけだ」マイルズの笑い声には称賛の色が混じっていた。アレックまでうっすら笑みを浮かべている。

「ラングドンの家はどこだ?」アレックがマイルズをふり返った。

「アレック、やめて」女三人が声を揃え、ダマリスが立ち上がって彼の腕に両手をかけた。

「ばかなことをするんじゃありません」祖母がぴしゃりとつけ加えた。「あの男に決闘を申しこむようなまねをしたら、醜聞がますます大きくなるだけですよ」

「決闘？　あんなウジ虫相手に決闘を申しこんだりはしません。紳士の風上にもおけないような男ですから。このこぶしで片をつけてやります」

「あの人を殴り殺したところで、なんにもならないわ」ダマリスがそういって愛くるしい大きな目をアレックに向けた。自分の腹にてのひらを当て、言葉を継ぐ。「生まれてくる赤ん坊の父親が投獄されたり、大陸に逃げなければならなくなったりしたら、困るでしょう」

「でも、話はそれだけじゃないの」とジェネヴィーヴはいった。

「まだあるのか？」

「ええ」ジェネヴィーヴは、まるでそうしなければならないとばかりに立ち上がった。「ダースバリーとほかにも何人か、ラングドンの悲鳴を聞いて図書室に駆けつけてきた。それで、事態を目《ま》の当たりにしたダースバリーから――婚約破棄をいいわたされたの」

アレックとダマリスはジェネヴィーヴをまじまじと見つめていた。祖母が、風船から空気が抜けるときのような奇妙な声を発し、近くの椅子にへたりこんだ。

「ダースバリーの居場所ならわかっている」アレックがくるりと方向転換し、扉に向かおうとした。

ダマリスが彼の腕に両手でしがみついた。「アレック、やめて。考えてみてちょうだい。あなたがだれかれかまわず殴りかかったりしたら、もっとひどい醜聞になってしまうわ」

「ダマリスのいうとおりだ」とマイルズもいい、アレックと扉のあいだに立ちはだかった。「ジェネヴィーヴがますますつらい思いをするだけだぞ」

アレックは悪態をつき、憤懣《ふんまん》やるかたないようすでからだの両わきでこぶしを固めた。

「それに、もうマイルズがダースバリーに鉄拳の制裁を加えてくれたわ」とジェネヴィーヴはいった。

「恩に着るよ」アレックがマイルズにうなずきかけた。

「いまは、ジェネヴィーヴのことを考えなければ」とダマリスがいってジェネヴィーヴに顔を向けた。「ほんとうに残念だわ。ものすごくつらいことだとは思うけれど、正直にいえば、結婚する前にダースバリー卿の本性がわかってよかったのではないかしら」

「ダースバリーなんて!」ジェネヴィーヴは軽蔑しきったようにそういうと、肩をすくめた。「あの人を失ったところで、どうということはないわ。あちらも、わたしのことなんてなんとも思っていなかったみたいだし。でも、これで――」そこで声を詰まらせる。「わたしの評判は地に落ちてしまった」

「そんなことは気にするな」とアレックがいった。

「ばかなことおっしゃい、アレック」祖母が辛辣な声でたしなめた。「気にしないわけにはいきませんよ。ジェネヴィーヴの将来がかかっているのですからね」

「じき、鎮《しず》まりますよ」とアレック。「いつだって、そういうものですから。上流社会の人間は飽きっぽいから、すぐにほかの話題に目移りするでしょう」

「あなたなら醜聞を気にかけずともすむでしょうけれど」と伯爵夫人。「まだ若い結婚前の娘となれば、とんでもない災難ですよ。去年、ウィルヘイヴンの庭園でモウブリーとふたりきりでいるところを見つかったあと、カーロ・ゴドフリーがどうなったか、まさか忘れたわけではないでしょう」

「おぼえていませんが」アレックがぽかんとした顔をした。

「それなら、教えてあげましょう――カーロはモウブリーとも結婚してもらえなかったうえ、だれからも相手にされなくなってしまったのよ。こうなったからには、もうきちんとした結婚は望めないでしょうね。しかもあの人たちの場合、なにかの現場を見られたわけではなかったのよ。それに、あなたたちの母親と同時に社交界デビューしたネトルトンの娘さんは、婚約者にいきなり婚約を破棄されたあと、二度と上流社会に顔を出すことができなくなってしまったわ」

「お祖母さまのおっしゃるとおりよ」ジェネヴィーヴは沈鬱な声でいった。「見つかったとき、わたしはラングドンに抱きつかれていたうえに、ドレスが引き裂かれていた。あんなところを見れば、だれだって、わたしたちが――わたしたちが――」彼女はそこまでいうと声を詰まらせた。

「あなたを知っている人なら、そんなことを信じたりはしないわ」ダマリスがそういってジェネヴィーヴに歩みより、慰めようと肩に腕をまわした。

「もちろんだ」マイルズも同意した。

「あなたにもわかっているはずよ、マイルズ」ジェネヴィーヴは吐き捨てるようにいった。「お兄さまは世の習いを無視するかもしれないけれど、あなたならちゃんと心得ているはずだわ」

ジェネヴィーヴににらみつけられ、マイルズはそわそわしたようすで応じた。「ダースバリーのやつがあそこまでばかな男じゃなかったら、すべて丸くおさまっていただろうに」

「ええ、そのとおりだわ」伯爵夫人も同意した。「ダースバリーさえこの娘《こ》の味方についてくれていたなら、ここまで取り返しのつかない事態にはならなかったでしょうに。醜聞にはなったかもしれないけれど、結婚式の日取りがくり上がって、すぐに人の噂も鎮まったはずですよ」

「でも、あの人はそうしなかった」ジェネヴィーヴは苦々しくいった。「これで、だれにもわたしの身の潔白を信じてもらえなくなってしまったわ。ダースバリーが、わたしが自堕落な女だと世間に認めたようなものですもの。それだけではないわ。あの恐ろしい三流紙に書かれていたことがほんとうだと思われてしまう。なにかあれば彼が即刻わたしに見切りをつけるだろう、という記事はほんとうだった、と」

「そういう噂を流す連中への対処法なら、わかっている」アレックがぞっとするような声でそういい、こぶしを固めた。

「人の口を封じさせることならできるかもしれないけれど、そうしたところで、ジェネヴィーヴが世に受け入れてもらえるようになるわけではないわ」伯爵夫人がにべもなくいった。「どうしたって、この娘は社交界から切り捨てられてしまうのよ。もうこの娘に招待状を送ってはもらえないでしょうし、わが家を訪ねてきてもくれなくなるでしょう」

「でも、お義母さまにたてつくような人間がいるとは思えませんけれど」とダマリスが反論した。

「社交界は過ちにたいして厳しいのよ。もちろん、わたしのことを鼻であしらうような人はまずいないでしょうけれど、孫娘が招待されてもいない場に、わたしが出かけていけるわけもないでしょう？　それは無理ね」老いた伯爵夫人は背筋をぴんとのばした。

「わたしのせいで、家族みんなをこんな醜聞に巻きこんでしまって」ジェネヴィーヴはこみ上げてきた涙を瞬きでこらえた。「ほんとうにごめんなさい、お祖母さま」

「気持ちはわかっているわ、ジェネヴィーヴ」伯爵夫人はため息をついた。「でもこうなった以上、あなたの評判を取り戻すには結婚するしか手がないわね」

「まさか、ラングドンのようなウジ虫と結婚しろと？」アレックが吠えた。

「それはない！」マイルズがショックを受けたように叫んだ。

「お断りよ」とジェネヴィーヴはきっぱりといい放った。「あんな卑劣漢と結婚するくらいなら、一生、社会ののけ者にされているほうがましだわ。お兄さま、ダースバリーに無理やりもう一度、指輪を用意させるなんていわないでね。あの人との結婚も、お断りだもの」

「ではあとは、クレイヤー城に引きこもるよりほかないわね」

「まさか、そんな」ダマリスがうろたえた。

「ターンバリー卿はいかがわしい女性と結婚しましたけれど」とマイルズが口を挟んだ。

「領地に逃げ戻ったりはしませんでした」

「ああ、あの方ね」伯爵夫人がげんなりした顔でいった。「だからといって、あの女性が社交界に受け入れられたわけではないわ。いずれにしても、どれほど常軌を逸した組み合わせだったとしても、あのふたりが結婚したというのは事実ですよ。結婚はいろいろな罪を帳消しにしてくれます。紳士の家名が女性をすっぽり守ってくれるのですから。結婚すれば世間体も保たれる。やくざ者と結婚すれば、身を持ち崩したとされるのと同じよ」

「そのとおりだわ」ジェネヴィーヴは蒼白な顔で椅子に沈みこんだ。いつしかこみ上げてきた涙が頬を伝いはじめたが、唇を真一文字に結び、泣き崩れるようなまねだけはすまいとこらえた。

「ジェニー……」マイルズが伯爵夫人に向き直った。「相手はラングドンやダースバリーでなくてもかまわないはずですよね。ジェネヴィーヴがほかの男と結婚すれば、彼女の評判を回復することができるのではないですか？」

「それはそうよ」伯爵夫人がうなずいた。

「でも、そこが問題でしょ」ジェネヴィーヴは大声を出し、頰の涙を勢いよく拭《ぬぐ》ってマイルズをにらみつけた。「こうなったからには、もうわたしと結婚してくれる男性なんて、いるはずもないのだから」

マイルズが部屋を横切ってジェネヴィーヴの前に行き、床に片ひざをついた。「そんなことはないよ、ジェニー。ぼくが結婚する」

5

「なんですって?」ジェネヴィーヴは跳び上がるようにして立ち、マイルズをまじまじと見つめた。

「きみに結婚を申しこんでいるんだ」マイルズがいらだちまじりの声でいった。

「ばかなことをいわないで、マイルズ!」ジェネヴィーヴの頬がまっ赤に染まった。そのとき、あらためて自分の姿を意識した——引き裂かれたドレスの上にマイルズの上着をはおり、娼婦のように乱れた髪が顔にかかっている。そんな状態で、二度目の求婚を受けているのだ。最初の求婚もいささか精彩を欠いたものではあったが、今回のはもっとひどい。「あなたとは結婚しません」

マイルズがぽかんとした表情で彼女を見つめた。「それはないだろう! ぼくは救いの手を差しのべているんだぞ」

「そんなものは必要ないわ。ほしくもありません」

「いままではよろこんで受け入れていたくせに」マイルズも頬を紅潮させていい返した。

「あなた、そうやってわたしの欠点を指摘するのが好きですものね」

「ひどいな、ジェネヴィーヴ——きみみたいにひねくれた人ははじめてだ。ぼくをダースバリーやラングドンと同等あつかいするつもりかい？　ぼくの妻になるくらいならノーサンバーランドに引きこもって残りの生涯を過ごすほうがましだというほど、ぼくはだめな男かい？」

「ジェネヴィーヴ」伯爵夫人が鋭い声を発して立ち上がった。「少し黙ってらっしゃい。まったく、お願いだから、なにか口にする前にきちんと考えなさい」彼女は孫娘に近づいて腕を取ったが、ジェネヴィーヴのほうはからだをねじってその手を外した。

「いやです！　できません。しません」目が潤んできたので、ジェネヴィーヴは口にさっと手を当て、のどからこみ上げてきた悲痛な叫びを抑えこんだ。くるりと背を向け、部屋から逃げだした。

背後から祖母の声が聞こえてきた。「いまあの娘は混乱しているんですよ、サー・マイルズ。だから、あの娘のいうことを本気にしないでちょうだい。わたしが話をします。ジェネヴィーヴも考え直しますよ」

階段を駆け上がって自室に向かうころには、ジェネヴィーヴは慟哭《どうこく》を抑えきれなかった。

マイルズは腹立ちのあまり無意識に歩いていたが、ふと、自分がモアクームの屋敷に戻ってきたことに気づいた。優雅な白い屋敷の外の灯りはすでに消えていた。図書室での一幕のあと、舞踏会はお開きになったにちがいない。それでも、通りに面した部屋の窓から温かな光がもれていた。マイルズは一瞬ためらったものの、小走りで階段を上がって玄関に向かい、扉を軽く叩いた。

扉を開けた従僕が驚いた顔をした。「ソアウッドさま！」従僕はすぐに立ち直り、こうつけ加えた。「モアクームご夫妻は控えの間においでです」

ガブリエルが窓際のすわり心地のよさそうな椅子でくつろいでいた。彼のひざには妻が腰かけ、椅子のアームから脚を垂らしている。ふたりはなにやら話しこんでいたようで、マイルズが部屋に入っていくと、驚いて顔を上げた。

「マイルズ！」夫婦はそんな姿を見られたことをとくに恥じるようすもなく、笑みを浮かべた。妻のシーアがぴょんと跳ぶようにして立ち上がり、両手を差しだしつつマイルズに向かってきた。「恐ろしいこともあったものね！　なにが起きたか聞いたわ。レディ・ジェネヴィーヴはだいじょうぶ？」

「しっかりしていますよ」マイルズはそういってシーアの手を取り、一礼した。「口にする言葉も、あいかわらず辛辣で」

「わたしたちの屋敷でそんなことが起きたなんて、残念だわ。あのふたりをお祝いするための舞踏会だったのに」シーアがため息をもらした。「あんないやらしい男がいるとは――」

「いやらしい男とは、どっちのことだい？」シーアが隣の椅子にすわると、ガブリエルがたずねた。「ラングドンか、それともジェネヴィーヴの婚約者のことか？」

「どちらもよ。ふたりとも。あのふたり、アレックになにをされてもしかたがないわね……ただ、そうなると、もっと大きな醜聞になってしまうだろうけれど」

「妻は血に飢えているものでね」ガブリエルがにやりとした。「彼女にたてつく者はいない。どうやらレディ・ジェネヴィーヴは妻と気が合うようだ」

「ジェネヴィーヴはダマリスの義理の妹なのよ」シーアが切り返した。「とにかく、結婚式のときにおしゃべりしたんだけれど、わたしはレディ・ジェネヴィーヴが気に入ったわ。彼女も、もう少し人当たりがよくなればいいだけの話よ。少し内気なんだと思う」

「内気だって？」ガブリエルが茶化すようにいった。

「ええ。あら、そんな目で見ないでちょうだい。あなたにはわからないのよ――あなたたちふたりには」シーアはマイルズも非難の対象にひっくるめた。「あなたたちはハンサムで魅力的だから、みんなが一緒にいたがるでしょう。だから、孤独というものが理解できないんだわ」

ガブリエルがシーアの手を取り、そこに口づけした。そのあと夫妻はふたりきりの世界にいるかのような笑みを交わした。ガブリエルがシーアから視線を引きはがし、マイルズに向き直った。「すわれよ、マイルズ、すわってくれ」そういって向かいの椅子を指し示す。「ブランデーでもどうだ？」

「いや、けっこうだ。そのためにきたわけではないから」

ガブリエルがひたと視線を据えてきた。マイルズがここに戻ってきたわけを説明するのを待っているのだ。じつはマイルズ自身、どうしてここに戻ってきたのだろう、と頭を悩ませていた。

「ジェネヴィーヴに結婚を申しこんだ」彼はいきなりそう切りだした。

しばらくのあいだ、ふたりは押し黙ったままマイルズをひたすら見つめていた。やがてガブリエルが立ち上がり、口を開いた。「そうか、どうやらぼくには酒が必要だな」彼は戸棚の前でグラスふたつにブランデーを満たし、なにも訊かずにマイルズに片方を手わたした。

「あなたとジェネヴィーヴが結婚するの？」とシーアがたずねた。「それって――」

「とんでもないことだよな」とガブリエルが口を挟んだ。

「意外だわ」とシーアが訂正し、夫をきっとにらみつけた。「でも、おめでとうをいわせてちょうだい」

「しかし、断られた」とマイルズはつづけた。

「まさか！」ガブリエルとシーアがぎょっとした顔をした。ガブリエルがマイルズの顔をのぞきこんだ。「それ、もしかしていつもの冗談か？」

「いや、ちがう。結婚を申しこんだとたんに、ジェネヴィーヴはリスの死骸を投げつけられたとでもいわんばかりにぴょんと立ち上がって、ぼくのことをばかにしたかと思うと、ぼくとは結婚しないときっぱり宣言した。そのあと、部屋を飛びだしていってしまった」マイルズはそこで言葉を切り、困惑した表情でグラスを見下ろした。「ジェネヴィーヴは、ひどく気分を害されたようだ」

「マイルズ、そんなことはぜったいにないわ」とシーアが反論した。「今夜、彼女はさんざんな目に遭ったのよ。それを忘れないで」

ガブリエルが苦笑した。「どうやらきみはジェネヴィーヴという女性をよく知らないようだね。彼女は昔からそんなふうなのさ。辛辣な言葉を吐くなんて、いかにもジェネヴィーヴらしい。彼女がそんなふうに……大げさな反応を見せるのは、今回がはじめてではないんだ」

「ぼくが相手だと、いつも彼女はあんなふうに刺々しくなってしまうんだ」とマイルズ。

「しばらくして落ち着けば、ジェネヴィーヴも考え直すのではないかしら」とシーアがマイルズにいった。

「伯爵夫人もそうおっしゃっていた。明日の午後また訪ねてきて、もう一度ジェネヴィーヴに話をしてほしい、と。ジェネヴィーヴもじっくり考えれば、気持ちを変えるはずだとおっしゃるんだ。つまり伯爵夫人は、ジェネヴィーヴが首を縦にふるまで、ああでもないこうでもないと、彼女をしつこく苦しめるつもりなんだろう。伯爵夫人が自分の思いどおりにことを運べなかったためしはないから、いずれジェネヴィーヴもあきらめるだろう」

「つまり、彼女と結婚するというきみの気持ちは変わっていないということか？」ガブリエルがまゆをつり上げながらたずねた。

「ぼくのほうから結婚を申しこんだんだ、ゲイブ。それをいまさら撤回はできないだろう」

「彼女に断られたなら、できるさ」とガブリエルは指摘した。

「ああ、そうしたところで、ぼくの評判が傷つくことはないだろう。しかし、ぼくはそうしたくないんだ。ジェネヴィーヴの評判はいまや地に堕ちてしまった。となれば、彼女の将来は想像がつくだろう――ノーサンバーランドの、あのひんやりとしただだっ広い石の塊《かたまり》のなかに一生引きこもって暮らすことになる。あるいはバースでお祖母さまや彼女のお仲間のために、あれこれ雑用をこなすしかないだろう。良縁に恵まれることもなく、子どもも持てない。彼女自身の家は持てないんだ」

「そんなの、さぞかしぞっとするでしょうね」シーアが心から同情するような声でいった。

「いまジェネヴィーヴは……心をずたずたに引き裂かれている。そんなの、ぼくには耐えられない」マイルズは顔をしかめ、ブランデーを口にふくんだ。「ところが彼女は、ぼくの申し出を突き返してきた」そのあと、いくぶん哀調に満ちた声でいう。「ぼくだって、世間ではなかなかの花婿《はなむこ》候補だと思われているはずなんだが」

「まあ、マイルズったら……」シーアがにこりとして彼の腕に手をかけた。「自尊心が傷つけられてしまったのね。わかるわ。でも、レディ・ジェネヴィーヴの気持ちを考えてあげて。とても気位の高い彼女が、今夜、社交界の面々が顔を揃えている目の前で、屈辱を味わわされたのよ。あなたがロンドンでも花婿として引く手あまたの独身男性だということは、みんなが知っていることだわ……ガブリエルが奪われたいまは、とくに」そういって、シーアは夫にきらめく目を向けた。「ジェネヴィーヴもそれをちゃんとわかっているはずだわ。彼女が求婚を断ったのは、あなたが結婚相手としてふさわしくないからではないのよ」

「そうかもしれないが、ジェネヴィーヴが夫に求める男ではないんだろうな。そもそも、あんな婚約者を選んだところからしても、その点ははっきりしている。ぼくはダースバリーのようなりっぱな社会的地位があるわけではない。伯爵でもなければ——男爵ですらない。スタフォード家が目をつけるのは、ソアウッド家より上の家柄なのさ」

「今回の場合はちがうわ」とシーアがなだめようとした。「あなたに求婚されたことでジェネヴィーヴの自尊心が傷つけられたのは、それが理由ではないはずよ。世のなかには、憐れみをなによりいやがる人がいるものだわ。ジェネヴィーヴは、あなたが彼女を気の毒に思ったから、あなたが心やさしい人だから、求婚したのであって、彼女と結婚したいから求婚したわけではないことが、わかっているのよ」

「まあ、それはそうだな」マイルズは率直に認めた。「たしかに——ジェネヴィーヴは、ぼくが妻に選ぶようなタイプではない」

「それでもあなたが結婚を申しこんだのは、あなたが紳士だからということが、彼女にはわかっているのよ。あなたがやさしい人だから、ということが。それにたぶん、あなたが彼女のお兄さまの友人だから、ということもね。女性にしてみれば、求婚の理由としてあまりうれしいものではないわ」

「恋愛結婚のふりをするなんて、ばかげている。ジェネヴィーヴはロマンチックな女性ではないはずだ」

「ロマンチックじゃない女性なんているのかしら？」シーアが軽い口調で問いかけた。「わからないわよ。スタフォード家の人たちが……用心深いのは、じつはものすごく傷つきやすいからなのではないかしら」

「シーアはスタフォード家に甘いんだ」ガブリエルがそっけなくいった。「アレックの目には自分の妻しか入っていないからいいようなものの、そうでなければ、ぼくも嫉妬《しっと》しているところだよ」

シーアがガブリエルに向かってあきれたように天を仰いでみせたが、その顔に浮かべた笑みを見れば、だれより嫉妬深い男の疑いすら消し去ってしまうことだろう。「さてと、わたしのお説教はこれくらいにしておきましょう。ふたりだけでじっくり話し合いたいでしょうから、わたしはそろそろ休ませてもらうわね」シーアは立ち上がり、マイルズに声をかけた。

「心配しないで。ものごとはおさまるべきところにおさまるはずよ」

男性ふたりでシーアを見送ったあと、ガブリエルが友人に向き直り、長々と、なにやら値踏みするような視線を向けた。「わが妻は、知ってのとおり牧師の妹だ。だから人間のいい面にばかり目を向ける傾向にある」

「たいていは、ぼくもそういう人間なんだが」マイルズは皮肉な笑みを浮かべた。「しかし話がジェネヴィーヴのこととなると、どうも……」

「マイルズ」ガブリエルが身を乗りだし、わきのテーブルにグラスをおいた。「気をつけろ。ジェネヴィーヴの未来が厳しいことはわかる。しかし彼女を救うためにきみの未来を棒にふっていい理由は、どこにもないんだぞ」

「べつにジェネヴィーヴのことが恐ろしいわけではないんだ」マイルズはいらだたしげに応じた。「彼女ならよき妻になるよう最大限の努力をするだろうし、その目標を達成できる人でもある。見た目も美しいし、機知に富んでいる。一緒にいて、退屈することのない人だ」

「ああ、そうだろうな」ガブリエルがにこりとした。「怒らないでくれ。ぼくだって、ジェネヴィーヴを目の敵にしているわけではない。彼女がぼくをきらう理由はわかっているし、きらわれて当然な理由でもある。彼女はアレックの忠実な妹であり、ぼくがアレックを誤解していたのは事実だ。それに、きみのいうとおりさ。彼女は美しくて頭がよくて、育ちもいい。レディの見本だ。完ぺきな妻になるだろう。しかしその相手として、きみがふさわしいのかどうかがわからない。彼女がきみを幸せにしてくれるだろうか？」

「正直なところ、それはぼくにもわからない」マイルズはため息をつき、椅子の背にもたれた。「昔からなんとなく、自分は両親と同じように恋愛結婚をするんじゃないかと思ってきた。部屋に入ってくるたびに、ぼくを笑顔にしてくれる若いレディがどこかにいるのではないか、とね。母を見るたび、父がそんなふうだったから。シーアを見るときのきみと同じさ。ダマリスを見るときのアレックも同じだ。問題は、いままでそういう女性とめぐり逢ったことがないという点なんだ。ここ何年も、ほんとうにそういう女性と出会うことがあるんだろうか、と思ってきた。ぼくはいつもふざけてばかりいる、というジェネヴィーヴの言葉は的を射ている。ぼくは人生を楽しんでいる。くよくよ思い悩むなんてことはしない。ジョスランを愛し、彼女を失ったときのアレックのような態度は、ぼくには考えられない。ダマリスが相手のときもそうだ。彼女を失ったと思ったときのアレックは、ひどく取り乱していた。自分があんなふうに人のことを愛したいと思っているのかどうかすら、よくわからない。あいう生き方は、えらく心地悪そうだからな、はっきりいって」

ガブリエルが苦笑した。「そうかもな。しかしなにも、みんながみんなアレックみたいな愛し方をするわけじゃないだろう。たとえば……いつの間にか心に愛がこっそり入りこんでいて、突然ある日、世界がすっかり変わっていることに気づくとか」

「へえ、そんな思いはいままで一度もしたことがないな」マイルズは悲しげな笑みを浮かべた。「これから先も、そんな思いをすることがあるかどうか。それでも、必ず結婚はしなければならない」

「しかしその相手が、ジェネヴィーヴ・スタフォードなのか？」ガブリエルはそういって噴きだしたが、マイルズがからだをこわばらせたのに気づくと真顔に戻った。いつもなら温《ぬく》もりのある茶色いマイルズの目に、氷の幕が張っているように見える。「きみたちが一緒にいるときはいつでも、くだらないことで口げんかばかりしているじゃないか」

今度はマイルズが苦笑した。「口げんかには慣れている。お忘れかな、ぼくは五人の女きょうだいのなかで育ったんだぞ」

「それなら、なにをそんなに心配しているんだ？」とガブリエルがたずねた。「きみのことならわかっている、マイルズ。女性にふられたからといって友人を訪ねてくるような男じゃないだろう。むしろ、なおさら相手の心を勝ち取ろうとするはずだ」

「そうかもしれない」マイルズがぱっと無頓着《むとんちゃく》な笑みを浮かべた。「ジェネヴィーヴに求婚したとき、ためらいはなかった。ところが彼女に断られたとたんに、彼女に求婚するなんて頭がどうかしていたにちがいない、と思った。彼女を説き伏せる自信はある。問題は、ほんとうにそうすべきかどうか、ということなんだ。ジェネヴィーヴにたいするシーアの意見がまちがっていたら？　ぼく自身の思いちがいだったら？　ジェネヴィーヴには、いま以上の深みも温かみもなかったら？　愛を期待しているわけじゃないんだ。愛する心を恋しがることすら考えられない。しかし、もし――もし、ジェネヴィーヴの氷のような自制心の塊を掘り返しても、その下に心がなかったとしたら、どうする？　彼女には、ほんの少しでも人を愛することができないとしたら？

「とんでもなく大きな危険を冒すことになりそうだな」

「ああ」マイルズは両手を見下ろした。「それでも……その危険を冒すつもりだ」彼は目を上げると、にやりとした。いきなりその目に危険な光が浮かぶ。「さてと……そろそろミスター・ラングドンを捜しにいくとするかな」


翌朝、ジェネヴィーヴは朝食の席に下りていくのを先のばしにしていた。ほつれた髪をピンで留めたり、彼女にしか見えないしわをのばしたりしながらぐずぐずしていたが、ついに自分の臆病さかげんに嫌気が差し、肩を怒らせてきびきびとした足取りで階段を下りていった。なんといっても、いまから顔を合わせるのは家族だけだ。上流社会の面々が揃っているわけではない。ひと晩じゅう、まんじりともせずに涙に暮れて寝返りをくり返していたために目が腫《は》れていようが、頭がずきずきしようが、かまうものか。

アレックと祖母が朝食の席についていた。ジェネヴィーヴが食堂に足を踏みいれたとき、祖母がこういうのが聞こえた。「――いったいどうして、こんなに早く知られてしまったのかしら？」

「わかりませんが――」そのときアレックが顔を上げ、ジェネヴィーヴの姿に気づいた。彼は弾《はじ》けたように席を立った。「ああ、ジェネヴィーヴ、おはよう」

伯爵夫人があわてて新聞を折りたたみ、従僕のひとりに手わたした。「これを。捨ててしまってちょうだい」

「お祖母さま、『オンルッカー』紙を読んでらしたのね」ジェネヴィーヴは近づきながらいった。

伯爵夫人が口もとをこわばらせた。「まったく品のない三流紙だわ。あんなもの、発行禁止にすべきよ。これについてはカズウェルと話しましょう。政府になんとかしてもらわなければ」

「今朝はどんな記事が載っていたんですの？」ジェネヴィーヴは、胃をかき乱されるような不安が声に出ていないことにほっとした。

「ゆうべのちょっとした出来事について、自分たちの予想どおりだったと得意げに書かれているだけよ。まったく、くだらないったら。でも、あなたが心配するようなことはなにもありませんよ。さあすわって、召し上がりなさい。木の実がとてもおいしいわ」

「お腹は空いていません」ジェネヴィーヴは立ったまま、両手をぎゅっと絡み合わせていた。

「おふたりに話があるんです」

「わかった」アレックがそういって、使用人たちを下がらせた。

「ゆうべのことを謝罪したいと思います」使用人たちが去ると、ジェネヴィーヴは口を開いた。「一族を醜聞に巻きこんでしまい、申しわけありません」

「ジェニー、おまえはなにひとつ悪いことはしていない」とアレックが慰めた。「ラングドンはじつに見下げたやつだ。それにダースバリーも、紳士たるものどうふるまうべきか、学んだほうがいいな」

「アレック……」伯爵夫人が警告するようにいった。

「いえ、お祖母さま。どうかご安心ください。あの男にはなにもしないと約束したからには、なにもしません」

「家名を――スタフォードの名前を、汚すつもりはなかったんです」とジェネヴィーヴはつづけながらも、後悔の気持ちをきちんと表現できている自信が持てなかった。みんなの気づかいは、かえってこちらの羞恥心《しゅうちしん》をあおるばかりだ。

「そんなことはわかっているさ」とアレック。「ぼくは醜聞など気にしない。おまえは家名を汚すようなことは、なにひとつしていないんだ」

「それにありがたいことに、サー・マイルズが救いの手を差しのべてくださったじゃないの」と伯爵夫人がつけ加えた。

「お祖母さま……マイルズには、ゆうべ、お断りしたはずです」

「サー・マイルズは、ゆうべのあなたが混乱していたことをちゃんとわかってらっしゃいますよ。きょうの午後、またあなたを訪ねてくるはずだわ」

「そうするよう、お祖母さまがあの人に命じたのでしょうね」ジェネヴィーヴが目をきらりと光らせた。

「もちろんよ。だれかがあなたの将来について、きちんと考えなくてはなりませんもの。あなた自身にそれができないのは明らかですから」

「ジェネヴィーヴは、したくもない結婚をする必要はありません」とアレックが口を挟んだ。

「それはおまえもわかっているな、そうだろう、ジェニー？　ぼくが一生おまえの面倒をみる」

「わかっているわ。ああ、お兄さま――」ジェネヴィーヴは動揺のあまり顔を背け、部屋を行ったりきたりしはじめた。

「大切なのは、おまえが幸せになることだけだ」

伯爵夫人がふんといった。「アレックったら、そんなことをいって。ジェネヴィーヴ、おすわりなさい。あなたを見ているとめまいがしてくるわ」

ジェネヴィーヴは足を止め、からだの両わきでこぶしを固めたが、テーブルの前に戻って自分の席についた。

「さてと」伯爵夫人が孫娘に向き直った。「よく聞くのよ。サー・マイルズが、あなたを見苦しくないかたちで窮地から救いだす申しこみをしてくださった。完ぺきな解決法だわ。それを受け入れないというのなら、あなたはとんでもなく愚かだということになりますよ。あなた、たとえアレックが強要したとしても、ミスター・ラングドンともダースバリー卿とも結婚するつもりはないといったわね」

「必要とあらば、そうするが」とアレックが言葉を挟んだ。

「あなたがあのふたりと結婚したくないという気持ちは、理解できます」祖母はアレックを無視して先をつづけた。「ミスター・ラングドンはごろつきだし、ダースバリー卿は退屈なだけでなく、どう見ても浅はかな人間ですから。でもサー・マイルズなら、相手として遜色ないわ。家柄も悪くはないし、まずまずの財産もある。これ以上の申し出はありませんよ」

「わかっています。お申し出をお断りしたのは、わたしのためではないんです。いくら心やさしい方だからといって、マイルズがわたしのために人生を犠牲にしていいはずがありません。あの方をそんなふうに利用したりしたら、罰が当たります」

「ばかなことをいわないで」と伯爵夫人。「サー・マイルズが、あなたのいう〝犠牲〟を払うはずがないでしょう。あの方にしてみれば、じつにありがたい縁組みなのですよ。ソアウッド家は名誉も財産もりっぱなものではあるけれど、ふつうならスタフォード家との縁組みなど望めない立場なのですから。唐突だし、偶然のことではあるけれど、先方にしてみれば、願ってもない縁組みだわ」

「マイルズは、なにも自分の社会的地位を高めるためにこんなことをしているわけじゃありませんよ」とアレックが反論した。「それだけでも充分りっぱな男として世間に認められるはずです。お祖母さまをのぞけば。マイルズは根っからの紳士であり、よき友です。だからこそ彼は求婚したのであって、伯爵家との縁組みを望むからではありません」

伯爵夫人が、孫息子にしばし冷酷な視線を向けた。「サー・マイルズが紳士であることくらい、いわれなくてもわかっています。そうでなければ、わたしがジェネヴィーヴとあの方の結婚をあと押しすると思う？　でもだからといって、あの方がこの結婚の価値に気づいていないということにはならないでしょう。わたしなら、スタフォードのような家名と自身の名前を並べるという決断を、蔑むようなことはしません。それに、これがあの方にとってすばらしい縁組みであるという事実は変わらないでしょう。だったらジェネヴィーヴも、あの方を〝犠牲にする〟とかなんとかという、くだらないことを心配する必要はありません」

「正しいことではないと思うんです」ジェネヴィーヴは祖母を見ずにあごを引き締めた。祖母の話も、兄の反論も、どちらもとくにありがたいとは思えなかった。

伯爵夫人がうんざりしたようなため息をついた。「まあ、いまはなにをいってもあなたを説得できそうにないわね。きょうの午後になれば、サー・マイルズも幸運に恵まれるかもしれないけれど」彼女は孫息子に向き直った。「アレック、ダマリスのようすを見にいったほうがいいのではないかしら？　今朝は調子が悪いということだから」

「ダマリスは気分が悪いの？」ジェネヴィーヴはアレックに顔を向けた。彼はいまや顔をしかめ、不安に目を曇らせている。「ゆうべの一件のせいで、動揺してしまったのかしら？

ダマリスまで――」

「〝ある種の状態〟になった人には、よくあることですよ」伯爵夫人が冷たくいい放った。「彼女ならだいじょうぶ。それでもアレック、紅茶とトーストくらい届けてあげても、罰は当たらないのではないかしら」

「そうですね」アレックは立ち上がったものの、ふと足を止め、祖母を見据えた。「お祖母さまがぼくを追い払おうとする理由はちゃんとわかっていますからね。ぼくがいないからといって、ジェネヴィーヴをいじめるようなことはしないでください」

「まったく、アレックったら」伯爵夫人が冷淡な声で応じた。「あなた、わたしのことをどういう人間だと思っているのかしら。わたしがジェネヴィーヴを傷つけるようなまねを、するわけがないじゃないの」

「お祖母さまがジェネヴィーヴの幸せを願っていることはわかっています」アレックがそっけない口調でいった。「ただ、結果を確実に得るために、お祖母さまがどんな手を使うのかが心配なんです」アレックは妹の肩を励ますように軽く叩いたあと、部屋から出ていった。

祖母は、アレックの足音が階段を上がっていくのを聞き届けたうえで、ジェネヴィーヴに向き直った。「さてと――だめよ、口答えはなし。これからいうことは一度しかいいませんから。それでもあなたが、このまま頑固に破滅的な道を歩みつづけるというのなら、わたしももうこれ以上はなにもいわないわ。またもうひとつ醜聞が加わったことが、あなたの兄夫婦にどんな影響を与えるかということについて、考えろとはいわない。あのふたりの上流社会での立場は、もともと不安定でしたからね。それに、今回の醜聞がわたしにどう影響するのかについても、考えなくていいわ。あなたが社交界で受け入れられなくなったら、わたしとしてはバースに隠居するだけの話ですから。いずれにしても、あそこのほうがうんと快適に過ごせることはまちがいありませんしね」

「お祖母さま……」ジェネヴィーヴはみじめな気分になった。

「そういうことは、べつにいいの」伯爵夫人は堂々たるしぐさで片手を掲げてジェネヴィーヴを制した。「たいしたことではないから。でもね、あなたには、じっくり、しっかり考えてもらいたいの。残りの人生をどう過ごしたいかということについて。これは、けっして些細なことではありませんよ。城で数カ月ほど過ごしたあと、なにごともなかった顔でロンドンに戻ってくることなど、できないのですから。悲惨なことですよ。醜聞の影がいつまでもあなたにつきまとって離れなくなるのですからね」

「わかっています」ジェネヴィーヴは低い声でいった。

「いいえ、あなたにわかっているとは思えないわ。この機会を投げだしたら、残りの人生でどれくらい後悔することになるのか、あなたに想像できているとは思えないの。サー・マイルズを拒んでしまったら、もう二度とあの方ほどふさわしい紳士は現れませんよ」

「あの方を拒んでいるつもりはありません。あの方を救おうとしているだけです」

「あなたの気持ちはよくわかります」伯爵夫人は孫娘に厳しい視線を向けた。「でもね、サー・マイルズはあなたの拒絶をそんなふうには考えないのではないかしら。あの方はあなたに、男性が女性に与えうる最高に貴重なものを差しだしてくれたのですよ」

「マイルズはわたしのことを愛していません」とジェネヴィーヴは反論した。

「いまはあの方の気持ちについて話しているのではありません。あなた、なんだかアレックに似てきたわね」祖母が顔をしかめた。「マイルズはあなたに家名を差しだしたのですよ。名誉を。これはけっして小さなことではありません。ところがあなたは、それをにべもなく拒んでしまった。あの方の家名も、家庭も、人生も、とにかくあの方がよろこんで差しだそうとしているものはすべて、あなたにとって価値がないと突き返したようなものなのですよ」

ジェネヴィーヴは愕然とした。「そんなことはいっていません」

「言葉でそういったわけではないでしょうけれどね」祖母は肩をすくめた。「どうしてあなたが乗り気になれないのか、わたしには理解できないわ。恋愛結婚でなければがまんできない、などという愚かな娘ではないはずなのに」

「ええ、もちろんちがいます。こ——これは、ダースバリー卿との婚約と同じようなものですわ」

「そのとおりよ。相手がサー・マイルズだと、なにがちがうの？」

「わかりません」ジェネヴィーヴはみじめに答えた。

「わたしなら、マイルズが相手のほうが楽だと思うでしょうね。なんといっても、マイルズとは何年も前からの知り合いなのですから。あの方なら愛想のいい完ぺきな夫になってくれるでしょうし、ダースバリーのような男と暮らすより、うんと楽しめるはずですよ。あなたがお務めを果たして跡取りをひとりかふたり産めば、あとはべつべつの生活を送って、人生を満喫できるようになるわ。もちろんあの方は愛人をつくるだろうけれど、サー・マイルズのことだから、きちんと分別を持って行動するはずですよ」

「ええ、あの方はいままでずっとそうだったとお祖母さまもおっしゃっていましたよね」

ジェネヴィーヴはうつろな心でいった。

「切り盛りすべき家庭と、育てるべき子どもを持つことができるのよ。社交界でも、いままでと同じ地位にいられる――つまり、今回の醜聞が鎮まったら、という意味だけれど。さてと――」伯爵夫人はもう一度ジェネヴィーヴの手を軽く叩いたあと、満足げな顔で視線を外した。「あわただしい婚礼になるでしょうね。ふつうならわたしもせき立てるようなことはしないのだけれど、今回ばかりは醜聞を鎮める必要がありますからね。マイルズが結婚特別許可証を手に入れてくれることでしょう。そうすれば、明日にでも結婚できるわ。ここロンドンで牧師をしている親戚がいますから」

ジェネヴィーヴは椅子の背にもたれ、彼女の将来を楽しげに計画する祖母の言葉はほとんど聞いていなかった。そんなことはできない、と思う。マイルズと無情な結婚生活をはじめることなど、とにかくできない。でも、ほかにどんな方法があるだろう?

6

「まるでハゲタカね。でも執事が追い払ってくれたわ」ダマリスは窓からふり返り、厚いカーテンをもとに戻した。「おたくの執事は優秀ね」

「お祖母さま相手に訓練を積んできた人だもの」ジェネヴィーヴはそう応じながらも、みぞおちの奥でどんどん大きさを増していく氷を必死に無視しようとしていた。

「そうでしょうとも」ダマリスが苦笑した。

「きょう、わが家を訪ねてくるのは、物見高い人だけでしょうね」ジェネヴィーヴは自分の口調が自己憐憫《れんびん》にまみれていることに気づき、あわててつけ加えた。「もちろん、こうなることは予想していたけれど」

義理の姉ダマリスが手もとの刺繍《ししゅう》に目を落としつつ、慎重な口調でいった。「上流社会の外にも、楽しいことはたくさんあるわ」

「ええ、もちろん。クレイヤー城で馬に乗るほうがよほど楽しいもの。それにパーティは、いつも人いきれでむせ返ってしまうし」ジェネヴィーヴは布にぐさりと針を突き刺した。

「ほんとうね。クレイヤー城のほうが、もっと居心地のいいパーティを催せるわ。シーアとガブリエルも訪ねてきてくれるし、みんなでチェスリーに出かけていくのもいいわね」

「ええ」ジェネヴィーヴは、あの仲むつまじい夫婦二組と過ごす日々を想像した。「痛っ」さっと指を引き、針が刺さった箇所からにじむ血を吸い取った。こみ上げてきた涙を瞬きでこらえたものの、何粒かは頰を伝ってこぼれてしまった。「もう、いやだわ」ポケットからハンカチを取りだし、目もとを拭う。

「まあ、ジェネヴィーヴ」ダマリスが刺繡をわきにおいてジェネヴィーヴのいる長椅子に移動し、彼女の手を取った。「あなたがこんな目に遭うなんて、ほんとうに残念でならないわ。ダースバリーは卑怯でまぬけな男ね」

「ええ。あの人と結婚しなくて、ほんとうによかった」そういって、はかない笑みを浮かべる。「わたしのことで、あなたが気に病む必要はないのよ。そもそもわたしが図書室に行かなければよかったんだから。そんなことくらい、わかっていたはずなのに。もし相手がマイルズでなかったら、あそこに行こうなんて思いもしなかった」

「マイルズ？」ダマリスが困惑顔をした。「どういう意味？　あの一件とマイルズがどう関係しているの？」

ジェネヴィーヴは目を見開いた。「あ、いいえ。なんでも――」

「なんでもないはずがないでしょう。いったいなんの話？」

「お願い、どうか兄には話さないで。兄がマイルズに腹を立てたら困るから」

「アレック？　どうしてアレックがマイルズに腹を立てることになるの？」

「そんなことになったら、たいへんだわ。ああ、もう！　じつはわたし、マイルズに呼びだされて――だから図書室に行ったの。これがだれかほかの人にいわれたことなら、わたしも行ったりはしなかったんだけれど。でもマイルズが相手なら、危険はないとわかっていたから。でもマイルズがくる前に、フォスター・ラングドンに出くわしてしまって！　ほんとうに運が悪かった」

「でも、どうしてマイルズはあなたを呼びだしたのかしら？」とダマリスがたずねた。

「わからない。あのあと……あの一件のあとで、とくに訊かなかったので。それにいまとなっては、どうでもいいことだし。でもそのことがあるから、マイルズは結婚を申しこんだんだと思うの。責任を感じているんだわ。あの人のせいではないのに。相手がだれであれ、男性に会いに図書室に行ったわたしが悪かったのよ」

「そんなことはないわ。どうしてお友だちに会いにいってはいけないの？　たとえそれが、男性のお友だちだとしても。ばかげているわ。あなただって、まさかそこでラングドンと鉢合わせするとは思ってもいなかったのだから」

「ええ。でも、だからこそ礼儀作法というものが存在するのよ――そういう事態にならないための作法が。わたし、いままでずっと、そういうことには注意してきたのに」ジェネヴィーヴはいつしか手をにぎり締めていたことに気づき、力を抜いた。「でも、もうどうでもいいことだわ。すんだことですもの」

「ジェネヴィーヴ……マイルズの申し出を受けるのが、そんなにいやなの？　あなたがマイルズを愛していないことはわかっているけれど――」

ジェネヴィーヴはダマリスに向かって目をすがめた。「まさか、お祖母さまにわたしを説得するよういわれたの？」

「いいえ、そんな、ちがうわ。そんなふうに考えないで」ダマリスはあわてて否定した。「ええと、でも、まあ、たしかにそうね。お祖母さまとはお話ししたわ。でも、サー・マイルズがいらしたら、わたしはすぐに消えるようにといいわたされただけよ。わたしは、自分の意に反する結婚をしろなんて、あなたにいったりはしないわ。でもあなたに不幸せにもなってほしくないの。それにマイルズと結婚したほうが、もっと充実した人生を送れるのではないかと思えてならないものだから」

「そうね、たしかにそれがわたしにとっては最高の解決策でしょう。自分でそれがわかっていなかったとしても、お祖母さまにはっきりそういわれたわ」ジェネヴィーヴはさっと立ち上がり、部屋のなかを行ったりきたりしはじめた。「わたし――わたし、もうさんざんな気分なの！」そういって、頭の混乱を鎮めようと両手をこめかみに当てる。「わたしの醜聞がお祖母さまの身にも降りかかると思うと、耐えられなくて。もちろんお祖母さまのことだから、そんなところはみじんも見せようとはしないでしょうけれど、自尊心がひどく傷つけられるのはまちがいないわ。しかもお祖母さまは、生まれたときからわたしの面倒をみてくれた人なのよ。ロンドンで暮らして、パーティに出席したり、お友だちを訪ねたりすることもできたでしょうに、母が亡くなったあとでクレイヤー城に戻ってきてくれたの。わたしを育てなければならないという義務感のために。それに――父は、気むずかしい人だった。たぶん兄から聞いているわね」

「残忍な人だわ！」ダマリスが目をきらりと光らせた。「まさかあなたも、アレックと同じように暴力をふるわれたの？　お祖母さまも？」

「いえ、それはないわ」ジェネヴィーヴは苦々しく答えた。「父の怒りの矛先《ほこさき》は、いつも兄に向けられていた――その原因がわたしにあったときでも。わたしを叩いてくれたらいいのに、と思ったこともあるわ。父の書斎の外で、兄が折檻される音を立ち聞きするより、そのほうがよほど気持ちが楽だったでしょう。父の怒りがわたしに向けられることを恐れて、兄が……けっして逃げだそうとしないことがわかっていただけに」彼女はそこで言葉を切ると、こみ上げる感情を呑みこみ、それまでずっと役に立ってきた冷酷な仮面を顔に貼りつけた。「でも、父はわたしを叩こうとはしなかった。お祖母さまに手を挙げるようなまねも、一度もしたことはないわ」口もとにかすかな笑みが浮かぶ。「お祖母さまは、父が唯一恐れていた人ではないかしら。いえ、父が唯一愛した人、というべきかもしれない。どちらなのかはよくわからなかった。でもとにかくお祖母さまは、クレイヤー城での暮らしをいみきらっていたの。寂しいし、なにもないし、冷え冷えとした場所ですもの。あそこにいると、お祖母さまは関節痛に苦しんでしまうの。お祖母さまは人と過ごすのが好きな方よ。光があふれた場所や、ダンスや、劇場が好きなの。だからわたしのためにあんなに長いあいだクレイヤー城に引きこもっていたというのは、とんでもなく大きな犠牲だったはずだわ」

「お祖母さまはあなたを愛しているのよ。だから、よろこんでそうなさったはずだわ」

「ええ、それはまちがいないでしょう。でもわたしは、そんな恩を仇《あだ》で返してしまった。前の醜聞を鎮めるつもりが、さらにあおる結果になってしまって」

「アレックがわたしと結婚したという醜聞のこと？」ダマリスがやさしい声でたずねた。

ジェネヴィーヴはうしろめたそうな顔でちらりと義姉を見やった。「いいえ、つまり、その、ジョスランが兄との婚約を破棄した一件もあったし」そういって歪んだ笑みを浮かべる。

「わたしたちスタフォード家の者は、婚約者に逃げられる傾向にあるみたいね。あのとき、だれもが兄を責めたわ。兄がジョスランを殺したなんていう噂まで流れたくらい」

「そうだったわね。そのあとアレックが過去のある女と結婚したことも、なんの助けにもならなかったし」ダマリスは笑みでその言葉の棘《とげ》をやわらげた。「どうかわたしのことはお気づかいなく。前からわかっていたことだから。でも、スタフォードの家名のためにわたしたちの愛を犠牲にすることはできなかった。あなたも、家名を守るために結婚したくもない相手と結婚することはないわ。アレックに義理立てしてマイルズの申しこみを受ける必要は、まったくない。ご存じのようにアレックは、他人のいうことなどちっとも気にしない人だから。お祖母さまのため、と考えることもないわ。お祖母さまが上流社会での立場を失うことなんて、ありえないもの。少なくとも、長くそんな目に遭うことはないでしょう。上流社会のほとんどが、あなたのお父さまと同じように、お祖母さまのことを恐れているのではないかと思うので」

ジェネヴィーヴは笑い声を上げ、少しだけ肩から力を抜いた。「そのとおりかもしれないわ」

「わたしが心配なのは、あなたのことよ。あなたもお祖母さまに負けず劣らず、クレイヤー城のことが好きではないでしょう」

ジェネヴィーヴは肩をすくめた。「たしかに、大好きというわけではないわ」

「マイルズのほかにも候補がいるなら、わたしもこんなふうにせっついたりはしない。でもマイルズならいい旦那さまになるわ。やさしいし、とても気さくな方だから」

「ええ、わかっているわ。マイルズにもいいところはたくさんある。苦労するのはわたしではなくて、マイルズのほうよ。あの方をそんな目に遭わせるわけにはいかないでしょう?」

「でも、ジェネヴィーヴ、彼のほうから求婚してきたのよ。マイルズはたしかにとても心やさしい人だけれど、経験からいわせてもらえれば、男の人は、たいてい自分の望むことをしようとするものよ――たとえ本人がその理由に気づいていないとしても」

「マイルズは、考える前に行動する人なの」ジェネヴィーヴはあごを引き締めた。「それにあの人の欠点は、気前がよすぎるところだわ。こんなふうに性急にことを運ぼうとするなんて、いかにもマイルズらしい。でもわたしたち、お似合いの夫婦にはなれない。だれが見てもわかることよ。だって、一度として意見が一致したことがないんですもの。あの人は世のなかのすべてを愛するような人なのに、片やわたしは――わたしは、だれかを愛することのできない人間だわ。だからあの人は、もっとやさしくて愛敬《あいきょう》のある人と結婚すべきよ。それ相応の愛を返してくれる女性と。わたしではなくて。スタフォード家の心を持つ女ではだめなの！」

「スタフォード家の心を蔑んではいけないわ」ダマリスがにこりとした。「だってわたしから見ると、とても広い心ですもの。それに、こんなふうに考えてみて。マイルズは、いまあなたが口にしたような女性に結婚を申しこんだことはないでしょう。あの方が結婚を申しこんだ相手は、あなたなのよ」

ジェネヴィーヴがそれになにか応えようとした矢先、玄関を鋭く叩く音が聞こえた。ふとダマリスを見やる。みぞおちの氷の塊が、いきなり胃のなかを占領した。ダマリスがふたたび張り出し窓に向かい、カーテンをわずかに引いて外をのぞいた。

「マイルズだわ」ダマリスは刺繍を手にした。

ダマリスの言葉を聞いて立ち上がったジェネヴィーヴは、知らず知らず両手で胃を押さえていた。「ここにいてもいいのよ」

「お祖母さまから厳しく指示されているから」ダマリスはジェネヴィーヴに励ますような笑みを向けた。「それに、ふたりだけで話をしたほうがいいわ」

「サー・マイルズ・ソアウッドのお越しです、お嬢さま」執事が戸口から声高らかに宣言したあと、わきへより、マイルズを部屋に入れた。

「サー・マイルズ」ダマリスはそういうと彼に近づき、手を差しだした。ふたりがいつものようにほがらかにあいさつの言葉を交わす傍らで、ジェネヴィーヴは彫像のごとく微動だにせず無言で突っ立っていた。「では……」ダマリスがそういってジェネヴィーヴにちらりと視線をやった。「申しわけありませんが、わたしは二階に上がろうと思っていたところなので。おふたりで話すことがたっぷりあるでしょうし」

「たしかに」ダマリスが部屋から出ていくと、マイルズがジェネヴィーヴに向き直った。目に温かな光を浮かべている。「さあ、ジェニー、そんなふうに、蛇に襲われる寸前のような目で見るのはやめてくれ。きみを傷つけるつもりはないんだから」

「もちろんだわ。変なことをいわないで」わたしったら、こんなふうに胸をどきどきさせて、ばかみたい。相手はマイルズなのよ。ジェネヴィーヴは長椅子の斜め右にある椅子を指し示した。「どうぞ、おかけになって。なにかお飲み物でもいかが？」

マイルズは首をふった。「ぼくがきた理由はわかっているね」

「ええ、わかっているわ。お祖母さまがあなたにこんなことを強要するなんて、まちがっている。わたしは――」

「いや、待ってくれ」マイルズが熱意のこもった目で見つめてきた。「もう一度チャンスをくれないか。ゆうべは、まるで田舎出の無骨な小僧みたいな態度をとってしまったので」

「たしかにあなたらしくなかったわ」

「じゃあ、きみが受け入れられないのは、ぼくという人間そのものなのかな?」マイルズがまゆをつり上げた。「そんなことをいわれれば、気を悪くする人間もいると思うが」

「え?」ジェネヴィーヴは目をぱちくりさせた。「もちろん、そんなことをいっているんじゃないわ。マイルズ、お願いよ、話をややこしくしないでちょうだい」

「誓うよ、ぼくはただ、きみと結婚したいという熱烈な望みを抱いているだけなんだ」

「マイルズ! そんなふうに――」

彼が指を一本立て、ジェネヴィーヴの唇に押しあてた。「しーっ。こちらがなにかいうごとに口を差し挟むのはやめてくれないか。さもないと、いつまでたっても話が終わらない」マイルズは彼女の両手を取った。「ゆうべはあわてていたものだから、きちんとした作法に則《のっと》っていなかった。だからきょうは、正式に求婚しようと思ってきたんだ」彼は床に片ひざをつき、手をとって彼女を椅子にすわらせた。「レディ・ジェネヴィーヴ。どうかきみを妻に迎えるという大いなる名誉をぼくに与えてくれないだろうか」

「マイルズ！」ジェネヴィーヴは両手を引っこめようとしたが、彼が放してくれなかった。なぜか涙がこみ上げてきたので、ぐっとこらえた。「マイルズ、わたしとの結婚を望むなんて無理よ」

「そうなのか？」マイルズは悪巧みに引きこもうとするかのような笑みを浮かべたあと、彼女の手を掲げてそっと唇を押しつけた。「ジェネヴィーヴ……ぼくは、そんなにいやな男なのかな？　そうなのか？」

「いやな男のはずがないでしょう」ジェネヴィーヴは見苦しくない程度の動きでもう一度、手を引き抜こうとしたが、無駄だった。

「きみのお祖母さまだって、ぼくを受け入れてくださるというのに。その点は、かなり重要だと思うよ。なにしろロードン伯爵夫人の基準の高さは有名なのだから」

「お祖母さまは、わたしの結婚相手を見つけようと必死なのよ」

「じゃあぼくは、お祖母さまにとって最後の頼みの綱だと？　ジェネヴィーヴ、傷ついたな」

「わけのわからないことをいわないで」マイルズったら、どうしてこんなに心やさしく騎士的な態度をとるの？　こんなふうでは、理性をはたらかせるのがむずかしくなってしまう。名誉ある態度をとるのがむずかしくなってしまうではないの。

マイルズがふたたび彼女の手に口づけした。からかわれているだけだとわかっていながらも、ジェネヴィーヴは彼の唇の感触に、その吐息に、肌がぞくりとするのを感じた。「マイルズ……」ささやくようにいう。

「ジェネヴィーヴ」彼もささやくような声で応じ、にこやかな琥珀《こはく》色の目で見つめ返してきた。「いくらきみでも、ぼくの希望をことごとく打ち砕くようなことはしないよね？」

「こんなことをする必要はないのよ。あなたはわたしにたいして、なんの借りもないのだから。兄だって、あなたにこんなことを望んだりはしないわ」

「アレック？　きみの兄上がこれとどう関係するんだい？　ぼくはあいつに結婚を申しこんでいるわけではないんだぞ」

「だってあなたは兄のお友だちでしょう。やさしい人だわ」

「ならきみも、こんなりっぱな紳士を拒むことはできないはずだ」

「ふざけるのはやめてくれない？　わたしは、あなたを窮地から救おうとしているのよ」

「ちっともふざけてなんかいないさ。ジェネヴィーヴ……きみに愛してくれとはいわない。ぼくはきみに、わが家名と家と名誉を差しだしているんだ。その三つを安心して差しだせるような女性は、きみのほかにはいない。それに、いつか、きみもぼくの敬意と愛情を返してくれる日がくるのを、楽しみに待つよ。ジェネヴィーヴ、お願いだ、ぼくの妻になるといってくれ」

ジェネヴィーヴはのどを詰まらせ、ほとんど口をきくことができなかった。今回ばかりは、こみ上げてきてはぽろぽろと流れ落ちる涙を食い止めることができなかった。彼を受け入れてはいけない。そんなのはまちがっているし、身勝手な行為だ。いずれその決断を後悔する日が必ずやってくる——そういって、いま一度、彼を説得しなければ。

彼女は震えるような息を長々と吸いこんだあと、いった。「ええ、あなたの妻になるわ」

いったんそうと決めたら、ジェネヴィーヴは時間を無駄にはしなかった。ふたりは特別結婚許可証を得たうえで、翌日には家族とモアクーム夫妻だけに見守られながら晴れて夫婦となった。こちらはヴァイオリンの弦のごとく神経がかき鳴らされているというのに、マイルズのほうはいたって気楽に構えているように見えるのが、ジェネヴィーヴにしてみれば少々いらだたしかった。

それでも、からだにまわされたマイルズの腕の温もりには心強さをおぼえた。彼が身をかがめ、耳もとにささやきかけてきた。「がんばれ、ジェニー。もう少しで終わりだから」

夫婦となったことが宣告されると、マイルズが向き直って彼女のあごをくいと持ち上げ、軽く口づけした。彼の唇は温かくて絹のようにやわらかく、その香りが鼻孔をくすぐった。マイルズとこれほど接近するなんて、みんなの目の前で彼にこんなふうに触れられるなんて、なんだか奇妙な気分だ。胃がざわめいてくる。ダースバリーから頬に軽く口づけされたことも一度か二度はあったし、別れ際に唇を合わせたことも一度あった。しかし、そのときのいまの口づけは、どこかちがう。ダースバリーの目をのぞきこんだとき、こんなふうに感じたことはなかった。

ダマリスとシーアにともなわれて旅支度をするために上の階に向かうとき、ジェネヴィーヴは、七カ月前、ダマリスの結婚式のときも三人で同じことをしたのを思いださずにはいられなかった。あのよろこばしい祝いの席と自分の結婚式とでは、雲泥《うんでい》の差がある。それでも意を決したように顔に笑みを貼りつけ、ほかのふたりの女性の会話に加わろうとした。ふたりとも必死になって、この異例きわまりない状況がごくふつうの状況だというふりをしてくれていた。

「ジェネヴィーヴ」ふり返ると、部屋の入口に祖母が立っていた。

「お祖母さま」のどが詰まる。隣にいたダマリスがシーアに意味ありげな視線を送った。ふたりはジェネヴィーヴとその育ての親を残して、そっと部屋から出ていった。

「とてもきれいよ」伯爵夫人がそういいながら近づいてきた。「あなたはこうでなくては」そういってドレスの長い袖についたしわをなでつける。

「ありがとうございます」ジェネヴィーヴはふと周囲を見まわした。鏡台から愛用のブラシや香水の瓶《びん》、そして化粧水がなくなると、部屋がやけにがらんとして見えた。指にはめたマイルズの紋章指輪をねじった。これを指にはめるとき、マイルズがちらりと見せた恥じ入るような視線が思い起こされる。「この指輪、リボンでも巻いておかないと」彼女は努めて明るい声でいった。「落ちてしまいそうだから」

「マイルズも、すぐにもっとふさわしい指輪を用意してくれますよ」祖母はそういって、小さなため息をもらした。「わたしたちが計画していたお式とは似ても似つかないものになってしまったわね」

「ええ。大聖堂でもなければ……竪琴の演奏も、花束もなし。お客さまは五人だけで、うち三人は身内ですものね」ジェネヴィーヴの笑みがかすかにゆらいだが、彼女はなんとか表情を引き締め、先をつづけた。「でもエローラがいないことだけは、救いでしたね――彼女の取り巻き連中も」

伯爵夫人の口から苦笑がもれた。「ええ、それについては感謝しなければね」彼女はジェネヴィーヴの肩をつかむと、めずらしいことに身を乗りだして頰に口づけするという愛情表現を見せた。「幸せになるのですよ。きょうのあなたのふるまいは、とても誇らしかったわ。最初から最後まで、スタフォード家の人間らしいふるまいでした。これが望んでいた結婚ではないというそぶりは……みじんも見せなかったものね」

「これからもそれを貫きます」ジェネヴィーヴはあごを引き締めた。この胸の痛みは、だれであろうと、だれよりもマイルズには、ちらりとでも見せるものですか。

「それから――」伯爵夫人はせき払いすると、ジェネヴィーヴから目をそらせて先をつづけた。「怖がることはありませんからね」

「マイルズを、という意味ですか？」ジェネヴィーヴはぽかんとした顔をした。

「新婚初夜のことよ」祖母がまっすぐ、まともに見つめてきた。

「あ」ジェネヴィーヴは頬が熱くなるのを感じた。「そ――そんなこと、考えてもいませんでした」ダースバリーとの婚約中も、それについてはなるべく考えないようにしていた。ほとんど知りもしない男性とひとつベッドに入るのがどれほど恥ずかしいものか、想像すらできなかった。もちろんマイルズはよく知った相手ではあるが、それはそれで、まったくちがう意味での恥ずかしさをおぼえてしまう。頬の赤らみがさらに深まった。

「もちろん、あまり楽しいことではないけれどね」と伯爵夫人がつづけた。「でもあなたはスタフォード家の不屈の精神の持ち主だから、自分の義務はきちんと果たすでしょう。マイルズも青二才というわけではないので、ちゃんと面倒をみてくれますよ。慣れれば、それほど痛みは感じないわ」

「痛いの？」ジェネヴィーヴは胃がずしんと下がるのを感じた。恥じらい以外のことは考えてもいなかったのだ。祖母の言葉を耳にしたいま、さらに不安が募《つの》ってくる。

「ええ、でも心配することはないわ。マイルズが紳士らしくふるまってくれるでしょう。そうした卑《いや》しい欲望を満たす女性は、ほかにいますから」

「ええ、わかっています」ジェネヴィーヴは力なく応じた。

「よかった。では」伯爵夫人はうなずくと、背中を向けた。「マイルズが下で待っていますよ。すぐに出発しなければね」

ジェネヴィーヴは胃がねじれる感覚をおぼえながら、扉を出ていく祖母を見送った。ふり返ると、鏡台の鏡に映る自分の姿が目に入った。まるで亡霊ね、と思う。淡い金髪と白い肌が、深い錆《さび》色の旅行用ドレスと鮮やかなコントラストを描いている。背後から猫の悲しげな鳴き声がしたので、ほんの少し気持ちが軽くなってさっとふり返った。「ザークシーズ！」

ふわふわの毛並みをした白い猫がさっとベッドに飛び乗り、ふたたび切ない鳴き声を発した。ジェネヴィーヴは猫をすくい上げてぎゅっと抱きしめた。涙でのどが詰まる。猫は首をのばしてジェネヴィーヴのあごに頭をそっと押しつけたあと、肩にこすりつけた。

「一緒に連れていきたかったのよ」そう猫に告げる。祖母から、新婚旅行に猫を連れていくものではありませんといわれ、最終的にはジェネヴィーヴもしぶしぶながらザークシーズをおいていくことに同意したのだった。伯爵夫人が指摘したように、この猫は本来、祖母のものであり、ジェネヴィーヴの飼い猫ではないのだ。「でもね、ほんのしばらくのあいだだけがまんしてね。すぐに戻ってくるから」胸の痛みをおぼえつつ、猫を抱きしめる。じっさいは、数カ月とはいわないまでも、数週間は戻ってこられないだろう。最後にもう一度あたりを見まわしてから、部屋をあとにした。

階段の下で、マイルズが彼女の兄とガブリエルとしゃべりながら待っていた。三人がともに笑い声を上げ、深く、温もりのある、男らしい声が響きわたっていた。背後の燭台《しよくだい》がマイルズの明るい茶色の髪を照らし、深い金色の筋を浮かび上がらせている。ジェネヴィーヴの足音を聞きつけ、マイルズがさっとふり返った。その満面の笑みに気を取られ、ジェネヴィーヴはうっかり階段を踏み外しそうになり、手すりにしがみついた。

目の前に行くと、マイルズが手を差しのべてきた。ザークシーズが目を線のように細めてふーっとうなり、前足で宙を掻いた。猫を目にしたとたん、マイルズの顔から温もりが消えた。「まさかこのいまいましい動物を連れていくなんていわないよな?」

「ええ。この子はおいていくわ」ジェネヴィーヴは冷ややかにそう応じると、ザークシーズを床に下ろし、最後にもう一度その背中をなでてやった。そのあと背筋をのばし、肩を怒らせた。「準備はいいわ」

肩を並べてのんびり玄関に向かいながら、マイルズが身をよせてささやきかけてきた。

「ぼくたち、なにも絞首台に向かっているわけじゃないんだよ」

「なんの話かしら」ジェネヴィーヴは、心とは裏腹に軽い口調で返した。

空はどんよりとしてこぬか雨が降っており、ふたりは従僕に傘を差してもらいながら、足早に駅馬車に向かった。そのあとを見送りの言葉がつぎつぎに追いかけてきた。マイルズはジェネヴィーヴを馬車に乗せると、いったんアレックとダマリスのもとに行って二言三言交わしたのち、戻ってきた。馬車が出発し、家が遠ざかるにつれ、ジェネヴィーヴの心臓が胸のなかでどんどんふくれ上がっていった。平静さを装い、胃をわしづかみにするパニックが顔に出てしまわないようこらえるので精いっぱいだった。いま、なじみのあるものすべてから去ろうとしているのだ。ジェネヴィーヴは顔を背け、涙をこらえた。

一度か二度、マイルズが会話をはじめようと試みたものの、ジェネヴィーヴは泣きだしてしまうのが恐ろしくて返答できなかった。馬車がロンドンをあとにして田舎道に乗り入れるまで静寂がつづいた。

「たまにはぼくと口をきいてもらわなきゃ」ついにマイルズがからかうような口調でいった。「結婚生活が少しぎこちなくなるとは思わないかい？　ぼくたちがずっと口をきかなかったら」

「あなたをそんなふうにおもしろがらせることができて、なによりだわ」ジェネヴィーヴはぴしゃりと切り返した。いらだちが悲しみを追いやってくれたことに、少しほっとしながら。

「ああ、ほんとうだ」マイルズが率直にいった。「つまらない口げんかにいらいらするより、よほどましだよ」

「あなたの領地に引きこもるというのは、いつ決まったことなの？」ジェネヴィーヴはマイルズの軽薄な言葉にむっとしつつたずねた。どう考えてもこの人は、いまのみじめな状況を冗談にしてしまっているようだ。「例によって、あなたとお祖母さまのふたりですべて決めてしまったみたいね。でも考えてみれば、わたしがなにかをいえる立場にあるはずもないけれど」

「そうするのがいちばんだと思ったからだよ」マイルズがやさしくいった。「ちゃんとした新婚旅行の計画を立てる時間もなかったし、ロンドンでの噂話を鎮める必要もある。それに、母と直接顔を合わせて報告するのが筋というものだしな。結婚式に出られなかったことを、母はさぞかし残念がるだろうから」

「まあ、そんなこと考えてもいなかったわ」ジェネヴィーヴは少し肩の力を抜いた。「たしかにあなたのいうとおりね」彼の母親なのだから、だれよりも先に結婚の報告を受けてしかるべきだ。しかしジェネヴィーヴは、彼女と顔を合わせるのが恐ろしくてたまらなかった。こんなふうにあわただしく式を挙げてしまったことで、ひどく憎まれるに決まっている。

「そのあと、どこかほかの場所に出かけたかったら、そういってくれればいい」とマイルズがいった。「たとえば、イタリアとか？　スイスもいいね」

「いいえ。行きたい場所なんてないわ」ジェネヴィーヴは規則正しい呼吸を心がけ、両手から視線を外さなかった。「ごめんなさい。わたし、いやな態度をとっているわよね――あなたはわたしのためにこんなことをしてくれたというのに。どうか、わたしがあなたに――感謝していないなんて、思わないで」

「なにをいっているんだ。きみに感謝されたいわけじゃないさ」マイルズがそっといった。「それにしても、ジェネヴィーヴ、人生ままならないことばかりだと思わないか？」マイルズがほほえみかけ、手をのばして彼女のボンネット帽のリボンをほどこうとした。

「マイルズ、なにをしているの？」

「きみとぼくにいま必要なのは、少し休むことなんじゃないかな。帽子をかぶっていては、寝づらいだろう」彼はボンネット帽を座席におくと、彼女をそっとわきに引きよせ、馬車の角に背をもたれた。

「わたし、眠れないわ」ジェネヴィーヴは背筋をのばそうと身をこわばらせたままいった。

「そうか、でもぼくは眠りたい。今朝は早くに目がさめてしまったし、一日じゅう駆けずりまわっていたから」マイルズは彼女の頭をそっと自分の肩に押しあてた。ジェネヴィーヴは、自分の頭がそこにぴったりおさまることに驚いた。「肩の力を抜いてごらん。いい争いなら、あとでいくらでもできるから」

こんなふうにマイルズにもたれかかるというのはひどく奇妙な気分だったが、同時に魅力的でもあった。彼のからだの温もりに癒《いや》され、その香りは心地よく、そう、いかにもマイルズらしかった。いやでも筋肉の緊張がほぐれてきて、ジェネヴィーヴは少しずつ肩の力を抜いていき、彼のわきに沈みこんでいった。

目をさますと、あたりは暗闇に包まれていた。馬車がわだちにはまって大きくがたんと揺れ、思わず前のめりに転がりそうになったが、マイルズの腕にしっかり抱き止められていた。

おかげでことなきをえた。ジェネヴィーヴは目をしばたたき、頭のなかの霧を晴らそうとした。いま自分はマイルズの胸によりかかっている。彼の上着のなかに頭を埋めて。はっとして背筋をのばすと、マイルズがこちらを見つめていた。

「あなたの上着をしわくちゃにしてしまったわ。ごめんなさい」

「また謝るんだね。なんだか自分が結婚した相手が、ジェネヴィーヴ・スタフォードではないような気がしてきたよ」

ジェネヴィーヴは彼にしかめっ面を向けた。「あなたって、年がら年じゅうふざけていないといられないたちなのね、マイルズ」

「ああ、よかった。やっぱりきみだ」彼もからだを起こし、上着のしわをのばした。

ジェネヴィーヴは座席を滑って彼とのあいだに数センチの距離をおいた。馬車が速度をゆるめて方向を変えると、車輪が奏《かな》でる音が変わった。外が騒々しく、明るくなってきた。マイルズが窓のカーテンを少し引き、外をのぞき見た。

「宿屋に到着だ。せめて食事にありつけるといいんだが」

馬車から降りるときは土砂降りの雨になっており、ジェネヴィーヴは外套を傘代わりに掲げていたものの、入口に到達するころにはびしょ濡れになっていた。マイルズは食事をするために個室を取った。料金はそれなりだったものの、パンは硬くてローストビーフは焼きすぎだった。女中が暖炉に火を入れても部屋はなかなか暖まらず、ジェネヴィーヴは食事をしながらいつしかがたがたと身を震わせていた。濡れた外套ではちっとも温もりが得られなかったので、しまいにはマイルズの上着と一緒に椅子の背に広げ、暖炉の前で乾かすことにした。

馬車のなかでマイルズと一緒にいたときにおぼえた居心地のよさも、宿屋に足を踏みいれた瞬間に消えていた。そこにいることが不自然に思えてならなかった。シャツ姿のマイルズとふたりきりで食事をしているということが、ひどく異様に感じられてしまう。ジェネヴィーヴはなにもいうべきことが思いつかず、例によって、自分にもほかの女たちのように気楽な会話能力があったらよかったのに、と願わずにいられなかった。悲しいことに、彼女の口からなんなく飛びだしてくる言葉があるとしたら、それは毒舌だけだった。マイルズですらもの静かで、その沈黙が彼女の憂鬱《ゆううつ》をさらに深めた。マイルズは、自分の行いを後悔しているのだろうか。

「雨が止みそうにないな」ようやくマイルズが口を開いた。強風が、雨を窓に叩きつけている。

「ほんとうに」ジェネヴィーヴはつくり笑いを浮かべた。「旅をするには、あまりいいお天気とはいえないわね」

「ここに部屋を取ろうか？」

ジェネヴィーヴの胃が跳ね上がった。「そ――そうしたい？」

「望んでいたような宿ではないけれど。もっといい宿屋があるんだが、残念ながらこの雨ではな。きみもずぶ濡れで、凍えているし、疲れきっているだろう」

「わたしならだいじょうぶよ」彼女は即座に応じた。

「そうだろうね」マイルズの口角が持ち上がった。「きみはスタフォード家の人間だから、鉄でできている。でもぼくは、そこまで頑丈じゃない。きみとしては、さぞかしがっかりするだろうけれど」

「なにをばかなことを」ジェネヴィーヴはため息をついた。「いいわ。べつにたいしたことではないものね」マイルズがまゆをかすかにつり上げたのを見て、ジェネヴィーヴは、自分がうっかり気のない返事をしてしまったことに気がついた。「つまり、その、わかるでしょ」

頬がじわじわと熱くなる。

「ああ、わかるよ」そのあと彼が立ち上がって上着をはおってくれたので、ジェネヴィーヴは窮地を救われた。「きみはここで暖炉に当たっていてくれ。宿屋の主人と話をしてくるから」

ジェネヴィーヴはテーブルを離れて暖炉の前の足台にからだを丸めるようにしてすわりこんだが、暖炉の炎も、冷えきったからだを芯までは暖めてくれなかった。きょうは新婚初夜だ。祖母の言葉を思いだすにつれ、ひざを抱えた手に力が入ってしまう。そこまできちんと考えずに結婚に同意してしまった自分が、恨《うら》めしくなる。

マイルズがろうそくを手に戻ってきて、先に立って彼女を階段から狭く暗い廊下へと、そして同じくらい窮屈な暗い部屋へと案内してくれた。室内をさっと見やり、ぐらつく椅子一脚と小さな洗面台のほかにはベッドだけしかないことがわかると、ジェネヴィーヴの心はさらに沈んでいった。だれかが——おそらくは宿屋の主人が——すでに荷物を運びこみ、ランプに火を灯してくれていたが、その小さな炎では部屋の沈鬱《ちんうつ》さを散らすことはできなかった。「申しわけない」マイルズがそういって愛想のない部屋を見わたした。「こんな部屋しか空いていないらしい。雨のせいで泊まり客が多いんだ」

「なにも問題はないわ」ジェネヴィーヴはなんとか抑揚のない声を出した。「充分、その、清潔そうだし」彼女はベッドにちらちらと視線をやった。こんなに狭い部屋では、ベッドを見るなというほうが無理だ。

「ぼくはちょっと外に出ているから。そのあいだに、その……」マイルズも視線をさまよわせているところからして、やはりぎこちなさを感じているようだ。

そう思うとなぜか勇気がわいてきて、ジェネヴィーヴはほぼいつもどおりの笑みを彼に向けることができた。「ありがとう」

マイルズが出ていくと、ジェネヴィーヴはすぐさま鞄《かばん》からネグリジェを引っ張りだし、あわただしく服を脱ごうとした。手がかじかんでいるためにドレスのボタンをなかなか外すことができず、マイルズが戻ってきたときもまだ着替えの最中だったらどうしよう、と恐ろしくてたまらなくなる。ネグリジェに着替えて服を丁寧に折りたたみ、旅行鞄に押しこんだあとは、どうしたらいいのかわからず、ジェネヴィーヴはとまどった。そこに突っ立ったままでいるのもおかしいだろうし、ネグリジェ姿をマイルズに見られてしまうと思うだけでも頬が熱くなる。これまで目にしたことのある数多くのイブニングドレスほど肌が露出しているわけではないが、下になにも着ていないということ、そしてそれをマイルズも知っているということが、ひどく卑猥《ひわい》に感じられてしまうのだ。

けっきょく、ベッドに潜りこむことにした。少し大胆な行動のような気もしたが、とにかく寒かったし、朝からずっとびくびくと悲惨な思いを味わっていたこともあり、もうくたくただった。横向きになって身を丸め、上掛けを肩まで引っ張り上げたあと、マイルズを待った。目をつぶって寝たふりをしてしまおうかとも思ったが、そんなふうに逃げるのは臆病者のすることだ、と考え直す。

マイルズが服を脱ぎ捨てて同じベッドに入ってくると思うと、心臓が早鐘を打った。彼はわたしになにを求めるだろう？　どんな言葉を？　きっと彼をがっかりさせてしまう。男性を惹きつけるすべなど、昔からさっぱりわからなかったのだから。美人だといわれたこともあるが、それはスタフォードの家名と彼女の持参金の額と関係しているとしか思えなかった。じっさいジェネヴィーヴは、ついその鋭い舌鋒《ぜっぽう》で男性を追い払ってしまうタイプだった。

だからマイルズも、こんなわたしに魅力を感じるはずはない。現に、知り合ってから長いけれど、その間、わたしを口説《くど》こうとしたことなどただの一度もないではないか。まあ、たしかにちやほやされたことはあるけれど、マイルズという男は、ほかに選択肢がなければ、彫像ですらちやほやするはずだ。それに彼の愛人なら見たことがあるが、小柄で豊満な黒髪の女性だった。わたしとは正反対のタイプ。

いずれマイルズは、この結婚を後悔するだろう。ひょっとしたら、もう後悔しているのかもしれない。そう思うと、このみじめな一日、必死にこらえてきた涙がいきなりあふれ出した。否定することもできないほどの勢いと量だ。そんなところへ、マイルズが戻ってきた。

ジェネヴィーヴはあわてて背中を向け、嗚咽《おえつ》を呑みこんだ。マイルズがこのきわめて小さな部屋のなかを動きまわり、ブーツと上着を脱ぐ音が聞こえてくる。ジェネヴィーヴは枕に顔を埋めた。腹立たしいことに、泣き声を抑えこもうとすればするほど、嗚咽が強くこみ上げてくるのだった。

「ジェネヴィーヴ?」マイルズがチョッキを脱ぐ手を止め、ベッドをふり返った。「もしかして――」そういってろうそくを掲げる。「ジェニー! やっぱり泣いてるのか?」

彼はろうそくをおくと、近づいてきた。ジェネヴィーヴはうなり声を上げてごろりと転がり、彼から離れようとした。「ちがう! 見ないで」

「そうはいっても」彼の声にふくまれる憐れみが、耐えがたかった。「きみを見ることなく、結婚生活を送るのはむずかしいよ」マイルズはベッドの端に腰かけ、彼女の肩をつかんで自分のほうにふり向かせた。「泣かないでくれ。思っているほどひどい事態ではないんだから」

ジェネヴィーヴはからだを引こうとしたが、マイルズが腕を巻きつけてそうはさせてくれなかった。彼の温もりと力強さに包まれ、さすがのジェネヴィーヴもそれ以上気持ちを抑えていられなくなった。マイルズにがばっと抱きつくと、その胸に顔を埋めた。「ああ、マイルズ！　わたし、恥ずかしくてたまらないの！」

ジェネヴィーヴは彼にしがみつきながら泣きじゃくった。マイルズが隣に身を横たえ、あやすように引きよせてくれた。「ああ、ジェニー。ぼくはきみが結婚を夢見ていたような相手でないのはわかっている。でもぼくだって、悪党というわけではないさ。ぼくたち、きっとうまくやっていけるよ。いまにわかる」

それを聞いてジェネヴィーヴは、祖母が予想していたふたりの結婚生活のイメージを思いだした。ダースバリー卿が相手のときはあきらめの境地だったものが、相手がマイルズになったいま、うら寂しく味気ないものに思えてくる。涙が止めどなくこみ上げてきた。マイルズが頭のてっぺんに口づけし、背中をやさしくさすってくれた。彼はジェネヴィーヴが泣き疲れるまで抱いていてくれた。やがてジェネヴィーヴは彼の腕のなかで眠りに落ちていった。

7

目を開けると、頬にジェネヴィーヴの頭が当たり、細い金髪が鼻をくすぐっていた。彼女のからだの下敷きになっていた手は、すっかり麻痺《まひ》している。しかしそんなことはちっとも気にならなかった。それよりも、自分の腕に抱かれてぴったりとより添う、しなやかですらりとした肢体をひどく意識してしまう。張りのある丸い尻がこちらの腰骨あたりにすっぽりおさまっている。たがいの脚が絡み合い、彼の片方のひざが彼女のひざのあいだに挟まっていた。片方の手はしびれてなにも感じなくとも、もう片方の手は彼女の腰が描く魅力的な曲線の甘美さをいやというほど感じている。

ジェネヴィーヴが眠りながらため息をもらし、もぞもぞと身をよせてきたとき、マイルズのからだがいきなり反応した。やわらかくて温もりのあるそのからだは、腕のなかにすっぽりおさまっている。いまや、この女性は彼のものだ。

マイルズは空いているほうの手をジェネヴィーヴの腰から脚へと滑らせてみた。色気もなく露出度も低いネグリジェが夜のあいだに持ち上がり、ひざから下がすっかりさらけ出されていた。もう少し裾を持ち上げて、この長い脚をさらに拝《おが》ませてもらおうか。そう思っただけで、ふたたびびくんとからだが反応し、硬く、熱を帯びてくる。

しかしそんなことをするわけにはいかなかった。こと夫婦の営みにかんして、ジェネヴィーヴが未経験なのは、特別勘のはたらく人間でなくともわかること。なんといっても、由緒正しい一族の令嬢なのだから。箱入り娘としてつねにだれかにつき添われ、結婚するその日まで汚されることなく、下手な知識をつけないよう守られてきた人だ。五人の女きょうだいがいるマイルズは、若い娘が現実から目隠しされて育てられることを知っていた。とくにジェネヴィーヴの場合、人より用心深いたちだ。そんな彼女を相手に、いま体内を駆けめぐる欲望を好きに解放させるのは、愚かなのはもちろんのこと、残酷な行為でもある。マイルズは軽率に行動するタイプではなかった。まずは彼女をその気にさせなければ。

マイルズは指先を彼女の肩から腕へと滑らせ、やがて腰のくびれ部分から尻のふくらみへと進めていった。その口もとに、官能的な笑みが浮かんでくる。いまここで彼女と愛を交わさずにいるには、かなりの自制心が必要とされるかもしれないが、待つだけの価値はあるはずだ。

ジェネヴィーヴには昔から魅力を感じていた。だがマイルズ本人は——自分自身にたいしてすら——そんな気持ちを否定し、心が惹かれそうになるたびに、彼女が自分のものになることは永遠にないのだから、とぐっと気持ちを抑えてきた。しかしいまは、ここ何年ものあいだ心が幾度となく彼女のほうにふらふらとさまよっていたことを、認めてもいい。そんなときマイルズは、自分のベッドであの長い脚をこちらの腰に絡みつかせ、荒い息づかいで耳もとにささやきかけ、求めてくるジェネヴィーヴを想像していた。彼女の毅然《きぜん》とした、ときに冷酷ですらある表情を見ていると、あの冷気を熱気に変えたい、あの控えめな態度を渇望に変えたい、と思うこともあった。

もしジェネヴィーヴの欲望を呼びさますことができたら、ふたりして口論するときの火花を熱情に変えることができたなら、充実した結婚生活を送れるようになるかもしれない。だが、もしそれができなかったら？

たしかにその場合は、自分は破滅的な決断を下したことになるのだろう。マイルズはため息をもらし、ジェネヴィーヴの下からそっと腕を引き抜いた。立ち上がり、足音を忍ばせつつブーツと上着を取りにいった。あとで後悔するようなかたちでジェネヴィーヴを目ざめさせてしまう前に、こっそり部屋を抜けだして頭を冷やしたほうがよさそうだ。さわやかな朝の散歩に出かければ、下半身ではなく頭をしっかりはたらかせることができるようになるだろう。戻ってきたころには、ジェネヴィーヴの心を勝ち取るという困難な課題に取り組む覚悟ができているはずだ。

首をなにかが刺激していた。ジェネヴィーヴはゆっくりと目ざめはじめた。漠然とした、切なくなるような、官能的な――いいえ、そうではなくて、心地よい刺激をおぼえて。何度か瞬きしつつ目を開くと、そこは見知らぬ部屋だった――そして男性の唇が首筋を伝って上がってくるという、これまで感じたことのない感触をおぼえた。

全身を駆け抜けた震えが、下半身の奥深くの熱気にたどり着いた。「マイルズ」

「ああ、起きたんだね」彼がふたたび唇を押しつけ、髪を払って首もとをさらにさらけ出してその先に進もうとした。ジェネヴィーヴの耳の下に突きでた骨に口づけしたあと、耳の上をしばしさまよう。彼女はかすかに身を震わせた。

「なにをしているの？」ジェネヴィーヴは不機嫌なふりをしようとしたが、どうしても声が震えてしまう。

「そりゃ、口づけで妻を起こしているのさ」マイルズが唇を耳に押しあててきた。

「もう起きたわ」そういっても彼がさらに唇をこめかみの敏感な肌に押しつけてきたので、ジェネヴィーヴは言葉を継いだ。「だから、もうやめてもいいのよ」

「そうだが」マイルズに耳たぶを軽く嚙まれ、小さなあえぎ声がもれる。「でもやめたところで、楽しくはないだろう？」

ジェネヴィーヴはすぐわきのマットレスに指を食いこませた。どうしたらいいのかわからない。彼の唇と歯、そして――ああ、舌に触れられ、全身をさざ波のように駆けめぐるこの鮮やかな感覚は、はじめての経験だ。彼の行為に意味はないのだろうし、ここはこちらから身を引くべきなのだろう。でも、そうするには惜しいほど甘美な感触だ。まるで舌の上でとろけるチョコレートを味わっているような気分。

マイルズが耳の渦巻きに沿って舌先を這わせたあと、そのまま耳のなかに入れてきたので、ジェネヴィーヴはほんのり熱くなったからだをびくんとさせた。目を閉じ、息を止める。彼の唇が頬に移動し、あごを滑るように進んでいく。顔の両側をそっと手で包まれ、彼のほうを向かされる。気がつけばジェネヴィーヴは仰向けになり、彼を見上げていた。

心が千々《ちぢ》に乱れ、マイルズがとてもハンサムだということしか考えられなくなった。彼のまゆと頬に親指を這わせたいという奇妙な欲望がこみ上げてくる。あのふっくらとした下唇に触れてみたい。さまざまな未知の感覚が、じわじわと熱を発しながら体内を駆け抜けた。

マイルズがかがみこんでジェネヴィーヴのさまざまな箇所に唇をかすめていった。彼女の体内をさまよっていたありとあらゆる感覚が、いっきに炸裂《さくれつ》した。彼が唇を重ねてきた。羽のようにやわらかく、吐息のようにはかない口づけだ。と、そのあと長々と味わい、唇の境目を舌でなぞっていった。

ジェネヴィーヴはぎょっとして跳び上がり、彼の下からするりと抜けでた。驚きに口をあんぐり開けたまま、マイルズをまじまじと見つめる。「も――もう、出発しなくては」まるで走ったあとのように、息を切らしていた。

マイルズがけだるそうに笑みを広げた。「そうだね」彼はごろりと横向きになり、片ひじをつくと、彼女を見つめ、視線をその肢体にめぐらせていった。触れることができそうなほど、強烈な視線だ。

ジェネヴィーヴののどを、熱気が駆け上がってきた。自分がネグリジェ一枚の姿であること、しかも寝乱れてひざがすっかりさらけ出されていることを、意識せずにはいられない。身をこわばらせたまま、不安と期待の入りまじった好奇心を胸にじっと待ったが、マイルズは立ち上がり、彼女を起き上がらせようと手を差しのべてきただけだった。

かすかな落胆をおぼえつつ、ジェネヴィーヴは彼の手を握ってベッドから下りた。ネグリジェ姿をいまさら恥じてもしかたがない。もう見られてしまったのだから。それでも、彼の目の前で服を着替えるなど、できそうになかった。そこできょろきょろとして、彼を部屋から追いだす口実を見つけようとした。

「ぼくは下で待っているよ。朝食が用意できているはずだから」マイルズがそういって彼女を窮地から救ってくれた。

ジェネヴィーヴとしては、彼の察しのよさに感謝すべきか、ここまで簡単に考えを読まれてしまうことにいらだつべきか、わからなかった。マイルズが苦笑したところを見ると、例によって表情から考えを見透かされてしまったらしい。彼女はしかめっ面をした――これまでずっと、感情を顔に出さないことが自慢だったというのに。

マイルズは軽く頭を下げてから出ていこうとしたが、ふとふり返り、彼女をさっと引きよせて口づけした。ほんの数分前に雨あられと注いだ軽い口づけとはちがい、深く、貪欲《どんよく》な口づけだった。ジェネヴィーヴは身を震わせ、彼の口がこちらを探求し、舌が奥まで味わい、触れ、じらすあいだ、胸のなかで心臓を激しく鼓動させていた。

と、またしても唐突に唇が離れていった。しかしからだにまわされた腕はそのままで、強く抱きよせられていたので、ジェネヴィーヴは彼の胸に頭を預けた。いまここで顔を上げ、体内をかき乱す騒動を悟られたくはなかった。彼の唇が髪に押しあてられた。

「居心地のいい部屋でのんびり一時間過ごせるなら、なにも惜しくはないな」マイルズのそんなつぶやきに、ジェネヴィーヴの脈はさらに速まった。そのあと彼は腕をほどき、扉を抜けて出ていった。あとに残されたジェネヴィーヴは、驚愕《きょうがく》と失意の表情で見送るばかりだった。

気を取り直すのに一瞬かかったのち、ゆうべ椅子の上にたたんでおいたドレスの前に行った。世話を焼いてくれる女中がいない生活には慣れていなかった。専属の女中はロンドンにとどまり、ジェネヴィーヴの残りの服を梱包《こんぽう》したのち、マイルズの領地の邸宅ソアウッド・パークまで運ぶことになっているのだ。幸い、旅行用のドレスは前にボタンがついているので、着るのは簡単だった。それに旅行中なのだから、前日、女中が結婚式のためにあれこれ手をつくしてくれたのとはちがい、髪型もごくシンプルにまとめるのが相応というものだ。

ジェネヴィーヴは、指にはめたマイルズの金の紋章指輪をちらりと見下ろした。マイルズよりもうんと細い彼女の指から滑り落ちてしまわないよう、まわりにリボンが幾重にも巻きつけられている。いまや彼女はレディ・ソアウッドなのだ。マイルズの妻。どうにもしっくりこなかったが、同時に心躍る気分でもあった。祖母から、跡取りを産むという妻の務めについていわれたときのジェネヴィーヴは、先ほどのマイルズの口づけのようなものはいっさい想像していなかった。目を閉じ、あのとき感じた肌への刺激とからだを駆けめぐる血潮を、頭のなかで再生してみる。口のなかに彼の舌が滑りこんできたとき、からだじゅうが花開いていくような気がした。ああいうのは、ふつうのことではないのだろう。あんなふうにわくわくして胸を高鳴らせるなんて、きっとはしたないことにちがいない。

マイルズは、またあんな口づけをしてくるだろうか。いつ？　ダマリスがアレックに、こっそり官能的な笑みを向けるのは、ああいうことがあるためなのだろうか？　あの口づけは、祖母が警告していた苦痛にたいする埋め合わせ？　からだの内部にひどく奇妙な感覚をおぼえた。激しくざわめき、そわそわと、なにかを……欲している。

広大な海原で波にもまれる小舟になった気分だ。ひどく心地よくて――いや、心地よいどころの騒ぎではないが――刺激的な感覚ながらも、なぜか自分で制御することができないのだ。こんな感覚をおぼえながら日々過ごすのはいやだった。ジェネヴィーヴはすっと息を吸いこんだ。そんなのは、とにかくいやだ。いつもの落ち着きを取り戻さなければ。自制心を。マイルズのせいで、道を踏み外すわけにはいかない。

この宿屋も、ゆうべ思ったほどひどいところではなさそうね――ジェネヴィーヴはそんなことを考えながら階下へ向かった。狭くて天井は低いものの、廊下の突きあたりにある鉛枠の分厚いガラス窓から入る陽射しのおかげで、思っていたよりも明るい印象の場所だった。古風な趣がある、といってもいい。朝を迎えたいま、なにもかもがよく見えてきた。

個室へと通じる扉が開け放たれ、マイルズが窓辺で立ったまま紅茶を飲んでいた。ジェネヴィーヴはふと足を止め、彼をながめた。窓から射しこむ陽射しのせいで、髪がほとんど金色に見えた。からだに合った上着をはおり、ズボンも長く筋肉質の脚にぴったり合っている。最高に姿形の美しい男性だ――そんなことは、とくに重要ではないけれど。

彼女がなにか物音を立てたようで、マイルズがふり返り、にこりとした。「ジェネヴィーヴ。きれいだよ」

彼は紅茶のカップをおき、部屋を横切って目の前にやってくると、かすかに身をかがめて彼女の頬に口づけし、その腕を軽くさすった。彼女の全身をぞくりと震えが走った。先ほど慎重に消し去ったはずの胃のざわめきが、ふたたび舞い戻ってくる。マイルズは彼女を席まで案内し、すわらせたあと、料理を選びはじめた。これはお勧めだ、あれも食べたほうがいい、としきりにうながしながら。

「マイルズったら、なにをしているの?」ジェネヴィーヴは鋭い口調でたずねた。「どうしてそんなふうに、わたしにあれこれ世話を焼こうとするの?」

「ジェネヴィーヴ！　まさか、新妻を甘やかそうとするぼくを咎めるつもりかい？　ショックだな」

「ばかなことをいわないで」ジェネヴィーヴはたしなめた。

マイルズは笑いながら腰を下ろした。「愛しい妻よ、ぼくに思いやりのある夫を演じさせてはくれないのかな？　ぼくにはまさにはまり役だと思うんだが」彼はバターを塗ったパンをひと切れちぎり、彼女の口に放りこんだ。そのあと親指で、唇についたバターを拭い取った。

ジェネヴィーヴは胃が跳ねまわるのを感じ、あわてて料理に意識を向けた。いつもなら手厳しくいい返すところだが、いまは頭のなかがまっ白だ。マイルズの手をちらちらと見やる。彼はてきぱきとパンに淡い色のバターを塗っていた。長く、器用そうな指をしている。あの指が腕をさすったとき、からだの全神経が目をさましたことを思いだす。

ジェネヴィーヴはせき払いし、食事の席での妻にふさわしい会話をはじめようとした。

「わたし、あなたのことをあまりよく知らないわ。ご家族のだれともお目にかかったことがないし」

「それはそうだ」マイルズが気さくな笑みを浮かべた。「なにしろ母はロンドンがあまり好きではなくて、父が亡くなってからは一度も出てこようとしなかったからね。妹のメグになら、会う機会はあったかもしれないな。ぼくのすぐ下の妹だ。デヴォンブルック卿と結婚して、シーズンのあいだはずっとロンドンで過ごしている。しかし、つき合う仲間がちがうのはまちがいないな。いちばん上の姉のアメリアは地主の息子と結婚したので、めったに故郷を離れない。そうでもしなければ、みんなの生活を仕切れないからな。ダフネは牧師と結婚してデヴォン住まいだ。アメリアとダフネにはそれぞれ子どもが四人いるけれど、ここでいちいち名前を挙げたりはしないよ。どうせおぼえていられないだろうから」

「まあ。じゃあ、姪御さんや甥御さんがたくさんいるのね」

「まだまだいる。二番目の妹フィービーは軍人と結婚して、三人のおちびちゃんがいるんだ。その子たちには会えるはずだ。亭主がポルトガル駐留の部隊にいるあいだ、フィービーは子どもを連れてソアウッド・パークで暮らしているから。いまもつぎの子どもを身ごもっているところだから、いずれにしても母親の近くにいるほうが安心なのさ」彼が笑った。「いや、そんな顔をしなくてもだいじょうぶだ。それほど大勢というわけでもないから。ソアウッド・パークはクレイヤー城ほどではないけれど、それでも全員に部屋をあてがうくらいの広さはある、古い屋敷だよ。母はにぎやかなのが好きなんだ」

「お祖母さまから聞いたけれど、お義母《かあ》さまはエールズワース卿のご親族だとか？」

「卿の妹にあたる。母が身分の低い男爵の息子と結婚するといい張ったときは、ずいぶん父親の機嫌を損ねたそうだ」

「お父さま、どうなさったの？」とジェネヴィーヴはたずねた。

「どうしようもないだろう？　一年ほど結婚をお預けにさせたあと、ようやく許したってことだ。けっきょくはあきらめたんだな」

　ジェネヴィーヴは、自分の父親だったら反抗的な子どもに与えるべき罰をいくつでも見つけることができたろうと思ったが、それを口に出したりはしなかった。ふと皿を見下ろし、いつの間にか料理をすっかり平らげていたことにわれながら驚いた。彼女は紅茶を飲んだ。

「じゃあ、ご両親は恋愛結婚だったのね？」

「ああ、あつあつの夫婦だった」マイルズはうなずき、自分の皿をわきによせた。「父は母のことをこよなく愛していたし、母も父に夢中だった。父は母のためにバラ園をつくって、白いバラで埋めつくしたんだ。父曰く、白いバラの背景が母の美しさを際立たせるとか。バラの季節になると、母はいつも父の墓にバラの花束を手向《たむ》けている」

「とてもロマンチックなお話ね」

「たしかに」マイルズが少しつらそうに笑った。「しかし、同時に悲しくもあるんだ。母は父が亡くなって以来、昔とは変わってしまったから。人生を楽しんではいる。母が人生を楽しんでいないとか、子どもや孫たちを愛していないというわけではないんだ。それでも……なにかが足りない、とでもいおうか。父のもとに行くまでは、母の気持ちが満たされることはないんだろうな」

「わたしには想像がつかないわ」

「おや、ぼくが死んだらきみもさぞかし悲しんでくれるのではないかと思っていたんだがな」彼が軽く応じた。

「変なこといわないで」ジェネヴィーヴは彼をにらみつけた。「あなたが亡くなれば、すごく悲しいに決まっているじゃないの。でもわたしたちの場合、恋愛結婚とはいえないし」

「そうだな。それでも……時間はたっぷりある」マイルズは彼女と指を絡め、その手を口もとに持っていって手の甲に口づけをした。

マイルズはまたからかっているのだろうか。まさか彼だって、わたしたちが恋に落ちることを期待しているはずはない。ジェネヴィーヴは少しそわそわしてきた。「マイルズ、どうかしら——その、わたしって、そういうたぐいの女ではないから——だから、ほら、わかるでしょう！」けっきょくつっけんどんな言葉になってしまう。

「どうした、なにがいいたいんだい？」マイルズがかすかにまゆをつり上げた。

「そんな顔で見ないでちょうだい。わたしのいっていること、ちゃんとわかっているくせに」ジェネヴィーヴは背筋をのばし、苦い薬を飲んだときのような顔をした。「マイルズ、わたし、精いっぱいいい妻になると約束するわ。家事を切り盛りするし、病気の領民のお見舞いにも行くし、教区牧師の奥さまを訪ねてもいく。レース編みのクッションもつくるし、あなたのご要望にしたがったパーティを主催するわ。あなたのお友だちにも礼儀正しく接します。あの軽薄なアラン・カーマイケルにたいしても。それに、あなたがお友だちとクラブに出かけたり、男同士の殴り合いを見物に行ったり、荒野に狩りに出かけたりしても、文句はいわないわ。そういうことは、兄を見て慣れているから」

「ああ、ジェニー」マイルズが苦笑した。「きみが考える妻の務めというのは、ずいぶんおもしろいんだね。しかしいっておくが、ぼくにレース編みのクッションは必要ないよ。もっとも、憐れなアランにも礼儀正しく接してくれるというのなら、ありがたいけれど。それに、そうだ、うちの牧師に奥さんはいない。幼い娘がひとりいるだけだ」

「マイルズ、たまには真剣に聞いてちょうだい」ジェネヴィーヴは前に身を乗りだし、彼の顔に視線をひたと据えた。「もしわたしに……フリルのついた服を着てあなたにべたべたするような、きつい言葉なんてけっして口にしないような妻になってほしいと思っているのなら、まちがいなくがっかりさせてしまうことになると思うの。わたしはスタフォード家の心を持つ女であって、そういう愛らしい女ではないから。わたしがどういう女か、あなたもわかっているわよね。わたし、そういう自分を変えられるとは思えないの。そういうことを、ちゃんと説明しておくべきだったわ。わたしにはそういうところがいっさい欠けていることを、あなたにきちんと理解してもらう前に求婚を受け入れるなんて、まちがっていた。もしあなたが望むなら、婚姻無効を申し立てて……その……」

「この結婚をなかったことにするというのか？」ジェネヴィーヴは彼を見ることなくうなずいた。マイルズがテーブル越しに身を乗りだしてひじをつき、彼女のあごを持ち上げて視線を合わせた。「愛しいジェネヴィーヴ、きみのいうとおりだよ。ぼくはきみのことを知っているし、結婚を申しこんだときも、きみの性格をちゃんとわかっていた。きみがどんな心の持ち主か、もう何年も証拠をたっぷりこの目で見てきたし、きみは自分のことを誤解しているようだとはいえ、きみをべつの人間に変えるつもりはないさ。かわいらしいフリルつきの服なんて興味もなければ、きみに甘い言葉だけをいってもらう必要もない——もっとも、たまにひと言ふた言いわれるのは、いやではないがね」マイルズが彼女の目に笑いかけ、その口にそっと唇を押しあてた。「婚姻無効の宣告を求める気はない。じつをいえば、ぼくらがほんものの夫婦になるのが楽しみでならないんだ」

ジェネヴィーヴは全神経が目ざめるのを感じ、じりじりとした思いで彼のつぎの行動を待った。彼の吐息は温かく、触れられると肌を羽でくすぐられている気分だ。彼の口はすぐ目の前にあり、先ほど寝室でその唇を感じたときのことしか考えられなくなる。マイルズが手を掲げ、ゆっくりと指先を彼女の頰からのどへとさまよわせ、首のうしろを包みこんだ。

そのあと、ため息をひとつもらし、手を離した。「残念ながら、いまはこの先をつづける時でも場所でもない」彼は立ち上がってジェネヴィーヴに手を差しだした。「もうそろそろ出発しなければ」

ふたりはふたたびソアウッド・パークに向けて出発し、前日よりも速いペースで旅路を進んだ。ジェネヴィーヴがカーテンを開けてやわらかな夏の陽射しを採り入れ、過ぎゆく風景をながめる一方で、マイルズがソアウッド・パーク周辺の人々や土地について説明していった。近隣の村ハッチンズゲイトについておもしろおかしく話して聞かせる彼の言葉からは、その土地と人々にたいする愛情がひしひしと感じられた。そして話が領地におよぶと、彼が領民もそこでの仕事も深く理解し、楽しんでいることがよくわかった。

「あなた、驚くほど詳しいのね」とジェネヴィーヴはいった。

「なにに詳しいって？　ぼくが育った土地に暮らす人たちのことかい？」彼が困惑顔をした。

「いいえ。あ、いえ、そうなの。つまり、ずいぶん細かいことまで知っているのねと思ったものだから。住んでいる人たちがなにを育てていて、どんな家族構成か、とか」

「アレックはそうじゃないのか？」

「そんなことはないけれど、兄はそういう面ではほかの若い男性とはちがうから。兄のように領民を尊重する紳士は多くはないもの。たいていの人が領地のことを、賭けごとや酒や服に費やすお金の〝泉〟という程度にしか考えていないでしょう」

「ふむ。正直にいえば、ぼくはアレックほどの支配権を持っているわけではないんだ。うちの一族は、ロードン伯爵家のように〝君主〟と見なされたことはない。それでも……こんなふうに贅沢《ぜいたく》な暮らしを送らせてもらっているんだから、領民たちについて詳しく知ろうとしないなんて、ちょっとどうかと思うな。きみのいう〝泉〟とやらは、干上がることもあるだろう。ある朝、目をさましたらいきなり貧窮していた、なんていう事態になるのはいやだ。

それもこれも、領民に充分目をかけてやらなかったから、という理由で」

「感心だわ」ジェネヴィーヴは本心からそういった。

「ぼくがそこまで軽薄じゃないと知って、意外だろう？」そんな棘のある返答も、その笑顔でいくぶんやわらげられてはいたが、ジェネヴィーヴはそれまで自分が彼を誤解していたことが恥ずかしく、頬を赤らめた。

ジェネヴィーヴはいったんは抗議しかけたものの、思いとどまった。「そうね。あなたのいうとおりだわ。ごめんなさい」

今度はマイルズが驚く番だった。「ジェネヴィーヴ……なんていったらいいのか」

「もう、やめて。あなた、わたしがけっしてだれにも謝罪しない人間だと思っていたのね。でも」と、いささか不機嫌な声でつけ加える。「あなたはいままで、そういう話をしてくれたことがなかったし」

「そうだな。ぼくはお祭りやオペラの席で収穫高とか小作料の話をするような人間ではない」

「女性にたいしてもね」

「認めるよ、たしかにまっ先に頭に浮かぶ話題じゃないな」マイルズがにこりとした。「でも、こういう話をすればきみの心に……」

「やめてちょうだい」ジェネヴィーヴは厳しい口調でそういったものの、こうつけ加えずにはいられなかった。「でも少なくとも、妻は編み物だけしていればいい、なんてことはいわず、あれこれ話してくれたのはうれしいわ」

「いや、きみにそれだけはいえないな。きみがアレックのために編んだマフラーを見たあととなっては」

ジェネヴィーヴは目を見開いた。反駁の言葉がのどまで出かかったが、口から転がりでたのは笑い声だった。時間というのは、想像を絶するほど早く過ぎ去るものだ。ふたりの会話は、それまで彼女が慣れ親しんできた話題からは遠くかけ離れていた――しかもなかには、レディの前でははばかられるような話題もふくまれていた。それでも、そのおかげでマイルズとの会話がはるかに興味深いものになったことは否定できなかった。

午後も遅くなって、馬車がまずまずりっぱな宿屋に乗りつけた。それまで通過してきたどの場所よりも、設備の整った町のようだった。木立や屋根の向こうに大聖堂の尖塔《せんとう》がそそり立ち、通りには小石が敷き詰められている。

「今夜はここに泊まるの?」ジェネヴィーヴはそうたずねた。馬車に乗っているあいだはずっと落ち着いていた胃が、ふたたび騒動を起こしはじめる。

「ああ。今夜のうちに屋敷に到着するのはむずかしいから」とマイルズはいった。「この〈スリー・スワンズ〉なら、ゆうべ泊まった宿よりもはるかに快適だと思うよ」

大きな石造りの宿に入っていくと、宿屋の主人があいさつをしようとあたふたと出てきた。

どうやらマイルズは宿の上客のようだ。ジェネヴィーヴは瞬く間に女中によって上等な家具が揃った大きな寝室に案内された。女中にこう問いかけられ、ジェネヴィーヴはさらに満足感をおぼえた。「暖炉に火を入れて、浴槽をお持ちしましょうか?」

「お風呂?」旅の垢《あか》を洗い流せると聞いて、ジェネヴィーヴは口もとをゆるめた。「そうしてもらえるとうれしいわ」

数分もしないうちに、ふたりの女中が小さな浴槽を持ちこみ、暖炉の前に設置した。女中たちが入れ替わり立ち替わりしながら浴槽に湯を満たすあいだ、ジェネヴィーヴは髪からピンを引き抜いてとかしはじめた。

開け放たれた入口からマイルズがふらりと入ってきて、ふと足を止めた。彼の視線が、ジェネヴィーヴの肩にかかる髪から浴槽へと注がれた。目の色が深まり、顔の表情がわずかに変わる。彼が近づいてくるのに気づくと、ジェネヴィーヴは跳び上がるようにして立ち、ブラシをわきにおいた。いきなり心臓が激しく鼓動を打ちはじめる。当たり前じゃないの。忘れるなんて、どうかしている。わたしの部屋は、もうわたしだけの部屋ではないのよ。

「マイルズ! あの、ええと、これから……」彼女は浴槽をちらりと見やり、のどもとからじわじわと上がってくる熱気を食い止められないことにいらだった。顔を背けるとベッドが視界に入り、頬がますます熱くなる。

「ああ、わかっているよ」マイルズが彼女の髪を肩に向かってなでつけた。

ジェネヴィーヴはごくりとのどを鳴らし、視線を彼の顔に戻した。やわらかく、官能的な、彼の唇。その唇を重ねたときのことが脳裏によみがえる。彼の舌に刺激されたときのことが。

「ここに残って、きみが風呂に入るのを手伝ったほうがいいんだろうな」と彼がつぶやいた。

「マイルズ！」ジェネヴィーヴは浴槽にさっと目をやった。女中が湯気を立てるやかんからお湯を注ぎこんでいる。「女中が……」彼女は低い声でいった。

マイルズがにやりとして彼女の視線の先を追い、目を躍らせた。ぐっと身をかがめて耳もとに口をよせ、こうささやきかけてくる。「聞こえていないさ」

彼の吐息が肌をくすぐり、小さな震えを引き起こした。ジェネヴィーヴはそれを悟られまいと身を引き締め、さっとあとずさりした。女中がふり返ってジェネヴィーヴに軽く頭を下げたあと、興味津々《しんしん》といった目つきをマイルズに向けた。

「ご用の際はお申しつけください」女中はそういいながら部屋から出ていった。

ジェネヴィーヴがマイルズをふり返ると、彼は不愉快なにやけ顔を浮かべていた。

「女中に用はない」彼は軽い口調でいった。「きみのドレスのボタンを外すのくらい、ぼくにだってできるんだから」

「そうでしょうとも」ジェネヴィーヴは鋭く切り返した。「経験がたっぷりおありでしょうから」

「ジェネヴィーヴ！　なんてことをいうんだ」マイルズは彼女の髪をさりげなくもてあそび

ながら、金色の目を輝かせた。

「もうばかないことをいうのはやめて、出ていってちょうだい。ディナーの準備をしなければならないんだから」さっきの発言は、本気なの？　本気で、わたしの服を脱がせるつもり？　わたしが浴槽に入るのを、ながめるというの？　ジェネヴィーヴは恥ずかしさのあまり息を詰まらせた。と同時に、体内の奥深くで奇妙な熱気が渦を巻いた。

まさか。マイルズが、そんな……そんな無作法なまねをするはずがない。彼はたびたびユーモアのセンスを発揮するとはいえ、昔から礼儀を重んじる人だった。しかしいま、彼の顔にはそれまで見たこともない表情が浮かんでいた。目は激しくぎらつき、口もとには捕食動物に通じるようなどう猛さが感じられる。

「ほんとうに？　ぼくはとても役に立つと思うんだがな」マイルズは彼女の髪を持ち上げ、身をかがめて鎖骨にやわらかな口づけをした。「きみの背中を流したりとか」唇が、じらすようにのどへと移動していく。「いろいろなことをして」

「マイルズ！」思ったよりも震える声になってしまい、ジェネヴィーヴはあとずさりした。

「だめかい？　じゃあ、またべつの機会にでも」マイルズは彼女のあごをつまんで身をかがめ、おでこに軽く口づけたあと、部屋から出ていった。

ジェネヴィーヴは椅子にどすんとすわりこんだ。すっかり動転していた。からだが震え、足もとがおぼつかない。兄の友人だったマイルズと、夫となったマイルズは、同じ人物とはかぎらないのかもしれない。そんな彼にどう対処したらいいのか、わからなかった。なんといったらいいのか。どう考えたらいいのか。

服を脱ぐために女中を呼び戻すことはしなかった。いまはとにかく、ひとりになりたかった。部屋の扉に鍵がついていたのは幸いだ。マイルズがまたいつ何時、入ってくるかわからないのでは、あまり落ち着いてもいられない。ジェネヴィーヴは服を脱ぎ去ると浴槽に入り、満足げなため息をもらしつつ湯にからだを沈めていった。せめてこの瞬間は、せいぜいよろこびに浸《ひた》ろう。このあわただしい結婚のことも、夫のことも……あるいは間近に迫った新婚初夜のことも、いまは考えたくない。

8

風呂のおかげで生き返ったジェネヴィーヴは、世話係の女中の手を借りてディナーのための身支度をはじめた。広い襟ぐりにはアクセサリーがあったほうがいいと考え、旅行鞄に詰めた少量の宝飾品をじっくり選んでいるとき、扉をノックする音につづいてマイルズが部屋に入ってきた。

「やあ」彼は二本のシンプルな首飾りを見下ろした。「ちょうどいいときにきたようだ」彼もディナーに向けた装いをしていた。濃い葡萄《ぶどう》酒色の優雅な上着に、まっ白なシャツとネッカチーフ。そして手には小箱を持っていた。

「マイルズ」ジェネヴィーヴは、先ほど彼とこの部屋にいたときのことを思いださずにはいられなかった。顔が赤くなっていなければよいのだけれど。近づいてくるマイルズを見つめるうち、胃が凝《こ》り固まってくる。「どうしたの？」

「そんな用心深い顔をしないでくれよ」彼が笑った。「贈り物を持ってきたんだから」

ジェネヴィーヴはぽかんとした顔をした。「贈り物？　なに？　だれからの？」

「ぼくからきみへの贈り物に決まっているじゃないか。ふつう、新郎は新婦に婚約を記念して贈り物をするものだろう？　遅すぎるのはわかっているが……まあ、ぼくらの婚約期間は少し短かったから」

「でも、いつ——どうやって——」

「花嫁のために準備しておいた結婚指輪はわたせなかった。領地の屋敷におきっぱなしにしてあるから。ぼくには先見の明がなかったということだな」彼はそういってジェネヴィーヴの左手を取り、細い指にはめられたずっしりとした紋章指輪を親指でさすった。「屋敷にあるのは、祖母の指輪なんだ。妻になる女性に贈るよう、祖母からわたされていた。いまはこんな不格好な代用品で申しわけない」

「べつに気にしないわ」結婚指輪がないのは、彼が気にとめていなかったからではなく、一族に伝わる指輪を贈りたいと思っていたからであることを知り、ジェネヴィーヴの胸に温かいものが広がった。

「こちらとしては、ぼくから贈られる指輪のことを気にしてもらえるほうがうれしいんだがな」マイルズがそういって笑みを浮かべた。「それでも、きみの寛大さには感謝するよ。しかし、多少の埋め合わせを見つけることができた。きのうわたすつもりだったんだが、ついきっかけを逃してしまって」そういって、平たい小箱を差しだした。

ジェネヴィーヴは小箱の蓋《ふた》を開け、はっと息を呑んだ。ベルベット地の台に、氷のように光り輝く首飾りと耳飾りが鎮座《ちんざ》していた。首飾りのデザインはシンプルで、ダイヤモンドと、ほとんど透明に見えるほど淡い青の宝石がついている。耳飾りも同じように透明に近い青い石のまわりを、小さなダイヤモンドが縁取っていた。

「マイルズ！　すごくきれいだわ！」

「たんなるアクアマリンなんだ。サファイアを買うつもりだったんだが、この宝石がきみの目の色にあまりに似ていたものだから、つい抗いきれず」

「ありがとう」ジェネヴィーヴは感激にのどを詰まらせ、彼の目に笑いかけた。

「そんな顔をしてくれるなら、首飾りを二十本でも贈りたいものだね」マイルズは彼女の手を掲げ、その指先にそっと唇を押しつけた。

「そんなにたくさんは身につけられないわ」ジェネヴィーヴは精いっぱいさりげなさを装おうとした。

マイルズが首飾りを手にして彼女の背後にまわり、首にかけてくれた。彼は金具を留めたあと、身をかがめて繊細な鎖骨に唇を押しつけた。肌にそのやわらかな唇と温かな吐息を感じ、ジェネヴィーヴは全身をわななかせた。マイルズがからだを起こし、ふたりの視線が鏡のなかで絡み合った。

「思ったとおり、よく似合う」と彼がつぶやいた。

鏡越しに目と目を合わせながら、マイルズが人さし指をそっと彼女の肌に滑らせた。首飾りの、すぐ下を。その羽のような感触に、ジェネヴィーヴはぶるっと身を震わせた。彼の目から視線を外すことができなかった。彼が金色がかった茶色い目の色を深め、背後から腕をまわしてきた。その手が胃のあたりを滑っていく。手がからだを這う光景に、ジェネヴィーヴの体内でぱっと火花が散った。それまで想像したこともないような官能的な熱気が花開き、脈打ちはじめる。

マイルズがふたたび彼女のさらけ出されたやわらかな肌に唇を押しあて、鎖骨から首筋へと移動していった。ジェネヴィーヴは頭を片方に傾《かし》げ、首を差しだした。奇妙なほどからだがぐにゃりとして力が入らず、動くこともままならずに目を閉じる。自分の姿を視界から消すためか、この刺激的であると同時にどこか恐ろしい新たな感覚に浸りきるためかは、自分でもわからなかった。

彼の両手がジェネヴィーヴのからだを滑るように進み、腹のあたりをさまよったあと、やがて乳房のすぐ下をかすめた。歯が耳たぶをそっと嚙む。力強い手がジェネヴィーヴの背中を強く引きよせ、からだをしっかり抱き止めていてくれるのが、ありがたかった。さもないと、ひざがかくんと折れてしまいそうだ。彼の熱い吐息が耳にかかり、舌が耳の輪郭をなぞっていく。ジェネヴィーヴは思わずあえぎ声をもらした。マイルズがうれしそうにくすりと小さく笑った。ふとジェネヴィーヴは、背後でなにかが動くのを感じた。

「ほら」マイルズが顔を上げ、一瞬、彼女をぎゅっと抱きしめた。「もうこれくらいにしておかないと、ディナーに行くには見苦しい状態になってしまう」彼はそういってジェネヴィーヴから手を離した。羽のように軽くさまよう指先で、彼女の乳房を横切りながら。

マイルズがくるりと背を向けて窓際に行き、外をながめる一方で、ジェネヴィーヴは必死に気持ちを落ち着けようとした。いきなり自分のからだが自分のものではなくなったような気がしてきた。激しく脈打ち、いつになく熱くほてっている。胸がふくらみ、かすかにうずいていた。乳首は硬くなり、ぴんと立っている。鏡に映った姿を見つめ、ピンクに染まる頬、やわらかな温もりをたたえる目、ふっくらとした口もとに、自分でも驚いた。

レディがこんなふうに感じてはいけないはずだわ――ジェネヴィーヴは少々面食らいつつ思った。マイルズから視線を外し、体内の反応を感づかれていたらどうしようと恥ずかしくなる。紳士は妻をこんなふうにあつかうものなの？　それとも、こんなことをするのはマイルズだけ？　その淫《みだ》らで誘惑的な才能を駆使して、女をその気にさせて渇望させ、息切れさせてしまうのは？

ジェネヴィーヴはマイルズをこっそり見やった。彼はこちらに背中を向け、腕を組み、庭をひたすら見つめている。いったいなにを考えているのだろう。ふと、あれは怒りを必死にこらえているのでは、と思う。彼を不愉快にさせていたら、どうしよう？　その気になりすぎたのかもしれない……逆に冷淡すぎたのかしら。自分になにが求められているのかわからないので、察しがつかなかった。ジェネヴィーヴは小さくため息をもらし、背を向けた。

面となることに気づきはじめていた。

「そろそろ下りなければ」

「ああ、そうだな」マイルズがこちらを向いたが、さっと視線を走らせても、その表情からなにかを読みとることはできなかった。いつものように、温和な顔をしている。そのころにはジェネヴィーヴも、愛想のよさも冷酷なふるまいと同じくらい、心の内を効果的に隠す仮面となることに気づきはじめていた。

ジェネヴィーヴはベッドわきの椅子に腰を下ろし、マイルズを待っていた。椅子の背のごとくぴんとまっすぐ背筋をのばし、両手をひざの上にきっちりおき、両足を揃え、部屋着をはおり、あくまで控えめな態度で。その行儀のいい姿勢からも、落ち着いた表情からも、じつは胃がねじれて恐怖が血を凍らせていることはうかがい知れなかった。食事の最中は、なにも問題はなかった。マイルズととりたてて意味もない軽い会話を楽しみ、ありきたりの穏やかな時間を過ごした。

ところが食事が終わり、ワインを楽しむマイルズを残して立ち去ったとたんに、神経が暴れだしたのだ。この二日間、ひどく恐れていた瞬間が、ひたひたと迫っていた。ゆうべのマイルズは思いやりを持って辛抱してくれた。なにも求めず、泣きじゃくるわたしをずっと抱きしめていてくれた。しかし今夜はそういうわけにはいかないだろう。その日の午後のマイルズの言動からして、彼の意図は明らかだ。花婿ならだれしも、花嫁に期待することとなのだから。

女中の手を借りたので、寝支度と髪の手入れもあっという間に終わってしまった。しかたなく、あとはすわって待つことにした。その時間が長引けば長引くほど、神経が凝り固まってくる。祖母の言葉がいやでも思いだされた。それに、部屋着を脱いで薄いローン地のネグリジェ一枚になったところをマイルズに見られるなんて、恥ずかしくてたまらない。いままでは、ネグリジェ越しに乳首がこんなふうに透けて見えてしまうことや、ランプの前に立つとからだの輪郭がくっきり浮かび上がってしまうことなど、考えもおよばなかった。

それにしても、マイルズはなにをぐずぐずしているのかしら？　いまごろ食堂にひとり腰を下ろし、酒をあおりながら、こちらに上がってくる気力を奮い起こしているところかもしれない。なんといっても、わたしには魅力がほとんどないのだから。からだはまるで棒のようにひょろりと細長く、亡霊のように色白だ。先ほどはマイルズも欲望を露わにしていたけれど、あれはおそらくそう装っていただけなのだろう。そうやって、わたしがみじめさを味わわないよう、気をつかっているにちがいない。彼がいつも舞踏会で壁の花をダンスに誘うのと同じこと。

そんなふうに気をつかってもらっていると思うと、思わず神経質な笑い声がもれた。自分がマイルズの目に魅力的に映るかどうかなど、心配するのはばかげている。どちらだろうが、もう関係ない。なにしろいまやふたりは夫婦となり、いまさらあと戻りはできないのだ。それに、彼がこちらに魅力を感じずにいるほうがよいのでは？　そうなれば、彼もわたしを放っておいてくれるだろうから。こんなふうに、毎晩不安にさいなまれ、心配ばかりせずにすむというものだ。

扉を軽く叩く音がしたとき、ジェネヴィーヴは銃で撃たれたかのようにびくっとした。跳び上がるようにして立ち、さっと扉をふり返る。心臓が胸に叩きつけられる。ささやくような声しか出てこなかったので、一度せき払いをしてからくり返さなければならなかった。

「どうぞ」

マイルズが入ってきた。ジェネヴィーヴは手をぎゅっと握りしめた。手はからだのわきから動かさないように、全身を血流が激しくめぐっていることを悟られてはだめ。ろうそくの灯り以上に明るいところで、彼の表情をもっとよく見てみたかった。いつもは開放的な彼の表情には、いま、なにも浮かんでいないようだ。

「マイルズ」体内でもつれ合う神経が声に出ていないことに、ジェネヴィーヴはほっとした。

「ジェネヴィーヴ」彼が近づいてくる。口もとに浮かんだかすかな笑みはいつものとおりだったが、その目に浮かぶ表情は見たことがなかった。そこにはなにか暗い表情が浮かび、彼女をさらにおびえさせる深い目的が見える。

ジェネヴィーヴは、目の前で足を止めたマイルズの視線を受け止めつつ、息をひそめて待った。彼が彼女の手を取ったとき、その顔に驚きがよぎった。

「氷のように冷たいじゃないか」

「あ、ごめんなさい」

「謝る必要はないさ」マイルズが問いかけるような視線を向け、彼女の手を両手で包みこみ、暖めようとした。「この部屋、寒いのかな?」そういって暖炉を見やる。「火を入れようか?」

「いいえ、その必要はないわ」手の震えを感じ取られてしまうのではないかと恐ろしかった。彼が目の前にいる。すぐ間近で、圧倒されるほどの男くささと温もりを放っている。ジェネヴィーヴの神経は緊張のあまりわなわなと震えていた。彼に頬を触れられ、思わずからだをこわばらせた。

「ジェネヴィーヴ?」マイルズが顔をしかめ、長々と見つめてきた。そして当惑を浮かべた目で、こうたずねる。「怖いのかい? ぼくのことが?」

「まさか! そんなわけはないでしょう」ジェネヴィーヴは手を引っこめ、顔を背けた。

「どうしてあなたを怖がらなければならないの? あなたなんて——」

「たんなるマイルズだもんな」彼が皮肉たっぷりに言葉を受け継いだ。

ジェネヴィーヴはさっと彼を見やった。「そういう意味では——」マイルズがまゆを片方ねじ上げたのを見て、ぎこちなく先をつづけた。「悪気はなかったの。あなたは兄のお友だちで、ずっと前からの知り合いだわ。だからあなたが……荒っぽくて冷酷な人じゃないことくらい、わかっている。ただ、わたし——その、いままで一度も——あなたの期待を——ああ、もういやだ！」ジェネヴィーヴはあごを引き締めてマイルズをにらみつけた。

マイルズはといえば、苦笑しながら彼女のあごを取り、くいと顔を持ち上げて自分のほうに向けた。その目には温かな同情が浮かんでいる。「かわいそうに。今夜、ぼくが無体なまねをするとでも思ったのかい？　きみをベッドに引っ張りこんで、無理やり奪うとでも？」

ジェネヴィーヴは顔をしかめた。「わたしのこと、笑わないで。だって、どう考えればいいの？　わたしたち、結婚したのよ。あなたはわたしの夫だわ。お祖母さまがいうには——」

「ああ、これでわかったぞ」彼の表情が晴れた。「きみのお祖母さまは最高の生まれと最大の威厳をお持ちの貴婦人だ。礼儀作法の手本のような人だよな。だがお祖母さまは、ぼくのことはご存じない——いや、おそらく、男一般についてもご存じないのだろう。当ててみようか。妻の義務について聞かされたな。妻の責任について。ほかには？」彼は言葉を切って考えこんだ。

「痛いって」

「ああ、ジェニー」マイルズがかがみこんで彼女の額《ひたい》に唇を押しつけた。「かわいそうに。伯爵夫人も余計なことをおっしゃったものだ」彼がもらした吐息が彼女の肌をくすぐった。マイルズは彼女を引きよせ、軽く抱きしめた。「ぼくはきみの妻としての義務や責任には興味がない。なにより、きみに痛い思いをさせたくはない」

「そうよね」ジェネヴィーヴは肩の力を抜いた。からだにまわされた彼の腕の温もりと力強さに癒される。「そういうものだということは、わたしにもわかっているの」

「精いっぱい、痛くないようにするよ」マイルズが彼女の腕をさすった。「ジェネヴィーヴ、ぼくがきみにとって理想の花婿でないことくらい、ちゃんとわかっている。新床には、べつの男と入るつもりだったことも」彼の指が腕をふたたび上がってきて、肌にもの憂げな円を描いた。「きみの心はダースバリーにあったのだから」

「いいえ、ちがうわ」その返答が早すぎたのか、マイルズが失笑した。

「それならよかった」彼はそういいつつ、指先で腕をなぞりつづけた。ジェネヴィーヴはそれまでその存在すら知らなかった感覚が覚醒《かくせい》させられていくのを感じた。全身を貫く震えを抑えることができなかった。マイルズがふたたび彼女の頭のてっぺんに口づけしたあと、こうつづけた。「若い娘が、男とその激しい欲望からしっかり守られていることはわかっている。だからきみが……未経験なのは知っているさ。それに知り合ってから長いとはいえ、きみにとってぼくはいろんな意味でまだ未知の存在だろう。でも、肩の力を抜いてくれ。今夜、きみをぼくのベッドに連れこむつもりはないから」

「ほんとうに？」ジェネヴィーヴはさっと身を引き、彼を見上げた。

「ああ、ほんとうだ。ぼくはべつの部屋で寝るつもりなんだ。そのほうが、きみも気が楽だろう？」

「ええ」ジェネヴィーヴは彼をしばし見つめた。「でも、今後はどうするつもり？　わたしたち――わたしたちの結婚は、名ばかりのものになるの？」奇妙なことに、そう思うと気持ちが落ちこんでくる。

「いや」マイルズがきっぱりといった。「ぼくはそんなふうには考えていない」

「じゃあ、どう考えているの？」

彼が思わせぶりな笑みをゆっくりと浮かべ、目を輝かせた。「ぼくが考えているのは――」そういって身をかがめ、彼女の頬に唇をかすめる。「――妻を口説くことさ」もう片方の頬にも口づけをする。

マイルズの香りが鼻孔をくすぐった。からだの温もりが伝わってくる。唇が肌をかすめたとき、ジェネヴィーヴはぶるっとした。「わたしを口説く？」彼に話の先をつづけさせたくて、そうつぶやく。

「ああ。きみを口説くんだ。きみをその気にさせるのさ」言葉を句切るごとに、彼の唇が肌をなでつけた。そのあまりに軽く、やわらかな接触に、神経がぞくぞくと刺激される。「きみを誘惑する」

ふたりの唇が重なった。マイルズはゆっくりと、誘うように、懇願《こんがん》するように、じらすように、口づけを深めていった。そんな官能的な攻撃に、ジェネヴィーヴはからだじゅうを震わせた。全身がかっと熱くなり、どこかゆるんでとろけた気分になり、じんじんとする指のしびれを抑えようと、彼のシャツの前をぎゅっとつかむ。口づけはいつまでもつづいた。舌に突かれ、口を開いたあとは、狼狽するような方法で口のなかが探求されていった——もっとも、彼との接触がジェネヴィーヴの体内にわき起こした反応には、もっと狼狽させられたが。ジェネヴィーヴは、その驚くほど新鮮な感覚に、シャツをつかむ手をさらに強く握りしめた。

マイルズにからだを押しつけたい。彼のからだをまさぐりたい。彼の舌に合わせて、こちらも探求に乗りだしたい。おそるおそるマイルズの舌に舌で触れた瞬間、彼がぞくりと身を震わせたのがわかった。抱きすくめる腕に力がこもり、望んでいたとおりのかたちでからだがぴったり合わさった。ふと、もっと先に進みたい、と思う。この先なにが待ち受けているのか、正確なところはよくわからないが。と、彼の両手が背中を滑り下り、尻の丸みをつかんだとき、ジェネヴィーヴはいままさにそうされることを望んでいた自分に気づいた。

ジェネヴィーヴは彼のからだに腕を巻きつけ、強く抱きしめた。マイルズが尻の丸みに指を食いこませ、ぎゅっと握りしめて持ち上げたとき、彼女ののどから奇妙な低い声がもれた。マイルズが頭を上げたが、それは角度を変えるためだけで、すぐにまた唇を奪った。何度も口づけされるうち、ジェネヴィーヴの全身に熱気が押しよせてきた。

彼の手に乳房を包みこまれたとき、それに反応して乳首が立つのを感じ、ジェネヴィーヴははっとした。彼の唇が頬から耳へとたどり、その日の午後と同じように耳たぶをもてあそんだ。からだを快感がぞくりと駆け抜ける。そのあいだずっと、マイルズは彼女の乳房を包みこみ、ぴんと立ったつぼみのような乳首に親指でけだるげに円を描いていた。その二点に端を発する悦《よろこ》びが全身に押しよせた。こんな感覚は夢に見たこともなかったジェネヴィーヴは、のどからこみ上げるあえぎ声を食い止めるので精いっぱいだった。

マイルズのほうも負けずに反応しているようだった。ジェネヴィーヴのからだを愛撫する手がいきなり熱を帯び、いつしか息を切らしているようだ。こちらをこんなふうに興奮させている行為が、彼自身の神経も高ぶらせているというのが、どこか不思議だった。あいかわらず彼の腕に抱かれていたおかげで助かった。なにしろいまやひざから力が抜け、からだを支えていられそうにないのだから。そしてマイルズの唇が首のわきをじりじりと下がっていったとき、脚が完全にがくんと折れ、ジェネヴィーヴはすっかり体重を預けるかたちになった。

からだがぼうっとして熱く、悦びに身をゆだねずにはいられなかった。こんなふうに感じるなんて、おそらくひどくいけないことなのだろう。罪深いことですらあるかもしれない。しかしいまは、どうでもいい気分だ。あまりに甘美な感覚だから。マイルズが顔を上げたとき、ジェネヴィーヴは唇を噛みしめ、やめないでという言葉をぐっと呑みこんだ。マイルズが見下ろしてきた。その顔は欲望にゆるみ、胸が激しく上下している。ジェネヴィーヴは彼の唇から目を離すことができなかった。口づけのせいで、赤く、ぷっくりと腫れ上がっている。腹の奥底で欲望が渦を巻き、彼を引きよせてもう一度あの口をたっぷり味わいたくてたまらなくなる。そのあまりに強烈で切実な渇望に、ジェネヴィーヴは恐怖すら感じた。

マイルズが長く震えるような息を吐き、からだを起こしてジェネヴィーヴから腕を下ろした。彼女は椅子にどさりとすわりこんだ。立っている自信がなかったのだ。自分がどんな顔をしているのかと思うと恐ろしく、両手のなかに埋めた。

「もう行かないと」マイルズがしゃがれ声でいった。手で彼女の髪をなでつける。「さもないと、口説く過程をすっ飛ばしてしまいそうだ」そういってかがみこんで頭のてっぺんに口づけをした。「おやすみ、ジェニー。ぐっすり眠るんだぞ」

9

「もう着いたの？」ジェネヴィーヴは馬車の窓から外をちらりと見た。心が沈んでいく。まだ正午になったばかりで、マイルズの母親と顔を合わせるまでに、あと数時間は余裕があるものと思っていたのだ。いつ顔を合わせるにしても、緊張せずにいられないのはわかっていた。初対面の人と会うのは得意ではない。今回の結婚の状況を考えれば、余計に気が重いというものだ。

「まだだよ」マイルズが反対側の窓の外をのぞき、かすかな笑みを浮かべた。「ここが例の村だ」

「ハッチンズゲイトのこと？」ジェネヴィーヴも窓の外をのぞいた。「あ！　あれが教会ね。あなたが話していたとおりだわ」

馬車が小さな石造りの宿屋の中庭に乗り入れたので、ジェネヴィーヴは困惑してマイルズを見やった。「どうしてここに立ちよるの？」

マイルズがにこりとした。「ちょっとしたお楽しみを用意したんだ。いまにわかるさ。ここからは馬に乗っていくということだけ、教えてあげよう」

「ほんとうに？」ジェネヴィーヴは驚いてまゆをつり上げたが、即座に笑みがこぼれてきた。「マイルズ！　それって、すてきだわ！」

「きみがよろこぶんじゃないかと思って。きみのことを十歳のころから知っているというのが、役に立ったよ」彼はそこでいったん言葉を切り、いまごろ気づいたのか、こうたずねた。「乗馬服、持ってきているよね？」

「もちろんよ。でも持ってきていなかったとしても、なんとかしたわ。もう何週間も馬に乗る機会がなかったし、乗ったとしても乗馬用の道を行っただけだから。あ！」彼女はマイルズをさっと見やった。「ひょっとしたら、サファイア――」

「――は、来週、きみの女中と残りの荷物と一緒に到着する予定だ。アレックに話をつけておいたから」マイルズはふたりして馬車を降りながら説明をつづけた。「だから、この宿屋で服を着替えよう。みんなにじろじろ見られるのを覚悟しておいたほうがいいぞ。なにしろいまごろは村じゅうの人間が、ぼくが花嫁を連れて帰ることを知っているはずだから」

マイルズのいうとおりだった。着替えのために彼女を最上級の部屋に案内した宿屋の女将《おかみ》にしても、階段の手すりに身を乗りだすようにしてそのようすをながめていた彼女のふたりの娘にしても、廊下をやけにゆっくりと掃除する女中はもちろんのこと、全員がジェネヴィーヴにぽかんと見とれていた。ただしそこに敵意はなく、畏《おそ》れいったような、好奇の目つきにすぎなかった。ジェネヴィーヴも、これから馬に乗るのがとにかくうれしくて、人の視線などちっとも気にならなかった。

数分後、中庭に戻ると、マイルズが宿屋の主人と、二頭の馬の手綱を手にした厩番《うまや》と立ち話をしていた。ふり返ってこちらに笑みを向けたマイルズの目に、うそ偽りのないよろこびがきらめくのがわかった。すらりと背が高くて細身の体型には、乗馬服がいちばん似合うことは自分でもわかっていた。からだにぴたりとフィットする軍用上着が、ほっそりとした肢体とまっすぐな肩を際立たせている。

「マイルズ、すてきな馬だわ」ジェネヴィーヴは優美なたたずまいを見せる葦毛《あしげ》の牝馬にまっすぐ向かい、手袋をはめた手をその首に滑らせた。

「きみの愛馬サファイアほどではないがね」マイルズはそういうと、彼女と肩を並べた。「それでも、まずまず気に入ってもらえると思う。ソアウッド・パークから呼びよせたんだ」

「まずまずどころではないわ」ジェネヴィーヴは目をきらめかせて彼をふり返った。

「きみが首飾りより馬のほうが好きだということを、もっと早く知っておくべきだったよ」

ふたりは馬に乗って中庭から通りに出た。ジェネヴィーヴは数分ほど馬に慣れるための時間を取ったが、マイルズが拍車をかけてスピードを上げると、すぐあとにつづいた。ふたりで競うように道を駆け抜けるうち、ジェネヴィーヴの心は軽くなっていった。

道の左右には緑豊かな丘が広がり、ところどころ、背の低いこんもりとした生垣で区切られている。クレイヤー城周辺に広がる、索漠とした荒野や冷たい石壁とはかけ離れた風景だ。宿屋の主人が弁当を用意してくれたので、水のほとばしる小川のほとりで昼食をとることにした。そのあとふたりは岩場だらけの曲がりくねった川に沿って、どんどん狭い谷間に進み、やがて両側を鋭く切り立つ崖に囲まれた場所に到達した。川辺には、シダやジギタリスが繁っていた。

カーブに沿って進むうち、谷間の幅がわずかに広がっていき、やがて小さな袋小路のようなスペースにたどり着いた。半円を描くスペースの行き止まりには、崖から虹を描きながら流れ落ちる滝があり、水が滝壺から流れの急な岩場だらけの川へと注いでいた。ジェネヴィーヴはすっと息を吸いこんだ。「マイルズ、すごくきれい！」ふり返ると、彼がにこやかにこちらを見つめていた。

「気に入ったかい？」

「もちろんよ！　気に入らないはずがないでしょ？　まるで——まるで、妖精や精霊がいそうな場所ね」そういったあと、はにかみがちな笑みを浮かべた。「そんなの、たんなる空想話にすぎないんでしょうけれど」

「ふたりで空想にふけるのもいいな」

ジェネヴィーヴはふたたび景色に目を向けた。しばし滝をうっとり見つめていたが、ふと、崖の麓《ふもと》に建つ小さなコテージに気づいた。石壁の半分がツタに覆われているため、木立のなかに溶けこんでいたのだ。庭こそないものの、建物の前面には野生のバラが絡まり、赤い花が咲き乱れている。

「あそこにだれが住んでいるの？」

「だれも。ここはソアウッド領地の一部だよ。あれは〈マッジのコテージ〉と呼ばれているんだが、そのマッジなる人物がだれなのかは謎でね。いちばん人気は、はるか昔のソアウッド家の当主が、愛人をこっそり訪ねていく逢瀬《おうせ》の場所としてつくったという説だ。身分のちがいゆえにマッジとの結婚を親に反対された当主が、ほかの女性と結婚して義務を果たす一方、この魅力的な場所を心から愛する人のために建てた――というのが、母のお気に入りのストーリーなのさ。ロマンチックな話だよな」

「そう。でも奥さまにしてみれば、あまりロマンチックな話ではないでしょうね」

マイルズが笑った。「いかにもジェニーらしい意見だ」

ジェネヴィーヴは彼をきっと見やった。「たしかにわたしは鈍くてロマンのかけらもない女だけれど、そういう話を聞くたびに、奥さんがどう感じたかを考えずにはいられないの。結婚に縛られながらも夫の愛情をけっして得ることのできなかった女性。わたしにいわせれば、そもそもその当主が気骨を見せてマッジと結婚していれば、憐れな女性を巻きこむことはなかったはずだわ」

その返答に、マイルズがふたたび笑い声を上げた。「おいで、なかを見せてあげよう」彼はそういって馬を前に進めた。コテージのわきには広々とした囲いがあり、若木の幹でつくられているとはいえ、充分頑丈そうだった。マイルズは馬から下りると、その囲いのなかに馬を放してやった。

「ここに泊まるの?」とジェネヴィーヴはたずねた。

「そうしたいと思っているんだ。もちろん、きみがここを気に入らないようなら、話はべつだが」

「すてきだわ」ジェネヴィーヴは周囲の穏やかな風景を見まわした。「でも、ソアウッド・パークに向かったほうがよくはないかしら? お義母さまをあんまり待たせてはいけないわ」

「その点は心配いらない。母は、まだぼくらが着くとは思っていないから」マイルズは彼女の手を取り、ぬかるんだ道を背の低い扉に向かって進んだ。「子どものころは、よくここにきたものさ。両親や家庭教師や、使用人と一緒にね。泳ぐには打ってつけの場所なんだ」彼はそういって滝壺を手ぶりで示した。「たぶん両親も、ぼくたち子どもの目を盗んで、こっそりきていたんじゃないかな」

マイルズが扉を開けてくれたので、ジェネヴィーヴは部屋の奥に進み、ぐるりと見まわしてみた。内部は大きなひとつの部屋になっており、片側の狭いアルコーブに戸棚がひとつと小ぶりのテーブルが設置されていた。ベッドはきちんと整えられ、小さな暖炉にはいつでも火が入れられるよう、薪《まき》が用意されていた。テーブルにおかれた小さな花瓶には、夏の花が生けられている。

「でも、マイルズ——なんだかこの部屋、用意されていたみたい」ジェネヴィーヴは困惑顔で彼をふり返った。

「母に結婚の報告を書き送ったとき、このコテージを掃除して、食料を用意させるよう、頼んでおいたのさ」マイルズが近づき、彼女の両手を取った。「きちんとした新婚旅行を計画するだけの時間がなかったから、しばらくここで過ごしたいと思っていたんだ、ふたりきりで。もちろん、きみがいやだというのなら、このまま馬で屋敷に向かってかまわない」

「いえ、その、つまり、いいのよ」ジェネヴィーヴはにこりとした。「ここ、とてもすてきな場所ですもの。すごく気に入ったわ」彼女はふたたび部屋を見まわした。肩の力が抜けていく。そのときまで、自分がひどく気を張っていたことに気づいていなかった。ここならほかにだれもいないし、さぞかし居心地がいいだろう。彼の家族にきらわれないかしらとか、なにをいって、なにをしたらいいのか、などといちいち思い悩むこともない。「気をつかってくれて、ありがとう」

のどにしこりがこみ上げてきたので、ぐっと呑みこまなければならなかった。マイルズの親切心と思いやりを、あらためて実感する。ジェネヴィーヴは思わず彼の手を取り、背のびしてその頰に口づけした。彼は驚いたような目をしたものの、なにもいわずに彼女の肩に腕をまわし、自分のほうにぐっと引きよせた。こうしていると、とても気持ちがいい。そんなふうに思う自分に、ジェネヴィーヴはあらためて驚かされた。

「乗馬のあとで泳ぐのは、気持ちいいかもしれないぞ」マイルズが提案した。

「でもわたし、泳げないの」とジェネヴィーヴはいった。

「ぼくが教えてあげよう。でも、すぐに習う必要はない。水際は川幅も狭いし浅いから、川底に容易に足がつく」

　ジェネヴィーヴは窓から穏やかな滝壺をながめた。馬に乗ってきたせいでからだがほてっている。冷たい水を浴びれば、さぞかし気持ちがいいだろう。彼女はためらいがちに笑みを浮かべた。

「でも、なにを着たらいいの？」

「なにも着る必要はないさ」マイルズが彼女のぎょっとした顔を見て苦笑した。「でもまあ、シュミーズくらいは着ていても身動きは取れるだろう」

「下着だけ？」ジェネヴィーヴはなにかじわりとした感覚が体内を突き抜けるのを感じた。ショッキングであると同時に、ぞくぞくさせられる。

「ほかにはだれもいないから、見られる心配はないよ」

「あなた以外はね」

「ああ、でもぼくはきみの夫だ」マイルズはにやりとして彼女の帽子に手をのばし、長いピンを引き抜いて脱がせた。帽子にふたたびピンを挿したあと、ベッドに放った。「ぼくら、いまでは一心同体だろ？」

「じゃあ、わたしを見るのは、自分を見るのと変わらない、とでもいうの？」ジェネヴィーヴはうさんくさげな表情でまゆを片方つり上げ、腕を組んだ。

「いや、まったくちがうな。きみを見るほうが、はるかに楽しいからね」マイルズが身をかがめ、弓なりに持ち上がった彼女のまゆに口づけした。そのやわらかな唇が、肌を刺激する。

「ぼくにいわせれば、シュミーズなんてネグリジェのようなものじゃないか。きみのネグリジェ姿なら、ゆうべも見ているさ」

「ネグリジェの上に部屋着をはおっていたわ」ジェネヴィーヴはそっけなく訂正した。

「たしかに。でもぼくの記憶が正しければ、前ははだけていたよ」マイルズの指が彼女の乗馬服の襟もとにかかり、留め金を外した。

「どうしてはだけてしまったのかしら」ジェネヴィーヴの声は動揺していた。

「謎だな」マイルズが重々しい口調でいい、つぎの留め金に移動した。留め金を外しながらも、ジェネヴィーヴの目をまっすぐ見つめている。

「マイルズ……いってたわよね、わたしたち――」

「時間をかけるって？」マイルズの唇が、愉快げにというよりは、官能的に歪んだ。「ああ、きみが望むだけの時間をかけるつもりだ」彼の指がじりじりと身ごろ部分に下りていく。

「じっくり、たっぷりと時間をかけないとな」

マイルズはいちばん下の留め金を外したあとも指を彼女の上着にかけたまま、かがみこんでその唇に口づけした。これ以上ないというほど辛抱強い口づけだった。じっくりと時間をかけてジェネヴィーヴの唇を開かせ、なかに入りこみ、やさしく舌でさすり、そっと口を動かしつつ、彼女の気持ちを高めていった。しかし腕は下ろしたままだった。いつしかジェネヴィーヴは、彼の腕に抱きすくめられるのを待っていた。待ち焦がれていた。口づけによる探求がつづくにつれ、胸の鼓動が速度を増していく。体内の奥深くが脈打ち、甘美なうずきがはじまった。彼の愛撫を期待して、乳房がずっしりと重く、ふくらんでいくようだ。

マイルズが唇を離して両手を開き、彼女の乗馬服を腕からするりと脱がせた。手首をさっとひとひねりしただけで、上着はベッドの帽子のもとに加わった。つぎに彼はジェネヴィーヴの腰をつかんで椅子にすわらせた。前にひざをつき、乗馬ブーツを引き抜こうとする。足もとに彼がかしずいているというその状態は、妙に刺激的だった――マイルズは頭を垂れ、彼女の脚からするりとブーツを引き抜いた。片方の手がふくらはぎを包みこむ。その手と素肌のあいだには、薄いストッキング一枚しかない。彼はもう片方の手で足を愛撫し、親指を足の裏の中心まで滑らせた。その感触に、ジェネヴィーヴは体内がぎゅっと縮こまるのを感じた。いきなり脚のあいだが熱く、湿ってくる。漠然としていたうずきが、激しく脈打ちはじめた。

マイルズは反対側の脚にも同じことをくり返したあと、両手を片脚のひざの上まで滑らせた。ジェネヴィーヴは驚いてはっと息を呑んだが、彼女が動くより早く、マイルズが靴下留めに指をかけ、ストッキングを丸めながら下ろしていった。反対側の脚にも同じことをされたときは、驚きこそしなかったものの、先ほどよりも強烈な感覚を引き起こされた。前夜、この切ないうずきを癒そうと、脚のあいだに手を押しつけたくてたまらなくなったときのことが、いやでも思いだされる。マイルズの手がそこにあてがわれることを想像しただけで、うずきはさらに強まった。そんなことを想像してしまったことに、顔が熱くなる。

マイルズが立ち上がり、彼女の手を引っ張って立ち上がらせた。そのあと彼女のスカートのボタンを外した。ずっしりとした生地が床に落ちる。彼の視線がからだじゅうをめぐっていく。伏し目がちに視線をめぐらせるうち、顔の表情がわずかに変化していった。口もとがやわらかく、どこかふっくらとしてきたようだ。いまやぴんと立った濃い色の乳首が、下着の生地越しに透けて見えているであろうことは、ジェネヴィーヴにもわかっていた。深い襟ぐりの下着から、腕とデコルテが露わになっていた。いつも穿《は》いている何重ものペティコートがないと、脚のかたちもくっきり見えてしまう。頰が燃えるように熱くなったが、ジェネヴィーヴはからだを隠すことも、背中を向けることもしなかった。

「すてきだ」とマイルズがつぶやき、シュミーズの襟に指を二本引っかけた。「まるで陶器のような肌だな」彼の指がゆっくりと襟ぐりをなぞり、爪先が肌の上を滑るように進んでいった。

ジェネヴィーヴは、その指先が発する熱気が全身にめぐるのを感じ、息を詰まらせた。マイルズがいとも簡単にこちらをこんな気分にさせてしまうのが、不思議でならなかった。彼に触れられると、熱くとろけてしまう。それまで想像したこともないほどの刺激をおぼえ、からだが脈打ってしまうのだ。この熱気にすっかり包まれてしまいたい。その手をからだじゅうくまなく滑らせてほしいと思う。

マイルズが手を離してわきを向いたので、ジェネヴィーヴは焦れて歯を食いしばった。彼が上着を脱ぎはじめたことに気づくと、ジェネヴィーヴはさっと背を向け、いま自分の顔に浮かんでいるはずの表情を見られまいとした。こんなふうに感じるなんて、危険だわ――彼に触れたくて手がむずむずしているし、口が彼の唇を渇望している。ここまで自制心を失ったことはなかった。

ジェネヴィーヴは彼に視線を戻した。すでに上着とブーツを脱ぎ去り、いまはネッカチーフの複雑な結び目をほどこうとしている。彼がこちらにちらりと目を向け、笑みを浮かべた。ジェネヴィーヴは、先ほど自分がされたように、マイルズのチョッキのボタンを外してみたくなった。そんな気持ちを抑えようと、お菓子に手を出すまいとする子どものように背中で両手をしっかり絡み合わせた。彼の目の色がすっと暗くなり、こちらの胸に向けられるのを見てはじめて、いまの動きが胸を突きだす結果となり、下着の生地に硬くなった乳首が押しつけられたことに気づいた。

ジェネヴィーヴは恥ずかしくなって両手を下ろし、胸の前で腕を組むと、ふたたび背中を向けた。ぶらりと窓際に向かって外をながめ、マイルズが服を脱ぐ音からなんとか気をそらそうとする。ふと、マイルズはどこまで服を脱ぐつもりなのかしら、という思いがわき起こってきた。

ジェネヴィーヴはこっそりふり返り、彼があいかわらずズボンを穿いたまま、その上に裾を出したシャツを着ているのを見て、ほっと胸をなで下ろした。彼女の視線が、前のはだけた麻シャツの隙間からのぞく素肌に注がれた。胸の中心を走る硬そうな線、それに沿ってV字を描く明るい色の体毛、胃のあたりを横切る帯状の腹筋。その光景に、体内が奇妙な反応を見せた。あのシャツの下に手を差し入れ、素肌を滑らせるところを頭に思い浮かべてみる。そんなとんでもない想像をしたために、頭がいっきにのぼせてきた。

ふたたびマイルズが彼女の手を取り、指を絡ませた。ふたりは表に出て、滝壺に向かった。水辺に到達すると、彼はシャツを脱ぎ捨ててわきに放った。さらにはズボンのボタンに指をかける。

「マイルズ！」

彼がにやりと笑みをひらめかせた。「あっちを向いていたほうがいいぞ。ぼくはだれより品のない男だから」

ジェネヴィーヴは頰を赤らめてさっとそっぽを向いたが、抗いきれずにこっそりふり返り、彼が水に入る光景を盗み見た。カールしたすね毛が散在する筋肉質の脚が目に入った。そして、丸みを帯びた白い尻も。彼女は即座に首をすくませた。胸がどきどきいっている。あの曲線をなでてみたい、というマイルズに負けず劣らず品のない衝動に突き動かされた。

「おいでよ、だいじょうぶだから」

ジェネヴィーヴはふり返った。マイルズは腰のところまで水に入っていたので、肝心の部分こそ隠れていたものの、上半身はまっ裸だった。おかげで先ほどはシャツの隙間からのぞく程度だった胸が、すっかりさらけ出されていた。幅広の肩から逆三角形を描くようにして引き締まったウエスト、筋肉がたっぷりついた腕と胸。彼はいったん水中に沈みこんだあと水面に顔を出し、髪をうしろになでつけた。そのからだを水滴が流れていく。

ジェネヴィーヴはごくりとのどを鳴らしたあとで水に入り、彼のところまで歩いていくと、差しだされた手を取った。ひんやりとした水が、動くたびにからだを滑るように流れ、午後の熱気を心地よく冷ましてくれた。視線が、水に濡れてつやつやとしたマイルズの胸に絶えずさまよってしまう。ジェネヴィーヴはその視線を引きはがし、目に手をかざして反対側の滝を見上げた。崖を勢いよく流れ落ちる水が、最後の一メートルで優雅な透明の幕をつくっていた。

「きれいだわ」

「滝の向こうにある岩棚、見えるかい?」マイルズが、滝壺のすぐ上にある突きでた岩棚を指さした。「滝の向こう側まで泳いでいって、あの棚に上がると、水の幕を通した景色が見られるんだ。すごいぞ。もぐっていけばいい。あそこは水深があるから」彼が問いかけるような目を向けた。「泳ぎ方、習いたいかい?」

ジェネヴィーヴはうなずいた。昔からなにかに尻ごみするタイプではなかった。それがからだを動かすこととなれば、とりわけ挑戦せずにはいられない。いまはレディらしからぬ装いをしているが、ここにいるのはマイルズだけだ。「さっそくはじめてくれる?」

「もちろんだ」彼がにやりとした。「まずは、浮くコツをおぼえないと。じつに簡単だよ。ほら、ぼくが支えててあげるから」彼が腕をまわし、ジェネヴィーヴの肩をそっとうしろに押した。「横になってごらん」

「でも、沈んでしまうわ」

「ぼくが支えている。心配いらないさ。肩の力を抜いて、横になるんだ」マイルズが片手を彼女の腰の下に滑りこませ、持ち上げてくれた。

ジェネヴィーヴはいわれたとおり、うしろに倒れて脚をのばした。水のなかで横になるのは少し恐ろしかったが、マイルズのたくましい腕に支えてもらっていると思えば安心だ。

「少し力を抜いて。からだをだらりとしてごらん」とマイルズが指示した。「そう、その調子だ」

肌にひたひたとよせる水が心地よく、ジェネヴィーヴは目を閉じた。こうして横になり、かすかに揺れつつ水に浮いているのは、いい気分だ。いまやマイルズの腕はほんの軽く添えられている程度で、下半身を支えていたほうの腕は外された。ジェネヴィーヴは目を開け、彼を見上げた。陽射しを浴びて金色がかった茶色に輝く彼の目が、強烈な熱気をふくんでこちらを見下ろしていた。そよ風が湿った肌に当たり、彼女はぶるっと小さく身を震わせた。そのとき、濡れた下着が肌にへばりついて透け、からだのありとあらゆる曲線を浮かび上がらせていることに気づいた。

立ち上がらなければ、背中を向けなければ。そう思いつつも横になったまま、からだじゅうをめぐる彼の視線を受け止めた。いまやおなじみになった熱気が体内の奥深くで燃え上がり、思わず両脚を広げたくなる気持ちを意識してこらえなければならなかった。わたしったら、なんて恥知らずなのかしら。そうわかっていても、その大きな誘惑に胸がときめいてしまう。ふたたびそっと目を閉じた。視界を遮ることで、自分の積極的なかかわりを否定しようとするかのように。

マイルズが片手で下を支えたまま、もう片方の手を彼女の腹にぺたりとつけ、さらには乳房に移動して愛撫し、つぎにその手を下腹部まで滑らせたあと、もとの位置に戻した。ジェネヴィーヴは唇をわずかに開いた。彼の指が円を描くにつれ、乳首がぴんと立ち、呼吸が速くなってくる。脚のあいだに湿った熱気があふれたことに気づき、はっとなる。彼の手がどんどん下がって敏感な場所に近づくにつれ、その熱気は強まる一方だ。

ジェネヴィーヴは驚いて両脚を下ろし、立ち上がった。マイルズの顔には濃厚な欲望が浮かんでいた。唇がふくらみ、熱に浮かされたような目の上に、まぶたが重く垂れかかっている。ふたりはしばしその場に立ちつくしていたが、やがてマイルズがジェネヴィーヴの腰に手をかけ、そのからだを引きよせて口づけした。

彼の手が背中をさすり、ジェネヴィーヴを強く引きよせた。彼のむき出しの欲望が、からだに当たっている。脈打ち、求めている。それもまた、興奮をあおった。ジェネヴィーヴは彼の首に腕をまわし、全身を激しい嵐が突き抜けるのを感じつつ、強くしがみついた。彼の口が飢えたように貪《むさぼ》りつき、その口づけにもはややさしさはなく、捕食者による略奪のような強烈さだった。彼女も負けずに切望し、からだを押しつけた。

マイルズが低いうなり声をひとつ発して口づけを中断し、さっとジェネヴィーヴを腕に抱えると、大またでコテージに向かった。

10

　コテージに入るとマイルズは彼女を下ろし、濡れた下着を頭から脱がせてびしょ濡れのまま床に落とした。舐《な》めまわすような彼の視線に、ジェネヴィーヴの血がわきたった。好奇心に駆られた彼女は、男の肉体美を上から下まで堪能《たんのう》した。その視線が充血した男のものをとらえたとき、はっと息を呑む。

「マイルズ！」ジェネヴィーヴはすばやく視線を彼の顔に上げた。目には驚きとかすかな恐怖が浮かんでいた。「あなたって、すごく――その、こんなの、ぜったいに――」それ以上は口にできず、頬をまっ赤に染める。

「心配しなくてもいい」マイルズが両手で腕を上下にやさしくさすってくれた。「だいじょうぶだ。それにきみがいやだといったら、そこでやめる」そういって額に軽く口づける。「約束するよ。だからいまは、とにかくきみのことをじっくり見せてくれ」低いしゃがれ声になっていた。

　ジェネヴィーヴがわかるかわからないかというほどかすかにうなずくと、マイルズは彼女を抱きかかえてベッドに運び、そっと下ろした。彼はその隣に並んで横になり、片ひじを立てて目の前の肢体に視線をさまよわせた。人さし指で肌をさすり、胸の曲線をなぞっていく。その指が腹の上に移動してへその浅いくぼみに入りこんだとき、ジェネヴィーヴはぴくりとして身をこわばらせた。指はさらに下に向かい、やがて脚のつけ根の毛を絡め取った。

　ジェネヴィーヴがのどを詰まらせたような声をもらす一方、マイルズは指をさらに移動させて脚と胴体の境目をなぞりはじめた。まずは片側へ、つぎにその反対側へ。彼が身を乗りだして乳首に軽く口づけしたとき、ジェネヴィーヴは震えるような吐息をもらした。

「もういやかい？」そうやさしくたずねられ、ジェネヴィーヴは首をふった。マイルズがふたたびかがみこんで乳首への口づけを開始したが、その感触からしてどうやら笑みを浮かべているようだ。彼の舌が小さな突起の周囲をなぞっていく。「これはだいじょうぶ？」ジェネヴィーヴがうなずくと、マイルズは口で吸いついた。舌でじらし、愛撫しながら、やさしく吸っている。その口がもたらす悦びに、ジェネヴィーヴは低いあえぎ声を抑えきれなくなっていった。それでも恥ずかしくてたまらず、下唇を噛んでこらえた。マイルズの動きにさらに熱がこもっていく。

　脚のつけ根がじっとりとしてきたようで、ジェネヴィーヴはベッドの上で身をくねらせた。ようやくマイルズが脈打つ赤らんだつぼみから口を離したが、今度はそこにそっと息を吹きかけ、つぼみをますます硬くしていった。そのあと、彼女の耳にぐっと近づいた。「もっとしてほしいかい？」そうささやきかけられたときの吐息に、ジェネヴィーヴは身を震わせた。うなずくと、マイルズが耳に口づけをした。さらに耳の曲線を舌でなぞりながら、こうささやきかけてくる。「口に出して、いってごらん」

「マイルズ……」

彼が耳たぶを軽く嚙み、引っ張った。「なんだい？」身を乗りだし、今度は反対側の乳房に唇を押しつける。「これ、好きかい？」つぎに舌で乳首を刺激した。「これのほうがいいか？」そのあと、乳房の下のラインに沿って軽く口づけていく。「それとも、これかな？」

「ええ」震えるような声がジェネヴィーヴの口からもれる。「どれも、好き」

マイルズが笑いつつもうなるような声を発し、乳首に吸いついた。口で乳首を硬く、脈打たせる一方、手を彼女の下腹部に戻していった。その手が脚のつけ根に到達したとき、ジェネヴィーヴは無言のまま誘うように両脚を広げた。マイルズが顔を上げて目をぎらつかせ、唇を奪ってきた。濃厚な、貪るような口づけをしながら、指で女の秘部をまさぐりはじめる。

ジェネヴィーヴはからだを凍りつかせた。そこがすっかり潤っていることを知られたら、きらわれてしまうのでは、と急に恐ろしくなったのだ。ところがマイルズはむしろよろこんでいるようで、低い声をもらしながら、さらに口づけを深めてきた。なめらかな肉のひだをさすり、繊細な手つきでまさぐっている。ジェネヴィーヴは思わずその指にからだを押しつけようとする自分の大胆さに驚いた。これほど切実な欲求をおぼえたことはなかった。なにかがほしくてたまらない。彼に触れられるたび、口づけされるたび、その思いがどんどん高まっていく。彼の肩に指を食いこませ、溶けてひとつになりたいとばかりに、激しく唇を押しつける。

マイルズがからだを引いてこちらを見下ろしてきた。熱に浮かされたような、強烈な目の色をしている。彼の人さし指が下半身の唇のあいだの芯をとらえたとき、ジェネヴィーヴは悦びのあえぎ声を抑えることができなかった。彼は指でさすりつつ、彼女の表情を駆けめぐる感情に見入っていた。ジェネヴィーヴは彼の手に下半身を押しつけ、さらなる刺激を求めた。するとマイルズが歯を食いしばり、見るからに顔を緊張させはじめた。

「先に進んでもいいかい？」そうささやきかけ、ジェネヴィーヴの目をのぞきこんでくる。

「ええ」ため息のような声がもれた。

マイルズの目に野性的な男の満足感がぱっと浮かび上がった。そのあと彼が指をするりと挿入してきたので、ジェネヴィーヴは驚いて目を見開いた。彼は指の出し入れをくり返し、やさしくなかを広げていった。やがて彼女の脚のあいだに割って入り、腰を持ち上げると、いきり立った男のものをやわらかな肉のひだに押しあてた。その感触にジェネヴィーヴが身をこわばらせると、マイルズはいったん動きを止め、上体をのばして唇を合わせた。やさしく、誘惑するような口づけをされるうち、ジェネヴィーヴの全身が燃え上がってきた。彼女がふっと肩と脚から力を抜いたところで、マイルズが挿入した。

一瞬、鋭い痛みが走ったが、やがて彼がなめらかにからだを沈め、彼女のなかを満たしていった。想像もしていなかったのだが、ジェネヴィーヴはマイルズを受け入れ、自分の一部にすることに、深く根本的な満足感をおぼえた。それからしばらくのあいだ、マイルズはじっと動かずにいたが、やがて腰を使いはじめた。これも新鮮な驚きだ——彼にくり返し突き上げられながら、そう思う。先ほどまで全身を躍るように駆け抜けていた悦びがひとつになり、からだの芯に向かって凝縮しはじめた。

マイルズは彼女に挿入しながら身をうねらせ、低い叫びをもらした。ジェネヴィーヴは、なにかとてつもなくすばらしいものが迫ってくるような気がしていたのだが、マイルズが上にがっくり倒れこむと同時に、それが途絶えてしまった。首もとに、彼のしゃがれた吐息がかかる。彼のからだはまるで炉のように熱くなっていた。それもまた、彼女の体内に渦巻く悩ましい熱気をあおる一方だった。生き生きとした弾けるような感覚、それでいて悩ましく、なにかが欠けているとしか思えない——こんな気分にさせられたのは、生まれてはじめてだった。

マイルズが顔を上げ、見下ろしてきた。「ああ、ジェニー。きみはまだなんだね?」

ジェネヴィーヴにはなんのことかよくわからなかった。しかしマイルズが上から転がるようにして下りてしまうと、もの足りなさをおぼえてため息をもらした。ところが彼の手がふたたび芯をとらえたので、驚いて目をしばたたいた。

「マイルズ、なにを――」と、口から小さなあえぎ声がもれ、彼女は瞬きしながらまぶたを閉じた。「マイルズ……」

「いまにわかる」マイルズがしゃがれた声でそう告げ、ゆっくりと、執拗《しつよう》に愛撫をつづけた。ふたたび体内に強烈な緊張感が生まれ、全身を包みこんでいった。ジェネヴィーヴはすすり泣くような吐息をもらし、からだを弓なりにして彼の手に押しつけ、引きつらせた。

「さあ」彼がそうつぶやき、肩の先に口づけした。「解放してごらん。きみを満たされないままにしておくわけにはいかない」

彼の手が執拗に、強く求めてきた。するといきなり、それまでじりじりと迫りつつあったなにかが炸裂した。ジェネヴィーヴはぐっと歯を食いしばり、からだを痙攣《けいれん》させた。快感がからだの隅々にまでさざ波となって押しよせていく。やがて全身からがっくりと力が抜け、口からため息がもれた。

マイルズが腕をまわして彼女を抱きよせ、そのままごろんと仰向けになった。ジェネヴィーヴは彼にしがみつき、その暖かく湿った肌を堪能した。お祖母さまはいったいなにを警告していたのかしら――そんなことを思いながら、いつしか眠りに落ちていった。

午後の遅い時間、目をさましたふたりはふたたび滝壺を訪れた。ジェネヴィーヴは裸で外に出るのを拒んだが、けっきょくマイルズにひょいと肩に抱き上げられてしまった。思わず悲鳴を上げたものの、その体勢から彼のうしろ姿を見るのもなかなか興味深いことがわかると、文句をいうのはやめにした。ふたりは水をはね飛ばし、ふざけたり笑ったりしながら楽しんだ。今度はジェネヴィーヴも、ひとりで浮くことができた——少なくとも、マイルズがかがみこんできて、水面から顔をのぞかせていたさくらんぼ色の乳首に口づけをするまでは。その瞬間、ジェネヴィーヴは驚いていっきに川底まで沈んでしまった。それでも、かまわなかった。マイルズが抱き上げ、口づけしてくれたから。そのまま強く抱きしめられ、ジェネヴィーヴは前夜から考えていたことを実行に移すことにした。彼のからだに両脚を巻きつけるのだ。

マイルズが小さな満足のうなり声を発し、両手を彼女の腰にかけてからだをなすりつけてきた。ジェネヴィーヴは彼の肩に頭を預け、硬くなったものが秘部に押しつけられたとたんに自分の肉体が反応したことに驚いた。世の妻は、みんなこんなふうに感じているのだろうか？　自分は人より淫らな女なのかもしれない。とはいえ、ダマリスの見るからに幸福そうな顔が、いやでも頭に浮かんできた——それに、シーアの顔も。もっとも、どちらも節度の見本とはいえないけれど。

「ああ、ジェネヴィーヴ」マイルズがつぶやき、彼女の首筋をなぞるようにゆっくりと口づけしていった。「きみのせいで、われを忘れてしまいそうだ」そういって唇を軽く合わせ、彼女を下ろした。

「あら」ジェネヴィーヴはひどくがっかりした。「そうよね。あなただって、その、もう……そんなことはしたくないわよね」失敗してしまった、と思い、くるりと背中を向けた。いきなり、裸であることをやけに意識しはじめる。「わたし、どうしたらいいのかよくわからなくて――」

マイルズに手首をつかまれ、勢いよくふり向かされた。「そういうことじゃないんだ」彼はジェネヴィーヴのあごに手を添えて顔を上に向かせ、目と目を合わせようとした。「したくないわけがないさ。いますぐにでも、きみともう一度愛を交わしたくてたまらない。いま、ここで」そういって彼女を抱きよせ、にこりとした。「ぼくがその気になっているの、感じるかい？」

「感じるわ」ジェネヴィーヴは少し頰を赤らめ、それを隠そうと彼の胸に頭を預けた。

「はっきりと」ジェネヴィーヴは彼のものに触れてみようかと手を下ろしていったが、うしろめたさをおぼえ、さっと戻した。

「どうぞ」マイルズが低い声でいい、両手で彼女の手を包みこむと、下半身に戻した。

ジェネヴィーヴは彼のものを握ってみた。顔を見られていなくてよかった。鞘《さや》の下まで滑り下ろし、そのサテンのようななめらかな感触を、どくどくと脈打つ硬さを、じっくりと味わってみる。マイルズが髪に口を埋めて声をもらしたので、ジェネヴィーヴは不安になって手を止めた。

「いや、やめないでくれ」その声は、楽しんでいるようでもあり、渇望しているようでもあった。「好きなようにしてくれてかまわないんだ」彼が髪に口づけした。

ジェネヴィーヴはふたたびさすり上げ、股間の重みのある袋を手で包みこんだ。その動きが、彼の口から低いうめき声を引きだした。それが悦びの声であり、苦痛の声ではないことが、彼女にも少しずつわかってきた。マイルズの顔を見上げてみる。いまや好奇心が、恥ずかしさに勝っていた。彼は目を閉じ、唇をわずかに開いていた。ジェネヴィーヴはその顔にどんな表情がよぎるのかを見ようと、いろいろ試してみた。自分が彼に与える影響を目にするのは、このうえなく胸がときめくことだった。

「じゃあ、どうしてさっきやめようとしたの？」親指の爪でふたたび鞘をいじり上げながら、たずねた。

「きみのためさ」マイルズが彼女の髪をなでつけた。「あまりに早急じゃないかと思って――きみに痛い思いをさせたくはないから」

ジェネヴィーヴははっとして顔を上げた。「ずっと痛いの？」

「いや、ちがう、そんなことはないよ」マイルズは両手で彼女の顔を包みこみ、かがみこんで口づけした。「ただ、ひりひりさせてしまったらかわいそうだと思っただけさ。じつをいえば、未経験の女性を相手にするのは慣れていないんだ」そういってかすかにほほえむ。

「きみのことは大切にしたいから」

「そうなの」ジェネヴィーヴはひとり笑みを浮かべながら頭を彼に預けた。「でもわたし、そんな華奢《きゃしゃ》な女じゃないわ、わかっているでしょう」

「そうかい？」マイルズが彼女の肩から背中へと手を滑らせた。

「そうよ」こんなふうに身をよせ、彼に触れていると、そそられずにはいられない。彼のほかの部分にも触れてみたくて、指がじりじりしてくる。マイルズのほうはこちらの大胆さを気にしていないようなので、彼の腹から突きでた腰骨を通過し、丸みを帯びたなめらかな尻にまで手を滑らせてみた。からだに押しつけられた男性自身がどくんと脈打ったところからして、この感触を彼がよろこんでいるのはまちがいなさそうだ。

ジェネヴィーヴは探検をつづけることにした。彼の太腿からうしろに手をまわし、先ほど自分がされたのと同じように、指先をその肉づきのいい丸みに食いこませてみる。記憶を探り、ほかにされたことを思いだそうとした。そういえば、口でじらされたときは、狂おしいほどに気分が高揚した――考えるより早く、ジェネヴィーヴは唇を彼の胸に押しつけた。胸は水で濡れ、かすかにしょっぱくて温かかった。もっと彼を味わいたい。

つぎは、平らな乳首だ。その周囲に舌を這わせたあと、口にふくんでみる。彼ののどからうなり声がもれ、髪に指が埋められる。ジェネヴィーヴは顔を上げ、からかうような声でいった。「でもわたしたち、待つべきかしら」

「待つなんて、冗談じゃない」彼の顔にぱっと笑みが浮かんだ。

マイルズがふたたび彼女を抱え上げ、滑るように挿入してきたので、ジェネヴィーヴはその腰に両脚を巻きつけた。彼のものが奥深くまで入りこむのを感じ、鋭く、強烈な満足感がからだを駆けめぐる。マイルズは川岸に彼女を押しつけ、口づけし、激しく、深く貪りながら、そのからだを堪能した。快楽の波がじわじわと高まるにつれ、ジェネヴィーヴは彼にしがみつき、その肩に指を食いこませた。やがて、マイルズと、からだの奥深くで吠える渇望のことしか、意識できなくなる。マイルズが身を震わせて彼女のなかに精を放った瞬間、ジェネヴィーヴの緊張も破れ、解放感が体内を駆けめぐっていった。ジェネヴィーヴは彼の首に顔を押しつけ、のどから噴きだす悦びの叫び声を押し殺した。

彼がずしりとからだを預けてきた。それからしばらくは、ふたりの荒い息づかいだけしか聞こえなかった。ジェネヴィーヴは千々に乱れた思考をなんとかかき集めようとした——自分自身を取り戻そうとするかのように。

「ああ、ジェネヴィーヴ、きみといると、ぼくの理性は粉々に砕けちってしまう」とマイルズがつぶやき、髪に鼻を押しつけてきた。その声に深い満足感がふくまれているところからして、彼はその事実をよろこんでいるようだ。「きみのせいだぞ」

「わたしのせい？　わたしは気に入ったのに」ジェネヴィーヴは怒ったふりをしてみせた。

「そうか？」マイルズが首に口づけしてきた。「気に入ったのかい？」顔を上げ、目をのぞきこんでくる。「急ぎすぎたなら、申しわけなかった」

「だいじょうぶ、気に入ったから」ジェネヴィーヴは頬が赤らむのを感じ、それを隠そうと頭をひょいと引っこめ、彼の肩に休めた。のどの奥から、満足の笑い声がいきなりわき起こる。「ものすごく気に入ったわ」

夕闇が急速に訪れつつあったので、ふたりはコテージに戻ることにした。マイルズが、用意されていた薪を使って暖炉に火を入れた。ジェネヴィーヴはその日に着ていた服をまた着こんだが、下着はぐっしょり濡れていたので身につけるわけにはいかなかった。

マイルズは彼女が服を着るということそのものに不満を表しながらも、笑みを浮かべ、目でその姿を愛《め》でていた。「服だけで充分じゃないか」

「あなたがどうしてそんなふうにいうのかわからないわ」とジェネヴィーヴは鋭く切り返した。「わたしが下着を身につけていないこと、どうせ見ただけではわからないのに」

「ああ、そうだが、下着をつけていないとわかっているからね」マイルズは手の甲で彼女の胸をかすめ、そこが図らずも反応したのに気づくと目の色を深めた。ジェネヴィーヴはきっとにらみつけたものの、マイルズのほうは笑い飛ばし、背中を向けてズボンを穿いた。

「もっとも、引き出しをのぞけば、ぼくが持参した姉や妹たちの服が何枚か見つかるはずだよ」

「食料を用意させてくれたらよかったのに」ジェネヴィーヴは小さな収納箱の引き出しを開けながらいった。「お腹がぺこぺこだわ」

「きみにはせいぜい精をつけてもらわないとな」マイルズが戸棚を開け、ひと塊のパンとりんごの入った袋を取りだした。「裏手に貯蔵室があるから、そこになにかあるはずだ」

数分後、マイルズがミートパイとあぶり肉をたっぷり持ってきてくれたので、ふたりは腰を落ち着けてごちそうを食べることにした。食べながら、おしゃべりし、笑った。おたがい、もう何年も前から知っている気楽さがあるだけでなく、いまではしきたりから解放されたこともあり、会話にも新たな親密さが芽生えていた。マイルズはアレックやガブリエルと過ごした若いころの思い出を語り、ジェネヴィーヴは笑いすぎてわき腹を抱えることになった。

やがて食欲が満たされると、ジェネヴィーヴは暖炉の前にすわった。ありがたいことに櫛《くし》とブラシが用意されていたので、湿り気を残した髪のもつれをほどくことにしたのだ。

マイルズがうしろに立ち、彼女の手からブラシを取った。「ぼくにさせてくれ」

「面倒よ」ジェネヴィーヴはそう警告し、からだの下に両手を差し入れて体重をうしろにかけた。

「そうか。きみにはそうかもしれないが」マイルズは銀色に輝く髪に、長々と、なめらかにブラシをかけ、かけ終わるごとに髪の束を彼女の肩にそっと戻していった。「ぼくとしては、もう何年も前から、こんなふうにきみが髪を下ろしたところを見たくてたまらなかったんだ」

「どうしてそんなふうに思うのか、わからないわ」

「わからない？」彼はかすかに笑みを浮かべ、髪のふさに手を滑らせた。「下ろした髪は貴婦人の私室を思わせるだろ。寝床をともにする男だけが、見ることを許される」そういって片手で髪のふさをひねり、掲げてそこに口づけした。「それに、きみの髪は美しい。まるで銀を紡《つむ》いだみたいだ」

ジェネヴィーヴは驚いた顔で彼を見つめた。「色が薄すぎるでしょう」

「まるで月明かりだ」マイルズはふたたび髪をとかしはじめた。

「氷みたいよ」彼女はそういってマイルズをじっと見つめた。「男の人たちから、〝氷の乙女〟と呼ばれていたのは知っているわ。冷たくて――」

「完ぺきな人だからな」とマイルズがさもわかったような笑みを浮かべた。「きみほど完ぺきな女性にいいよる男は、よほど勇敢でなければ」身をかがめ、彼女の額に唇をかすめる。

「その頬に赤みを差すには。きみの目を輝かせるには」そういいながら、唇で左右の頬に触れていく。「きみの唇が赤くなるまで、口づけするには」

マイルズは彼女の腰に片腕をまわし、さっと抱きすくめた。その手を腹の上で広げ、これは自分のものだとばかりにまさぐった。「たっぷり口づけしたあとの唇に見える」彼の器用な指がぴんと硬くなった乳首をとらえ、そっとつまむ。「きみは氷のように冷たいわけではないさ、ジェニー。青白い炎なんだ」

ジェネヴィーヴは震えるような吐息をもらした。「マイルズ……」

「なんだい？」彼が首にベルベットのようにやわらかな唇をなすりつけた。

「あなたって、すごく口説き上手なのね」

「異議あり。ぼくはだれよりも口説き上手だ」彼の手がドレスの前を下がって乳房を包みこみ、唇が耳を愛撫してジェネヴィーヴの体内に熱気をじわじわと送りこんだ。「ただし、真実を口にしている場合は、口説いているとはいえないいな」

「あなた、まさかもう一度するなんて、いわないでね」叱りつけるつもりでいったのに、言葉がのどで詰まって思うような効果を出せなかった。

「どうかな？」笑い声とともに彼の吐息が耳にかかり、からだじゅうを駆け抜ける震えをさらに助長させた。彼が耳たぶをやさしく嚙んできた。「きみがあんまり魅惑的だから、ぼくも節度を保っていられなくなってしまう。きみを横たえて、そのからだじゅうに、口づけを浴びせたい」

「マイルズったら！　なんてはしたない人なの」

彼は悪びれたようすもなく笑い、彼女の脚のつけ根に向かって指を下ろしていった。「そうだな。でも、きみも同類みたいだぞ」そういって首筋に口づけし、なだめるような声を出す。「さあ、ジェネヴィーヴ、ドレスを脱いで、見せてくれないか」マイルズが両わきに手を下ろし、ドレスの生地をたぐり上げていった。

「やめて！」ジェネヴィーヴは笑いながら彼の手を軽くはたいたあと、からだを少し離して身をねじり、彼を見つめた。「どうしてわたしの裸をそんなに見たがるのか、理解できないわ。もう充分見たじゃないの」

「まだまだ足りないよ」マイルズがにやりとして、ふたたびからだを引きよせようと手をのばしてきた。

「わたしに恥ずかしい思いをさせたいだけなんでしょう」

「たしかにそれも、楽しいな」マイルズが身をかがめ、彼女に濃厚な口づけをした。「でもそれ以上に、きみを見るのが楽しいんだ」

「どうして？　わたしなんて、のっぽでぶざまで——」

「ジェネヴィーヴ！」彼が心底驚いた顔で見つめてきた。「自分がどれくらい美しいのか、ほんとうにわかっていないのか？」

「自分の顔がどんなかは、よくわかっているつもりよ。でも、よくいわれたわ、わたしには欠けているって……快活さが」

「それは、ぼくぐらいきみを怒らせたことのない人間のいうことさ」

ジェネヴィーヴは顔をしかめた。「でもわたし、女っぽくもなければ、華奢でもないし、女らしいからだつきもしていない」そういって顔を背ける。「いやだ、くだらないことをいってしまって」

「おいで」マイルズが険しい声でそういって彼女をひざに抱きよせ、ドレスを引っつかんで頭からさっと脱がせた。

「マイルズ！」ジェネヴィーヴは本能的に両手でからだを隠そうとした。

「いや、だめだ」マイルズが腕をまわし、彼女をそっと敷物の上に仰向けにした。そのわきにからだをのばして片ひじをつき、彼女のあごをつかんで目をのぞきこんでくる。「さてと……きみの髪の美しさについては話したよな。このうえなく色の薄い繊細な金色で、まるで純粋な陽射しのような髪だ」

マイルズは彼女の髪をひとふさ手にし、指でこすってから手を離した。髪は炎の光をとらえ、はらりと舞い落ちていく。つぎに彼女のまゆと頬と鼻の曲線を指でなぞっていった。

「それに、きみの完ぺきな顔立ちについても触れた。陶器のように美しい肌や、うっすらと赤みを差す頬についても」マイルズはそこに軽く口づけした。「この唇の甘美な曲線についても」彼の指が唇のラインをたどっていく。「この唇の甘美な曲線につ
いても」マイルズはそこに軽く口づけした。「甘美な心を持つ者にふさわしい」今度は濃厚な口づけをして、舌を使って彼女の唇を開かせた。「それに、このあごだ」そういいながら、あごに口づけする。「いかにもスタフォードらしい、つねに堂々と突きだされている。それに、この首」指で彼女のあごからのどの線をなで下ろしていく。「長くて、優雅な首」

「キリンみたいだわ」

「古代の王妃ネフェルティティのようだよ」と彼が訂正した。「男なら、口づけしたくてたまらなくなる。男がなにより欲しているところへと導く、繊細な通路だから」マイルズは彼

女の首に羽のように軽い口づけをしながら、指を乳房のあたりにさまよわせた。

　ジェネヴィーヴは胸にぽんと手をおいた。「ぺちゃんこだわ。男の子みたいに」あごをこわばらせ、顔を背ける。

「こんな男の子は、見たことがない」マイルズがにやにやしながら反論した。彼はその胸に手を滑らせ、ジェネヴィーヴの手の下から乳房を包みこんだ。「きみの胸は完ぺきだよ。ぼくのてのひらにぴったりおさまる。引き締まっていて丸くて、みずみずしい果実のようで、天にも昇る味覚だ」彼が身をかがめて胸に口づけし、そっと乳首を吸った。そのまま舌で愛撫をつづけたので、ようやくからだを離したときには、そのつぼみがぴんと硬くなり、赤らんでてかてかしていた。「てっぺんには、最高においしいラズベリーがついている」彼はもう片方の乳首も同じように愛撫した。その口の動きがジェネヴィーヴの体内の弦をかき鳴らして全身に響かせ、脚のつけ根を潤した。

　マイルズは片ひじに体重を戻し、宝物を愛でるような視線で彼女のからだをながめまわした。ジェネヴィーヴはそんな彼を見つめながら、恥ずかしいやら誇らしいやら、その両方のあいだで心を引き裂かれていた。彼の視線にこめられた愛情に、熱い欲望がかき立てられ、脈動しはじめる。マイルズの手がゆっくりと乳房と腹の上を滑り、突きでた骨盤をなぞったあと、すらりとした太腿の輪郭をなぞっていった。

「きみのからだはしなやかで、すてきだ。脚は長くて引き締まっているし、この脚に巻きつけられることを想像するだけで、男なら頭がどうにかなってしまう」彼女の顔をのぞきこむマイルズの目は、金色に輝いていた。「現にほんの数時間前、ぼくがそうなった」

ジェネヴィーヴも彼を見つめ返し、そのあとは視線を引きはがすことができなくなった。のどの奥の呼吸が浅くなる。彼の言葉が、じっさい触れられたのと同じくらい強烈に、下腹部に欲望を渦巻かせた。ふと、自分が待っていることに気づいた。全神経を研ぎ澄まし、脈をどくどくさせながら、彼に奪われるのを待っているのだ。

「もう何年も前から、きみの裸を想像してきた」

「マイルズ！」彼女は目を見開いた。「ほんとうに？　でも、そんなことひと言だって――」

「友人の妹に向かって、きみがほしいだなんていえないだろう？」彼がまゆを片方、くいっとつり上げた。「きちんと育てられてきた若い乙女にいえるようなセリフじゃないさ。それでも、きみのことを想像していた。きみを腕に抱いてワルツを踊るとき、いつも思っていたんだ。舞踏室の反対側にいるきみを見ているときも。お屋敷の客間に、きみがただすわっているだけのときも。きみのドレスの下はどうなっているんだろう、と想像をめぐらせ、頭のなかで一枚一枚、服をはぎ取っていった。胸のふくらみや腰の丸み、それにお腹の浅いくぼみを、想像してばかりいた。下の毛も、髪と同じように銀色に輝いているんだろうか、と」

彼の指がじりじりと下がっていき、脚のつけ根で三角形に広がる毛を絡め取った。ジェネヴィーヴは、彼の手がそこのやわらかな肉に触れ、なめらかなひだを開き、探求しはじめると、震えるような息を吸いこんだ。いつしか脚を開き、奥まで受け入れようとする。マイルズはもう片方の手に頭をのせてひじに体重をかけ、彼女の顔をじっと見つめながら、指で彼女の興奮を高め、じらし、責めさいなめ、体内に渦巻く渇望のらせんをますます緊張させていった。熱情が全身を揺らめかせ、ジェネヴィーヴはあえぎ声を抑えきれず、解放の極みに迫ろうとからだを弓なりにしならせた。腰を彼の手に押しつけ、円を描く。

「だめだ、まだだ」マイルズが欲望の熱い核からするりと指を離した。かがみこんで彼女に口づけしながら、ふたたび指で炎の芯を愛撫し、どんどん崖っぷちへと追いやっていく。彼がふと顔を上げた。「もういいかな。その瞬間のきみを見たい。悦びにとろけるときのきみを」

「マイルズ……」ジェネヴィーヴは敷物の上で頭を落ち着きなく左右にふり、腰の動きで彼を急かした。

と、衝撃が走った。あまりに激しく強烈な悦びに、ジェネヴィーヴはなすすべもなくあえぎ、からだを痙攣させた。悦びの波が全身を駆けめぐったあと、力が抜けていった。ぐったりとして、床に溶けこんでしまいそうな気分だ。マイルズを見上げると、少しぼうっとした表情で、目をきらめかせていた。欲望に顔をこわばらせ、琥珀《こはく》色の目に深い金色の輝きを浮かべている。

ジェネヴィーヴは彼の胸に手をおいた。目と同じくらい、そこも燃えさかるように熱くなっていた。彼女はもの憂げに彼のからだをなでまわした。「あなたは――」

「ああ、したいさ」マイルズはにやりとし、かがみこんで彼女の唇の隅に口づけした。「きみの準備がいいなら」

「わたし、動けるかしら」

マイルズがズボンを脱ぎ捨てた。彼のほうはすっかり準備が整っているようだ。彼が両手で彼女の腰をつかんで引きよせ、自分の上にまたがらせた。ジェネヴィーヴは驚いて目を見開いた。マイルズは彼女を誘導し、からだをゆっくり自分の上に沈みこませ、勃起《ぼっき》したものが彼女のなかにぴったりおさまったことに満足した。

「どうしたらいいの？」ジェネヴィーヴはそう訊きながらも、本能的に腰でゆっくりと円を描きはじめた。

マイルズの顔に悦びがよぎった。「したいようにしてくれ。好きなように」

「好きにしていいの？」彼女は目をいたずらっぽく光らせると、指先を彼の胸の中心に走らせた。

「ああ。きみなら、ぼくの苦しむさまを大いに楽しむだろう」

「マイルズ……」ジェネヴィーヴはわざとらしく叱りつけるような声でそういうと、からだをいったん持ち上げたあと、ゆっくりとくねらせながら腰を沈めていった。マイルズの息づかいが荒くなる。「そんなふうにいわれたら、わたしがひどくよこしまな女だと思われてしまうじゃないの」

マイルズは彼女の太腿を上下にさすった。ジェネヴィーヴがこの新鮮な悦びをあれこれ試すうち、彼の手の動きがどんどん落ち着きを失っていった。こうしてみると、彼女にも先ほどのマイルズの気持ちがわかるような気がした。新しい感覚を試すたびに彼の表情が変わるのをながめるのは、とても興奮することだ。押しよせる渇望を、もう耐えられないというぎりぎりのところまで高めておきながら、そこでぐっとこらえているようすをながめるのは。

そのあと、マイルズがついに耐えきれなくなったようで、からだをびくんとさせて彼女の腰を固定し、激しく、速く、突き上げはじめた。するとジェネヴィーヴのほうも、驚いたことにまたしても情熱にさらわれていった。彼もろとも、悦びの暗い深淵へと落ちていく。

ジェネヴィーヴはマイルズの上に倒れこみ、のどの奥をぜいぜいいわせた。マイルズが腕を巻きつけてきた。精根つきはて、心穏やかになったふたりは、たがいにひしと抱き合った。

11

マイルズは窓辺に立ち、コテージに向かって歩いてくるジェネヴィーヴをながめていた。滝の近くにスモモの茂みを見つけたので、彼が貯蔵室から食料を運びこんでいるあいだ、彼女のほうはデザート用の果実を摘《つ》みに出かけていたのだ。彼女は質素な綿のフロックドレスを着て、足は素足のままだった。肩にかかる銀色の髪が、陽射しを浴びてきらきらと輝いている。スカートを前に持ち上げてそのなかに集めたスモモを入れ、長い脚のひざから下は素肌をさらしていた。ペティコートもシュミーズも見えないということは、泳いだあと、ドレスを着こんだだけなのだろう。

その姿に、股間が硬くなった。今週はそういうことがしょっちゅうだ。ジェネヴィーヴに性的魅力を感じ、彼女との言葉の応酬に小気味よさを味わえることは、以前からわかっていた。だからこの結婚が、便宜上のもの以上になることを期待していたのはたしかだ。しかし、ここまでさまざまなかたちで欲情させられるとは思っていなかった。このコテージで過ごしてから一週間がたったが、その間、ふたりは夫婦の寝床にまつわる謎をとことん探求し、その気になれば、いつ何時、どんなかたちであれ、愛を交わしてきた。最初こそ恥ずかしがっていたジェネヴィーヴも、冒険心あふれる積極的な相手へとさまがわりしていった。もっとも、新しい悦びに挑戦する直前は、驚き、抵抗を試みることもしばしばではあるが。

　ともに日々を過ごすうち、ジェネヴィーヴは性の悦びに目ざめ、顔につけていた節度という名の冷たい仮面も脱ぎ捨てるようになっていった。笑い声を上げたりふざけたり、そして受け取った分だけ、与えてもくれる。今朝などは、彼女の愛撫で目をさましたくらいだ。彼女のほうから愛を交わすきっかけをつくってくれたことは、驚きだし――うれしかった。いま、その姿をながめながら、こんなふうに田舎道を帽子もかぶらず、髪も垂らしたままで歩いたのはいつ以来なのだろう、いや、そもそもそんな経験をしたことがあるのだろうか、と思わずにはいられない。いまの彼女は、伯爵家の令嬢というよりは、愛の巣に向かう愛人さながらだ。

　ジェネヴィーヴが彼の姿に気づき、得意げに手をふってきた。マイルズは彼女を出迎えに行き、口づけした。彼女がくすりと笑い、肩で彼を押しやった。

「やめて。一生懸命集めたスモモを落としてしまうじゃないの。たっぷり集めるために、木に登ったくらいなのよ」

「そのかいがあったようだね」マイルズはバスケット代わりの彼女のスカートのなかをのぞきこみ、深い紫色の果実をひとつ選んだ。甘く温かいその果肉にかじりつくと、舌の上を果汁がしたたり落ちた。「ふむ。きみと同じくらい甘いな、レディ・ソアウッド」彼はふたたび口づけしようと身をかがめた。

「おいしいわ」唇をぺろりと舐めたジェネヴィーヴを見て、マイルズの欲望がふたたび刺激された。

「口づけが？　それともスモモが？」

ジェネヴィーヴがあきれたように天を仰いだ。「もういいかげんにして。お夕食には、ほかになにがあるの？」

「このスモモのほかには、チーズとパン、それにワイン。それから腸詰めも少し」

「まるで妖精のなせるわざね」彼女はにこりとしてスモモにかじりついた。その白い歯が丸々とした果肉に突き刺さるのを見て、マイルズの体内を欲望がらせんを描いて突き抜けた。

彼はジェネヴィーヴの腰をつかみ、そのからだを引きよせると、唇を重ねた。ようやく顔を上げたとき、彼女の頰は上気し、目のなかで薄青の炎が燃えさかっていた。

「あと一週間はここで過ごしたいところだが」マイルズはそうつぶやいたあと、ため息をもらしてあとずさりした。「食料がもう底をつきかけている。残念だが、明日には屋敷に向かうしかなさそうだ」

「まあ」ジェネヴィーヴが悲しげな顔をした。

「でも、そう悪いことでもないさ」彼女のために扉を開けながら、元気づけようとした。

「きみの女中と服が待っているはずだから。もちろんうちの屋敷は、クレイヤー城ほど広くはないがね」彼女に向かって目をきらめかせて言葉を継ぐ。「もっとも、あそこほどすきま風は入らないが」

「ソアウッド・パークは、さぞかしすてきなお屋敷でしょうね」ジェネヴィーヴはスモモをテーブルにおいた。

「じゃあ、どうしてそんな顔をしているんだい？」マイルズは彼女の手を取って椅子に腰を下ろしたあと、そのからだをひざに引きよせた。ジェネヴィーヴは身をよせ、彼の肩に頭を預けた。いつしかマイルズは、この感触をとても楽しむようになっていた。

ジェネヴィーヴはためらったあと、小声でいった。「あなたのお母さまに会うのが恐ろしいの」

「母に？」マイルズはすっとんきょうな声を出した。「驚いたな、どうして？」

ジェネヴィーヴがからだを起こし、皮肉たっぷりの視線を向けた。「だってわたし、彼女の息子を陥《おとしい》れて、醜聞まみれのあわただしい結婚に引きいれた女なのよ」

「なにも心配することはないさ。母のレディ・ジュリアは、だれより心やさしい女性だから」

「それはそうでしょうし、あなたはなにも心配することはないでしょうけれど。母親というのは、そういうことにかんしてはけっして息子を責めないものだから。お義母さまは、すべてわたしが悪いと思うに決まっている……最悪なのは、じっさいそのとおりだということよ」

「母は、ぼくの気まぐれには慣れている。だから、ことを急《せ》いて見苦しい事態になったときはいつでも、またぼくが衝動的に突っ走ったせいだと思うだけさ。母はぼくの幸せを願っているし、少なくとももう五年は、そろそろ結婚するよう、ことあるごとにせっついてきた。母はきみのことを気に入るさ。ぜったいだ」彼はそういってそっと口づけしたあと、目の色を暗くした。「ところで、残された時間をせいぜい有効活用すべきじゃないかと思うんだが……」マイルズはさらに濃厚な口づけをしようと、彼女に腕をまわして引きよせた。


母に気に入られるという言葉をマイルズが心から信じていることはわかっていたが、ジェネヴィーヴ自身は疑っていた。母親なら、愛する息子を醜聞に引きずりこんだ女を恨むに決まっている。そんなことを考えていたので、馬に乗って屋敷に向かうあいだずっと、胃がかつてないほど凝り固まっていった。コテージでは最高に甘い日々を送ることができたが、これから先はふつうの生活に戻らなければならないのだ。

ひどくしどけない格好で、これ以上ないというほど安閑とした親密な夜を過ごしたり、木立のなかをぶらぶら散歩したり、滝壺に浸かったり、というお楽しみとはもうお別れ。おたがい、家庭内でも社会でも、それぞれの立場に戻らなければならない。ふたりきりの新婚生活のなかでマイルズをよろこばせたふるまいも、彼の妻としては、屋敷の女主人としては、ふさわしくないだろう。生まれてからこの方、そうした妻の役割を果たすべく、ずっと仕こまれてきたジェネヴィーヴだが、それが現実のものになったいま、なぜか気持ちが落ちこんでしまうのだった。

ふたりは崖に守られた谷をあとにし、野原と草地を抜け、さわやかな林を抜けて、ついに広々とした芝地に出た。幅広の芝地の向こうに、さまざまな様式と材料をごたまぜにした、四方に広がる屋敷が見えた——しっくい、赤煉瓦、さらには石も使われたチューダー様式の木骨造りで、壁のほとんどをツタに覆われ、そのすべてが四方八方に突きだしている。ところが不思議なことに、全体的には温もりのある歓迎の雰囲気を醸《かも》しだしていた。クレイヤー城のような不気味な石の要塞とはかけ離れた建物だ。ジェネヴィーヴもこれほど緊張していなければ、魅力的な屋敷と感じたことだろう。ところが現実は、胸が締めつけられるあまり、ここで気絶して恥をかくことだけにはなりませんように、と祈るので精いっぱいだった。

マイルズが馬から下りてジェネヴィーヴに手を貸したあと、駆けよってきた厩番に馬をゆだねた。屋敷に向かって歩きはじめたとき、玄関から人影がばらばらと流れでてきた。ジェネヴィーヴが足をぴたりと止めると、マイルズが励ますように手をぎゅっと握ってくれた。戸口に集まっているのは、どうやらひと握りの子どもたちのようだった。そのうしろから、質素な身なりの女性がひとり、あたふたと追いかけてきて、なにやら口やかましく注意している。
「マイルズおじさま！　マイルズおじさま！」全員が口々に叫ぶと同時に、きゃっきゃとい
うよろこびの悲鳴がわき起こった。たった三人しかいないとは思えないほどの騒々しさだ。
幼い女の子と男の子が、年長の女の子を追い抜いてきた。年長の女の子のほうは、威厳を
保つためか、もしくは家庭教師から厳しくいわれているのか、駆けだしたい気持ちをぐっと
こらえているようだった。男の子がマイルズにまっすぐ突進してきた。ジェネヴィーヴは思
わず身をこわばらせたが、マイルズは彼女の手を離して足早に前進し、男の子を抱き止めて
宙高く掲げた。
「ナイジェル！」マイルズが、先日の夜マシューを相手にしたときのようにかん高い声を出
し、男の子のほうもマシューのようにきゃっきゃと笑い声を上げた。
そうこうするうち、その男の子よりもほんの少しだけ年上に見える女の子が、マイルズの
脚に飛びついて腕をまわした。
「かわいいエイプリル」マイルズがしゃがみこみ、ナイジェルを女の子の隣に下ろし、ふた
りに腕をまわした。「ぼくがいないあいだ、いい子にしていたかい？　ミス・ウィルソンの
いうことを、ちゃんと聞いていたかな？　野菜は食べているか？」
どの質問にもしっかりと肯定の言葉が返ってきたが、あとから追いついた年上の女の子が
小ばかにするようにいった。「ナイジェルったら、ぜったいエンドウ豆を食べようとしない

のよ。床に転がして、猫に追いかけさせちゃうの」

マイルズが笑った。「なかなか独創的だな、ナイジェル」マイルズは立ち上がると、年上の女の子を抱きしめた。「ブランシュ。見ないうちに、また背がのびたじゃないか」

「おじさまったら！」女の子は、ぷりぷりした口調でそういいながらも、笑みを浮かべた。「まだ数週間しかたっていないのに」

「このひとがそうなの？」ナイジェルが好奇心も露わに首をのばし、マイルズのうしろにいるジェネヴィーヴをのぞき見ようとした。

「ああ、そうだ。この人が、レディ・ジェネヴィーヴ・ソアウッドだよ」マイルズは子どもたちの肩に手をかけてジェネヴィーヴをふり返った。三人の子どもたちが、目をまん丸にして彼女を見つめた。

「うわあ」エイプリルがため息をついた。「すごくきれい」

「ゆきのヨウセイ？」ナイジェルがうやうやしい態度でたずねた。

「ちがうわよ、ばかね」エイプリルがうんざりしたような声でいった。「あれはたんなるおはなしでしょ」

「ごめんなさい」いちばん年上のブランシュがいった。「ナイジェルは、子ども部屋にある雪の妖精の絵が大好きなんです」そういって、はにかむような笑みを浮かべる。「でもたしかに、とても似ているわ。ものすごくきれいだし」

「ジェネヴィーヴ」とマイルズがいった。「この子たちは妹のフィービーの子どもで、ブランシシュ、エイプリル、それからナイジェルだ。みんな、こちらのレディがぼくの妻で、きみたちの新しいおば上になるジェネヴィーヴだよ。きちんとあいさつをしてごらん」

「こんにちは、ジェネヴィーヴおばさま」三人が素直に声を揃えた。

「ほらほら、みんな、彼女に息をつかせてあげないと」そんな声がしたので顔を上げると、中年の女性がひとり、こちらに向かってくるところだった。髪は濃い金色で、こめかみのあたりから白髪が翼のようにうしろに走っている。小さな青い花柄模様の質素なモスリンドレスを身にまとい、指輪をのぞけば、身につけた宝飾品はドレスに留められたカメオのブローチだけだった。彼女はにこやかにほほえみながら言葉を継いだ。「ミス・ウィルソン、ごあいさつもすんだことだし、子どもたちを部屋に連れ戻してちょうだい。それから、あなたたち、お母さまの邪魔にならないよう、静かにしているんですよ」

子どもたちは家庭教師のミス・ウィルソンに多少の抵抗を見せたものの、祖母から頬に口づけされ、ぽんぽんとやさしく叩かれると、いそいそと戻っていった。レディ・ソアウッドは息子の両手を取り、彼の頬にも口づけのあいさつをした。

「マイルズ、悪い子ね。どんなお仕置きがいいかしら？　わたしが結婚式に駆けつけるのも待たずに、この気の毒な娘さんをさらってしまうなんて！」叱責の言葉ではあったが、その声には愛情がたっぷりこもっていた。彼女はジェネヴィーヴをふり返った。油断のない目をしていいるような気もしたが、その声はやさしかった。「マイルズの母、レディ・ジュリアよ。新しい家へようこそ」

「ありがとうございます。お目にかかれて光栄です」ジェネヴィーヴはちょこんとひざを曲げてあいさつした。

「そんな堅苦しいあいさつは抜きよ」レディ・ジュリアはそういうと、ジェネヴィーヴの肩を抱いて頬に口づけした。「あなたはもう、わたしの娘なのですから」

ジェネヴィーヴは驚きに目をしばたたきながらも、礼儀にかなった言葉をもごもごと口にした。レディ・ジュリアはジェネヴィーヴに腕を絡め、もう一方の手で息子の腕を取ると、ふたりを歩道から玄関へと案内した。

「娘のフィービーがごあいさつにこられないのを、許してやってね。娘はおめでたなものだから、午後は疲れてしまうの。でも、またの機会に会えるわ。みんな、マイルズの花嫁さんに会いたくて、うずうずしていたのよ」

「ジェネヴィーヴを怖がらせないでくださいよ、母上」マイルズがからかうようにいった。

「大勢に取り囲まれるのに慣れていない人なんだから」

「そんなことはないわ、マイルズ」ジェネヴィーヴは反論した。「あなたのご家族に会えて、すごくうれしい。ありがとうございます、お義母さま、歓迎してくださって」

「当然ですもの」

　そのとき、ひとりの少女がひざまでスカートを持ち上げて家から飛びだしてきた。マイルズと同じ明るい茶色の髪に日焼けした金色の筋が混ざり、三つ編みを留めるリボンの片方がほどけて、ひらひらとたなびいている。そのハート形の顔は、よろこびに輝いていた。

「お兄さま！　お兄さま！」彼女もナイジェルのようにマイルズの腕に飛びこんだ。

　マイルズはわざとらしく「おっと」といいながら彼女を受け止めた。「ネル、ほんとうにお転婆さんだな」そんな非難の言葉も、声にふくまれた愛情に打ち消されていた。「どこにいたんだい？　また川の浅瀬を歩きまわっていたのか？　それとも木に登っていた？」

「どちらでもないわ！」娘が笑った。「上からみんなをながめていたの」

「ネル！」レディ・ジュリアが手を胸に当てた。「いったはずよ――」

「二度と屋根に登ってはいけません、でしょう」とネルが言葉を受け継ぎ、母親にほほえみかけた。「でも、登ってはいないわ。お兄さまの古い望遠鏡を使って、屋根裏部屋の切妻窓から見ていたの」

「ああ、どうりで服がそんなふうになったわけだ」マイルズがそういったので、みんなして視線を落とした。ドレスの裾がぼろぼろになり、土で汚れていた。

「かまわないわ」レディ・ジュリアがため息まじりにいった。「どうせもう下ろすべきへりがないんですもの。背がのびて、どの服も短くなってしまったわね」

「ぼくたち、無礼なまねをしているぞ」マイルズがそういってジェネヴィーヴをふり返った。

「花嫁の紹介がまだだった。ジェネヴィーヴ、年がら年じゅう悪さばかりしているこの娘が、いちばん下の妹、ネルだ。ネル、ぼくの妻、レディ・ジェネヴィーヴを歓迎してくれ」

ネルがジェネヴィーヴに顔を向け、きちんとひざを曲げて礼儀正しくあいさつした。「失礼しました。ソアウッド・パークへようこそ」そのあとにこりとして、形式張った態度をたちどころに引っこめた。「ザークシーズが、きっと大よろこびね！」

「ザークシーズ？」ジェネヴィーヴはぽかんとしてくり返した。まさにその瞬間、大きなふわふわの白い毛をした猫が玄関から出てきて足を止め、氷のような青い瞳で目の前の情景をながめた。ジェネヴィーヴは猫をまじまじと見つめた。「ザークシーズ！」

猫はまったく無関心なようすでゆっくりと近づいてきたが、ジェネヴィーヴがかがみこんで手を差しだすと、その腕に飛びこんだ。頭を彼女のあごにこすりつけ、不満たらたらの声色でしきりに鳴きはじめた。

「どうやってきたの？」ジェネヴィーヴは笑いながら猫に顔をなすりつけた。やがてこちらをにこやかに見守っていた夫に顔を向ける。「マイルズ？　いったいどうやって――」

彼は肩をすくめた。「ダマリスに、この悪魔のような動物を追いだしたいのなら、きみの服の残りを持ってくる女中と一緒に送りだしてしまえばいいじゃないかといったんだ」

「まあ、マイルズったら！」ジェネヴィーヴはいきなり涙にのどを詰まらせ、ザークシーズのやわらかな毛に顔を埋めてそれを隠した。「ありがとう」顔を上げ、夫にほほえみかける。

「どういたしまして。それより、母とネルに感謝したほうがいいぞ。ザークシーズの攻撃対象になっていたのは、まちがいなくこのふたりだから」

「まあ、ひどい！」ネルが兄の腕を押し、ジェネヴィーヴに向き直った。「お兄さまは昔から猫が苦手だったものね。犬好きなので、猫もそれを察するのよ」

「というよりも、近くにいるとき、ぼくがみじめなほどの恐怖を感じていることが、こいつにはわかるのさ」

「ばかなことをいわないで」マイルズの母がそういってにこりとした。「この子、とてもおりこうさんだったわよ。ネルとすぐに意気投合したみたい」

「ほんとうですか？」ジェネヴィーヴは驚いた顔で、レディ・ジュリアを、つぎにネルを見やった。

「ええ、そうなの」ネルがうなずいた。「まあ、上の階の女中を一回か二回、驚かせたことはあるけれどね」

マイルズがこみ上げる笑いを必死にこらえた。「いくつか小競り合いの末、ザークシーズはこの家での主権を確立したようだな」

ネルがマイルズをふり返った。「わたしのドールハウス、見にきてね」

「ああ、ぜひ見にいくよ。だがジェネヴィーヴは着いたばかりだから」マイルズはそういってジェネヴィーヴに問いかけるような視線を向けた。

「あら」快活な娘は恥じ入ったようだった。「そうよね、ごめんなさい、レディ・ジェネヴィーヴ。考えもなしにそんなことをいって」

「いえ、そんな、どうぞネルと一緒にいらして。わたしはレディ・ジュリアに案内していただけると思うから」ジェネヴィーヴはそうマイルズに告げた。ネルのことが気に入ったし、愛する兄の帰省がいかにうれしいものかは、よくわかっていた。

「もちろんよ」レディ・ジュリアも同意した。「義理の娘と時間をかけて知り合うのは楽しいでしょうし」

ジェネヴィーヴは、心にある以上の自信をこめた笑みを義母に向けた。マイルズの母はとても愛想がいいとはいえ、目の前からマイルズが消えてしまえば、その歓迎ぶりもなりをひそめることだろう。しかし、義母の批判をかわすために、つねにマイルズを引き止めておくわけにもいかない。いやなことは、早々にすませてしまうのがいちばんだ。

ネルはジェネヴィーヴに感謝の笑みを向けたあと、くるりと背中を向け、弾むような足取りで階段を上がっていった。そのようすをザークシーズは興味深そうに見つめていたが、床に飛び降りたあとも彼女を追いかけようとはせず、ジェネヴィーヴの足首にまとわりついた。

「とてもやさしい息子なのよ」レディ・ジュリアがマイルズの背中を見送りながらいった。

「でもまあ、そんなこと、あなたにわざわざいうまでもないわね」

「はい、お義母さま。サー・マイルズがおやさしいのは、よくわかっております」

「わたしのことはジュリアと呼んでちょうだい。あなたとはお友だちになりたいの」

「もちろんですわ。わたしもそう願っています」ジェネヴィーヴは、義母のつぎの言葉を覚悟して待った。

ふたりが階段を上がりはじめると、ザークシーズがだっと駆けだして先に上がっていった。

ジェネヴィーヴは話題を探して周囲を見まわした。

「ネルは、ご自分のドールハウスをとても自慢にしているようですね」そういったあとで、まずいことを口にしてしまったかもしれない、と気づいた。マイルズから聞いたところによれば、ネルはもう十五歳のはずだ。人形で遊ぶには、いささか歳がいきすぎている。だが
ジュリアが誇らしげな顔でほほえんだのを見て、ジェネヴィーヴはほっと胸をなで下ろした。

「そうなの。十歳のときにつくりはじめたのよ。もちろん、最初の作品はすでにごみの山となって久しいけれどね」

「ネル自身がつくっているんですか？」ジェネヴィーヴは驚いてたずねた。「つまり、ハンマーやのこぎりを使って？」

ジュリアはうなずいた。「細かい作業はゴドフリーが手伝ってくれるの。ネルにとっていちばんの楽しみは図面を描くことのようだけれど、じっさい組み立ててもいるわ。子ども部屋に、ひとつの村をつくりあげているのよ。フィービーがきてからは、当然ながら子どもたちを大いに楽しませているわ」

「そうでしょうね。わたしもぜひ見せていただかなければ」

「そうしてくれれば、あの子もよろこぶわ。アメリアには、わたしがあの子を甘やかしすぎているといわれているの。たしかにそうかもしれない。でもあの子もすぐにレディに成長してしまうのだから、子ども時代はせいぜい楽しませてやらなくては」

「そうですね」マイルズののんきな性分がどこからきたのかは、さほど考えずともわかるというものだ。もしわたしがドールハウスをつくるなどと口にしていたら、祖母がなんといっただろう。

「マイルズから聞いたけれど、あなたはアレックの妹さんだそうね」レディ・ジュリアがジェネヴィーヴをつぎの階の廊下に案内しながらいった。

「はい。兄をご存じですの?」

「ええ、存じていますとも。あの子、何度もここに遊びにきてくれましたからね。いえ、いまはもうあの子ではなくて、りっぱな紳士よね。でもわたしにとって、あのふたりはいつまでも子どものようなものなの。いまでは結婚しているそうね。マイルズも結婚したなんて。考えると、なんだか不思議だわ。なにもいわれずとも、目にしただけであなたがだれなのか、きっとわかったと思う。その髪も目も、アレックそっくりですもの」

「はい、これがスタフォード家の特徴なんです」

「それに、背の高さもね」レディ・ジュリアはそういって、小さくため息をもらした。

「もっと背が高かったらいいのに、といつも思っていたわ。わたしは家族のなかでいちばん背が低いの。昔から、それがわたしにとって試練のようなものだった。マイルズが父親似で、ほんとうによかったわ」彼女が扉の前で足を止めた。「このお部屋よ」

ジェネヴィーヴは義理の母親をふり返った。いやなことはさっさとすませてしまうにかぎる。「お義母さま……ジュリア……こんなふうにあわただしく結婚してしまったことを、お詫びしなければなりません。どうしてこんなことになったのか不思議に思っていらっしゃるでしょうし、そう思われて当然ですわ」

「まあ、謝る必要なんてないのよ」マイルズの母親がにこりとした。「マイルズの性急さには慣れていますもの。結婚式に出られなかったのは残念だけれど、マイルズがあなたにぞっこんになって、一時も待てずに結婚したがったのは、驚くようなことではないわ。マイルズが幸せなら、それがなによりよ。わたしがあの子の父親と愛し合っていたように、あの子にも愛する女性を見つけてもらいたいと、ずっと望んできたの。いま、あの子はそれを手にしたわ。あなたこそがマイルズの望む女性なら、わたしが腹を立てるわけはないでしょう？」

「でもマイルズは――」ジェネヴィーヴは、自分も彼を愛していなければ、彼のほうもこちらを愛してなどいない、と反論しかけたが、すんでのところで言葉を呑みこんだ。

マイルズのことだから、これが恋愛結婚であるかのように母親に報告していることだろう。そういうことにしておいたほうが、性急な結婚のいいわけが立つと踏んだのだ。あるいは、ロマンチックな母親には、息子がほんものの幸せと愛を見つけたと思わせておくほうがいいと悟っていただけの話かもしれない。いずれにしても、ここでジェネヴィーヴが義母の幸せなかんちがいをだいなしにするわけにはいかなかった。

「マイルズもわたしも、お義母さまがお式に出席できるよう、待つべきでした」ジェネヴィーヴは言葉を取り繕《つくろ》った。

「とてもやさしいのね、ジェネヴィーヴ。でも、若い人たちの愛がどんなものか、わたしにもわかっているわ」レディ・ジュリアはジェネヴィーヴと腕を絡め、庭園を見わたす大きくて快適な部屋のなかに案内した。「このお部屋、気に入ってもらえるといいのだけれど」

「すてきですわ」ジェネヴィーヴは心からそういって、マホガニー製の家具や、カーテンとベッドに使われた青い柄のブロケード地にさっと目をやった。

「こちらのほうがずっといいと思ったの、マイルズが昔使っていた部屋よりも。あちらは狭すぎるうえ、マイルズがまだ子どもだったころのままの状態だから。夫婦にふさわしいお部屋ではないわ。でももちろん、いまわたしが使っている主寝室をお望みなら、わたしはよろこんで移りますからね。夫が亡くなったあと、マイルズにそこに移らないかといってはみたのだけれど、断られたの。でもいまはあの子も結婚したのだから――」

マイルズの母親がいわんとしていることを呑みこむまで、一瞬、間があった。レディ・ジュリアは、ジェネヴィーヴとマイルズが同じ部屋で寝るものと思っているのだ。ジェネヴィーヴの知る夫婦はすべて、それぞれが自分の部屋を持っていた——少なくとも、同じ上流階級に属する夫婦は。もちろん知り合いが夜どこで寝ているのかなどと詮索したわけではないが、かつて自分の母親が夫である伯爵の隣の部屋で寝ていたことだけはまちがいない。それに、なにかの事情で祖母が伯爵の部屋を占領していたとしても、アレックが伯爵位を受け継いだとき、いくらアレックのほうが拒もうとも、その部屋にとどまろうなどとは夢にも思わなかっただろう。それが世の習いというものだ。

それでも、とても心やさしく世話好きな義母にそんなことをいって無礼なまねはしたくなかった。「いいえ、そんな、移るなんてことはお考えにならないでください。ここはとてもすてきなお部屋ですし、わたしはここで充分満足ですわ」

その言葉がほんとうになりますように——レディ・ジュリアが彼女をひとり休ませようと礼儀正しく立ち去ったあと、ジェネヴィーヴは思った。じっさいそこはすてきな部屋であり、窓から穏やかな庭園風景をながめることができた。それでも、自分ひとりの部屋がないと思うと、胸が締めつけられるようだった。これまで、だれかとひとつの部屋を共有したことはなかった。もちろん、コテージでマイルズとともに過ごした一週間はべつだが。しかしあれは日常生活から切り離された、特別な出来事だ。毎日毎日、ほかの人間と生活をともにするのとは、まるで話がちがう。疲れているとき、不安を感じているときに、ひとりきりになれないのだ。夫にいらだっても、彼を追いだすことはできない。では、感情が鬱積し、爆発寸前になったとき、どうすれば、どこに行けばいいというの？

廊下で物音がしたので、ジェネヴィーヴはふり返った。女中のペネロピが部屋の入口に立ち、ぴょこんとひざを曲げてあいさつした。「奥さま、お帰りなさいませ」

「ペネロピ」ジェネヴィーヴは思わず、節度を越えるほどの満面の笑みを浮かべた。いくらすばらしい環境とはいえ、慣れない家にひとりぼっち、見知らぬ人間に取り囲まれているいま、懐かしい女中の顔に大きな安堵《あんど》をおぼえずにはいられなかったのだ。

「お目にかかれてうれしゅうございます、奥さま」ペネロピがにこやかな顔で歩みでた。「お召しものをお脱ぎになりますか？　少し横になったほうがよろしいのでは？　冷たい布をおでこに当てれば、気持ちいいでしょう。ラベンダーの液を少々垂らしては？」

「そうしてもらえるとうれしいわ」

ペネロピが扉を閉めようと部屋の入口に向かったが、その前にマイルズが入ってきた。女中は彼にお辞儀をしたあと、おずおずとジェネヴィーヴをふり返った。「では、またあとでまいりましょうか、奥さま？　ラベンダーを持って」

「ええ。お願い」ジェネヴィーヴはすぐに休めないことにかすかな落胆をおぼえた。

マイルズがのんびりとした足取りで近づいてきた。眉間《みけん》にかすかなしわをよせている。

「なにも問題はないかい？　この部屋は気に入ったかな？」

「ええ、とても感じのいいお部屋ね。お義母さまは、とてもおやさしいし……感じのいい方だわ」

マイルズが彼女の手を取りながら笑みを浮かべた。「よかった。うれしいよ、なにもかもが――」といってその指先に口づけをする。「――感じがよくて」

「からかわなくてもいいでしょう」ジェネヴィーヴは冷たくそういうと、背中を向けようとしたが、マイルズに手をつかまれて制され、腰をそっと引きよせられた。ジェネヴィーヴはぱっと頬を染めた。

「マイルズ！」仰天したように叫び、入口の扉を見やる。「だれかに見られてしまうかもしれないわ」

「夫が妻を抱きしめているところが目撃されれば、当然、大騒ぎになるよな」彼がにやりとした。「さあ、教えてくれ、なにが気にかかっているんだい？」

「なにも。そういったでしょう」ジェネヴィーヴは彼にしかめっ面を向けた。「どうして昔はあなたのことをあんなに疎《うと》ましく思っていたのか、今朝まで不思議でならなかったけれど、いま、その理由を思いだしたわ」

マイルズが苦笑し、彼女に軽く腕をまわして身をかがめ、その首もとに鼻をすりよせた。「ああ、ジェネヴィーヴ……あの辛辣な女性はどこに行ってしまったのかと思いはじめていたところだよ。彼女がすっかり消えてしまったのではと、恐ろしかった」

「ばかなことをいわないで」ジェネヴィーヴは険しい声色を出そうとしたものの、出てきたのは、叱責するというよりは、やさしげな、愛情のこもった声だった。例によって、肌にかすかに触れる彼の唇が、体内に小さな震えを走らせた。ジェネヴィーヴは両手を彼の腕にかけ、いまやおなじみとなった欲望を全身に感じつつ、シャツに指を食いこませた。「お願いだからやめて」そうはいったものの、説得力はなかった。

「きみがどうしてそんなふうにぴりぴりしているのかを教えてくれるまでは、やめないよ」

「わたし――その、お義母さまが、わたしたちがふたり一緒にこの部屋で過ごすものと決めつけてらっしゃるようだったから」ジェネヴィーヴはついそう口走ったあとで、すぐに後悔した。了見《りょうけん》の狭い、無礼な人間に聞こえてしまう。さっとからだを引くと、マイルズが両手を下ろした。

「なるほど」彼は一瞬言葉を切ったあとで、慎重につけ加えた。「じゃあきみは、ひとりで寝たいのか」

「ちがうわ」ジェネヴィーヴはぎょっとして否定した。マイルズの温かく硬いからだが感じられない、がらんとしたベッドで寝るなんて。彼の腕に抱かれずに寝るなんて。「わたし――わたしがいいたいのは、そういうことではなくて、ふつうはそんなことはしないという意味なの」マイルズがひたすら見つめるばかりだったので、あわてて言葉を継いだ。「あなたにもわかるでしょう？　夫と妻は、ふつうそれぞれお部屋を持つものだわ。そういうものだもの。もちろん、みんながみんなそうではないでしょうけれど、でも――」彼女はそこでるはずよ」

口ごもり、いきなり激昂した。「もうっ、マイルズ、わたしがいっていること、わかってい

「きみはどうなんだ？」マイルズが即座に切り返した。その目がいきなり金色に燃え上がる。

彼はさらに言葉を継ごうとしたが、ふと口を閉ざし、唇をいったんぎゅっと結んだあと、冷

静な声でいった。「ごめん。母も、きみを悩ませるつもりはなかったんだと思う」

「悩んでなんていないわ」ジェネヴィーヴはすぐに応じた。こんな話題は持ちださなければ

よかった、という思いがどんどん募っていく。「わたしはただ……」

「ひとりになりたいだけなんだな」マイルズがそっけなくつづけた。

「わ――わたし、慣れていないから……だれかと一緒に暮らすなんて」最後はしどろもどろ

になってしまった。マイルズに理解しろといっても、どだい無理な話なのだ。男性には、昔

からひとりでいられる場所があった――書斎や、喫煙室や、クラブが。それをいえば、領地

すべてがひとりの男性のものなのだ。

マイルズが肩の力を抜き、先ほどよりも温もりのある、穏やかな声でいった。「今週のう

ちになんとかできると思う」彼にあごを持ち上げられ、笑みを向けられたジェネヴィーヴは、

ほほえみ返さずにはいられなかった。

「そう」

マイルズがかがみこみ、軽く唇を合わせてきた。「きみもせいぜい楽しめるはずだよ」

ジェネヴィーヴはかすかに頰を赤らめた。「マイルズ……いつでもどこでも……あんなふうにはいかないわ」

「そうかな？」彼は軽く受け流し、ふたたび口づけした。

「わたしたち、ふつうの生活に戻るんですもの。あのときとはちがうでしょ。あのときは特別だった」

「どんなふうに？」彼が唇で耳たぶを刺激する。

「マイルズ、やめてったら」ジェネヴィーヴはくすくす笑った。「そんなことをされると、ものを考えていられなくなってしまうじゃないの」

「よかった」肌に当たる彼の口がほほえむのがわかった。「ああ、ジェネヴィーヴ……」彼はため息をひとつもらしたあと、最後にもう一度耳たぶを軽く嚙んでから、顔を上げて軽い調子でいった。「なにも問題はないよ。ぼくの昔の部屋が、廊下の先にあるから」彼はにこりとしてからくるりと背中を向けた。

「マイルズ！」胸を冷たい手でわしづかみにされた気分だった。「だめよ、待って」

マイルズがふり返り、問いかけるようにまゆをつり上げた。

「あなたが子ども時代を過ごした寝室は、この屋敷の主人にはふさわしくないわ。お義母さまのおっしゃるとおりよ。このお部屋のほうが、うんとふさわしい」

彼は肩をすくめた。「でももう何年も、あの部屋でぐっすり眠ってきたんだ」

「そうでしょうけれど……わたし、お義母さまに恩知らずな人間には思われたくないの。あんなにやさしくしてくださったのに」

「ジェネヴィーヴ、なにがいいたいんだい？」マイルズがいぶかしげな顔をした。

「わたし――だから、やはり、せめてこのお屋敷にいるあいだは、こちらのほうが、その、このままにしておくほうが、いいかと」

マイルズがかすかに笑みを浮かべ、ゆっくりと戻ってきた。「ぼくにもこの部屋にいてもらいたいということかな？」

ジェネヴィーヴは頬が熱くなるのを感じた。「ええと、そうなの、だって――」肩をすくめる。「――お義母さまを怒らせたくはないもの」

「ああ、そうだよな」マイルズは彼女を抱きよせた。

12

ジェネヴィーヴはゆっくりと目ざめていった。からだを動かすと、シーツが素肌を滑る感触がした。脚のつけ根には、いつもの感覚。うずきと呼ぶには、あまりに心地よい感覚。前夜味わった快楽の名残とでもいおうか。しかし、いつもなら隣に感じるはずの温もりはなかった。ごろりと仰向けになり、部屋じゅうに視線をめぐらせてみる。洗面台の前に立ってあごの下にカミソリを当てているマイルズの姿が目に入った。

男性ならではのこの儀式を見るのは、はじめてではない――あのコテージで、毎朝目にしてきた。それでも、見飽きることがなかった。なぜかはよくわからないが、ひょっとしたら、マイルズの裸のうしろ姿と筋肉の動きを見ているのが楽しいからかもしれない。

彼がちらりと横目をよこし、にこりとした。「おはよう。起こしてしまったかな?」

「べつにいいの。あなたがひげを剃るところを見るのが好きだから」そんなことを口にするつもりはなかったのに、うっかり言葉が転がりでてしまった。そんなふうに感じるなど愚かもいいところなのだから、それを口にするなどもってのほかだ。ジェネヴィーヴは彼の視線を避けようと、からだをのばした。すると上掛けが滑り落ち、もう少しでさくらんぼ色の胸の頂点が露わになりかけた。

マイルズの目が上掛けの動きを追った。欲望の炎が瞬き、唇がゆるんだようだ。彼の欲望の高まりを見て、ジェネヴィーヴのほうも情熱をかきまわされた。もう一度腕をのばし、赤らむ乳首から上掛けを滑り落としてみようか、と思う。彼はさぞかし目の色を深めることだろう。そのあとマイルズはどうするかしら、と想像をめぐらせてみる。こちらをながめたまま、待っているだろうか。それともこちらにやってきて、上掛けをすっかり引きはがし、わたしの裸体を愛でようとするだろうか。

「なにを考えているのかな？」マイルズが、低く官能的な声でたずねた。彼はひげ剃り用の石けんを顔から拭き取り、近づいて彼女の隣に腰を下ろした。「部屋の向こうからでも、きみがよからぬことをたくらんでいるのがわかったぞ」

「いったいなんの話か、さっぱりわからないわ」ジェネヴィーヴはすまし顔でいった。

「きっと」彼はきゅっと口角を持ち上げて上掛けの端に指を引っかけると、乳房の頂きからじりじりとずらしていった。「ぼくを誘惑することを考えていたんだな」

「考えていただけたかしら？」ジェネヴィーヴは笑みを浮かべてそう切り返し、頭のうしろで腕を組んで彼をまっすぐ見つめ返した。上掛けがさらにずり落ちる。

マイルズは苦笑し、かがみこんで赤らんだ左右の乳首にそれぞれ軽く口づけしていった。

「よこしまな女だな。ぼくが自制心の塊でよかった」彼は立ち上がった。「今朝はすることがたっぷりある。だからいまは、きみを満足させることはできそうにないな」

ジェネヴィーヴは頭の下からさっと手を抜いてわきの枕をつかみ、立ち去っていく彼の背中に向けて投げつけた。

マイルズは鏡台の前に進みながら笑い声を上げ、枕を拾い上げた。「ほらほら。きみに贈り物をしようとする男を襲うのはまずいんじゃないかな」

「贈り物？」ジェネヴィーヴは興味を引かれて起き上がり、上掛けを引っ張ってからだの前を隠した。

彼がふり返り、顔をしかめた。「景色をだいなしにするなんて、ひどいな」

「あなたのほうが拒んだのよ」と切り返す。「さあ、贈り物を見せて」

マイルズがにやにやしながら戻ってきた。目の前にくるまで両手を背後に隠していたが、やがて前に戻してぱっとてのひらを開いて見せた。彼の手のなかにあったのは、ダイヤモンドの指輪だった。陽射しを受けて、輝きを放っている。

「マイルズ！」ジェネヴィーヴは上掛けから手を離して前に身を乗りだし、指輪をまじまじと見つめた。「なんてきれいなの。これが――」そういって彼を見上げる。

「そう、これがきみの結婚指輪だ。ゆうべわたすつもりだったんだが、その、きみもおぼえているとおり、ぼくたち、夕食のあとは少々忙しかったから」マイルズが彼女に茶目っ気たっぷりの視線を向けた。「気に入ったかい？　もし気に入らないなら、べつのものを用意するよ。ぼくの祖母の指輪を身につけなきゃいけないというわけではないから」

「そんなことはしないで。とてもきれいだわ」ジェネヴィーヴは手を差しだし、マイルズにその優美な指輪をはめてもらった。「それに、これがあなたのお祖母さまの指輪だというのが、すごくうれしい」彼女は指輪をためつすがめつし、ふたつの小ぶりのダイヤモンドに縁取りされた、四角くカットされたダイヤモンドに感嘆した。のどの奥からなにかがこみ上げてくる。泣いてしまいそうだが、そんなのはばかげている。指輪ひとつにめそめそする理由はないはずだ。それがどんなにすてきな指輪だとしても。ジェネヴィーヴはベッドの上にひざまずき、マイルズの首に腕をまわして口づけした。「ありがとう」

マイルズがそれに熱のこもった口づけで応え、両手を彼女の背中に滑らせてぐっと抱きよせた。「今朝は」口づけを中断してそういった。「朝食の前に、時間的な余裕はほとんどないんだ」

しかしふたりが朝食の席へ下りていったのは、それからたっぷり時間がたってからだった。廊下の突きあたりにある部屋からにぎやかな人声が聞こえ、ジェネヴィーヴは不安げなまなざしをマイルズに向けた。

「ゆうべはうちの大家族の猛攻撃を避けられたかもしれないけれど、きょうは夜明けからアメリアとその子どもたちが壁にずらりと並んで待ち構えていたんじゃないかな」とマイルズが皮肉たっぷりにいった。

「まあ」ジェネヴィーヴの神経がぴりぴりしはじめた。ゆうべはフィービーが疲れて寝こんでいたため、レディ・ジュリアとネルだけしかディナーの席についておらず、思っていたよりもうんと気楽に過ごせたのだった。

「がんばれ」とマイルズがつぶやきかけてきた。「噛みつかれたりはしないから」

「ばかなことをいわないで。みなさん、とても感じのいい人にちがいないわ」それでも廊下を進みながら、彼の腕にかけた手にぎゅっと力をこめずにはいられなかった。「ただ――わたし、おしゃべりがあまり得意ではないから」

「その点は心配いらないよ。うちの家族の難点は、言葉を差し挟む隙がないことだから」

ふたりが朝食室に足を踏みいれたとたん、全員がいっせいにこちらを向き、話し声がぴたりとやんだ。その凍りつくような一瞬、ジェネヴィーヴは小さな部屋にいるのが群衆に思えてならなかった。マイルズが彼女を紹介してまわるにつれ、その群衆が、ネル、レディ・ジュリア、そしてマイルズの姉のアメリアと妹のフィービー、そしてその日の朝、馬に乗って駆けつけたアメリアのふたりの息子へとほどけていった。アメリアは母親をうんと若くしたような顔立ちをしていたが、お腹の大きなフィービーは母親と姉の面影がほんの少し認められる程度で、口から走る法令線のために不機嫌な顔をしているように見えた。

「ジェネヴィーヴ、さあ、わたしの隣にどうぞ」レディ・ジュリアがそういって立ち上がり、ジェネヴィーヴの腕を取って、テーブルの上座に用意された自分と息子の席のあいだにすわらせた。

テーブルを挟んでジェネヴィーヴの向かいにはアメリアとフィービーが腰を下ろしていた。ふたりとも、ジェネヴィーヴが予想していたとおりの好奇心と用心深さを目に浮かべている。このふたりはまだ母親ほど積極的にわたしを迎え入れるつもりはないのね、とジェネヴィーヴは思った。彼女はマイルズとのあわただしい婚約と結婚について、さりげなく探りを入れられることを覚悟していたが、驚いたことに、そういう話にはならなかった。ときおりこっそり観察するような視線は感じたものの、辛辣なほのめかしも、鋭い質問も、飛んではこなかった。

そしてマイルズがいっていたとおり、おしゃべりにたいするジェネヴィーヴの不安は杞憂《きゆう》に終わった。ソアウッド家の面々はじつに快活で、場が静まることがなかったのだ。みんながみんな口を開き、笑い声を上げ、テーブルじゅうで会話が弾んでいた。おかげでジェネヴィーヴも肩の力を抜くことができ、ネルとアメリアの息子たちがほかのおとなたちと一緒になっておしゃべりするのをかすかに驚きつつ聞き入った。ジェネヴィーヴは、十四歳になったとき、はじめて祖母とおばのウィラと同じ食事の席につくことを許されたが、それは客がいないときにかぎられていた。それに彼女は、おとなのほうから声をかけられないかぎり、口を開かないほうが賢明であることを知っていた。

ネルが母親に、アメリアの息子たちと馬に乗りにいってもいいかとたずねたとき、ジェネヴィーヴはレディ・ジュリアをちらりと見やった。当然、叱責の言葉が返ってくるものと思ったのだが、レディ・ジュリアはやさしい口調でこういっただけだった。「でも、学校の宿題はどうするの？　ミス・ウィルソンから聞いたけれど、ラテン語で遅れを取っているそうじゃないの」

ネルが不満げな声を出した。「ラテン語なんて大きらい。それに、アダムとウィリアムは、今朝、馬に乗ってもいいといわれているのよ」

「あのふたりは、いま休暇でここに帰ってきているのよ」とレディ・ジュリアが指摘した。「でもふたりとも、あと二週間しかここにいないでしょ」ネルはそういって、巧みに論点を切り替えた。「ラテン語はふたりがいなくなったあとで勉強すればいいじゃないの」母親が迷っているのを見て、ネルはさらにたたみかけた。「お兄さまにつき添ってもらってもいいわよ。パトナムから、わたしが障害柵をうまく乗り越えられないといわれたでしょう。お兄さまに手ほどきしてもらうのはどうかしら」

「それなら、ジェネヴィーヴこそが適任だよ」とマイルズが妻に向かってうなずきかけた。「彼女の乗馬術は最高だ。横乗りにかんしては、ぼくより熟達しているのはもちろんのこと」

「そうよ！　そうしてくださる？」ネルが顔を輝かせ、ジェネヴィーヴをふり返った。「ものすごく楽しそう」

ジェネヴィーヴはレディ・ジュリアをちらりと見やった。「もちろん、よろこんでおともするわ。お義母さまの許可さえいただけるのなら」

「すてき！　じゃあ、みんなで行きましょうよ」ネルがマイルズに目を戻した。「いいっていって、お願い」

マイルズが妹にほほえみかけた。「とても楽しそうだね。ぼくもぜひそうしたいところだが、今朝は仕事がたっぷりあるんだ。それにおまえも、学校の宿題があるのに変わりはないだろう。だから、きょうはおまえが宿題をやって、明日の朝、みんなで出かけよう。アダムとウィリアムも、よろこんでつき合ってくれると思うよ」

マイルズの返答に、ジェネヴィーヴは驚いた。彼のことだから、あまり厳しいことはいわないのではないかと思っていたのだ。ところがネルの表情を見ると、がっかりしているようではあっても、さほど意外には感じていないようだった。

「もしよければ、ラテン語のお勉強を手伝いましょうか、ネル」とジェネヴィーヴは申してみた。「わたし、勉強はそんなに得意ではないけれど、ラテン語は好きだったから」そういってにっこりとする。「わたしの祖母はラテン語がからきしだめだったので、わたしたちきょうだいには秘密の言葉のようなものだったの。でも祖母は自尊心の高い人だから、兄とわたしが話している内容がわからないということを、けっして認めようとはしなかったわ」

「そうしてくださる？」ネルが見るからに顔を輝かせた。

「もちろんよ」

そんなわけで、朝食が終わるとすぐに、マイルズは領地の事務所に出向き、ネルとジェネヴィーヴは二階のネルの寝室に向かった。「フィービーの子どもたちは、子ども部屋でお勉強するの」ネルがジェネヴィーヴにそう説明した。「でもあそこでなにかしようとしても、無理。それにわたしたちが邪魔をすれば、ミス・ウィルソンに怒られちゃうし」ネルはあきらめの表情を浮かべて、ジェネヴィーヴにラテン語の教科書を手わたした。

ふたりは一時間以上にわたって宿題に取りかかった。それでわかったのだが、ネルは勉強ができないわけではなく、たんに退屈してしまうだけなのだ。「たぶん、プリニウスよりもウェルギリウスのほうが読んで楽しめるのではないかしら」とジェネヴィーヴは助言した。

「もしよければ、明日読んでみましょう」

「ええ、これ以外の本であれば、なんでも歓迎だわ。でも、ミス・ウィルソンに教えてもらうより、あなたに教えてもらうほうが、うんと楽しい。またお勉強を手伝ってもらえる?」

「ええ、もちろんよ」ジェネヴィーヴは、自分が心からそう答えているのに気づき、われながら少し驚いた。「さてと……もう少しだけお勉強したら、明日の朝、馬に乗りにいく許可を堂々と求められると思うわ」

それから一時間近くが過ぎたころ、ネルが満足げにぱたんと教科書を閉じた。「終わった！　ミス・ウィルソンがきっと驚くわ。ありがとうございました」

「どういたしまして」ジェネヴィーヴはにこりとして立ち上がった。「どうかしら——あなたが制作中だというドールハウスを見せてもらえたらと思っていたのだけれど。レディ・ジュリアから、すばらしい出来だと聞いているので」

ネルは目をぱっときらめかせ、跳び上がるようにして立った。「もちろんよ！　ほんとうに見たいのなら。お兄さまから、あなたをうるさがらせてはいけないといわれているの」

「見てみたいわ。ぜひ」

ネルは先に立って、裏階段からさらに上の階にある子ども部屋へと案内した。廊下を歩いていると、エイプリルが家庭教師に向かってたどたどしく本を読み上げる声が聞こえてきたが、ネルはさらにいくつか扉を通り過ぎ、べつの部屋にさっと入っていった。

「ネル！」彼女につづいてその部屋に入ったジェネヴィーヴは、思わず声を上げた。「すごいわ」きょろきょろと部屋じゅうを見まわした。「お義母さまから、いまでは村になっているとうかがってはいたけれど、まさかここまでとは思っていなかった」

ジェネヴィーヴは歩きまわりながら家々をいちいちのぞきこんでいった。草葺《くさぶ》き屋根の小屋から、幅の狭い町屋敷、さらには広々とした中世の城にいたるまでが揃っている。芸術性が一つひとつ異なっているところが、ネルの技術の成長ぶりを表していた。

「これが、いま取りかかっている教会。宿屋はもう完成したの」

「どれもすばらしいわ。わたしには、こんなことはとても無理」もっとも自分がこういうものをつくろうとしたら、祖母がどんな反応を見せるのかは想像がつくが。「お義母さまは、あなたのことをとても自慢にしているのよ」

「うれしいわ。姉のフィービーは、こんな無駄なもの見たことがないって思ってるみたいだけどね。でもお母さまから文句をいわれたことは一度もないわ。お母さまったら、わたしが第二のハードウィックのベス（シュルズベリー伯爵夫人エリザベス・タルボット。女王に次いで英国で強い権力と資産を持っている女性として知られていた）になるようなことをいうのよ――でももちろん、わたし、四回も結婚したくない」

「いつかわたしと一緒にクレイヤー城にきてちょうだい。昔のままの部分も多いけれど、南側の壁が取り払われて、なかが見えるようになっているから」

「ほんとうに？　ぜひ行きたいわ」ネルが目をきらめかせた。

「ネル！」廊下の先から男の子の声が聞こえ、つづいて駆けてくる足音と家庭教師のいらだった叫び声が聞こえてきた。

　ネルとジェネヴィーヴがふり返ったとき、ナイジェルが部屋に駆けこんできた。

「やっぱりネルだ！」ナイジェルが勝ち誇ったようにいう。「もうおべんきょうはおわって、ミス・ウィルソンからあそんでもいいっていわれたんだ」彼はジェネヴィーヴを見やると、寛大にもこういった。「いっしょにあそんであげてもいいよ」

「あら、まあ」ジェネヴィーヴは驚き、とまどいつつナイジェルを見つめた。こんなとき、子どもになんと声をかけたらいいの？「ありがとう」

「どういたしまして」

「ナイジェル！　レディ・ジェネヴィーヴのお邪魔をしてはいけないのよ」彼の姉が厳しい口調でいいながら、部屋の入口に姿を現した。「ミス・ウィルソンが、そういったもの」

「邪魔だなんて、そんなことはないわ」ジェネヴィーヴはあわててナイジェルをかばおうとしたが、当の本人は歯を食いしばるようにして姉をにらみつけ、けっして負けてはいないようだった。

「だって、ぼくたちとあそびたがってるんだよ」とナイジェルはブランシュにいった。「きいたら、そういったもん。でしょ、レディ・ジェネヴィー？」ナイジェルは彼女の名前をうまく発音できなかった。

「レディ・ジェネヴィーヴ、でしょ」エイプリルが小さな声で訂正し、ブランシュのわきからはにかみがちにジェネヴィーヴをのぞき見た。「ナイジェルは、ときどきシタがもつれちゃうの」

「発音しづらい名前だから」とジェネヴィーヴはいった。「エイプリルみたいな、いい名前ではないものね」少女がくっくと笑って、ふたたび姉のスカートのうしろに隠れてしまった。

「だからわたしのことは、ジェニーと呼んでくれればいいわ」

ナイジェルが話をわきにそらされてなるものかと、先をつづけた。「ヤギになる？　それともオニ？」

「なんのこと？」ジェネヴィーヴはナイジェルを見つめた。

ネルが笑った。「お屋敷のもうひとつの棟で、この子たちが遊ぶゲームなの。お客さまがたくさんいらっしゃらないかぎり、お母さまはあちらの棟を閉めてしまうので、家具にはシーツがかかっているし、カーテンはみんな閉まっている。だから、隠れ場所には打ってつけなのよ」

「ネルはオニがうまいんだよ。どんどんあしをならして、うーうーうなるんだ」ナイジェルがそう解説したあと、度量のあるところを見せた。「でも、もしなりたいなら、オニになってもいいよ。いいでしょ、ネル？」

「ジェニーは、ようせいになるのがいいとおもう」エイプリルがふたたび姉のわきから顔をのぞかせていった。

「妖精もいるの？」

「なりたいものに、なんでもなれるの」とブランシュが説明する。「ナイジェルは、椅子から椅子にぴょんぴょん飛び跳ねたいものだから、ヤギになりたがるの。あたしはお姫さま。エイプリルはあたしの侍女」ブランシュは、妹を値踏みするように見下ろしていった。「それか、ときどき猫」

「あたし、こねこちゃんがいい」エイプリルが姉のわきに立った。

「ジェニーもヤギになっていいよ」ナイジェルがジェネヴィーヴにそういって、手を差しだしてきた。「いちばんいいかくればしょ、おしえてあげる」

「ご親切に、畏れいります」ジェネヴィーヴは重々しい口調でいった。「あのね、わたし、いままでかくれんぼで遊んだことがないの」

「いちども？」ナイジェルが、驚きと憐れみが入りまじった視線を向けてきた。

「一度も」ジェネヴィーヴはおずおずとナイジェルの手を取った。「だから、ここはあなたの助けがどうしても必要ね」

「しんぱいしないで」ナイジェルが手をぎゅっと握り返し、先に立って部屋から出ていった。

「ぼく、すごくゆうかんだから」


マイルズは裏手の扉を颯爽《さっそう》と抜け、廊下を進んでいった。領地の管理人との話し合いに思っていた以上に時間がかかってしまったので、ジェネヴィーヴがどうしているか、気になってしかたがなかった。ネルのラテン語の勉強とフィービーの愚痴《ぐち》とアメリアの仕切り屋ぶりにうんざりし、いまごろさっさと自室に逃げこんでいることだろう。彼はまず、母親がいちばん多く時間を過ごすお気に入りの小さな居間に向かい、扉の内側をのぞいてみた。

「あら、マイルズ」レディ・ジュリアがかぎ針編みから目を上げ、にこりとした。「管理人との話は終わったの？」

「ええ、やっと」彼は部屋の奥に進んだ。「みんなはどこに？」

「フィービーはまたお昼寝をしていて、アメリアと子どもたちは家に帰っていったわ。あの子たち、ずいぶん大きくなったと思わない？」彼女はソファの隣のシートを軽く叩いた。「いらっしゃいな。しばらくおしゃべりにつき合ってちょうだい。あなたとは、まだほとんど話をしていなかったものね」

マイルズは笑みを浮かべて母親の隣に腰を下ろし、差しだされた手を取った。

「でもあなたは、ジェネヴィーヴのことがなにより気になっているのでしょうね。彼女はネルと一緒に、上の階の子どもたちのところにいるはずよ」

「子どもたちのところに？」マイルズはまゆをつり上げた。「ほんとうですか？」

「ホジキンズによれば、みんな、子ども部屋でお昼ご飯をいただいたそうよ」母がうららかな笑みを浮かべた。「うれしいと思わない？　ジェネヴィーヴとネルがとても仲よくやっているみたいで。ネルにはお手本となる若い女性が必要だわ。母親以外の女性からの助言のほうが、うんと受け入れやすいもの」

「たしかにジェネヴィーヴなら、世のしきたりをすべて心得ていますからね」

「そうね。ロードン伯爵夫人のお孫さんなのだから、当然でしょうね。わたしも社交界デビューしたてのころに見たあの方のことを、よくおぼえているわ。みんな、あの方を恐れてびくびくしていたものよ」

「みんなをそういう気分にさせる人なんです」

「あなたが身を落ち着けてくれて、よかった」レディ・ジュリアがほほえんだ。「それに、とてもすてきな花嫁さんだわ」

「そうなんです。彼女を温かく迎え入れてくれた母上にも、お礼をいわなくては」

「だって、あなたの奥さんなのよ。ほかにどうしろと？　わたし、子どもに自分が望む結婚相手を押しつけるような母親にだけは、なっていないつもりよ」

「たしかに。しかし世のなかには、大々的な結婚式を挙げなかったことを、少々……残念がる母親もたくさんいますからね」

「急なことに驚きはしたけれど、お相手がロードン伯爵夫人のお孫さんなら、体裁《ていさい》の悪いことがあるはずもないもの。それにあなたが幸せなら、わたしは満足よ。正直にいわせてもらえれば、大々的なお式のためにロンドンまで出ていかずにすんで、助かったわ。ましてや、ノーサンバーランドの荒野に出かけるとなれば――もっとひどいことになっていたでしょうから」

「そうですね。顔を青く塗った野蛮人に出くわさないともかぎらないし」

「まあ、マイルズったら」母親がふざけたように彼の腕を叩いた。「年老いた憐れな母をからかうのはやめてちょうだい」もう一度、愛情のこもったしぐさで息子の腕を軽く叩いたあと、言葉を継ぐ。「さあ、もう行きなさい。お目当ての人を捜しに。そうしたくてうずうずしているのでしょう」

「母上は最高の母親です」マイルズは母ににやりと笑いかけ、部屋から出ていこうとしたが、入口でくるりとふり返り、まじめくさった顔をした。「愛ゆえの結婚ではありません、ご存じだとは思いますが」

「あら、でもわたしはあなたという人間をよく知っているのよ」レディ・ジュリアはほほえんだ。「いまに愛が生まれるわ」

マイルズは途中、音楽室のなかをちらりとのぞきこんだあと、早足に階段を上がって寝室に向かった。閉ざされた扉の向こうにジェネヴィーヴがいるはずだ、と期待して。ところが扉は開け放たれ、部屋は空っぽだった。窓から外をながめても、庭園に妻の姿はなかった。つづいてネルの部屋に行ってみたが、そこでも顔をしかめ、さらに階段を上がって子ども部屋に向かった。子ども部屋も空っぽだった。しかし古い棟のほうから笑い声とかん高い叫び声が聞こえてきた。あの笑い声はネルだ。ネルなら、ジェネヴィーヴの居場所を知っているかもしれない。彼は、それまで経験したことのないかすかな不安をおぼえた。

マイルズは廊下を進み、ふと足を止めた。ひそひそ声が聞こえたので、すぐわきの扉をそっと開いてみる。椅子を覆うシーツの角が持ち上がり、そこから小さな顔がのぞいていた。

「マイルズおじさま！」ナイジェルが椅子から飛びだし、勢いよく部屋を横切ってきた。

「ほら、ジェニーおばさま、マイルズおじさまだよ」

「ジェニーおばさま？」マイルズは仰天してくり返した。

「かくれてるんだ」とナイジェルが打ち明けてくれた。「かくれるの、すごくじょうずなんだよ――でも、くしゃみしちゃったときはべつだけど」ナイジェルはおじの手を取って部屋の奥に引っ張っていき、ベッドの覆いをぐいと持ち上げた。ベッドの下からジェネヴィーヴが顔をのぞかせた。

「ジェネヴィーヴ！」

頬は埃《ほこり》まみれで、ディミティ地のドレスの前にも汚れの筋が何本か走っていた。髪の束がほつれ、首のわきでもつれている。マイルズは一瞬、度肝を抜かれた表情で彼女を見つめていたが、やがてげらげらと笑いはじめた。ジェネヴィーヴがベッドの下からもぞもぞと出てきて立ち上がると、マイルズはさらに激しく笑い、腹を押さえた。

ジェネヴィーヴがあごをくいと持ち上げ、祖母そっくりのしぐさで軽蔑したようにマイルズをにらみつけ、冷たい声でいった。「なにがそんなにおかしいのかしら？」

「いや、ジェニー」マイルズは笑い声を呑みこみ、彼女を腕に抱きよせた。「愛しのジェニー。なにもおかしくないさ。おかしいことなんて、なにもない」

13

時がたつにつれ、ジェネヴィーヴはいつしか心地よいペースで日々を送るようになっていった。故郷のクレイヤー城で何カ月も過ごすときは退屈してばかりいたものだが、ここではなにもかもがちがった。マイルズに連れられて領地を馬でめぐり、住民やその家族に紹介してもらったり、義母やアメリアと一緒に貧しい者や病める者を訪ねたり、さらには、義務として教区牧師の娘を訪ねたことをマイルズに目をきらめかせながら報告したり。ネルのラテン語の勉強を見てやるだけでなく――ふたりにとってはこちらのほうがうんと楽しいのだが――乗馬の手ほどきもしてやった。もっと穏やかな時間を過ごしたいと思えば、マイルズの母と一緒に、もうすぐ生まれてくるフィービーの赤ん坊の服にと、細かい刺繍《ししゅう》に取りかかった。それに夜になれば、マイルズとベッドをともにする。それがわかっているだけに、いつも期待で胸がざわざわしていた。

もちろんジェネヴィーヴも、一週目から二週目に入るにつれ、こんなのどかな日々はほんの一時的なものにすぎない、と自分にいい聞かせるようになっていた。そのうち、ふつうの生活が戻ってくる。ロンドンに、社交界のめまぐるしい日々に戻るのだ。田舎でのお楽しみにも、そのうち飽きてくるだろう。マイルズによって目ざめさせられた性の悦びにしても、いつかは色褪せるはず。そういうものなのだから。どんなにすてきなことがあっても、それが永遠につづくことはない。ものごとは変わるのだ。

ある朝、そんな彼女の考えが証明された。マイルズと一緒に遅い朝食を取りながらのんびり過ごしていたとき、執事が朝の郵便物を運んできた。それが兄アレックの筆跡であることに気づいたジェネヴィーヴは、にこやかにたずねた。「兄がなんですって？　ダマリスの調子は？」

「わからない。それについては書かれていないから」マイルズは手紙のある箇所に差しかかるといったん視線を止め、もう一度、最初からじっくり読み直した。読むうち、彼のまゆがどんどん高くつり上がっていった。

「どうしたの？」ジェネヴィーヴの胃を不安がわしづかみにした。「なにかよくない知らせなの？　もしやお祖母さまに――」

「いや、お祖母さまはお元気だ、と思う。ジェネヴィーヴ……」マイルズが顔を上げ、見つめてきた。いらだちと困惑が入りまじったような表情をしている。「きみの兄上が、あの夜、きみが図書室でラングドンと出くわしたこととぼくがなにか関係していると思う理由について、説明してくれないか？」

「ダマリスったら、話してしまったのね！」ジェネヴィーヴは声を上げた。「ぜったいにいわないって約束したのに！」

「じゃあ、ほんとうのことなんだな？」マイルズがあ然とした。「ダマリスに、ぼくが図書室で落ち合うようきみにいったと話したのか？」

「ごめんなさい、マイルズ。話すべきじゃないのはわかっていたんだけれど――」

「当然だろう！」マイルズが勢いよく立ち上がった。「どうして彼女にそんなことを話したんだ？」

「最初はいうつもりはなかったの。でもふたりで話しているうちに、その、なんていうか、あんなことになったから、あなたが罪の意識を感じているのではないかと不安になって。それがあったから、求婚してくれたのではないかと。でもほんとうに、あれはあなたのせいではないわ」

「ぼくのせいのはずがないだろう！　こんなこと信じられない――」

ジェネヴィーヴはからだをこわばらせた。今度は彼女のほうがかっとなる番だった。「そうとはいい切れないのではないかしら！　もちろん、あなたに会いにいったわたしが悪いのよ。でもそもそも、あの手紙をよこしたのはあなたなんだから」

「手紙だって！」マイルズは、頭がどうかしたのかといわんばかりの顔で彼女を見つめた。「いったいなんの話をしているんだ？　どの手紙のことだ？」

ジェネヴィーヴは体内にじわじわと氷が広がっていくのを感じ、ゆっくりと立ち上がって彼に面と向かった。「あの夜、あなたがわたし宛てにことづけた手紙のことよ。図書室で待っているからきてくれ、と書かれた手紙」

「ジェネヴィーヴ。ぼくはきみに手紙なんて送っていない」

ふたりはしばし沈黙のなかで見つめ合った。やがてジェネヴィーヴはもはや立っていられないとばかりに椅子にどすんと腰を落とした。

「あなたが、図書室にきてくれと」ほとんどささやき声だった。

「そんなことはいっていない」マイルズは半分からだを背け、髪に手を走らせた。と、いきなりさっと彼女をふり返る。「どうしてそれがぼくからの手紙だといい切れる？　ぼくの筆跡だったとでも？」

「わ――わからない」

マイルズが彼女の手首をつかみ、食堂から廊下を通って書斎まで引っ張っていった。デスクの会計簿をわきへ押しやり、書類の束から一枚さっと引き抜くと、それを彼女の顔に突きつけた。「これがぼくの書いた字だ。こういう字だったか？」

「そんなふうに目の前でふりまわすのはやめて！」ジェネヴィーヴはぴしゃりといって、彼の手から書類をつかみ取った。「ちがう」と認める。「でも、マイルズ、あれがあなたの字ではないと、わたしにわかるはずがないでしょう？　それまで、あなたから手紙をもらったことなんてないんだから」

「そりゃそうさ！　そんなぼくが、きみに秘密の手紙を書き送るはずはないとは思わなかったのか？」

「どうしてそんなふうにわたしに突っかかるのかわからないわ。わたしのでっち上げではないのよ！」

「きみはぼくを最悪の人間に仕立て上げたようなものじゃないか」と彼が切り返す。「まったく、ジェネヴィーヴ！　きみはぼくのことをちっともわかっていないんだな。ぼくが、そんな人目につかない場所できみと会いたがるわけがないだろう？　ぼくがきみの評判をそこまで軽視するはずがない――相手がきみじゃなくて、どんなうら若きレディだとしても」

「だって、あなたの名前が書かれていたんですもの！」ジェネヴィーヴは追いこまれた気分になり、あごを引き締めた。「あなたのいっていることは、筋が立たないわ。あなたがそういうことをしない人間だなんて、どうしてわたしにわかるの？　あなた、昔から軽率で、考えもなしになにかに飛びついてばかりいたじゃないの」

「へえ、そうかい？　たとえば、きみに結婚を申しこんだこととか？」

ジェネヴィーヴは身をこわばらせた。「いまになって、そのことでわたしを責めるの？」

マイルズはぐっと反論を呑みこんだ。ひとつ深呼吸し、あとずさりする。「いや、もちろんそんなことはない。あれはぼく自身が決めたことだ」

その口調からして、後悔しているのね――そう思い、ジェネヴィーヴは胸に鋭い痛みをおぼえた。くるりと背を向け、外の景色を見ようと窓際に向かいながら、慎重な口調でいった。

「あなたを誤解して、悪かったわ」

マイルズがため息をもらした。「ジェネヴィーヴ……」

「あの手紙には、こんなふうに書かれていた。『ジェネヴィーヴ。図書室で待っている。必ずきてほしい。マイルズ』だから、なにか大切なことだと思って――いえ、わたし、なにも考えていなかったのよ。でなければ、のこのこ出かけていったりしないもの」

「あのごろつきめ、あの場で叩きのめしてやればよかった!」マイルズがうなった。

「じゃあ、ミスター・ラングドンのしわざだと思うの?」

「ほかにだれがいる? あいつは図書室で、きみを待ち構えていたんだぞ」マイルズがあたりを行ったりきたりしはじめた。「どうしていままで黙っていたんだ?」

「そんなこと、あなたにはわかっていると思ったからよ! あなたがどうしてあんな手紙を送ったのかは不思議だったけれど……」ジェネヴィーヴは肩をすくめた。あの一件のことで彼を責めていると思われるのがいやで黙っていたということは、いいたくなかった。

「ラングドンがくずだということはわかっていたが、まさかここまで卑しいことをするとはな」マイルズは落ち着きなく動きまわる足を止めた。「ぼくはロンドンに行く。ラングドンを訪ねるつもりだ」そういって扉に向かった。

「わたしも一緒に行くわ」ジェネヴィーヴは彼を引き止めようとした。

「なんだって？　だめだ」

「だめ？」ジェネヴィーヴが険悪な声でいった。「あなた、わたしをこの田舎に幽閉しておくつもり？　そんなの、ぜったいにお断りよ」

マイルズがため息をついた。「ジェネヴィーヴ、考えてもみてくれ。あれからまだひと月もたっていない。人の噂はまだおさまっていないだろうし、ぼくらが戻れば、もっとあれこれいわれることになる」

「そうでしょうね。でもいつだろうとわたしが戻れば、必ず噂は再燃するわ。いつかは立ち向かわなければならないのよ。わたし、噂好きな人間を恐れてびくびくするつもりはない。これはわたしの闘いなの、マイルズ。傷ついたのは、わたしの評判よ。だからその原因を探りだしてみせるわ。わたしも一緒に行く」

腕を組んだところからすると、マイルズは反論を開始しようとしているらしい。

「あなたが一緒に連れていってくれないというのなら、自分ひとりで行くまでよ」

「なんてことを！　なんて女なんだ」マイルズは迷っているようだった。「よし、いいだろう」彼は両手を下ろして扉に向かいながら、さっと肩越しにふり返った。「しかし、いっておくぞ——きみが荷物をまとめるあいだ、いつまでも待ってはいないからな。一時間後に出発する」

二日後、ふたりはロンドンに到着した。ロードンの屋敷の扉を開けた使用人が、ジェネヴィーヴとマイルズの姿に驚き、口をぽかんと開いた。ジェネヴィーヴの祖母も、同じくらい驚いたようすだった。だが伯爵夫人はすぐにその表情を消し、立ち上がった。

「ジェネヴィーヴ、驚いたわ」伯爵夫人の青い目がジェネヴィーヴの顔を鋭く探り、つぎに彼女はマイルズのほうに疑わしげな視線をさっと送った。「サー・マイルズ。しばらくお目にかかれないものと思っていましたよ」

「所用があって戻ってきたのです、伯爵夫人。ジェネヴィーヴが親切にもおともをしてくれました。ふたりで暮らすためにロンドンの屋敷を改装させてはいるのですが、まだ工事が終わっていなくて」

「もちろん、わが家に滞在してちょうだい。あなたのお屋敷の準備が整うまでは。アレックとダマリスはまだ戻っていないの。モアクーム夫妻と劇場に出かけていてね。さあ、すわってちょうだい。もうお夕食はすんだのかしら？　料理長がなにか手早くつくってくれると思うわ」

ジェネヴィーヴはためらった。長いこと自宅として暮らしてきた家で客あつかいされるのは、妙な気分だった。

「サー・マイルズ、長旅のあとなのだから、アレックの書斎でブランデーでも飲んでいらしたらどうかしら」と伯爵夫人はつづけた。「わたしがジェネヴィーヴを、おふたりの部屋に案内しておきますから」伯爵夫人の礼儀正しい申し出は、明らかにマイルズを追い払うための方便だった。それでもマイルズはいつものようにそれを快く受け入れ、ジェネヴィーヴに愉快げな一瞥《いちべつ》を投げたあと、軽く一礼してから部屋を出ていった。伯爵夫人が孫娘に向き直った。「よほど疲れているのね。猫背になっていますよ」祖母が背中に軽く手を当ててきたので、ジェネヴィーヴは本能的にさっと姿勢を正した。

ジェネヴィーヴはしゃきっと背筋をのばした祖母のあとについて扉を抜け、階段を上がっていった。何年も使ってきた自分の部屋がどこにあるかくらい教えてもらわなくてもわかっている、といいたい気持ちをぐっとこらえて。祖母の目的が、詮索好きな使用人たちの目と耳から離れたところで話をすることだというのは、わかりきっていた。

「なにか問題でも起きたの、ジェネヴィーヴ？」寝室の扉を閉めるやいなや、祖母がジェネヴィーヴをふり返ってたずねた。「新婚旅行からずいぶん早く戻ってきたようだけれど」祖母が目をすがめ、孫娘をじろじろと観察した。

「ええ、そうですね。マイルズとは――その、とてもうまくやっています」ジェネヴィーヴは頬が熱くなるのを感じ、口ごもった。

伯爵夫人の表情がやわらいだ。「それはよかった。あなたが不幸せな思いをしていないと知って、うれしいわ。それでも、わかるでしょう、あなたたちふたりが新婚旅行からこんなに急いで戻ってきたなんて、世間にひどく奇妙に思われてしまうわ」

「マイルズに用事ができたんです」ジェネヴィーヴはためらった。「ほんとうのことをいうと、あの夜、図書室でわたしがミスター・ラングドンと出くわしたのは、偶然ではないことがわかったものですから」彼女はさらに手紙について説明した。

「まあ、ジェネヴィーヴ、いったいなんだってサー・マイルズに会いに図書室に行ったりしたの?」伯爵夫人が問い詰めた。「それがはしたないということくらい、あなたにもわかっていたでしょうに」

「ええ、もちろん。でも……なにしろ、相手はマイルズですから」ジェネヴィーヴはそういいながらも、説得力がまるでないことに気づいていた。

「サー・マイルズが、あなたの名誉を傷つけるようなばかなまねをするはずがないではありませんか」と伯爵夫人が反駁《はんばく》した。「どうしてあなたがそれに気づかなかったのか、理解できないわ」

「どうやらお祖母さまは、わたしよりもマイルズのことをよくご存じのようですね」ジェネヴィーヴは少々恨みがましく応じた。

「このことは自分の胸ひとつにきっちりおさめておかなければなりませんよ。あなたがこっそり男性に会いにいこうとしていただなんてことが上流社会に知れたら、ますますひどいことになってしまうもの。あのとき、あなたがほかの男性と婚約していたことを考えれば、なおさら。だれもが知る放蕩者《ほうとう》と偶然出くわしたというほうが、逢い引きの設定をしたというよりも、はるかに傷は浅いわ」

「逢い引きじゃありません」ジェネヴィーヴは目をぎらつかせた。

「もちろんわかっていますよ。でも問題はそこではないわ。だれもが、それを逢い引きだと思うというところが、問題なの。噂話もいまではだいぶん鎮まったけれど、そんなことが知られれば、またぶり返してしまうでしょう」

ジェネヴィーヴは反論しかけたものの、言葉を呑みこんだ。祖母と議論してもはじまらないことは、もうずっと昔に学んでいた。それにたいする策がなにもないときは、とりわけ。そこで、言葉をやわらげてこういった。「わたしが社交界に顔を出せば、すぐに話が蒸し返されてしまうのでしょうね」

「ええ、もちろんですよ。でも、火に油を注ぐ必要はないわ」伯爵夫人はそこで言葉を切り、考えこんだ。「それにしても、だからといってあなたたちふたりがどうしてロンドンに戻ってきたのかが、わからない」

「なにもかもラングドンが仕組んだことなのはまちがいありません。あの人、思っていた以上に不埒《ふらち》な男だったんです。マイルズはひどく腹を立てていて、ラングドンを見つけだすつもりでいます」

「まあ、いやだ」伯爵夫人が顔をしかめた。「サー・マイルズなら、もっと分別があってもよさそうなものだけれど。知ってのとおり、アレックがなにか常軌を逸したことをしでかさないようなんとか食い止めてきたけれど、いまの話を聞いたら……」彼女はそういって首をふった。「このことが公にならないよう、サー・マイルズが落ち着いて対処してくれたらいいのだけれど」

「マイルズはなにも夜明けの決闘を申しこもうとしているわけではありません。もしお祖母さまがそういうことを心配しているのなら。でも、わたしをこんなひどい醜聞に引きずりこんだ張本人と対決する権利はあるのではないかしら」

「だからといって、それが賢い行動とはかぎらないわ」伯爵夫人がこの話題を却下するかのようにさっと手を払った。「まあ、いまそれについて話し合う必要もないでしょう。あなたは少し休みなさい。マイルズが頭を冷やすまで、ミスター・ラングドンがロンドンに顔を出さないだけの賢さを持ち合わせていることを祈りましょう」祖母がためらったあと、近づいてジェネヴィーヴの頬に手をかけた。「結婚生活がうまくいっているようで、よかったわ」

「ありがとうございます、お祖母さま」ジェネヴィーヴは衝動的に前にかがみこみ、祖母の頬に軽く口づけした。「わたし……快適に暮らしています」

「それはよかった。執事に、サー・マイルズを〝黄色の間〟に案内するようにいっておいたわ。最高の景色とはいかないけれど、すぐ隣のお部屋だから、そのほうがいいと思って」

「そうですか」ジェネヴィーヴは奇妙なことに落胆をおぼえた。ここのところ、マイルズは同じベッドにいて当然と思うようになっていたのだ。しかしそれは、環境のなせるわざだった。ふたたびふつうの世界に戻ったいまは、通常のしきたりにしたがわなければ。「わかりました」

祖母が部屋から出ていくと、ジェネヴィーヴは暖炉の前の椅子に沈みこんだ。ザークシーズが忍び足で近づき、ひざに飛び乗ってきた。不思議なことに、昔なじみの部屋にいるというのに、ここ数日なかったほどの孤独を感じてしまうのだった。

ロンドンまでの道のり、ジェネヴィーヴとマイルズのあいだにはぎこちない空気が流れていた。この急な旅の原因となった手紙についてはどちらも口にすることなく、話題はもっぱらロンドンの屋敷ソアウッド・プレイスの準備にかんするものだった。一族がもう何年も使っていなかった屋敷だ。それでも、現在進行中の改装や装飾、使用人の雇い入れ、町で使う馬車の用意といった話の最中もずっと、ジェネヴィーヴはふたりの口論についてくよくよと考えずにはいられなかった。マイルズにべつの部屋があてがわれたいま、夜になったら彼はわたしを訪ねてきてくれるだろうか。

ジェネヴィーヴは寝支度を整えることに没頭したが、部屋着をはおって髪を下ろしたところで、ついにするべきことがなにもなくなってしまった。そこで、窓際の椅子に腰を下ろした。起きて待っているなんて、ばかばかしい。マイルズは、アレックが戻ってくるのを待って、彼と話そうと考えているのかもしれない。あるいは、もうくたくたで、まっすぐベッドに入ったのかもしれない。ジェネヴィーヴは数分ほどそうしてすわっていたが、玄関の扉が閉まる音がしたので、はっと空想から目ざめた。立ち上がり、窓の外をのぞいてみる。

マイルズが通りを遠ざかっていくのが見えた。友人たちに会いに、〈ホワイツ〉かどこかのクラブに行くつもりなのだろう。酒を飲み、賭けごとをして、そして……上流社会の紳士たちがすることに興じるのだ。驚くようなことではない。ロンドンに戻ってきたのだから。マイルズがいつもの生活パターンに戻ったところで、なんら不思議はなかった。

ジェネヴィーヴはさっと背中を向けた。胸が締めつけられる。部屋着をするりと脱ぎ捨て、ろうそくの灯りを消すと、ベッドに入った。


翌朝、ジェネヴィーヴが朝食をとりに下の階に行ったところ、マイルズと祖母がすでにテーブルについていた。マイルズがほっとしたような顔で椅子からすばやく立ち上がった。

「ジェネヴィーヴ」

「いまちょうどサー・マイルズと、お屋敷の改装工事について話していたところなの」ジェネヴィーヴがマイルズが引いてくれた椅子に腰を下ろすと、祖母が口を開いた。

「そうなんだ。それでお祖母さまに、ぼくには悲しいくらい知識がないことを見破られてしまったんだよ」とマイルズが言葉を継いだ。「あの家の準備にかんしては、すべてきみに任せているからと話していたところさ」

「ええ、そうね」ジェネヴィーヴは彼に引きつった笑みを向けた。ゆうべは何時に帰ってきたのだろう、夜の半分を浮かれ騒ぐ宴《うたげ》の席で過ごしてきたようには見えないけれど――ジェネヴィーヴは思った。彼女は祖母に顔を向けた。「今朝、お屋敷を見にいこうと思っていたんです、お祖母さま。よかったら、ダマリスと一緒にいらっしゃいませんか？」

「もちろん行きますとも」

「ジェネヴィーヴ、マイルズ」その声に全員がふり返ると、アレックが部屋に入ってきたところだった。彼は妹の頬に唇をつけてあいさつした。「会えてうれしいよ、ジェニー。ゆうべ帰ってきたとき、マイルズがいたんでびっくりしたよ」アレックはそういって腰を下ろし、顔をしかめた。「ダマリスがご一緒できなくて申しわけない。最近は朝食時に気分が悪くなってしまうんだ」

「すぐによくなるわよ、お兄さま」ジェネヴィーヴが祖母を見やると、冷笑的な視線が返ってきた。「そういうものなんですよ。朝でなければ調子はいいのでしょう？」

「ええ、本人はそういっているが」アレックが疑わしげに応じ、トーストを手に取るとバターを塗りはじめた。「ゆうべ、芝居を観に出かけてもよかったものかどうか」

「うちの姉も妹も、みんなそんな調子だったぞ、アレック」とマイルズが口を挟んだ。「でも全員が、なんの問題もなく乗りきった。いまにわかるさ」

「しかしダマリスはちがう」アレックがきっぱりといった。

「ダマリスがそれほどか弱かったとは知らなかったわ」とジェネヴィーヴは考えこむようにいった。

「か弱くはないさ」アレックが妹をきっと見やった。「おまえにしてみれば、笑いごとでしかないんだろうな、ジェニー。きみもだぞ、マイルズ」アレックがマイルズに向かってバターナイフをふった。「同じ立場になるときを覚悟しておけよ。当事者になれば、まったくちがうものだとわかるから」

ジェネヴィーヴがふとマイルズを見やると、彼はこちらをじっと見つめているところだった。のどから熱気がじわじわと上がってくるのを感じ、あわてて目の前の料理に注意を戻した。

伯爵夫人が気品たっぷりにせき払いした。「いずれにしても、アレック、そんなのは朝食の席の話題にはふさわしくないことくらい、わかっていますよね」

「もちろんです、お祖母さま」アレックは朝食を開始した。

アレックは祖母が外出の準備のために席を立つのを待ってから、妹に向き直った。「マイルズからいきさつは聞いた。ラングドンのやつ。あの夜、叩きのめしておくべきだった。どうしてダマリスにいわれて思いとどまったのか、自分でもよくわからない」

「それは、お兄さまがはじめて分別を持ったからではないかしら」とジェネヴィーヴは応じた。「ふたりとも、あの人になにかする前に、きちんと分別を持ってほしいわ」

「ぼくの妹をそんなふうにあつかってはならないことを、あの男に思い知らせてやらなければ」アレックが険しい口調でいった。

「ぼくの妻だ」マイルズが、穏やかながらもきっぱりとした声で訂正した。アレックがかすかに驚いた顔を向けると、マイルズはさらにつづけた。「きみの気持ちは尊重するよ、アレック。しかしジェネヴィーヴはいまやぼくの妻なんだ。妻の面倒をみるのは、夫の役目だ」

アレックは一瞬、反論するかに見えたが、やがて短くうなずいた。「そうだな、もちろんだ。ぼくにできることがあったらいってくれ」彼はマイルズを見つめた。

ジェネヴィーヴは腕を組んだ。ふたりの男が主導権を——彼女の所有権を——めぐって主張するのをながめるうち、じわじわといらだちがこみ上げてくる。

「きみがいつも使っているボウ街の捕り手を紹介してもらえないか」とマイルズがアレックにいった。「ゆうべ、ラングドンについてなにか探りだせないかと出かけてみたんだが、あの夜以来、あいつを見かけた者がいないんだ」

「あなた、あの人を捜しに出かけていたの？」とジェネヴィーヴはたずねた。「そんなこと、ひと言も教えてくれなかったじゃないの」

マイルズがぎょっとした顔を向けた。「そういうのは、レディにすべき話ではないだろう」

「ああ、よろこんで紹介するよ」とアレックが割って入った。「なんなら、今夜にでも一緒に会いにいこう。さっそくラングドン捜しに乗りだしてもらおうじゃないか」

「よし。考えていたんだが——」

「で、わたしはなにも口出しできないのかしら？」ジェネヴィーヴは氷のような声でいった。

「そりゃそうよね？　だって、評判を傷つけられたのは、このわたしだけなんですもの」

兄と夫が、驚いた顔で彼女をふり返った。

「ジェネヴィーヴ、そうはいっても、ぼくたちがこの一件を見逃せるはずもないだろう？」とマイルズ。「軽率な行動は取らないと約束するよ」

「もちろんだ」とアレックも口を揃えた。「パーカーも口の硬い男だ。前にも役に立ってくれた」

「この件を見逃してほしいわけじゃないわ」とジェネヴィーヴ。「でも、わたし自身があの人と対決したいとは思ってくれないの？　わたしもボウ街の捕り手に一緒に会いにいきたい。あら、そんなあきれた顔をしないでよ、ふたりとも。どうしてわたしがかかわったらいけないの？」

「ジェネヴィーヴ、彼とは波止場近くの酒場で会うんだぞ」とアレックがいった。「おまえが行くような場所ではない」

「あら、そう、ふさわしくないというのね——去年、あの男たちに追われているとき、お兄さまがダマリスを連れていったような場所とはちがうというわけね」

「それとは話がべつだ」

「どんなふうに?」

「そりゃ、その、ダマリスはちがうからさ——つまり彼女は——ぼくらは——」アレックは口ごもり、マイルズをふり返った。

「ジェネヴィーヴ、だめなものはだめなんだ、世のなかそういうものだろう」とマイルズがいった。「それにお祖母さまがなんとおっしゃると思う?」

「お祖母さま? わたしはおとなの女よ。お忘れかもしれないけれど、もう結婚もしている。なのに、いまだにお祖母さまの命令にしたがって生きなければならないの? ああ、そう、それからあなたの命令にも、よね」

「しかし、きみがするようなことじゃないんだぞ」マイルズが困惑の表情を浮かべた。

「ええ、あなたはなんでもご存じだものね。ゆうべ、あなたが出かけていった理由をわたしがとくに知りたがっていなかったということも、ご存じだったのよね。それに当然ながら、その捜索の結果をわたしが聞きたいはずもないということも。昔からわたしは、なにも知らされずにただ腰を下ろし、だれかほかの人に自分の心配ごとを片づけてもらいたいと思っていたんですものね」

「ぼくを待って起きていてくれたのかい?」マイルズが驚いてたずねた。「それは、申しわけ——」

「そんなことしてません！」ジェネヴィーヴはかっとなって吐き捨てるようにそういうと、ナプキンをテーブルに叩きつけて椅子を勢いよくうしろに引いた。

「きみたちふたりだけで話をしたほうがよさそうだな」アレックがそういってあたふたと席を立った。

「卑怯者《ひきょう》め」とマイルズがつぶやく。

「あら、いいのよ、お兄さま、どうかそのまま」ジェネヴィーヴがわざとらしくやさしげな声でいった。「どうぞマイルズと一緒に、わたしの人生を勝手にお決めになって。わたしには、ほかにちょっとした〝女の関心事〟がありますから」彼女はゆったりとした足取りで戸口に向かい、くるりとふり返った。「今朝、あなたのお屋敷を見にいくのが作法に則ったことならいいのだけれど、マイルズ。お祖母さまと一緒だから、人にあれこれいわれずにすむとは思うけれど、よければ作業している人たちに、わたしが見学に行くことをあらかじめ伝えておいてもらえないかしら。わたし、邪魔者あつかいされるのはいやだから」そういうと、ジェネヴィーヴはばたんと扉を閉めた。

14

「いっただろう、あいつにはスタフォードの血がたっぷり流れていると」廊下をつかつかと去る直前、そんな兄の言葉が耳に届いた。ここはとって返して兄にもひと言、釘を刺しておこうかとも思ったが、それもまたスタフォードの血ゆえといわれるのもしゃくに障《さわ》るので、思いとどまった。ジェネヴィーヴはそのまま廊下を進み、階段に向かった。階段を上りきったところで、ばったりダマリスに出くわした。ダマリスは顔色もよくて美しく、兄の言葉とは裏腹に、じつに気分がよさそうだった。

「ジェネヴィーヴ！」ダマリスはジェネヴィーヴのしかめっ面に気づくと、浮かべていた笑みを消した。「まあ、いまは下りていかないほうがよさそうかしら？」

「ロンドン一鈍感で、むかつく男性ふたりとの食事を楽しめるというのでないかぎり、やめておいたほうがいいと思うわ」

「あら、そうなの」ダマリスはくるりと方向転換してジェネヴィーヴのわきについた。「いずれにしても、お腹が空いていたわけではないの。あなたに会いにいこうとしていたところなのよ」

「わたしも、一緒にいてあまり楽しいお仲間にはなれそうにないわ」

「なにがあったの？　あのふたり、口論しているの？　ほんとうにごめんなさいね。あなたから打ち明けられたことを話すつもりはなかったのよ。腹が立ったらないんだけれど、アレックはわたしのことを知りつくしているの。だから、あの人からなにかを隠そうとしても無理なのよ。でもマイルズがなにもかも説明してくれたから、アレックの腹立ちはおさまったはずだけれど」

「いえ、ちがうの。あのふたり、おたがいに腹を立てているわけではないの。そうじゃなくて、当事者のわたしを差しおいて、ふたりして嬉々として計画を練っているのよ。あなたが謝ることはないわ。悪いのは、あなたではないのだから」

「ああ、なるほど」ダマリスが合点したとばかりにうなずいた。「ふたりとも、あなたを〝守ろう〟としているわけね」

ジェネヴィーヴははしたなくも鼻を鳴らした。「ふたりでラングドンへの報復を計画しているの。被害に遭ったのは、このわたしだというのに！　でもどうやらわたしはすごくか弱くてお上品な女だから、みずからあの男と対峙《たいじ》するわけにはいかないらしいわ」彼女はそこで言葉を切り、くるりとダマリスに向き直った。「だめなものはだめだ、なんていうのよ。マイルズったら！　なにが正しくて、なにが正しくないのか、わたしに説教するなんて！」

「男の人って、腹に据えかねるときがあるわよね」とダマリスも同意し、ジェネヴィーヴの腕を取って上の階の居間に連れていった。

「もちろん、ほかにもいろいろあるけれど。例の手紙のことを知って以来、マイルズったら機嫌が悪くて」

「マイルズが腹を立てているのは、あなたにあんな悪巧みをしたラングドンにたいしてでしょう」

「あの人、片をつけるためにラングドンを捜しているの。でもマイルズが腹を立てている相手は、このわたしなのよ」

「あなたに？　でも、どうして？」

「わからないの！」ジェネヴィーヴは声を上げた。こちらの立場になって理解してくれる相手を見つけたことがうれしかった。「ぼくがあんな手紙を送るはずがないことくらい、ちゃんとわかっていてしかるべきじゃないかっていうの。でもわたしだって、マイルズが手紙を送りつけてきたからといって、まさか彼がなにかよからぬことをたくらんでいるとは思わないもの。舞踏室では話せないような、内密な話をする必要があるだけだと思ったのよ。わたし、まちがっている？」

「いいえ、もちろんまちがっていないわ」ダマリスがなだめるようにいった。

「どうすればよかったというのかしら？　マイルズからの手紙を無視しろとでも？　あの人

が書いたものではないと、わたしにわかるはずもないでしょう？　マイルズから手紙をもらったことなんて、ないんだから。そういったら、ぼくがきみに手紙を書くわけがないだろう、若い娘の評判に傷をつけるようなことをするわけがない、っていわれたわ――まるでわたしが、あの人を悪くいったみたいな口ぶりなの！」

「マイルズのいっていることは、筋が通らないわ」

「そうなのよ」ジェネヴィーヴは力強くうなずいた。「そのあとは、手紙のことをなぜ黙っていたのか、と怒りだしたの。でも、手紙のことをあの人にいうはずがないでしょう？　マイルズ本人からの手紙だと思いこんでいたんだから。むしろ口にしないよう、用心していたくらいよ。だって手紙のことを持ちだしたら、まるであんなことになったのはマイルズのせいだと責めていると思われてしまいそうだったから。わたしは公正さを保とうとしたのよ。マイルズのために」そこで顔をしかめる。「それなのに、こんなことになるなんて」

「経験からいわせてもらうと、男性というのは……こと感情にかんしては、理解力に難ありね。自分の気持ちを自覚することすらできないのだから。たぶんマイルズが腹を立てているのは、あなたがあんな目に遭ったことと、その場にいなかったために自分がそれを防げなかったことにたいしてなのよ。そのうえ、あなたを誘いこむのに自分の名前が使われたとなれば、なおさらだわ。アレックも恐怖を感じたときは頭にかっと血を上らせることが多いし」

「兄が？　恐怖？」ジェネヴィーヴは耳を疑った。

「自分のことなら、めったに恐怖を抱かない人よ。でもわたしの身になにかあるかもしれないとなると、恐ろしくてたまらなくなるらしいの。それが自分ではなにもできないものごととなれば、なおのこと。だからこそわたしの〝体調〟について、あんなにぶつくさいってばかりいるのよ。わたしを苦しめたくないのに自分にはどうすることもできないものだから、文句ばかりいって、そのうちわたしのほうがそんな彼にがまんできなくなってしまうの」ダマリスが愛情たっぷりにほほえんだ。「これから半年間ノーサンバーランドで出産に備えるわけだけれど、ロンドン一優秀なお医者さまにつき添いを断られたものだから、アレックったらかっかしてしまって。でもあの人が腹を立てるのは、自分の無力さを実感しているからなのよ。マイルズも同じように感じているにちがいないわ。あなたを被害から守れなかったことについて」

「でも兄はあなたを愛しているわ。そこがわたしたちとはちがう」

「ああ、ジェネヴィーヴ……」ダマリスがジェネヴィーヴの両手を取った。「マイルズがあなたのことを大切に思っているのはまちがいないわ」

「それはそうでしょうけれど。わたしのほうもあの人のことを大切に思っているもの」ジェネヴィーヴは背中を向けて窓際に行った。「わたしたち、もうずいぶん前からの知り合いなの。だから友だちではあるけれど、あなたと兄の関係とはちがう」前夜、マイルズが外出していく姿を目にしたときのことが思いだされ、胸が痛くなる。「マイルズはゆうべ、ラングドンを捜しにいったの」頭のなかの思いを口に出してみた。「もちろん、そうしたからといってなにも悪いことはないのよ。マイルズのすることをいちいち監視するつもりはないから。でも、出かける先や、なにをしに行くのかについて、なにも話してもらえなかった。ラングドンのことをわたしがどうしたいのか、ひと言も訊いてくれないの」

「ミスター・ラングドンに傷つけられたのは、あなただというのにね」

「そうなのよ」ジェネヴィーヴはくるりとふり返った。「そもそもマイルズったら、ロンドンまでひとりでこようとしていたのよ！　一緒についていくって、しつこく食い下がらなければならなかったわ。いまは、兄と一緒にボウ街の捕り手に会いにいって、ラングドン捜索を依頼しようとしているの。でも当然ながら、わたしは連れていってもらえない。そんなのは節度に欠ける行為だから。マイルズったら、そんなことをしたらお祖母さまになんていわれるか、なんてことまで口にしたのよ、信じられる？」

「まあ、ひどい」ダマリスは頭をふったあと、一瞬、考えこんだ。「どうかしら、ことの真相と、ミスター・ラングドンの所在を突き止めるには、ほかにも方法があるかもしれないわ。女が得意とするような方法で」

「どういうこと？」ジェネヴィーヴは興味を引かれ、義姉と一緒に腰を下ろした。

「ミスター・ラングドンは、自分であなたに手紙をわたしたわけではないのだから、ほかにもかかわっている人物がいるはずよね」

「手紙をわたした女中だけだわ」そういったあと、ジェネヴィーヴは背筋をのばした。「でも、そうよね。あの女中がなにか知っているかもしれない。ラングドンのことを知っている可能性もあるわ。あの手紙をわたされたとき、あの女中、なんていっていたかしら」

「シーアが雇っている女中のはずね」とダマリスが指摘した。「シーアを訪ねていって、その女中と話をしてみましょう」

「そうしましょう！」ジェネヴィーヴは勢いよく立ち上がった。「さっそく――いえ、待って、きょうはソアウッドの屋敷を見にいきましょうとお祖母さまを誘ってしまったわ。わたしたちがそこで暮らせるよう、マイルズが改装させているところなの。マイルズのお母さまは、ご主人が亡くなったあとはロンドンに一度も足を運んでいないので、マイルズも自分ひとりのためにあの屋敷を整える気にはなれずにいたのね。今朝、朝食の席で、お祖母さまがマイルズにそのことをたずねていたわ」あのときのマイルズの困り切った表情を思いだし、ジェネヴィーヴは口もとをゆるめた。「だから、よかったら一緒に見にいかないかと誘ったの。あなたもきていただけたらうれしいわ。そちらの予定を変えることはできないわね」

「そうね、予定は変えないほうがいいわ。シーアのところは明日訪ねましょう」

ジェネヴィーヴは笑みを広げた。「自分には見つけられなかったものをわたしたちが見つけたと知ったときの、マイルズの顔を見るのが楽しみだわ」ジェネヴィーヴは思わずダマリスの手を取った。「ありがとう」

「いいのよ。では……さっそく、あなたの新しいお屋敷を拝見しに行きましょうか」

ソアウッド・プレイスでは、ソアウッド家の実務を担当するトムキンズが愛想よく女性たちを迎え入れた。ジェネヴィーヴから見ても、仕事が速いだけでなく、有能な人物のようだった。家は隅々まで清掃が行き届き、トムキンズはすでに必要最低限の使用人も雇い入れていた。執事のボールディンはやせ細った若々しい男で、ユーモアのセンスを思わせるきらめく瞳の持ち主だった。片や女中頭のミセス・エイコットは、とことん実務的な女性のようだ。

「どこもかしこも以前のままにとどめ、ところどころに多少手を加えただけです」とトムキンズがジェネヴィーヴに保証した。「もし奥さまのほうでなにかご希望がございましたら、なんなりとお申しつけくださいさい。サー・マイルズから、なにもかも奥さまのご希望に添うよう、ご指示をいただいておりますので」

「すてきだわ」とジェネヴィーヴは応じた。「すぐにでも引っ越してきたいくらい」

それを聞いてトムキンズは少し驚いたようだが、こういっただけだった。「もちろんです、お望みとあらば」

ジェネヴィーヴは、べつに本気ではないといいかけたところで思いとどまった。あらためて考えてみれば、引っ越してくるほうがいいかもしれない。彼女は執事に問いかけるような目を向けた。「できるかしら?」

「もちろんです、奥さま。ヘンリに、ご希望の夕食を準備させましょうか?」ボールディンが穏やかに応じた。

「ええ、そうしてもらえると助かるわ」ジェネヴィーヴはにこりとしてダマリスをふり返った。「あなたのご親切を無にしたいわけではないのだけれど——」

ダマリスが笑った。「いえ、いいのよ。わかるわ。できるだけ早く自宅での生活を整えたいと思うのは当然ですもの」

祖母のほうはさほど賛成してはいないようすだったが、なにもいわなかった。ボールディンが料理長との打ち合わせに向かったので、ミセス・エイコットが三人を自分が仕切る上の階に案内してくれた。家具にかけられた埃よけの布は取り払われ、どの寝室も一階の部屋と同じくらいぴかぴかに磨き上げられていた。家具がまばらな部屋もいくつかあったが、裏手に位置する主寝室は家具がすべて揃っており、すぐにでも使えるよう準備されていた。

「サー・マイルズにはぴったりの寝室ね」祖母が部屋をながめまわしながらいった。壁の一部に落ち着いた色調の高級感あふれる羽目板がはめられ、残りの部分は深いひわもえぎ色に塗られている。同じような緑色の革製ウィングバックチェアが窓際に設置され、そこから家の裏手にある小さな庭園を見わたせるようになっていた。

「そうですね。とても優雅だわ」ジェネヴィーヴはなんとはなしに奥の扉を開けてみた。化粧室だった。反対側の壁にある扉は、もうひとつの寝室に通じていた。そちらも主寝室と同じくらいの大きさで、趣味のいい青と淡黄色で彩られている。

「まあ、あなたの寝室もすてきじゃないの、ジェネヴィーヴ！」祖母がうれしそうな声を上げ、わきにやってきた。

自分の寝室と聞いて面食らうなんてどうかしている、とジェネヴィーヴは思った。当然ながら、この家ではマイルズとはべつの部屋で眠るのだ。兄の家にいたときのように。ソアウッド・パークで同じ部屋に寝ていたのは、もてなしてくれたレディ・ジュリアの意に背きたくなかっただけのこと。この屋敷では自分の寝室を持つものというのは、前からわかっていたことだ。それを楽しみにしていたくらいではないか。

「ええ、ほんとうに魅力的なお部屋ですわ」ジェネヴィーヴは部屋の奥に進んだ。隔離された冷たい印象の部屋ではあったが、そもそも自分はこういうスタイルを望んでいたはずだ、と念を押す。

もうマイルズと同じ寝室で眠ることはないと思うと胸が痛んだが、そんなのはどうかしている、と気持ちを否定した。マイルズのブーツやひげ剃り道具が散乱するような部屋にいたいと思うほうがおかしいのだ。それにマイルズにしても、友人と出かけて夜遅くなったとき、がたがたと音を立てて妻を起こしてしまう心配のある場所に戻るなど、ひどく面倒に感じることだろう。

「申しぶんありませんね」ジェネヴィーヴはきっぱりとした口調でそういうと、顔に笑みを貼りつけて祖母をふり返った。「きょうの午後にでも、荷物を運ばせましょう」

マイルズは屋敷へとつづく前階段を鼻歌まじりで駆け上がった。数分ほど前、ロードンの家に戻ったところ、ジェネヴィーヴがすでにソアウッド・プレイスへの引っ越しをはじめたと告げられたのだ。さすがの彼も驚いたが、考えてみれば、これはなかなかうれしい展開ではないか。

もともと、ジェネヴィーヴはいったん実家に戻ったら住み慣れた環境に満足し、そちらの家での生活を整えようとするのではないか、と恐れていたのだ。それに、廊下のすぐ先に彼女の祖母がいる――彼女の兄はもちろんのこと――という状況でジェネヴィーヴと愛を交わすのは、考えるだけでもひどく落ち着かない状況だ。前夜、ラングドン捜しから戻り、ジェネヴィーヴの部屋が暗くなっているのに気づいたときは、そこに入ることすらあきらめた。とはいえ、ベッドにひとりで寝るというのも、どこかまちがっているような気がしてならなかった。結婚してまだほんの数週間しかたっていないというのに、ひとりだけのベッドは居心地が悪く、やけに大きく、そして……寂しく感じられるようになってしまった。

しかしどうやらジェネヴィーヴも、こちらに負けず劣らず、自分たちの家でふたりきりになりたがっていると見える——でなければ、どうしてこれほど性急に引っ越そうとするのか。今朝は少し仲たがいをしてしまったが、ジェネヴィーヴは昔から怒りっぽかった。そんな彼女も、感情をうまく制御するすべを学んだのだろう。十二歳のときのように、ヘアブラシを棍棒代わりにふりまわし、廊下でだれかを追いかけまわすようなまねはもうしない。しかしその一方で、冷めやすいたちでもある。それに、今夜ボウ街の捕り手に自分も会いにいきたいというあの言葉が本気だとは思えなかった。彼女は世のしきたりを軽視するような女性ではないのだから。

ジェネヴィーヴがふたりだけの生活を送ろうと、嬉々として準備を整えていると知り、マイルズはほっとしていた。もう機嫌を直してくれたにちがいない。これからは、領地にいたときのような生活に戻れるかもしれない。いや、あのコテージでのひとときをくり返せるかも。ふたりきりで食事をしたり、夕食後にのんびりおしゃべりしたり、腕にあの温かくやわらかなからだを抱きながら眠ったりするのだ。自分のベッドにいるジェネヴィーヴを想像しただけで、原始的な男の欲望がさざ波となって体内を駆け抜け、マイルズは一段飛ばしで階段を上がると、玄関広間を足早に進み、ジェネヴィーヴの声がする主寝室に向かった。

しかし主寝室に近づくにつれ、ジェネヴィーヴがいるのはマイルズの寝室ではなく、それに隣接した優雅な寝室であることがわかってきた。彼は足を止め、服を片づける女中に指示を飛ばすジェネヴィーヴを見つめた。落胆が胸のなかで岩のようにずしんと沈みこむ。

どうやらコテージでのひとときがくり返されるわけではなさそうだ。

「ジェネヴィーヴ、さすがに手際がいいね」マイルズは楽しげな声になるよう努めた。

ジェネヴィーヴはマイルズの声にはっとしたあと、彼をふり返った。「マイルズ、お帰りなさい」彼女は少し身をこわばらせ、ここ数週間ほど聞いたことのなかったよそよそしい声でいった。「ぐずぐずしていてもあまり意味がないと思ったものだから」

「そうだな」マイルズは部屋の奥に進んだ。ジェネヴィーヴが女中をちらりと見やると、女中は軽くひざを曲げてから出ていった。マイルズは彼女のベッドの足板にもたれかかり、脚をのばしてじっさいよりもくつろいだ態度を取り繕った。ベッドの端に横たわっていたザークシーズがマイルズを憎々しげににらみつけたあと、ひょいと飛び降り、尻尾を宙に高々と掲げてのっそりと歩き去った。「あの猫について、使用人たちに注意しておいてくれたならいいんだが。さもないと、あっという間に女中に辞められてしまうぞ」

「ばかなことをいわないで」

「ほう、しかしそういうのがぼくの魅力のひとつでもあるからね」マイルズは部屋を見まわした。「きみはちがう寝室を使うようだね」軽くいったつもりが、残念ながら苦々しさが完全に払拭《ふっしょく》されているとはいいがたかった。

「ええ、もちろんよ」ジェネヴィーヴがあごをかすかに突きだした。「だって、世のなかそういうものでしょう？」

今朝のぼくの言葉をくり返すつもりか。ということは、今朝の腹立ちはまだおさまっていないんだな。マイルズは笑みを浮かべてみせた。「そうだな。それでも、正直なところ、いままでの生活が恋しくなりそうだ」

「ええ、そうね」ジェネヴィーヴはくるりと背を向け、棚に並ぶ瓶の位置を直しはじめた。「でもいまはロンドンに戻ったのだから、ふつうの生活に戻らなければ。わたしたち、年がら年じゅう一緒にいる必要はないんだし」

「きみがそう望まないのであれば、そうだな」マイルズは、胸におぼえた落胆に自分でもかすかに驚きながらからだを起こした。ジェネヴィーヴのことはよくわかっているつもりだ。夫にべたべた甘えるタイプの妻ではない。田舎で過ごした数週間がどんなに甘美な日々だったとしても、夫の言葉すべてに耳を傾けるような女に変身するはずもない。それにマイルズ自身、彼女にそんなふうになってほしいと思っているわけでもなかった。彼女のあの気骨こそ、昔から称賛してきたことのひとつなのだから。それでもマイルズは、ジェネヴィーヴがまた銀色のカーテンのように髪を垂らし、その気たっぷりの視線でこちらをにこやかに見つめてくれたら、と願わずにはいられなかった。

「お祖母さまが、明日、劇場のボックス席に招待してくださったわ」とジェネヴィーヴがつづけた。「お祖母さまがいうには、社交界に顔を出すには、わたしたちにとって――いいえ、わたしにとって、うってつけの機会だそうだから。もちろんあれこれいわれることにはなるでしょうけれど、どこに出かけようが、はじめての席で噂の的になるのはしかたがないものね。それにパーティとはちがって、ほかの人たちと長くおしゃべりする必要もないし。この件はさっさと乗り越えなければ」

「いつもながら、伯爵夫人の賢さには頭が下がる思いがするよ」マイルズはふたたびこの場にふさわしい声色を出そうと努めながらいった。ジェネヴィーヴと一緒にいるのが、なぜいきなりぎこちなく感じてしまうのか。ほんの数日前には、ともにからだを絡み合わせ、素肌にその温かな吐息を感じていたというのに。「よろこんで劇場におともするよ」

「べつにこなくてもいいのよ」ジェネヴィーヴが気取った口調でいい、またしても香水や化粧水の瓶をいじりはじめた。「行く先々すべてで、あなたに守ってもらおうとは思っていないわ。あなたにも、ほかにしたいことがあるでしょうし」

「ぼくにはきてほしくないということか?」こんな胸の痛みは覚悟していなかったが、なんとか平静な声を出した。

「いいえ、そういう意味ではないわ」ジェネヴィーヴが驚いたようにさっと目を向けた。「わたしはただ、あなたが無理に……わたしの評判を守ろうと躍起になることはないといっているだけよ。お祖母さまも一緒だし、ダマリスと兄もきてくれるそうだから」

「なら、きみの夫として、ぼくも行くよ」マイルズは彼女の手首をつかみ、自分のほうにふり向かせた。「ジェネヴィーヴ、瓶をいじるのはやめて、ぼくを見てくれ。どういうつもりなんだ？」

「どういうつもりでもないわ！」ジェネヴィーヴが鋭く切り返した。「わたしはただ――」

「なんだ？　ぼくのことなんていらないといいたいのか？」胸が痛むだけでなく、腹が立ってきた。「そんなことくらいわかっているし、前からわかっていたさ。しかし結婚してからまだひと月もたっていないんだから、夫が一緒にいるほうが世間体が保たれるというものだろう」

「ええ、そうよね、あなたにとってものすごく大切なのよね、世間体が」

マイルズは彼女をまじまじと見つめた。「世間体を気にかけるからと、き、き、きみがぼくを責めるのか？」

「きょうのあなたは、まちがいなくそうみたいだから」彼女があごをくいと突きだした。

「今朝のこと、まだ怒っているんだな」マイルズは思わず口もとをゆるめた。そういうことなら、事態はさほどひどくはない。女の不機嫌なら、対処法は心得ている。

「なんの話かしら」

「戯言を。きみのことをよく知らない人間なら、ごまかされもするだろうがね」マイルズは親指と人さし指で彼女のあごをつまみ、ほんの少し揺さぶった。「そんなふうにあごを突きだしたときのきみなら、知っているさ。ぼくがラングドンの居場所を突き止めようとしていることが、そんなにいやなのかい？」

「彼を見つけてほしくないなんて、ひと言もいっていないわ」

「ボウ街の捕り手と話をするために、本気で波止場の酒場まで一緒に行きたいと思っているのか？」彼は驚きに声を上げた。「きみがそんなことをいうとは意外だよ」

「ええ、そうよね。こんな臆病なわたしに、そんなことができるはずもないものね」

「きみは臆病とは無縁の女性だ」マイルズはふたたび笑みを浮かべた。「そうじゃなくて、節度ある女性だからという意味でいったのさ」

「あなたのいうとおりだわ。たしかにわたしは節度ある人間よ」ジェネヴィーヴが顔をひねってあごから彼の手を外した。「あなたのほうも作法を心得ていてくれたなんて、うれしいわ。だって、意外ですもの」

マイルズは彼女の腰に両手をかけ、そのからだを引きよせた。「そうやってぷりぷりしているときのきみ、すごく好きだよ」身をかがめ、首に鼻をなすりつける。

「マイルズったら、なんでもかんでもそうすればすむと思っているの？」ジェネヴィーヴは頭をひねってからだを引こうとしたが、その動きが逆に首から肩にかけてのラインを彼にさらすことになった。

「こうすれば、丸くおさまることがたくさんあるものなのさ」マイルズは彼女の尻の曲線に手を滑らせた。欲望が体内を突き上げる。

「そろそろお夕食の時間だわ」とジェネヴィーヴがいった。「服を着替えなくては」

マイルズは彼女の肌に向かって小さな笑い声を吹きかけたあと、胸からドレスの襟もとまで口づけしていった。「そうか、なら、その前にこの服を脱がなくてはな。手を貸してあげよう」彼は片手で彼女の乳房を包みこみ、ドレスのレースの上からその震える頂点に口づけした。

「やめて。わたしのこと、そこまで軽い女だと思うの？　何度か口づけしただけで、ごまかせるとでも？　お得意の愛の技巧を使えば、自分の思いどおりにできるとでも？」

「先週は、きみもそれを大いに楽しんでいるように見えたがな」マイルズは官能的な笑みを浮かべ、ドレスの襟ぐりに指を走らせた。

「やめてったら！」ジェネヴィーヴはからだをねじって引き離し、両手を腰に当ててマイルズをにらみつけた。「マイルズ、いくらあなたでも、ここまで愚鈍なはずがないわ」

「いや、そのようだ」マイルズもかっとなっていい返した。「どうやらぼくは、やはりきみには役不足のようだな」

「ばかなことを。そんなことはいっていないでしょ」

「いわなくてもわかるさ」マイルズははらわたが煮えくり返るのを感じた。「はっきりしているじゃないか。前から。昔のぼくは、自由奔放で、だらしがなくて、世の習いや節度には関心を示さない男だった。ところがいまは、世間体を気にしすぎるときた。いいわけを探す必要はないさ、ジェネヴィーヴ。なにが悪いのか、ちゃんとわかっているから。ぼくが節度のある男だろうが、世のしきたりを無視する男だろうが、それを重視しすぎる男だろうが、いっさい関係ないんだ。問題は、ぼくなんだ。きみにしてみれば、悪いのはぼくそのものなのさ」

「なんですって！」ジェネヴィーヴが目をむいた。「ちがうわ！　マイルズ……わたし、そんなことはひと言もいっていない！」

「だが頭ではそう思っているんだろう」マイルズは自分がどんどん冷静さを失っていくのを感じていた。言葉が過ぎることもわかっていた。それでも、黙っていられなかった。「ぼくは〝たんなるマイルズ〟だ。きみの兄上の便利な友人。ダンスの相手にはいいけれど、本気になるような相手じゃない。いたしかたのない状況でさえなければ、きみもぼくと結婚するほど身を落としたりはしなかっただろう。きみが必要としているとき、ぼくこそが救いの手を差しのべた人間だとしても、だ。社会的な堕落から、家名を差しだしてきみを救おうとした男だとしても」

ジェネヴィーヴは鋭く息を吸いこんだ。「わたしのせいだといいたいの?」

マイルズはふと後悔をおぼえたが、もはや撤回はできなかった。傷口からわき出す血のように、口から言葉があふれ出てしまったのだ。「きみが少しでも気楽にいられるよう、ぼくはあらゆる努力を惜しまなかったつもりだ。笑顔でおだてて、きみの怒りの矛先をそらしてきた。きみが苦しんでいるとわかっていたから、なにもいわずにいた。きみをそっと目ざめさせ、悦びを教えるために、精いっぱい努力した。きみを傷つけたり怖がらせたくなかったから、爆発寸前になるまでがまんもした」

「わたしにもう一度謝ってほしいの？　ええ、あなたがわたしの評判を救うために、ご自分の人生を犠牲にしてくれたことはわかっているわ。それについては、申しわけなく思っている。心から！　でもだからといって、わたし、ちがう人間になったふりをして、あなたにお返しすることはできないわ」

「そんなことは頼んでいない！」マイルズは、頭がずきずきしてきた。ひとつ深呼吸し、必死になって声を抑えようとする。「ぼくはただ、そういうことのなにかひとつでも、きみにとって意味があったらよかったと思っているだけだ。ダースバリーはきみには似合いの相手だった。あいつが中身より外見だけの男だとしても、関係ない。きみに似合うだけの地位を持つ男だったからな。家柄も古くて、きみと同じくらい高い自尊心の持ち主だ。きみは、ぼくの妻というだけの存在には耐えられないのさ。伯爵令嬢ジェネヴィーヴ・スタフォードではなく、たんなるジェネヴィーヴ・ソアウッドでは、満足できないんだろう」

「わたしはこれから先もずっと、ジェネヴィーヴ・スタフォードよ！」ジェネヴィーヴは顔をまっ赤にした。「あなたと結婚したからといって、わたしはわたし、変わらないわ！」

「どうやらそのようだ」とマイルズも切り返した。「いまも昔と変わらず、冷たい女だよ！」

ジェネヴィーヴがびくんとして身をこわばらせた。まるで彼に平手打ちを食らったかのように。燃え上がったのと同じくらい急速に、マイルズの怒りの炎が立ち消えていった。残されたのは、氷のように冷え冷えとしたむなしさだけだ。

「もちろん、悪いのはわたしのほうよ。冷たい女だから」ジェネヴィーヴの唇からそんな言葉がもれた。その目の表情と同じくらい、険しい、容赦ない口調だ。「そう、あなたのいうとおりだわ。わたしはあなたのような……激しい欲望は持ち合わせていない。人生には、肉欲的な悦び以上のものがあるはずだし」ジェネヴィーヴはベッドのほうに手をふった。

「なるほど。じゃあきみは、田舎は暇《ひま》なので夫婦の営みを楽しむのも大いにけっこうだが、ここロンドンでは肉欲に心を揺さぶられたりはしない、というんだな。ここでは、時間を費やすべきもっといいことがあると」

ジェネヴィーヴは憮然とした表情で彼に面と向かい、腕を組んだ。「あなたのご期待に添えなくて、ごめんなさい。わたしに温かな愛情をたっぷり注ぎこみ、わたしを心やさしい人間に変えようと、時間と努力をさんざん浪費させてしまって、ごめんなさい。そんなことをしても無駄だと、だれかが教えてくれればよかったのに」ジェネヴィーヴは顔を背けた。「わたし、スタフォード家の一員であるという自尊心にたいしては、謝罪しないわ。それに一生、あなたに許しを乞いながら生きるなんてできない。だからこんなことはしないほうがいいと警告したはずよ、マイルズ！」彼女はそこでのどを詰まらせ、数秒ほど押し黙っていたが、やがて低い声で先をつづけた。「わたし、あなたの妻というだけではいられないの。

甘い言葉ややさしい口づけにふさわしい女ではないのよ。あなたも〝がまん〟したり、わたしを〝目ざめ〟させたりする必要はないわ。あなたとの夫婦の営みがなくても、わたし、生きていけるもの」

「そんなことは信じない」マイルズはきっぱりといった。

「なんですって？」ジェネヴィーヴがいかにもスタフォードらしく彼を鼻先から見下した。

「きみはうそをついている、といったんだ。ぼくにたいするうそか、きみ自身にたいするうそかは、よくわからないが」マイルズは大またで歩き去ると、部屋の入口でふり返った。

「もちろんきみの望みは尊重するし、いやがられているのにきみを煩《わずら》わせるようなまねはしない。だがきみは忘れている。この数週間、ぼくたちはずっと愛を交わしてきた。だからきみも、ぼくと同じベッドに入りたくなるはずだ。いずれ、きみもそれを認める日がくるさ」

15

ジェネヴィーヴは鏡に映る自分の姿を見るともなしに見ていた。背後からペネロピの声がした。「奥さま? どうかしましたか? 髪型がお気に召さないようでしたら、変えましょうか?」

「え?」そのときはじめてジェネヴィーヴは、ずいぶん長いあいだ黙ったまま腰を下ろしていたことに気づいた。「あ、いえ、なにも問題はないわ。いつもどおりにすてきにまとめてくれたわね。ちょっとぼうっとしていただけなの」

女中はあとずさりしながらも、あいかわらず不安げな視線を向けていた。ここはそろそろ腰を上げて、夕食の席に下りていったほうがよさそうだ。これ以上ぐずぐずしていると、ペネロピになにかがおかしいと感づかれてしまう。使用人たちに噂話を提供するわけにはいかなかった。ジェネヴィーヴは立ち上がり、氷のように冷たい手でスカートを握りしめると部屋の入口に向かった。しかしそこでのどが詰まり、一瞬、足を前に出せなくなった。

階下に行って、マイルズと顔を合わせるなんて無理だ。きょうの午後、あんな口論をしたばかりなのだから。なにもなかった顔をして、彼に話しかけられるわけもない。食事のことなど考えるだけで胃がむかついてくるのに、どうして夕食の席につけるというのか。濡らした布を当てて必死にごまかそうとはしたものの、目が腫れていることは一目瞭然だ。口論のせいで泣いていたと、マイルズに見破られてしまう。

臆病ではあるが、仮病を使ってこの部屋に閉じこもっていたい、と切実に思った。彼と顔を合わせるのは、明日まで先のばしにしたい。しかし、そんなことをするわけにはいかなかった。マイルズの無情な言葉にどんなに傷つけられたとしても、毅然としていなければ。レディらしく、スタフォードらしく、ふるまわなければ。

そこでジェネヴィーヴは、震えるような息を吸いこんだあと、スタフォードの誇りを鎧《よろい》のように身にまとい、部屋をあとにした。

胃の震えを感じつつ階下に向かい、食堂に入っていった。窓際に立っていたマイルズがふり返った。ジェネヴィーヴは意を決して彼と視線を合わせたが、笑みを浮かべることはできなかった。マイルズの顔はいつになく憂いに沈み、その目には——いえ、だめ、彼の目のことを考えてはだめよ。あの引き締まった、力強い手のことも。唇が片方に大きく歪む、あのほほえみも。

「ジェネヴィーヴ」彼が近づいてきた。

「サー・マイルズ」ジェネヴィーヴは礼儀正しく軽く会釈《えしやく》し、執事が待ち構えるサイドボードのほうに目をやった。いまの自分の関心事は、夕食の質だけだといわんばかりに。席に向かいながら、椅子を引いてくれるマイルズのほうは見まいとした。ふたりのあいだが長いテーブルで隔てられていることに感謝する。これなら、彼の目をまっすぐ見つめずとも、なんとなくそちらの方向に目をやってごまかすことができる。

「トムキンズのおかげで、この家もずいぶん整ったようね」彼女はよそよそしい声でいった。

「よかった。なら、きみは気に入ったんだね？」

「ええ。とてもすてきだわ」

コース料理の最初の三品を食べるあいだ、ふたりはそんなぐあいに会話をつづけた。まるで見知らぬ人間同士のように、礼儀正しく、ぎこちなく。天気のこと、長い夏の夜のこと、書斎のモロッコ革を使った壁紙のこと、かつてテムズ川沿いにあったソアウッドの古い屋敷からここの図書室に移してきた、黒っぽいジャコビアン様式の羽目板の美しさについて。話しながらジェネヴィーヴは、食べているように見えることを願って、皿のまわりに料理を押しやっていった。もっとも、無理やり飲みこんだごくわずかな料理は、粥《かゆ》のような味しかしなかった。しばらくするとふたりの会話も尽き、ジェネヴィーヴは食事の半分をなんとか乗りきった自分をほめた。

マイルズがせき払いして椅子のなかでからだをわずかに動かした。「ジェネヴィーヴ……」

彼女は顔を上げ、問いかけるような冷たい視線を彼に向けた。その視線が、サイドボードのわきに立つボールディンに流れていく。マイルズが彼女の視線の先を追い、いらだたしげにため息をもらした。

「今夜、アレックと例の捕り手と一緒に」といったところで彼が言葉を切った。

ジェネヴィーヴは口直しのシャーベットが入った小さなカップをひたすら見つめていた。

「あまり遅くならないようにする」マイルズがふたたび口を開いた。「それで、帰ってきたとき——」

「あら、わたしのために早く帰宅する必要はないのよ。じつをいえば、わたし、疲れているので、早めに休んでしまうと思うの。兄と一緒に、ミスター・パーカーとの一夜を楽しんでいらして」

「これはお楽しみとはちがう」マイルズがいらだったようにいった。

「そうなの？　でも、楽しめるといいわね。兄があなたと一緒に紳士のお楽しみにふけるなんて、そうあることではないもの」

「紳士のお楽しみ？」マイルズがいつものからかうような口調でいったが、ジェネヴィーヴはそれを無視した。彼女のほうは、マイルズのようにふだんの態度にすんなり戻る能力は持ち合わせていなかった。マイルズの本心など知らないふりをしたり、彼がひどく憤慨……後悔……していることに気づかないふりをしたりするなど、できなかった。

ジェネヴィーヴはさっと意識を現実に引き戻した。「ええ、クラブとか、そういうお楽しみのことよ。田舎にいるときは、そういうものが恋しかったでしょうから」そういって執事をふり返る。「ボールディン。料理長にわたしからよろしく伝えてちょうだい。とてもおいしいお料理だわ」

マイルズが肉にぐさりとフォークを突き刺し、ナイフを立てた。彼は険しい表情でもぐもぐと食べたあと、ナイフとフォークをおいた。「ボールディン、あとはぼくたちふたりでだいじょうぶだ。見てのとおり、今夜の妻は食欲があまりないらしいしな」

「かしこまりました」執事が一礼し、部屋から出ていこうとした。

ジェネヴィーヴはテーブルにナプキンをおいた。「わたしは失礼するわ、マイルズ。どうぞ食後のワインを楽しんでちょうだい」

ボールディンが足を止め、くるりとふり返った。

「食後のワインはいらない」マイルズはそういうとボールディンをにらみつけた。執事はさっと背中を向けて扉から静かに出ていった。「ジェネヴィーヴ、待ってくれ」

彼女はすでに席を立っていたが、足を止め、彼をふり返った。「なにか?」

マイルズも立ち上がった。いつになくぎくしゃくとしている。「きょうの午後のことだが。あんなことをいって、申しわけなかった。本気でいったわけでは――」

「まあ、マイルズったら……」ジェネヴィーヴはどうでもいいとばかりにさっと手をふった。「わたしたちのあいだに取り繕いは必要ないわ。昔から、ずっとおたがいに正直だったはずよ。わたしたちはまちがいを犯した。あとは、悪い状況なりに精いっぱいがんばればいいだけだわ」ジェネヴィーヴは彼の方向に漠然と明るい笑みを向けたあと、さっと身を翻《ひるがえ》して早足に扉に向かった。

「なあ、ジェネヴィーヴ――」

ジェネヴィーヴはふり返らなかったが、マイルズが数歩追いかけてきたあと、足を止めたのがわかった。階段に到達するころには、彼女はほとんど駆け足になっていた。自室にたどり着いて扉を閉めたあとは、マイルズが追いかけてきて口論になってしまわないよう、鍵をかけた。もう一度彼と顔を合わせたら、涙をこらえていられそうにない。いまですら、大きく息を吸いこみ、必死に涙を食い止めなければならないくらいなのだから。泣くものですか。ぜったいに、泣いたりしない。

目をさましたジェネヴィーヴは、疲れた目でベッドの天蓋《てんがい》を見上げた。一瞬、自分がどこにいるのか、どうして胸がこんなに痛むのか、わからなかった。そのあと、思いだした。ここはマイルズの屋敷の新しい寝室だ。そして前日、結婚生活の短い幸せが、いきなり急停止してしまったのだった。

もう一度眠りに落ちてしまえばこの思いから逃れられる、と思ってごろりと寝返りを打ったものの、いくら頭がぼうっとしているとはいえ、目は冴えてしまったようだ。階下には行きたくなかった。なにより、マイルズとふたたび顔を合わせたくなかった。

ゆうべはほかにすることもなかったので早めに床に入ったのだが、なかなか寝つけず、炉棚におかれたオルモル製の時計がチクタクと時を刻む音に耳を傾けながら、ベッドのなかでまんじりともせずに何時間も過ごしたのだった。そしてとうとう使用人たちが動きまわる音がすべて消えてからしばらくたったころ、玄関の扉が開き、マイルズが廊下をやってくる足音が聞こえてきた。足音は彼女の部屋の前で止まった。ジェネヴィーヴは目を閉じて寝ているふりをしながら、全神経を張りつめて、マイルズが扉を開けて入ってくるのを待った。ノブをまわす音が聞こえたような気がしたが、扉は開かず、ふたたび足音がして、マイルズの部屋へと消えていった。

それからしばらくのあいだ、彼が部屋で動きまわるかすかな音が聞こえていた。ふと、部屋と部屋を直接つなぐ扉のほうからマイルズが入ってくるかもしれない、と思った。しかしやがて扉の下の灯りが消え、物音もしなくなった。それから何時間もたったころ、彼女はようやく眠りについたのだった。

もちろん、マイルズが入ってこなくてよかったと思っていた。ペネロピが立ち去ったあと、扉の鍵をもう一度かけるようなことはしなかったのだが、それは彼が入ってくるのを期待していたからではない。ほんとうに。なにごともなかったかのように彼の腕に抱かれたいなどと、思うはずもないのだから。マイルズが本心ではどう感じ、彼女のことをどう思っているのかがわかったいま、口づけされたり愛撫されたりするなど、耐えられないだろう。

目の隅から熱い涙がこぼれ落ち、頬を伝って髪のなかへと消えていった。ゆうべは、どうして髪を下ろしたの？　三つ編みにしておくほうがもつれずにすむのに。髪を下ろしたままにする習慣がついたのは、そのほうがマイルズがよろこぶからだった。しかしそんなことも、もはや意味がない。

しんと静まり返った部屋に、隣の部屋に直接通じる扉のノブをまわす小さな音が響いた。彼女は目を閉じ、寝ているふりをした。ゆっくりと、一定の呼吸を心がけつつ、彼がまだそこに立っているのかどうかがわかればいいのに、と願った。ようやくかちりと掛け金がかかる音がしたので、肩の力を抜いて目を開けた。部屋にひとりきりでいるのがわかると、安堵と悲しみが入りまじった奇妙な感覚をおぼえた。

ジェネヴィーヴはベッドに入ったまま、廊下に面した扉が開くたびに寝たふりをしたが、最後の二回は、ペネロピがこちらをのぞきこんでいるだけだと確信できた。自分が逃げているだけなのはわかっているし、そんな自分を叱責もしたが、どうしても起き上がる気にはなれなかった。それでも、玄関の扉が閉まる音がしたあとは、ついにベッドから起きだした。

つぎにペネロピがのぞきにきたときには、ジェネヴィーヴは起きて窓辺に腰を下ろしていた。

「ああ、奥さま！　お目ざめになったのですね」ペネロピがにっこりしてそそくさと近づいてきた。「お加減がすぐれないのでしょうか？」

「え？　いえ、べつに」そこでふと、病気ならこういう行動をとってもそれほど奇妙に思われないかもしれないと気づき、あわてて訂正した。「でも、その、あまり元気が出ないのはたしかね」

「さあ、それなら部屋着をお召しにならないと。もっと悪くしてしまいますわ」ペネロピがブロケード地の部屋着をジェネヴィーヴの肩にかけ、ずっしりとしたカーテンを開いた。「お庭の景色をご覧になってはいかがでしょう。お紅茶とトーストをお持ちしましょうか？」

「あまりお腹は空いていないの」

「少しだけでもお召し上がりになったほうが」とペネロピがうながした。「お紅茶をいただけば、いつだって気分がよくなるものですわ」

ジェネヴィーヴはうなずいた。したがうほうが、いい争うよりも楽だ。自分はほんとうに加減が悪いのかもしれない。いままで、こんな気分になったことなどないのだから。夫と少し仲たがいしたくらいで、こんなふうになるはずもない。兄とダマリスが激しく口論する声を耳にしたことは何度かあるが、あのときのダマリスは、日光にさらされてしおれた花のようにはならなかった。この自分も、そんなに弱いはずはない。

ペネロピが紅茶とトーストを運んできたので、ジェネヴィーヴは紅茶を少しずつ飲み、けだるそうにトーストのかけらをちぎった。一時間後にダマリスが訪ねてきたときも、彼女はあいかわらず部屋着姿のままますわりこんでいた。

「ジェネヴィーヴ？　執事から体調が悪いと聞いたわ。熱はあるの？」ダマリスが近づいてジェネヴィーヴの額に手を当てた。

「いえ、だいじょうぶ」ジェネヴィーヴは恥ずかしくなって背筋をのばした。「ほんとうに。今朝は、少しけだるいだけだから」

「まあ」ダマリスがかすかに顔をしかめた。「わたし――というか、わたしたち、きょう、シーアを訪ねていく予定だったわよね。彼女の使用人と話をするために」

「そうだったわ！」ジェネヴィーヴは立ち上がった。「ごめんなさい。すっかり忘れてしまって」

「べつにいいのよ。いずれにしても、少し早く着いてしまったので。あなたが服を着るまで待つわ」

「どうかしら。やはりやめておこうかしら」服を着てだれかと話をしに出かけるというのは、あまりに負担が大きいような気がした。「そんなの、くだらない考えかもしれない。あの女中がなにを知っているというの？　ラングドンが彼女に手紙をわたして、それを届けてもらう代わりに一シリング受け取った程度にちがいないわ」

「あなた、ほんとうにだいじょうぶなの？」ダマリスがまじまじと見つめてきた。「ごめんなさい。こんなに弱気で」

「ジェネヴィーヴ……どうしたというの？　なんだかいつものあなたらしくないわ」そういったあとでダマリスが目をぱっと輝かせ、すばやく身をよせてきた。「ひょっとして――もう赤ちゃんが？」

「え！」ジェネヴィーヴは顔を赤らめた。「いいえ、まさか、それはないわ。わたしったら、ばかなことをいってしまって、どうしてかしら」ジェネヴィーヴは立ち上がって胸を張った。「着替えるわ。そのあとレディ・モアクームを訪ねていきましょう」

ジェネヴィーヴは手早く着替えをすませ、階下で待つダマリスのもとへ行った。いつもの自分らしく見せようと必死だった。しかしどうやらうまく演じきれていないようで、馬車でシーアの家に向かう途中も、ダマリスにちらちらと不安げな目を向けられるのが感じられた。だれかを訪ねていくには早すぎる時間だったが、ふたりが正午前に戸口に現れても、シーアはちっとも意外そうな顔をしなかった。

「ジェネヴィーヴ！　ダマリス。どうぞ入って。マシューは上で乳母と一緒に昼食中よ。わたしはいましがた本を読み終えたところで、このあとなにをしようかと考えていたのでちょうどよかった。ロンドンに戻ってきたとは知らなかったわ、ジェネヴィーヴ」

「つい先日戻ってきたばかりなの。わたし、というか、マイルズが、ラングドンを捜すために」

「え？　いまになって？」

ダマリスとジェネヴィーヴは、例の手紙の件と彼女を陥れた男の捜索にジェネヴィーヴを加えようとしないマイルズの男ながらの頑固さについて、語り聞かせた。

「いかにも殿方がしそうなことよね」シーアが頭をふりながらいった。「なかでも最悪なのは、あの人たち、いつだってわたしたち女を守ろうとしているんだ、と弁解する点だわ」

「あの日、手紙を届けにきた女中からラングドンについてなにか聞きだせるかもしれないと思って」とジェネヴィーヴは先をつづけた。「ラングドンが女中にいった言葉を聞けば、なにかわかるかもしれない」

「それに、マイルズより先にラングドンを見つけられるかもしれないものね！」シーアが言葉を受け継いだ。そうしたいというジェネヴィーヴの気持ちを、彼女はちっともおかしいとは感じていないようだった。「いいじゃないの。すばらしい考えだわ。使用人たちに話を聞きましょう」シーアはさっと立ち上がり、扉に向かった。

「こちらから使用人のところに行くの？」ジェネヴィーヴはダマリスと一緒にシーアのあとにつづきながら、驚いてたずねた。シーアのほうが執事を呼びつけ、質問するために女中たちを招集するものとばかり思っていた。

「ええ、そうよ」シーアが肩越しにふり返った。「うちの使用人たちも、わたしの奇妙な行動にはずいぶん慣れてきてくれたわ」

じっさい、三人の女性が厨房に入っていったとき、使用人たちがいきなり熱心に仕事に取り組むようになったとはいえ、だれも驚いた顔はしなかった。

「奥さま」執事が食料貯蔵室からあたふたと出てきて頭を下げた。「なにかご用でしょうか？」

「あの舞踏会の夜、お給仕していた女中に会いたいの」

「かしこまりました、奥さま」執事はそんな奇妙な要望にも驚いた顔はせず、たちどころに厨房に女中たちを集めた。ジェネヴィーヴはその一人ひとりの顔をたしかめたあと、落胆してかすかに肩を落とした。

「だれにも見おぼえがないわ」

「顔を見たのは、ほんの一瞬ですものね」シーアが女中たちに顔を向けた。「このなかでだれか、あの夜、レディ・ソアウッドにお手紙をわたした人はいる？　そうしたからといって、なにも問題はないのよ。その手紙をことづけた人について訊きたいだけだから」

女中たちはぽかんとした表情でシーアを見つめたあと、おたがい顔を合わせ、「いいえ、奥さま」と声を揃えた。

「でも、だれかが手紙を届けたはずなのよ」とジェネヴィーヴはいい張った。「女中だった。お客さまではなかったわ」

「奥さま、ほかの女中かもしれません」と執事がいった。「あの夜は、何人かほかから手伝いを雇いました。ご希望でしたら、仲介業者に確認してみますが」

「ぜひお願い！」シーアが顔を輝かせた。「まちがいなく、その人たちのなかにいるわ。よくぞ思いついてくれたわ、レイノルズ」

三人で客間に戻ると、シーアがいった。「レイノルズはとても有能だから、すぐに名前を手に入れてくれるわよ」

「そうしたら、うちにその人たちを呼びよせて質問すればいいのね」とジェネヴィーヴ。

「あら、だめよ、ダマリスもわたしもこの謎解きの蚊帳《かや》の外におかれているつもりはないわ」とシーアが反論した。「名前がわかった時点で、またここに集まりましょう」

「女中の容貌を教えてもらえたら目星がつくと思うので、全員をここに集めて話を聞く必要はないわ」

「その女中の家を訪ねていくというのはどうかしら？」とダマリスが提案した。「だって、呼びつけたところで、こないかもしれないでしょう。その人が、あの邪悪なラングドンにかんしてなにか情報を握っているとしたら、なおさら」

そんなのはまったくもって節度に欠けることだ、とジェネヴィーヴは思った。たとえ三人で行動するにしても、レディが使用人のひとりを捜して乗りこんでいくなんて。それでも関心を引かれずにはいられなかった。当然ながらマイルズはだめだというだろう。ジェネヴィーヴは口もとを引き締めた。「そうね。こちらから居場所を突き止めて、話をしに行きましょう」

三人はこの計画についてさらに数分ほど細かいことを話し合ったが、いつしかジェネヴィーヴの心は、今夜というごく近い未来にたいする不安へとさまよいはじめていた。またしても、じっと席についていなければならない食事の時間がめぐってくるのだ。マイルズは劇場にもついてくるといっていたので、そのあいだもずっとすわったまま耐えなければならない。最悪なのは、そこに祖母もいるということだ。祖母は即座になにかがおかしいと察知するはず——昔から勘の鋭い人だったから。ジェネヴィーヴは無意識のうちに小さなため息をもらしていた。

「ジェネヴィーヴ?」ダマリスがまゆをひそめてたずねた。「ほんとうにだいじょうぶ?」

「ええ、もちろんよ」そのあと、本人もふくめて全員が驚いたことに、ジェネヴィーヴの目の隅から涙が一粒こぼれ落ちた。

「ジェネヴィーヴ!」ダマリスがソファの反対側から滑るように移動し、ジェネヴィーヴの肩に腕をまわして気づかうように身をよせてきた。「どうしたの?」

「なんでもないの。ほんとうに。どうしてしまったのかしら——」いきなり涙でのどが詰まったので、ごくりとつばを飲みこまなければならなかった。目もとをさっと拭う。「ごめんなさい。わたしったら、どうしてしまったのかしら」

シーアが椅子から身を乗りだし、ジェネヴィーヴの手を取った。「マイルズのこと?」

「あの人、わたしと結婚したことを後悔しているの」そう口にしたとたん、涙がぽろぽろとこぼれはじめた。

「まさか！　本人がそういったの？」

「ええ。いえ、よくわからない」ジェネヴィーヴは小さくしゃくり上げた。「でも、見え見えよ！　あの人、わたしのことを――」胃が凝り固まった。あんなことは口にはできない。マイルズにまで冷たい女だと思われているなどとは。ジェネヴィーヴは跳び上がるようにして立った。ふたりの慰めを前に、自分がやけに無防備に感じられてならなかった。両腕で腹を抱えこむ。「自尊心が強すぎるっていうの。あの人、わたしが――わたしでなくなればいいと思っているのよ」

「でも、なにがあったの？　どうしてマイルズはそんなことをいったの？」ダマリスが顔をしかめた。「いつもはすごく……ほがらかな人に見えるのに」

「そのとおりよ！」嘆き悲しむような声になってしまったので、ジェネヴィーヴはいったん言葉を切り、必死になって声を抑えようとした。ようやく声を低くし、早口で先をつづける。「マイルズはだれより気さくな人だわ。だからこそ、彼にわかってもらおうとしたの。みんなにわかってもらおうとしたの。悪い結果になるとわかっていたから。でもわたし、すごく……すごく卑怯だった。彼の提案に、飛びつかずにはいられなかった」ジェネヴィーヴはふたたび涙を拭ったあと、手袋のボタンをいじりはじめた。「なにもかも、簡単にいきすぎたのよね。いまとなったら、それがわかるわ」

「なんだかよくわからないわ。簡単なことなら、どうしてマイルズはいきなりそんなことをいいだすの?」

「いままでは、あの人が気持ちを押し隠していたから、簡単だったのよ!」ジェネヴィーヴはふり返り、シーアとダマリスに面と向かった。打ち沈んだ表情をしている。「あの人、とても人当たりがいいでしょう。おふたりもわかっているわよね。壁の花をダンスに誘ってやってもらえないかとか、みんなをさんざん退屈させてしまう大おばと話をしてやってくれないかとか、気軽に頼めるような相手だわ。とても親切な人なの。あの人、こういっていた……わたしが苦しんでいるのがわかっていたから、怒りの矛先を変えようとしたって。わたしをおだてて、冗談を飛ばそうと努力したって。じっさい彼はそうしたわ。あのときは、わたしを思いやってくれているとわかっていた。でもそのうちあの人も、だんだん耐えられなくなってきたんだと思う。わたし——わ、わたしだって、やさしく接しようとはしたのよ。ほんとうに。あの人には感謝していたもの。その気持ちを伝えようとした。でも、ほら……わたしって、こういう人間だから」彼女はそういってダマリスにみじめな一瞥を送った。

「ああ、ジェネヴィーヴ……」ダマリスが同情たっぷりにいった。「かわいそうに。追い立てられるように結婚したんですものね。あなたが望んでいたことではなかった。彼だって、あなたが幸せになると期待していたわけではないはずよ」

「でもわたし、幸せだった」ジェネヴィーヴはため息をもらした。「わたし、ほんとうにまぬけな女だったわ。なにもかもうまくいくと思っていたの。あの手紙の件が持ち上がるまでは。でもいま、マイルズが最初から幸せではなかったことがわかったの。本人がどんなに努力したとしても。そういうことは、人の意志ではどうにもならないものですものね。あの人……」のどが少し詰まったが、それでも先をつづけた。「あの人、わたしに見下されているといっていたわ。わたしはダースバリーのような男と結婚したかったんだ、と。ダースバリーの家名と爵位と家柄のほうがよかったんだろう、というの」

「ダースバリー？　なるほどね」シーアがさもわかったような顔でうなずき、ダマリスと笑みを交わした。「マイルズは嫉妬しているのよ」

「ダースバリーに？」ジェネヴィーヴがあまりに驚いた顔をしたので、シーアとダマリスが大声で笑いはじめた。「ちがう。それはありえないわ。わたしはダースバリーのことなんてなんとも思っていないと、ちゃんとマイルズにいったもの。わたしが彼を軽蔑していることは、あの人も知っているわ」

「でもマイルズも男性でしょう」とシーアがきっぱりといった。「男の人って、そういうことにかんしてすごく敏感なのよ。経験からいわせてもらうと」

「そうよ。アレックも、ほかの男性がわたしにお世辞をいうたびに、顔をしかめているわ」

「ええ、でも兄はあなたに夢中だから」とジェネヴィーヴは反論した。

「マイルズはあなたの夫であり、あなたのことを大切に思っているわ。でなければ、そもそもあなたに求婚するはずがないもの」とダマリス。「男性は、紳士でいたいがために、自分の幸せを棒にふったりはしないものよ。上着を差しだすのとはわけがちがうのだから」

「それにダースバリーは、もともとあなたが結婚相手に選んだ人でしょう」とシーア。「ほかに選択の余地がないからマイルズの申し出を受け入れたのとでは、まるで状況がちがうわ」

ジェネヴィーヴはふたりを見つめた。急に心が軽く、締めつけがゆるんできた気がする。それでもすぐにため息をつき、首をふった。「ちがうわ。そんなふうには考えられない。あの人、ダースバリーに腹を立てていたわけではないもの。兄があなたにお世辞をいう男の人に腹を立てるのとでは、わけがちがう。あの人の怒りは、わたしに向けられているの。あの人の言葉を聞いていれば、おふたりにもわかってもらえるはず。ものすごく憎々しいいい方だった！　わたしのこと、恩知らずだと思っているのよ。そんなことはないのに、ほんとうに、でも……わたしは、あの人が望むような女にはなれないの」

「マイルズはどんな女性になってほしがっているの？」とシーアがたずねた。

「よくわからない。それくらい、わたしがあの人の理想とはかけ離れているということなのよ。わたしたち、まるっきりタイプがちがうもの。そんなわたしたちがうまくやっていけると思うなんて、愚の骨頂だったわ。あの人、わたしにもっと愛想のいい女になってもらいたいのよ。もっと心やさしい女に。もっと自分に似たタイプの人と一緒になるほうが、あの人にとって幸せなんだわ。やさしくて、従順な女性。とにかくあの人の妻になることを望んでいて、あの人を愛してくれる女性。守ってもらえることを幸せだと思えるような人。刺々《とげとげ》しくて、きつくて、怒りっぽい女ではなく。心が……冷えきった女ではなく」

「でもマイルズは、結婚を申しこむ何年も前から、あなたのことを知っていたはずよ」とダマリスが指摘した。

「ええ、たしかにわたしがどんな女なのかはわかっていたと思う。でもきっと、そういう女と結婚したらここまでひどいことになるとまでは予想していなかったのでしょう。ほんとうは、わたしが彼の望みどおりの女になるべきなのよ。だれに訊いても、悪いのはわたしで、あの人ではないと答えるはずだわ。けれど――」ジェネヴィーヴは悲しい目で頭をふった。

「――わたしは心やさしくも、親切にもなれない。わたしはわたし。わたしはわたしでしかいられないの」ジェネヴィーヴはあごをくいと持ち上げた。「わたしはスタフォード家の一員なんですもの」

「それはアレックも同じよ」ダマリスがそっとうながした。

「そうね」ジェネヴィーヴはかすかに笑みを浮かべた。「ただし兄はスタフォードにはめずらしく、心のある人だわ。うちの家系にそういう人間は少ないの。でも、こんなことを話しても無駄ね。わたしたち、もう一緒になってしまったのだから。結婚って、きっとこういうものなんだわ」彼女はふたりの女性にちらりと目をやった。「おふたりはちがうかもしれないけれど、ふつうはそういうものなのよ。わたしはしばらくロンドンに滞在せざるをえないでしょう。さもないと、上流社会の人たちに、わたしがみんなと顔を合わせる勇気もなく、こそこそ逃げまわっていると思われてしまうもの。でもしばらくしたら、いままでどおりお祖母さまにつき添って、バースに行くつもりよ」ジェネヴィーヴはふたたび手袋についた真珠のボタンに関心を向けた。「こんなふうにめそめそしてごめんなさい。わたし、そろそろおいとましなければ」ジェネヴィーヴは顔を上げ、無理やり笑みを浮かべた。「使用人と話をさせてくれて、ありがとう」

「仲介業者から名前が届いたら、お知らせするわ」シーアが、あいかわらず心配そうに額にしわをよせながら約束した。

「ええ、ありがとう」ジェネヴィーヴはダマリスに顔を向けた。「あなたはまだいらして、シーアとおしゃべりしていて。わたしならここから歩いて帰れるから」

「いいえ、わたしも一緒に行くわ」とダマリスがいい張った。「午後は少し横にならないと、アレックがやきもきしてしまうから」彼女はそういっておどけた顔をした。「わたしがとても従順だってことは、あなた方もご存じでしょうし」

ふたりの女性はシーアの家をあとにした。シーアは窓際でなにやら考えこむように友人たちを見送っていたが、やがてゆっくりと廊下を進んで夫の書斎に向かった。ガブリエルは大きくて黒っぽいクルミ材のデスクの前にかがみこみ、両ひじをついて両手で頭を支えながら目の前に広げた大きくて平たい書物に目を通していた。彼はシーアの足音にふと顔を上げ、椅子を押し下げて笑みを向けた。

「シーア、ぼくを助けにきてくれたのかい?」スカーフは斜めに歪み、髪があちらこちらに飛び跳ねている。

シーアは苦笑しながら夫のもとへ行き、彼の手のなかに手を滑りこませた。「マシューとレスリングごっこでもしていたみたいね」

ガブリエルは妻をひざに抱きよせ、いつものように背中に腕をまわした。「そうだったらいいんだが。でもちがうんだ。格闘していた相手は帳簿さ」彼はその黒っぽい目をきらめかせながら、期待するような声でつづけた。「きみも、ちょっと目を通してみたらどうだろう?」

「ありがとう、でも遠慮しておくわ。領地の管理人が書く文字は、どうしようもなく判読しがたいから」シーアは彼により添い、彼の頭に頭を預けた。

「ダマリスの声がしたようだが」ガブリエルが、シーアのぴょんぴょん跳ねまわる黄褐色の巻き毛を指に巻きつけながらいった。

「ええ、ダマリスとジェネヴィーヴがきていたの。ジェネヴィーヴとマイルズがロンドンに戻ってきているのよ」

「こんなに早く?」ガブリエルがまゆをつり上げた。「まさかあのふたり、もう暗礁に乗り上げたんじゃないよな?」

「ふう」シーアはため息をもらした。「不安定な時期に入ったみたいよ。あなたの分析をさらに進めると」

「それは驚きだ。マイルズなら、どんな女性ともうまくやっていけるんじゃないかと思っていたんだが——しかしレディ・ジェネヴィーヴなら、マイルズに試練を与えるのはまちがいないな」

シーアは夫の胃をそっとひじで突いた。「そんな意地悪はいわないで。わたし、ジェネヴィーヴのこと好きよ。それに前から、マイルズは彼女にある種の愛情を抱いているように見えたし」

「たぶんきみのいうとおりだ」ガブリエルが妻の肩先にそっと口づけした。「たいていのことは、きみが正しいのさ」

「ジェネヴィーヴは悲惨だったわ。泣きはじめたくらいだもの」

「冗談だろ。ジェネヴィーヴが?」

シーアはうなずいた。「見るからに不幸だった。ダマリスも同じように感じていたみたい。泣きだしたあと、胸の内をわたしたちにぶつけてくれたの」

「きみはスタフォード家の人間にすごく奇妙な影響力を持っているようだな。最初はアレックで、今度はジェネヴィーヴか。ジェネヴィーヴが自分の気持ちについてひと言でも口にしたなんて話は、ついぞ聞いたことがない」

「ジェネヴィーヴは、マイルズが彼女との結婚を後悔していると思いこんでいるの」シーアは顔を上げてガブリエルの目をのぞきこんだ。「あなたも、マイルズが求婚を後悔していると思う？」

「わからない。あいつとはここのところ会っていないからな」彼は考えこむようにいった。「しかしマイルズがこんなに早くあきらめるとは思えない。あいつのことは見てきたが、とんでもなく粘り強い男だよ。しかしジェネヴィーヴは、あらゆる男の忍耐力を試すような女性だ」

「マイルズは、ほんとうに彼女が思っているようなことを感じているのかしら。ジェネヴィーヴにいわせれば、マイルズは彼女にもっと心やさしくなってもらいたがっているんですって。もっと自分に近い人間に」

「マイルズらしくないな。あいつなら、少し刺激的なほうが好みだと思うんだが。あいつとジェネヴィーヴは昔からあれこれ口論をしてきたが、じつのところ、あいつはそれをかなり楽しんでいたんじゃないかと思うんだ。それに、自分と同じような人間と結婚して、なにが楽しいんだ？」

「わたしもそう思ったの。でもジェネヴィーヴは、すっかり絶望していて。お祖母さまのおともをしてバースに旅する話までしていたわ」

「夫婦はしばらく離れて過ごすのもいいかもしれないな」

シーアは彼をにらみつけた。「わたしたちも、口論のあとはそれぞれべつの場所で暮らすほうが、結婚生活をよりいいものにできると思う？」

「いいや」ガブリエルが怪訝《けげん》そうに目をすがめた。「なんだかきみ、ぼくには気の進まない方向に話を持っていこうとしているような気がしてならないんだが」

「そんなこと、思ってもいないわ」シーアは陽気な口調でいった。「でもふと思ったんだけれど、マイルズのほうは、ジェネヴィーヴが……あそこまで悩んでいるとは知らないのではないかしら。彼のほうは、ちょっとした口げんかにすぎないと思っているのかも。こと心の問題となれば、マイルズのほうがジェネヴィーヴよりもうんと経験が豊富ですものね」

「つまりきみは、ぼくからマイルズに話をしてほしいと思っているんだな」ガブリエルが軽い口調でいった。「シーア、あいつが自分の結婚生活をぼくに詮索されてよろこぶとは思えない」

「なにもはっきりいう必要はないわ。でもあなたたちはお友だちだから、クラブでばったり顔を合わせることもあるでしょう。そうしたらあなたも、一緒に腰を下ろしておしゃべりするかもしれないし」

「で、ぼくが話題をあいつの結婚生活にさりげなく向けることもあるだろう、と？」

「そのとおり」

ガブリエルがため息をついた。「なあ、ジェネヴィーヴはぼくのことを友だちとは思っていないんだぞ」

「でもマイルズはお友だちでしょう。だからあなただって、彼に不幸せな結婚生活を送ってほしいはずがないわ」シーアは彼にほほえみかけた。「それにわたしは、ジェネヴィーヴのためにそうしてくれといっているわけではないのよ」そういって身をよせ、彼の目をのぞきこむ。「わたしのために、そうしてほしいといっているの」

「ぼくを操ろうって魂胆だな」ガブリエルはふざけたようにいったが、シーアは彼の黒っぽい目にふと光が差したのを見た。

「わたし、あなたを操れそうかしら?」シーアはにっこりとして身を乗りだし、彼と軽く唇を合わせた。

ガブリエルがため息まじりの小さな笑い声を発した。「マイルズと話をする気になってきたかもしれない」

「それはすてき」シーアは彼の頰に唇をかすめた。

「ただし、あいつの個人的な生活を詮索するつもりはないからな」

「もちろんだわ」今度はガブリエルのこめかみあたりの繊細な肌に口づけする。「それにね――」つぎは耳に唇をよせた。「――そうなるとあなたも少し時間を取られるでしょうから、そのあいだ、あなたのために帳簿に目を通してみてもいいかも」そういって耳たぶに軽くかじりつく。

「帳簿なんてどうでもいい」ガブリエルはそうつぶやくと、シーアを抱きよせて口づけした。

16

ジェネヴィーヴは以前よりもいくぶん落ち着いた心持ちで夕食の席に向かった。シーアの家であんなふうに泣き崩れてしまったのは恥ずかしかったが、家に戻ったときには少し気分が晴れていた。シーアとダマリスに同情してもらうだけでも、なぜか心慰められるもののようだ。人生をひどくややこしくしてしまったことにたいして、ふたりに責められていないと知るだけでも。

食堂に向かう途中、書斎から廊下に出てきたマイルズと出くわし、ジェネヴィーヴはどきりとした。シーアのいうとおりなのだろうか？　マイルズの言葉は、嫉妬心から飛びだしたもの？　ジェネヴィーヴは彼の美しい顔立ちにすばやく目を走らせた。彼はこれまで見たこともないほど険しい表情をしており、その目からはいつもの陽気さが消えていた。ちがう。あれは嫉妬に燃えている顔ではない。あれは……いかにも不快そうにこわばらせた顔だ。どちらかといえば、気の進まない義務を目の前にした人が浮かべる表情。

それまで抑えこんでいた恨みがましさがむらむらとわき起こり、みじめさの幕を突き破った。わたしの夫でいるのがそんなにいやなら、そもそも求婚などしなければよかったのに。わたしがどういう人間かは、もう何年も前から知っていたはずなのだから。こちらが本来の姿を押し隠していたわけではない。ジェネヴィーヴはあごをかすかに掲げ、赤の他人にするようなそぶりで彼が差しだした腕にそっと手を添えた。わたしならだいじょうぶ。どういう態度をとればいいのか、困難な状況をどう乗りきればいいのか、ちゃんと心得ているから。礼儀正しい表情を貫き、涙は夜、寝るときまでこらえておけばいい。

「楽しい一日だったかな」ふたりして食堂に入り、彼女を椅子にすわらせながら、マイルズがしゃちこばった口調でいった。

「ええ、ありがとう。あなたは？」

「ぼくは、その、〈ホワイツ〉に行ったよ」

「それはよかったこと」ジェネヴィーヴは給仕をはじめるよう、ボールディンにうなずきかけた。

食卓に重い沈黙が舞い降りた。ときおり、食器が立てる音だけが響きわたる。ついにマイルズが口を開いた。「きょうはなにをしていたんだい？」

「ダマリスと一緒に、レディ・モアクームを訪ねたの」

「シーアを？」彼が浮かべた驚いたような笑みは、比較的自然なものだった。「きみが彼女と仲よくなってくれて、うれしいよ」

「ええ。とても感じのいい方ね」

しかしその話題も尽き、ふたたび静寂が支配した。しばらくしたのち、マイルズがいった。

「ゆうべ、アレックが使っている捕り手と話をした」

「そうなの？　ところで、ヒラメは召し上がった？　あなたの実務担当者は、すばらしい料理長を見つけてくれたみたいね」

「やめないか、ジェネヴィーヴ。捕り手との話を聞きたいはずだろう」

「そうかしら？」ジェネヴィーヴは氷のように冷たい青の視線を彼に向けた。かっと燃え上がった怒りが背筋をしゃきっとさせてくれたことに感謝しつつ。「それは失礼しました。きっとたいへんだったんでしょうね。でもわたしは、客間に椅子をあともう一脚か二脚、追加することとのほうに関心があるの。いまのままでは、少しがらんとした印象だから」

マイルズの頬がまっ赤に染まるのを見て、ジェネヴィーヴは一瞬、また前日の午後のように怒りを爆発させるつもりだろうか、と思った。そこで背筋をのばし――期待すら抱いて――彼が爆発するのを待った。しかしマイルズはぐっとこらえた。「もちろんだ。きみがそうしたければ」

そのあとは、ごくありきたりの堅苦しい言葉以外、ふたりの口から発せられることはなかった。

夕食が終わるころには、ジェネヴィーヴの胃は凝り固まり、目の奥がずきずき痛むようになっていた。食事が終わったときには心底ほっとしたが、そのあとは劇場に向かうというさらにやっかいな状況が待っていた。こんなことならマイルズのいうことを聞いて、ロンドンについてきたりせずにソアウッド・パークにとどまっていればよかったとすら思えてくる。もちろんいまは、彼がロンドンにきたがったのは彼女から離れたくてしかたがなかったからだということがわかっている――そう思うと、またしても心臓を突かれるような痛みを感じてしまうのだった。

到着したとき、劇場は煌々《こうこう》と光り輝いていた。ロビーにたむろする人々の視線を全身に感じながらも、ジェネヴィーヴはあごを高く掲げたまま、まっすぐ前方を見つめていた。悔しいことに、マイルズの腕にかけた手がかすかに震えてしまう。すると彼がそこに手を重ねてくれたので、ジェネヴィーヴは驚いてちらりと見やった。一瞬、かつてのマイルズが戻ったように見えた。茶目っ気と大胆さ、そして温もりが混ざり合ったような目をしている。ジェネヴィーヴは感謝の気持ちとともに、思わず笑みを向けた。

マイルズが彼女のもう一方の手を取り、唇に持っていった。

「マイルズ、人が見ているわ」とジェネヴィーヴは抵抗した。胸のなかで、心臓がいきなり激しく打ちはじめる。

「わかっている。だからこそだよ」

「あ。そうよね」マイルズは人の目を意識し、愛情深い夫を演じているのだ。ジェネヴィーヴは落胆の表情を見られまいと顔を背けた。周囲の視線がいったんこちらに向けられたあと、あわててそらされるのを見て、胃が氷のように冷たくなる。がやがやという人声が、いちだんと高まったようだ。

ふたりはあわてることなく、ゆったりとした足取りでアレックのボックス席に向かった。ときおりマイルズが足を止めて友人にあいさつし、いかにも自慢げに新妻を紹介していった。彼の巧みな社交術には驚嘆するばかりだ。彼の冷静な態度のおかげでジェネヴィーヴも落ち着きを取り戻し、紹介されるごとに笑顔で言葉を交わすことができるようになった。マイルズの自信たっぷりの態度と愛想のよさが、気持ちを楽にしてくれた。

「サー・マイルズ、それに、レディ・ジェネヴィーヴ」レディ・ヘムファーストが声をかけてきた。彼女はジェネヴィーヴの祖母になにかとつきまとっては、なんでも打ち明けられる仲になることを期待している人物だ。しかしジェネヴィーヴはその女性の目にあさましい好奇心が浮かんでいるのを見て取った。それに彼女が声をかけてきたのは、祖母への忠誠心からというよりは、気位の高いレディ・ジェネヴィーヴ・スタフォードが醜聞によって身を落とした姿を見てみたいという気持ちからだろう。「ロンドンであなた方にお目にかかるとは、意外だわ。おふたりはもっと……楽しい時間をお過ごしなのかと」レディ・ヘムファーストは扇の向こうで忍び笑いをもらし、マイルズに意味ありげな視線をやった。

「レディ・ヘムファースト、いつまでもあなたのもとを離れていられなかったものですから」マイルズが彼女の手を取り、魅力たっぷりに一礼し、さんざん褒めそやした。

レディ・ヘムファーストが得意げな顔をしてくすくす笑った。「サー・マイルズ、ほんとうに口がお上手だこと。街いちばんの魅力的な独身男性が奪われたと知って、ロンドンじゅうが落胆していましたのよ。あなたの心をとらえた幸運なお相手がレディ・ジェネヴィーヴと聞いたときは、みな驚きましたわ」

「幸運なのはぼくのほうで、レディ・ジェネヴィーヴではありません」マイルズが妻にやさしい視線を向けた。「ほかのだれかにこっそり先を越されてはたいへんだと思い、大急ぎでことを進めたのです」

レディ・ヘムファーストがマイルズに向かって顔を輝かせた。「心からのお祝いをいわせていただきますわ。レディ・ジェネヴィーヴのお祖母さまは、とても影響力の大きな方ですものね」

「ええ、そうですね」マイルズが愛想よく応じた。

「来週、わたしが主催する小さな会に、ぜひおふたりでいらしてちょうだい。ごく内輪の集まりですのよ。スタフォード・ハウスで伯爵夫人が開催する舞踏会とはくらべものにもなりませんけれど、ダンスはできますわ。あなた方おふたりが、夫婦としてはじめてフロアで踊るところを、みなさんぜひご覧になりたいのではないかしら」

「はい。よろこんで出席させていただきます」マイルズがよどみなく応じた。

「ジェネヴィーヴ」祖母が、アレックとダマリスをしたがえて近づいてきた。「レディ・ヘムファースト。ごきげんよう。ちょっと失礼いたしますわね。いままで孫娘とゆっくりおしゃべりする機会がなかったものですから」

伯爵夫人がジェネヴィーヴと腕を絡め、顔を輝かせるレディ・ヘムファーストに優雅にうなずきかけたあと、すばやくボックス席に向かった。ほかの者たちがそのふたりを取り囲むようにしてつき添い、ジェネヴィーヴを人混みから巧みに遮った。「恐ろしいほどの混雑ぶりね」ボックス席に入ると、伯爵夫人がいった。「さあ、ジェネヴィーヴ、わたしと一緒に前の席にすわりなさい。みなさんにせいぜいその顔を拝ませてあげましょう。アレック、だれかが入ってくる前に、扉を閉めてちょうだい」

アレックはその言葉にしたがったあと、ジェネヴィーヴの席の反対側に、まるでガラス細工をあつかうかのような慎重さでダマリスをすわらせた。女性三人が目を合わせ、笑いはじめた。

「はい、はい、わかっていますよ」アレックが悪びれるようすもなくいった。「どうぞ好きにからかってください」彼はマイルズに警告するようにうなずきかけた。「きみもいまに同じ立場になるんだぞ。そうなれば、わかるさ」

ジェネヴィーヴは手袋をはめた手を見下ろし、いまの兄の言葉に受けた衝撃を隠そうとした。もちろんマイルズは跡取りを望むだろう。しかし夫にどう思われているのかがはっきりしたいま、どうして彼をベッドに迎え入れることができようか？　冷たい女――マイルズの手のなかであんなふうにとろけたわたしを、彼はそう呼んだのだ。祖母があれこれ話をしていたが、ジェネヴィーヴの耳にはひと言も入ってこなかった。

「ジェネヴィーヴ、顔を上げなさい」祖母が扇で彼女の脚を軽く叩いた。「人が見ている前でうなだれてはいけません」

「はい、お祖母さま」ジェネヴィーヴは素直に顔を上げた。「申しわけありません。考えごとをしていたものですから」

「今夜の演目はなんですか？」ダマリスが伯爵夫人の注意を引きつけようとたずねた。

「そんなこと、知りませんよ。知ったところで意味がないでしょう？　あら、レディ・サマーデールがいるわ。あの方が亡くなったという噂はデマだったのね。あの方をあの世へ送り届けるには、階段を転げ落ちるくらいでは足りないでしょう」伯爵夫人は向かいのボックス席にいるその老いた女性に堂々たるしぐさでうなずきかけた。「ジェネヴィーヴ、あちらにほほえみかけなさい。サマーデール卿は、あなたがだれなのかさっぱりわかっていないでしょうけれどね。あなただけでなく、ほかのだれにしても同じだけれど」

　伯爵夫人はそんな調子で、ときおりだれかにうなずきかけたり、笑いかけたり、さらにはオペラグラスで成り上がり者たちをつくづくながめたりしながら、その間ずっとジェネヴィーヴと活発に会話しているかのように、しきりに口を動かしていた。ジェネヴィーヴは祖母の言葉に精いっぱいついていこうとしたものの、ようやく幕が上がって芝居を観ているふりができるようになると、ほっと息をついた。

　第一幕が終わったとき、ジェネヴィーヴはみんなと一緒に席を立った。祖母がいうように、人々の好奇の視線はロビーで受けるほうがましだろう。ロビーなら、さっさと歩き去ることができる。立ち去るだけの礼儀も知らないおしゃべりな人間とボックス席に閉じこめられでもしたら、たまったものではない。アレックとマイルズが女性陣のために飲み物を取りに向かうと、ジェネヴィーヴは優雅な取り澄ました顔でダマリスと祖母と一緒にロビーをそぞろ歩きすることにした。

「あなた、最初のお相手よりもはるかにいいお相手と結婚したと思うわ」祖母が歩き去るマイルズをながめながらいった。

「あまり褒め言葉には聞こえませんね」とジェネヴィーヴは切り返した。

「そうね。ダースバリー卿にはがっかりさせられました。でもわたしがいいたかったのは、サー・マイルズならダースバリー以上の夫になるだろうということですよ。前はサー・マイルズのことを、少し見栄っ張りだと思っていたのだけれど、どうやら過小評価していたらしいわ。わたしひとりでは、今夜のあなたの顔見せをここまでうまく演出できなかったでしょう」

「ええ、マイルズはとても世わたり上手ですね」ジェネヴィーヴは、マイルズがいちいち足を止めて知り合いに話しかけるのをながめながらいった。そのなかに、祖母によればマイルズのいちばん最近の愛人だったという魅力的な黒髪の女性がいた。その女性がにこやかにマイルズとあいさつを交わすのを見て、ジェネヴィーヴは胸に鋭い痛みをおぼえた。もちろん、これは嫉妬ではない。マイルズのような男に愛人はいないなどと期待するのは、ひどく愚かなことにちがいないのだから。

それでも、かつてマイルズが自分にしたのと同じことをあの女性にしたと思うと、正直、腹が立ってしかたがなかった。いや、マイルズはそのミセス・ベドリントンとの行為のほうをもっと楽しんでいたのではないだろうか。なんといっても彼女は未亡人だ。男性の相手はお手のものだろう。ジェネヴィーヴのように、びくびくとぎこちなくふるまったり、自信を喪失したりするようなことはないはずだ。ミセス・ベドリントンは冷たい女ではないのだから。

それにマイルズなら、魅力的で人当たりのいい未亡人や、文句ひとついわずに愛情をたっぷり注いでくれる高級娼婦を見つけるのは、いとも簡単だろう。ジェネヴィーヴはそんなことを考える自分に嫌気が差し、さっと視線をそらした。視線を戻したときには、マイルズは先ほどのグループのもとをすでに離れ、姿が見えなくなっていた。

隣でダマリスの低い声がした。「ダースバリー卿がいらしているわ」

「え？」ジェネヴィーヴは身をこわばらせた。なんて運が悪いの！「どこに？」

「ええ、わたしも見かけましたよ」祖母が、言葉にふくめたいらだちをみじんも顔に出すことなくいった。「階段の近くに立っているわ」

さりげなくあたりを見まわしてみたところ、ジェネヴィーヴの視線が元婚約者の姿をとらえた。アイオナ・ハルフォードを交えた友人たちと話をしている。アイオナはダースバリーのひと言ひと言に食い入るように耳を傾けていた。「どうしてあんな男と結婚しようなんて思ったのかしら？」ジェネヴィーヴがそうつぶやくと、ダマリスが苦笑した。

「いまでこそ情けない人間だとわかったにしても、あのときは結婚相手に最適の独身男性だったんですもの。いまでも人気は高いわ。ちなみにあの小娘がしきりに自分を売りこんでいるそうよ」

「ミス・ハルフォードが？　彼女ならお似合いね」ジェネヴィーヴは、ダースバリーを見ても自分がここまで無関心でいられることに少し驚いていた。

アレックが戻ってきてダマリスにグラスを手わたしながら、警告するような声でいった。「気をつけたほうがいい。すぐにある人物があいさつにくるから」彼は妻のわきにつくと、冷静な顔を装った。

「だれのこと？」伯爵夫人が顔を上げた。「あら、いやだ！　あのいやらしい女ね」

ジェネヴィーヴが祖母の視線の先を追うと、マイルズがこちらに向かってくるのが見えた。その腕にレディ・ダースバリーことエローラがしがみつき、称賛するような視線で彼を見上げている。ジェネヴィーヴは、エローラのドレスの襟ぐりが自分のとくらべて大胆にえぐれており、先方には人に見せるだけのものがたっぷりあるという点に気づかずにはいられなかった。見つめていると、エローラがふざけたように扇でマイルズの腕を軽く叩いたあと、その扇を広げてその上からしなをつくってみせた。

「伯爵夫人、ジェネヴィーヴ」マイルズがエローラの手から離れ、ジェネヴィーヴと彼女の祖母にリキュール入りのグラスを手わたした。

「伯爵夫人！」エローラがさっと歩みでて伯爵夫人の手を両手で握りしめた。伯爵夫人をよく知る者なら、その唇の引きつりがいらだちを表していることに気づくはずだ。

「レディ・ダースバリー」伯爵夫人のほうはいたってそっけなく応じた。「まさかここで……お目にかかるとは」

「ほんとうですわね。あなたがいらしていることを知っていたら、もっと楽しみにしていたはずですわ……でももちろん、ダースバリーには遠慮させておいたでしょうけれど、レディ・ロードン」彼女はダマリスに向かってぞんざいに一礼したあと、ジェネヴィーヴに向き直った。「ここであなたに会えるとは思ってもいなかったわ、ジェネヴィーヴ。サー・マイルズがごあいさつにきてくださったときは、ほんとうに驚いたのよ。だってもちろん、おふたりはまだ新婚旅行の最中だとばかり思っていましたもの。新婚旅行を早々に切り上げてロンドンに戻ってくるなんて、殿方のすることには思えませんでしょう？」

「レディ・ダースバリー」ジェネヴィーヴは控えめな笑みを向けた。

「まあ、わたくしを相手にそんなに堅苦しくしなくてもいいのよ！」エローラがジェネヴィーヴの腕を軽く叩いた。「わたくしとあなたはとてもよく知った仲ではないの。どうか、わたくしがあなたに反感を抱いているなんて思わないでね。ほかの人たちがなんといおうと、あなたはなにひとつ悪くないことはわかっていますもの。あの夜、義理の息子には、たんなる誤解に決まっていると話したのよ」エローラは肩をすくめた。「でもご存じのように、ダースバリーはとても自尊心の高い人ですから。それに、人はとかく噂話が好きですものね。あの恐ろしいレディ・ルックスバイが黙っているはずがありませんわ。まあ、『オンルッカー』紙は飛ぶように売れたそうですけれど。ああいうたぐいの人間には名誉もなにもあったものじゃありませんわね。あなたがロンドンであの記事をいちいち目にするようなことにならなくて、ほんとうによかったわ」

ジェネヴィーヴはぼそぼそと返事をしたが、エローラのほうは返答などいっさい必要としていないようで、さらに話をつづけた。彼女はマイルズにはにかむような視線を投げかけ、その袖口に手をおいた。「サー・マイルズって、ほんとうにりっぱな方ですのね。誠実さと忠誠心をもって、あなたをこんなふうに救いだしてくださったなんて」

ジェネヴィーヴはエローラの手を目で追いながら、胸に熱くて激しい火花が散るのを感じた。ジェネヴィーヴが向けた笑みを見て、エローラが驚いたように目を見開いた。

「ぼくのほうがレディ・ジェネヴィーヴに感謝すべきなんです」マイルズが愛想よくいって、その気詰まりな状況に割って入った。

エローラがうっとりするようなため息をもらし、マイルズに向かって目をきらめかせた。「ほんとうにすてきな方じゃなくて？」彼女はジェネヴィーヴに顔を戻した。「お幸せに、なんて申し上げる必要はないわね。おふたりはお幸せになるに決まっていますもの。サー・マイルズのお母さまも、あなたに会うのをとても楽しみにしていらしたでしょうね。お式が早すぎてお母さまが出席できなかったなんて、とても残念だわ」

「ええ、レディ・ジュリアはすばらしい方ですわ」とジェネヴィーヴは応じた。

「あなたとは、これからもお友だちでいたいわ。あんな……ことがあったとはいえ」エローラがジェネヴィーヴにぐっと近づいてマイルズをふり返った。そこでポーズを決めることで、ジェネヴィーヴの青白く角張った外見とは対照的な豊満で官能的な自分の美貌を際立たせようとしているのだろう。「そうそう、みなさんで、来週わたくしが主催する音楽会にぜひいらしてくださいな。あなた方が新婚旅行からこんなに早く戻ってくると知っていたら、とっくに招待状をお送りしていたのですけれど」

「ご親切にありがとうございます。でも、わたしたちはうかがうべきではないと思いますわ」とジェネヴィーヴは辞退した。

「あら、だめよ、断るなんて。あなたがきてくれなければ、がっかりだわ。それに、気詰まりになるかもしれないと心配しているのなら、安心してちょうだい。義理の息子はその場にいないから。あの人、音楽会は大きらいなの。いかにも殿方よね、でしょう？」

ジェネヴィーヴとしては、この女のうわべだけの友情など信じてもいなかったし、そんな招待は受けたくもなかった。自分の義理の息子がほんのひと月前に婚約を破棄した女に声をかけるなんて、とんでもないことだ。おそらくエローラの狙いは、マイルズといちゃつく機会を得ることだけなのだろう。ジェネヴィーヴはふたたび断ろうと口を開いたが、エローラがさっと手で制した。

「いえ、だめ、お返事はまだいいわ。まずはじっくり考えてちょうだい。わが家でのちょっとした集まりでわたくしたちが一緒にいるところを見せつければ、このくだらない醜聞を大いに鎮められるということは、伯爵夫人も同意なさるはずよ」エローラはジェネヴィーヴと伯爵夫人にほほえみかけたあと、唇を官能的に歪めてマイルズを見上げた。「あなたもつき添ってくださるとお約束してちょうだい、サー・マイルズ」

「男性は音楽会を好まないというあなたのご意見は、もっともですわ」ジェネヴィーヴが軽い口調で割って入った。「マイルズも、音楽会は好きではありませんの」

マイルズがにこりとした。「例によって、妻のいうことは的を射ております。やあ、そろそろ第二幕がはじまるようだ。もう行かなければ」

マイルズが腕を差しだしてきたので、ジェネヴィーヴはさっとそれを取った。立ち去るとき、エローラがひどく不機嫌そうな顔をしたのを見て、ついほくそ笑む。

それから先、夜は苦しいほどゆっくりと過ぎていった。この芝居の内容をあとで訊かれても、きっとなにも答えられないだろう。それでも今夜さえ乗りきれば楽になる、とジェネヴィーヴは自分にいい聞かせることで、なんとか試練をくぐり抜けることができた。劇場をあとにするときも、マイルズは彼女にしきりに話しかけ、愛情たっぷりの夫を演じつづけていた。人の噂を鎮めるにはそれがいちばんだということはジェネヴィーヴにもわかっていたが、それでも、ロンドンに戻る前と同じように、マイルズから温もりのまなざしと愛情のこもった笑みを向けられるのは、つらくてたまらなかった。以前と変わらず、そんな彼を見ると胸がどきどきしてしまうのだが、いまはそれがすべて見せかけにすぎないとわかっているのだから。

馬車に乗りこむとマイルズの口数が減り、屋敷に近づくにつれ、ふたりを取り巻く空気がどんどんぴりぴりしていった。屋敷に到着したとき、ジェネヴィーヴは彼がさっさと自分のもとを離れて書斎に引きこもるか、また出かけてしまうのではないかと思っていた。しかし驚いたことに、彼は去ることなく、一緒に玄関前の階段を上がってくれた。

ジェネヴィーヴの胸は緊張でどきどきしていた。すぐ隣にマイルズがいるのだ。領地の屋敷にいたとき、熱気と期待を募らせつつふたりで寝室に向かっていたときのことがいやでも思いだされる。しかしいまは、彼と一緒に部屋に到着するときのことが恐ろしくてたまらない。空っぽの部屋に入るのも最悪だが、こちらに愛想をつかしながらも、義務として跡取りをつくろうとするマイルズと一緒に入るのは、もっといやだ。

ジェネヴィーヴは自室の扉を開き、マイルズをふり返った。ドアノブに手をかけ、声に冷たく突き放すような響きをにじませる。あまりうれしくない状況をやり過ごすためのすべなら、ずいぶん昔に習得していた。「今夜は劇場につき合ってくれてありがとう。これで最悪の状況を切り抜けられたことを祈りましょう」彼女は部屋に入ろうとした。

「ジェネヴィーヴ……」マイルズがあわてて声をかけてきた。「待ってくれ。きのうのことを謝らないと」

「そんな必要はないわ」ジェネヴィーヴはひるむことなく彼に面と向かった。彼の透き通った金色がかった茶色い目を見ても、なにも感じないふりをして。満ち足り、けだるさとともに横たわり、彼のあごの小さな傷跡を手でなぞったことなど、なかったかのように。からだの奥でマイルズが恍惚の波に押し流されるのを感じたことなど、なかったかのように。そんなこと、考えてはだめ。「あなたの気持ちはもっともだわ。だからもう、その話を蒸し返す理由はないでしょう。わたしたちふたりとも――」

「ちがう」マイルズがきっぱりといって、彼女の手首をつかんだ。「ぼくは腹立ちのあまり、いってはいけないことを口にしてしまった。きみを傷つけ、それに――」

「ばかをいわないで」ジェネヴィーヴはあごを突きだした。「わたしを傷つけようと思ったら、言葉だけでは足りないわ」そういって彼の手から腕をぐいと引き抜き、室内に入ると扉をぴしゃりと閉めた。

「ジェネヴィーヴ！　頼むから、説明させてくれないか？」

ドアノブがまわるのを見て、ジェネヴィーヴはさっと手首をひねって鍵をかけた。

「ジェネヴィーヴ」彼が驚いたような声を出した。やがてその驚きが不快感に変わったようだ。「開けてくれ。話がしたいんだ」

「いやよ。ここはわたしの部屋ですもの」まるで子どものようないいぐさだとわかっていたが、気にしていられなかった。

マイルズが悪態をつき、扉を激しく叩いたあと、歩き去った。ジェネヴィーヴはくるりと方向転換し、扉によりかかった。胸がどきどきいっているし、涙がこみ上げてくる。マイルズの部屋のドアが怒りに任せて閉められる音がした。ジェネヴィーヴははっと目を見開いた。あちらの部屋と直接つながる扉のことを思いだしたのだ。そちらの扉に向かおうとしたものの、すぐにそこには鍵がついていないことに気づき、足を止め、待った。恐怖と奇妙な期待のあいだで引き裂かれながら。

見ている目の前でドアノブがまわり、マイルズが扉を開けた。彼はその場に立ちつくし、燃えるような目を向けてきた。「鍵をかける必要はない。ここに入るつもりはないから。きみのいうとおりだ。ここはきみの部屋であり、きみひとりの部屋だ。せいぜい孤独を楽しんでくれ」

マイルズは背中を向けると、勢いよく扉を閉めた。

17

マイルズは顔をしかめながら〈ホワイツ〉に入っていった。この二日間と同様、朝、早々に家を出てきたのだ。まるで罰を逃れようとする学生のようにこっそり自分の家を抜けだしてきたわけだが、朝食の席で長いテーブルの反対側にいる妻とそっけない世間話をしながらひしひしと孤独を感じるなんて、もう耐えられなかった。ここにくる前、ボクシングジムでひと汗かいて気持ちを発散させようとしたものの、ほとんど効果はなかった。そもそも、このいらだちを消し去ってくれるものなど、はたしてあるのだろうか。

「マイルズ」

ふり返ると、モアクーム卿ことガブリエルが新聞を手に暖炉わきの席にすわっていた。マイルズは友人のもとに向かった。

「そのしかめっ面からして、『オンルッカー』を読んでいたな」とガブリエルがいって新聞を折りたたんだ。

「なんだって？　いや、読んでいないが」マイルズは彼の隣にどすんと腰を下ろした。「あの無情なレディ・ルックスバイがまたなにか書いたのか？　ジェネヴィーヴのことを？　いまさら、なにを書くことがあるというんだ？」

「『悪名高きレディが新婚旅行から早々に戻り、ロンドンで浮かれ騒いでいる』とか？」ガブリエルが記事を読み上げはじめた。

「『ロンドンで浮かれ騒いでいる』だと？　いったいそれは、どういう意味だ？」

「わからないが、なんだかいやないいぐさだよな」ガブリエルがふたたび記事を読み上げた。

「『新婚ほやほやの花嫁は、少々顔色がすぐれないようだ——新郎がほかの女性に目移りしているためだろうか？』」

「なんだって？」マイルズは、だれかに襲いかかろうとでもするかのように椅子から腰を浮かしたが、ふたたびすわりこむと、声を低くした。「その女、いったいなんの話をしているんだ？」

ガブリエルが三流紙の上から友人を見つめた。「ぼくより、きみのほうが思いあたるふしがあるんじゃないかな」

「まさかきみ、信じるのか——そんなくだらんものを？」マイルズは新聞をわしづかみにし、手のなかで握りつぶした。

「落ち着けよ、マイルズ。みんなが見ているぞ」

マイルズは周囲に目をやったあと、丸めた新聞を放りだして椅子の背にもたれかかった。

「なんだか」ガブリエルが肩をすくめた。「不思議だよ。シーアによれば、なんというか、きみたち、もう熱は冷めたようだな」

「シーアが――シーアがなにを知っているっていうんだ?」マイルズは顔をしかめた。

「ジェネヴィーヴから聞いたことを知っているんじゃないかな」ガブリエルは視線を手もとに落としたまま、新聞のしわをのばしてたたみ直した。「どうやらあのふたり、つるみはじめたようだ」

「ジェネヴィーヴがシーアのもとに駆けこんだというのか? まいったな……」

「つまり、シーアのいうとおりだということか? もう結婚の幻想から冷めてしまったのか?」

「ぼくは――どうしてぼくが冷めたことになるんだ? なにもかも、ぼくのせいだというのか?」

「マイルズ、その〝なにもかも〟というのが具体的にはなんのことなのか、ぼくにはさっぱりわからないんだから、なんともいえないさ。もっとも、既婚者としていわせてもらえれば、なにが起きようと、それは必ず夫のせいにされるものなんだ」

マイルズはうなり声を発して前に身を乗りだし、テーブルに両ひじをついて頭を支えた。

「それで、きみが目移りしているという新しい女性というのはだれなんだ?」ガブリエルが陽気な口調でいった。

マイルズは彼に不吉な目を向けた。「新しい女なんていない。信じてくれ、ジェネヴィーヴの相手だけでも手いっぱいなんだ。なのに、女ふたりを相手にするような離れ業なんて、想像すらできないよ」

「ふむ。まちがった相手と結婚してしまったと気づくのは、さぞかしつらいことなんだろうな」

「まちがった相手と結婚したなど、ひと言もいっていない!」マイルズがさっとからだを起こした。「なんてことをいうんだ」

「おお、それは失礼。ぼくのかんちがいだったか。きみが、ジェネヴィーヴと一緒にいると不幸せだといっているのかと思って」

「ちがう!」

「そうか」ガブリエルがまゆをゆっくりとつり上げていった。「なるほど。じゃあきみは幸せなとき、そういう顔になるんだな」

「ああ、まいったな、そんなわけはないだろう」マイルズは髪をうしろになでつけた。「ジェネヴィーヴはこの世でいちばん頑固で怒りっぽい女だ。ここ三日ほど、ぼくたちは口をきいていない。たまに形式張った決まり文句を口にするだけさ。〝料理はうまいか?〟、〝あの肘掛け椅子に詰めものをしようと思うんだ〟、〝きょうはずいぶん暑いね〟なんてぐあいだ」

ガブリエルが笑いを押し殺した。

「ああ、そうだろうな、きみにしてみれば、ひどくおかしなことだろうよ。毎晩、氷のように冷たい青い目でにらみつけられながらすわっていなきゃならないのは、きみじゃないんだからな。妻が身にまとった鎧をなんとか突き抜けようと四苦八苦しているんだが、そうしながらも、今夜も彼女と床をともにできないとわかっているのがどんなにつらいものか」

「じゃあ、問題はそこだな」ガブリエルがさもわかったような顔でうなずいた。「そういうことじゃないかと思っていたよ」

マイルズは彼をにらみつけた。「どうしてそんなふうに思うのか、理解できないね」

「あのな、ジェネヴィーヴは昔から冷たい女だっただろう。おぼえているかどうかは知らないが、こうなるのではないかと警告したはずだ」

「おぼえているとも」マイルズはそっけなくいった。「あのときもそうだが、いまもきみの考えはまちがっている。ジェネヴィーヴは……」そこでふいに言葉を切る。「彼女は、冷たくなんてない」

「そうか？　ぼくの思いちがいかな」

「ジェネヴィーヴは、冷たいどころの人ではない」

「なるほど。じゃあ、あの横柄な態度が問題なんだな？　人を見下すところか？　皮肉な口調か？」

「彼女は横柄なんかじゃないさ。少々気位が高いかもしれないが、そんなのは最悪の欠点とはいえないだろう。彼女の基準が人より少し高いのは事実だが、自分にたいしてもこのうえなく厳しい人だ。くどくどと文句をいうようなことはしないし、人をけなすようなこともしない——ああ、いまいましい！　ぼくが話をややこしくしてしまったんだ」マイルズは見るからにみじめな顔をした。「ぼくのせいだ！　いままでずっとうまく生きてきたというのに、ここぞというときになって、だれよりぶざまな姿を見せ、ドジを踏み、使う言葉をまちがってしまったとは」

「なにをしたんだ？」

「自分でもよくわからない。なにもかも順調だったんだ。順調どころの話ではないくらいに。ぼくたちは幸せだった。なのに突然、すべてが崩れはじめた。ラングドンがジェネヴィーヴに送った手紙のことをシーアから聞いただろう。ぼくが送り主にされていた。どうしてジェネヴィーヴは、ぼくが彼女の名誉を傷つけるようなことをするなんて思ったんだ？　彼女の評判をないがしろにするような無責任な態度を、ぼくがとるとでも？　ジェネヴィーヴは、ぼくがそんなふうに腹を立てるのはおかしいという顔をしていた。そのあと……」マイルズの顔に苦悩のしわが刻まれた。「そのあと、ぼくがロンドンにきてあの悪党と片をつけるといいだしたら、ジェネヴィーヴのほうが怒りだしたんだ」

「つまり彼女は、ラングドンの身を案じたのか？」ガブリエルがまゆをつり上げてたずねた。

「いや、もちろんそうじゃない。彼女が腹を立てたのは——さあ、どうしてなのか、よくわからない。ぼくが醜聞を引き起こすようなまねをしないことくらい、信じてくれてもよさそうなものなのにな。なにもやつに決闘を申しこむつもりじゃないんだから」

「じゃあ彼女が気にしているのは、醜聞なんだな」

「ちがう。そうじゃなくて——ジェネヴィーヴは、ぼくがアレックに紹介してもらったボウ街の捕り手と会いにいくとき、一緒に連れていかないからと、かんかんになっていた。しかし捕り手と会うために波止場近くの酒場に行くのに、レディを同行するわけにはいかないだろう。耳を疑ったよ。あのジェネヴィーヴが、だぞ！　それまで節度から一歩も足を踏み外したことのない人が、だ。世のしきたりに注意を払わなかったからと、ぼくにさんざん説いて聞かせてきた人物がだぞ。だからこっちも、そんなのはじつにはしたない行為だといってやった」

「まさか」

「いや、ほんとうだ。そんなことを聞いたら伯爵夫人がなんと思うか、とも」

ガブリエルが鼻を鳴らし、頭をがくんと落として肩を震わせた。

「どうした？」マイルズはむっとして彼を見つめた。「笑っているのか？」

ようやくガブリエルが顔を上げた。黒っぽい目がうれしそうに輝いている。「ああ、マイルズ、失敬。きみが気の毒でならないよ。しかしこういってはなんだが、これまで口にすべき内容もいい方も心得ていたきみにしては、ずいぶんひどいことになってしまったようだな」

「妻を守りたかったんだから、しかたないだろ？　きみだったら同じことをしないか？」

「もちろんするさ。シーアにさんざん文句をいわれるだろうがね」彼は肩をすくめた。「マシューのことであれこれあったとき、ぼくはできるだけシーアを巻きこまないようにしていた。ところが彼女のほうは頑としてかかわろうとした。マシューをだれかに奪われて黙っているつもりはなかったらしい」

「ああ、しかしそれはシーアの話だろう。ジェネヴィーヴはまるっきりタイプがちがう」

ガブリエルがまゆを片方つり上げた。「頑固じゃないのか？　独立心旺盛じゃないのか？　頭はよくないのか？」

「まあ、たしかに、ジェネヴィーヴももちろんそのすべてに当てはまるが、シーアとはちがう」

「それはそうだが、きみもよく考えてみれば、あのふたりが思っている以上に似ていることに気づくんじゃないかな。それにジェネヴィーヴとうちの妻は、従順さと控えめな態度にかけては、いい勝負かもしれない」

「たしかにそうだ」マイルズははっとした。

「きみがだれかから害を被り、それに仕返しする機会をほかの人間に奪われたら、あまりいい気持ちはしないんじゃないかな」

「もちろんだ。しかしこれはジェネヴィーヴの話だぞ。彼女は境界線を越えるような人ではない」

「そうかな？　だったらどうして彼女は、きみの要望に応じて図書室に行ったりしたんだろう？」

マイルズは長々とガブリエルを見つめた。「いや。そういうことではない。きみの話だと、まるでジェネヴィーヴが――いや、ちがう。彼女はぼくに好意をよせているわけではないんだ。ぼくと結婚したのは、自分の評判を守るためにすぎなかったんだから。ぼくたちふたりとも、そのことはちゃんとわかっている。その事実を体裁よく解釈したり、ちがうふうに見せかけたりする必要はない」

「ふむ。それこそが、きみたちふたりがおたがいにひどく腹を立てている原因にまちがいないな」ガブリエルはいったん言葉を切った。「あの晩、きみは彼女に求婚したあと、シーアとぼくに会いにきたよな。あのときぎみは、ジェネヴィーヴが人に思われているとおりの冷たい女性だったらどうしよう、と心配していた。彼女には感情が欠けているのではないか、と。けっきょく、そうだったのか？　やはり彼女には心というものがないのか？」

「いや、ジェネヴィーヴに心があることはまちがいない。しかも、簡単に傷ついてしまう心だ。ぼくが怖いのは、その心をぼくが勝ち取れないのではないかということなんだ」

「きみが？」ガブリエルが疑り深げな目を向けた。「いうべきセリフをつねに心得ている、きみがか？　セリフの語り方まで心得ている、きみが？　考えてもみろ、マイルズ。いまはきみがものごとをややこしくしているのかもしれないが、そこから抜けだす道を見つけるのに、きみ以上にふさわしい人間がいるか？」

マイルズはしばらくガブリエルを見つめていたが、やがていきなり笑みを浮かべ、目を輝かせた。「きみのいうとおりだ。ぼくにひとつできることがあるとすれば、その気もない女性をうまく説きつけてその気にさせることだ」マイルズはガブリエルにひとつうなずきかけると、立ち上がり、颯爽《さっそう》と店をあとにした。

朝食をとろうと食堂に入ったところで、ジェネヴィーヴはテーブルの前にいるマイルズの姿に気づいてはたと足を止めた。彼が毎朝のように出かけていくことに慣れていたので、今朝もまさか顔を合わせるとは思っていなかったのだ。マイルズが顔を上げ、昔とまったく同じようにほほえみかけてきたのを見て、ジェネヴィーヴは一瞬とまどってから笑みを返した。「やあ、ジェネヴィーヴ。今朝のきみはとてもすてきだよ」マイルズが立ち上がり、自分の左側の椅子を引いた。そのときはじめてジェネヴィーヴは、彼女の席がいつもの場所ではなく、テーブルの上座にあるマイルズの席の斜め右に用意されていることに気づいた。「ボールディンにいって、隣の席を用意させたんだ。ぼくたちしかいないのに、テーブルの端と端から怒鳴り合うなんて、ばかばかしいだろ」

使用人たちの目の前で変な言動をとるわけにもいかず、ジェネヴィーヴは差しだされた椅子に腰かけた。マイルズは彼女の椅子を押したあと、その肩にそっと手を滑らせながら自分の席に戻っていった。ジェネヴィーヴはさっとマイルズに目をやったものの、彼のほうは気づいていないようで、席について紅茶を飲んだ。

「きょうの予定は？」マイルズが愛想よくたずねた。「お祖母さまとお買い物かな？」

「ど――どうかしら。なにも考えていなかったから」ジェネヴィーヴは狼狽しつつ、執事が紅茶を注いでくれたカップを手にした。「そうだわ、あとでシーアを訪ねていくつもりなの」

「またかい？　きみたちふたりは、ずいぶん仲がよくなったみたいだな」

「ええ、そうね」

ジェネヴィーヴはカップのわきに手を休めていた。するとマイルズが指先で、彼女の指を軽くなぞりはじめた。「ぼくは馬市場《タッターソール》に出かけようと思っているんだ」

「そうなの？」ジェネヴィーヴはなんとか気持ちを集中させようとあがきつつも、彼の肌の感触を強烈に意識せずにはいられなかった。体内で、低く、じりじりとした熱気が立ち上りはじめた。彼女はからだを少し遠ざけ、手を引っこめてひざに戻した。

マイルズったら、いったいどうしたの？　まるでふたりの関係は順調だといわんばかりの態度ではないの。あの口論などなかったかのように。マイルズがこちらを見やり、にこりとした。彼が以前と同じように目の色を暗くしたのに反応し、ジェネヴィーヴのなかで欲望が渦を巻いた。

マイルズは話しつづけた。ロンドンで馬車を引かせる新しい葦毛の馬のことから、書斎のクッションを取り替えたらどうかとか、今夜はどの招待を受けるべきか、などと話題はころころと変わっていった。ジェネヴィーヴは食事をしながら、たどたどしく答えていった。なにかに集中することなど、できそうになかった。マイルズがこちらの腕に触れたり、顔から巻き毛を払ったり、自分の皿からクリーム添えのブルーベリーをすくって差しだしてきたりするからだ。

「あのコテージのこと、思いだしたりするかい？」とマイルズがたずねた。

「え？」ジェネヴィーヴは彼をちらりと見やった。脈が速くなる。

マイルズがほほえんだ。深みのある蜂蜜のような金色の目、そしてそのやわらかそうな唇が、ジェネヴィーヴの本能を刺激した。「領地に戻ったら、またあそこに行きたいなと思うんだ」

「そうなの？」自分がひどく間の抜けた声を出していることはわかっていたが、彼の言葉が脳裏によみがえらせた光景から思考を引き戻すのはむずかしかった。

「ああ」マイルズが身を乗りだしてきて彼女の手首を軽くつかみ、指先でゆっくりと、羽のような軽さで、腕の内側の敏感な肌をさすりはじめた。「楽しかったよな。あの滝も、滝壺

ものを。

当たる手をひどく意識してしまう。彼の唇を、からだで感じてしまう。彼の硬く生々しいも

ジェネヴィーヴはごくりとのどを鳴らした。彼の視線から目をそらすことができず、肌に

も。きみに泳ぎを教えたっけ」

「きみも楽しんだだろう?」とマイルズがたずねた。

「え、ええ。とても……心地よかったわ」

マイルズが、ゆっくりと、意味ありげな笑みを浮かべた。「おぼえているよ」

「あの……わたし……」ジェネヴィーヴはいきなり椅子をうしろに引いて立ち上がった。

「もう時間だわ」といって、なんとなく時計の方角を身ぶりで示す。「もう行かないと。シーアを訪ねるために、服を着ないといけないから」

「きみが服を着ていないとは、気づかなかったよ」マイルズが彼女のからだを上から下までながめまわした。

「いえ、もちろん、着ているけれど。でも、ほら、着替えないと。もっときちんとしたドレスに。では、お先に失礼」ジェネヴィーヴはくるりと背中を向けると足早に食堂をあとにし、急いで階段を上がって自室という安全地帯に逃げこんだ。

部屋のなかを行ったりきたりしながら、自分の頭がおかしくなったのか、それともマイルズの頭がおかしくなったのか、とあれこれ考えた。ここ何日も、彼はこちらに触れようとも

しなかったというのに。あんな燃えるような視線を向けてくることはなかった。こちらのことを、冷たくて自分勝手で、それから――ほかになんと呼んでいたかはいまは思いだせないが、とにかくひどくののしってばかりいたはず。マイルズが彼女とのかかわり合いを極力避け、ともに過ごす時間をできるだけ少なく、そっけないおしゃべりだけに終始させていたことはまちがいなかった。ところがいま、あのコテージにいたときと同じような態度で接してくるとは。

ジェネヴィーヴは足を止め、ひとつ深呼吸すると、少しでも落ち着こうと努めた。なにを思ってマイルズがあんな行動に出たのかはともかく、あれはたんなる演技にちがいない。つい先日の午後、彼が見せた侮蔑の態度はほんものだ。ここはマイルズの豹変ぶりは忘れて、気の触れた女のようにじたばたするのではなく、きょうの用事をこなしていこう。ジェネヴィーヴはため息をもらし、ペネロピを呼んだ。先ほど彼にあんなことをいったからには、じっさいほかのドレスに着替えなくてはならなかった。

ジェネヴィーヴからほかのドレスに着替えることにしたと告げられると、ペネロピは怪訝な顔をしたものの、明るい黄色のリボンが飾られた小枝模様のモスリンドレスに着替えるのを手伝ってくれた。

「御髪《おぐし》に飾る黄色いリボンを取ってまいります」ペネロピはそういうと部屋を出ていった。

ジェネヴィーヴは化粧台の前に腰を下ろし、香水をふりかけた。

扉が開く音がしたのでふり返ると、入口にマイルズが立っていて、木枠に肩を預けていた。「そのドレスもすごくすてきだね」彼がのんびりとした足取りで部屋に入ってきたので、ジェネヴィーヴは立ち上がって面と向かった。マイルズは彼女の肩を軽くつかむと、身をかがめて首もとに唇を押しつけた。「ふむ。いい香りだ」

マイルズは背筋をのばして彼女の腰に両手を滑り下ろし、その目に笑いかけた。ジェネヴィーヴの心臓が胸のなかで激しく打った。この人、口づけするつもりなんだわ。そうなれば、この不愉快なけんかも終わるだろう。わたしのドレスのボタンを外して、ベッドに招き入れてくれる。マイルズが身をかがめてきたので、ジェネヴィーヴはまぶたをはためかせつつ目を閉じた。彼の唇が額に触れた。

「楽しんでおいで」とマイルズはいった。

ジェネヴィーヴがぱっと目を開くと同時に彼がからだを起こし、歩き去っていった。そのうしろ姿を驚いた顔で見送っていたジェネヴィーヴだが、やがてようやくマイルズがしていることの意味を悟った。夫はわたしを誘惑しようとしているのだ。

冷たい女だと責められたときのジェネヴィーヴは、自分はベッドで彼など必要としないと告げることで体面を保とうとした。ところがいまマイルズは、ほんとうは彼女が彼を必要としていることを認めさせようとしているのだ。ジェネヴィーヴがどれほどマイルズの手の感触を切望し、彼がいかに容易に彼女を操れるかということを、示したいのに決まっている。

心が傷つき、怒りがわき起こってきた。マイルズがそこまで心ない人だとは思わなかった。ここまでこちらを卑しめ、侮蔑するような人だとは。冷静に、抜け目なく、こちらの彼にたいする欲望を利用しようという魂胆なのだ。従順なペットのようにしたがわせようというのだろう。もはやジェネヴィーヴというひとりの女性ではなく、マイルズの妻として。

いいわ、せいぜい努力することね。ジェネヴィーヴはあごを引き締めた。たしかに自分は、はしたないほど彼の手の感触を求めているかもしれない。でも、欲望に負けるほど弱い女ではない。いまにマイルズも、わたしを思いどおりにできないことを悟るだろう。

ジェネヴィーヴが到着したとき、モアクーム家ではダマリスとシーアが揃って待ち構えていた。シーアが、あの晩、仲介業者によってモアクーム家の舞踏会に派遣された女中のリストを勝ち誇ったように差しだした。

「この人は金髪だそうよ、女中頭によれば」とシーアが名前のひとつを指さしながらいった。

「じゃあ、その人は除外ね。黒っぽい髪の人だったのはまちがいないから」

「このふたりのことはだれも思いだせないの。執事が、ジョアニーという名前の女性は白髪になりかけていたと断言しているわ。若い女性だけを派遣するよう依頼したのに彼女が送られてきたので、気分を害したからよくおぼえているそうよ」

「手紙をわたした女中は若かったわ」ジェネヴィーヴは残った名前を指さした。「ということとは、このふたりのうちのどちらかね」

「そのふたりを捜しにいくの？」とダマリスがたずねた。

「もちろんよ」シーアが灰色の目をきらめかせた。「こんな住所に連れていけといっても、うちの御者はぜったいいしたがおうとしないでしょうから、三人で散歩に出かけたふりをして、何本か通りを抜けたところで貸し馬車をつかまえればいいわ」

「こんな地域に行くのはためらわれるわね」ジェネヴィーヴは顔をしかめて逡巡《しゅんじゅん》した。「あなたの身になにかあったら、兄に生きたまま皮を剝がれてしまうわ、ダマリス」

「でも、アレックに知れるはずもないでしょう？」ダマリスがにんまりとした。「わたしはぜったい話したりはしない。もう、ガラス細工みたいなあつかいをされるのには、飽き飽きなの」

「兄は、あなたを失うのが怖くてたまらないのよ」

「わかっているわ。彼に刃向かうつもりはないの……ある程度はね。でも、冒険をみすみす逃すなんて、いやよ」

「それに、なにが起きるというの？」とシーアが指摘した。「なんといっても、わたしたち三人が一緒なのよ。それにわたしは日傘を持参するわ」彼女はスタンドから日傘を手にし、それを剣のようにふりかざした。

「そうよね」ジェネヴィーヴは笑い声を上げた。ロンドンに戻って以来、これほど心が浮き立ち、のんきな気分になったことはなかった。「その女中を捜しにいきましょう」

三人の女性はぶらりと屋敷をあとにし、通りを進んだ。通りの角を曲がったところで、ダマリスが最初に近づいてきた貸し馬車を呼び止めた。最初に訪れた家では収穫はなかった。扉をノックしても、留守なのか、だれも応じなかったのだ。いくぶん気落ちしながらも、三人はつぎの住所に向かった。馬車がイーストエンドの奥に入りこむにつれて周囲の家々がどんどんみすぼらしくなっていくうえに、目ざしていた路地というのが歩道に毛が生えた程度のものであることが判明した。停車した馬車から降りた三人は、その路地の先を疑わしげにのぞきこんだ。

「ここですぜ」御者がそういって飛び降り、手を差しだしてきた。「先に金、払ってもらわねえと」

「いいわ。でもここで待っていてちょうだいね」シーアは御者にきっぱりそう告げながらも、手提げ袋《レティキュール》のなかに手を突っこんで代金を手わたした。命じたとおり待ってもらうために、多少色をつけた心づけと一緒に。

家に番号がついていなかったので、目ざす建物を見つけるには、人にたずねるなどして少々手間取った。三人は狭い階段をふたつほど上がり、目当ての扉を叩いてみた。若い女性が応え、驚いた顔で三人をまじまじと見つめた。

「あなた、数週間前にモアクーム卿の舞踏会でお給仕をしていたわね」ジェネヴィーヴは、見た瞬間、その娘があのときの女中だとわかった。彼女は手もとのリストを確認した。「名前は、ハッティ・ウィザーズね？」

「はい」娘は用心するような目でジェネヴィーヴを見た。

「わたしに手紙を手わたしたわよね」

「いいえ」娘があとずさりしたので、ジェネヴィーヴはあとを追うように詰めより、閉められてしまわないよう扉にからだを押しつけた。

「いいえ、たしかにあなたから手紙をわたされたわ」

「あたし、なにも知りません」娘がぶっきらぼうな声でいった。

「わたしたち、あなたを傷つけるつもりはないのよ」シーアがそういったものの、ジェネヴィーヴの顔をひたと見据えた娘は、ちっとも安心したようには見えなかった。

「あの手紙は、だれにわたされたの？　わたしが知りたいのはそれだけよ。なんなら、よろこんで謝礼を――」ジェネヴィーヴがいい終えるより早く、娘がいきなり突進してきてジェネヴィーヴを乱暴に突き飛ばすと、扉から脱兎《だつと》のごとく逃げだした。

ジェネヴィーヴもあわててあとを追い、そのすぐうしろにほかのふたりもつづいた。表に出たところで、ハッティが路地のいちばん奥の角を曲がるのが見えた。ジェネヴィーヴは友人たちがついてきているかどうかをたしかめることなく、あとを追いかけた。ふたりが背後を駆けてくる足音は聞こえたが、彼女のほうが脚が速かった。娘が曲がった通りに入ったところでジェネヴィーヴは速度を落とし、あたりを見まわした。娘がまたべつの路地に引っこむと同時に青いスカートが翻ったのが見えたので、ふたたび走りだした。うしろのふたりをちらりとふり返ったあと、女中を追って狭い通りに入る。シーアとダマリスも根気よくあとにつづいていた。

ふと、ダマリスを走らせるのはまずい、と思った。ここはあきらめなければ。ハッティが先の通りを左に曲がるのを見つめながら、ジェネヴィーヴはため息をついて足を止め、友人たちのもとへ歩いて戻った。

「逃げられてしまったの?」とシーアがたずねた。

「ええ」ジェネヴィーヴは義姉に目を向けた。「だいじょうぶ? 走ったりして、からだに障ったのではないかしら」

「わたしならだいじょうぶよ」ダマリスが顔をしかめた。「心配しないで」

「いずれにしても、女中は見失ってしまったようね」三人はきた道を戻ることにした。

「彼女がやっかいな目に遭うようなことをなにか知っているのはまちがいなさそうだわ」

ジェネヴィーヴは考えこんだ。「そうでなければ、逃げたりしないはずですもの」

「わたしたちが戸口に現れたので、怖くなっただけかもしれない。なにかを咎められると思ったのかもしれないわ」とダマリスが指摘した。「彼女のような立場にいる娘なら、だれでも不安になるでしょうし」

「そうでしょうね」とシーアも同意した。

「でも、謝礼なら支払うといったのよ」とジェネヴィーヴは食い下がった。「そんな申し出をされながら逃げるなんて、よほど恐ろしくなったのではないかしら」

「あなたの言葉を信じられなかったのかもしれないわ」とダマリスがいった。「いやだ！」彼女が通りの先をまじまじと見つめた。

「どうしたの？」ほかのふたりもダマリスの視線の先を追った。

「貸し馬車が！」シーアが声を上げた。「消えてる」

三人は狭い路地の奥へと急いだ。貸し馬車はどこにも見あたらない。ジェネヴィーヴは周囲を見まわし、不安をおぼえた。狭い通りの両側に建ち並ぶ家々は薄暗く、みすぼらしかった。彼女たちのように洗練された身なりの女性が歩くような場所ではない。それでも、進むよりほかなかった。

「わたしたち、こちらの方角からきたはずだわ」とジェネヴィーヴはいった。「こちらに進めばもっと大きな通りに出るだろうから、そこでべつの貸し馬車をつかまえられるでしょう」

三人は人々の視線を無視して歩きはじめたが、ジェネヴィーヴは、シーアが折りたたんだ日傘をしっかと握りしめていることに気づいた。いま手にしているレティキュールより頑丈なものを持ってくればよかった、とジェネヴィーヴは後悔した。背後から呼び声や笑い声が聞こえてきたが、きょろきょろしたりはしなかった。前方に広い通りが見えてきた。あそこまで行けば店や人通りがあるはずだ。それに願わくば、呼び止められる貸し馬車も。

ところがその通りに出たところでまっ先にジェネヴィーヴの目に飛びこんできたのは、しきりにうしろをふり返りながら足早に近づいてくるハッティ・ウィザーズの姿だった。ジェネヴィーヴが駆けだすと同時にハッティが顔を上げた。ハッティは滑稽《こっけい》ともいえるほどの狼狽ぶりで、くるりときびすを返して反対方向に逃げだした。ジェネヴィーヴはあとを追いかけた。

前方に曲がり角があり、その先は市場になっていた。花や果物や野菜を満載した屋台が通りの両側に並んでいる。りんごをのせたリヤカーのわきにいた少女が、突進してくる女たちをぽかんとした顔で見つめた。ハッティが少女のリヤカーをつかんで勢いよく傾け、ジェネヴィーヴの行く手にりんごを転がした。りんごをよけたとき、スカートがなにかに引っかかって生地が破ける音がした。しかしジェネヴィーヴはそれを気にかけることなく、さらに追いかけた。

ハッティの姿は消えていたが、ジェネヴィーヴは目の隅でなにかをとらえ、さっとふり返った。ハッティが狭い路地にすばやく消えるのが見えた。ジェネヴィーヴは鋭く方向転換したが、その拍子に一台の屋台の端にからだを引っかけてしまった。バランスを取ろうとからだをばたつかせ、屋台の柱の一本につかみかかったところ、それがぽきりと折れた。屋台にかかった日よけが落ち、すぐわきにいた女が悲鳴を上げてジェネヴィーヴにつかみかかった。

「ちょっと！　なにすんだい？」ジェネヴィーヴの袖口が引きちぎられた。

ジェネヴィーヴがよろめくようにして離れたとき、シーアも同じように方向転換しようとして重心を失い、ジェネヴィーヴと衝突して彼女を前に突き倒すかたちになった。ジェネヴィーヴは屋台の女主人に突っこみ、その女主人があたふたとうしろに倒れこんで、屋台——果物を積み重ねた小さなテーブルにすぎなかったが——を、その隣の屋台に突き倒した。全員が倒れこみ、女たちも、屋台も、かごも、果物も、日よけも、すべてもつれ合って地面にこんもり山をつくった。

18

幸いにも難を逃れたダマリスの手を借りてジェネヴィーヴとシーアが地面から起き上がるころには、露天商たちに取り囲まれていた。怒りを露わにする露天商たちに、三人はレティキュールのなかの小銭を残らずわたしたものの、それではまだ足りないという。三人にうさんくさげな怒りの視線を向けていたずんぐりとした体格の男が、こいつらは街に浮かれでた尻軽女にすぎない、などと暴言を吐いた。

「あんなふうに人を追いかけまわして、なんにも悪いことしてねえ市民の屋台をなぎ倒すんざ、レディのすることじゃねえ」男が険悪な声でジェネヴィーヴにいった。

ジェネヴィーヴとしては男に平手打ちを食らわせたい気分だったが、そこはぐっとこらえてこう応じた。「わたしはレディ・ソアウッドと申します。残りのお金は、家に戻りしだいお支払いいたしますわ」

男がげらげらと笑った。「なら、こっちはプリンス・オブ・ウェールズだぜ」

「お約束します」ジェネヴィーヴは精いっぱい冷酷な声色を使い、あごをぐいと突きだし、男を鼻先から見下した。

その態度を見て男も少し納得したのか、顔をしかめてこういった。「ああ、そうかい。じゃあ、はっきりさせようじゃねえか」男がジェネヴィーヴの腕をむんずとつかんだ。「いまからおまえの家まで案内しろ」

倒された屋台は三つだけだったにもかかわらず、市場の露天商全員が同行を決めたようだった。みな店を閉めて品物を片づけ、家に戻る三人のうしろをぞろぞろとついてきた。ジェネヴィーヴは屈辱感にまみれた。しかも、服装も乱れに乱れている。あの女中を追いかけまわしたことが悔やまれてならない。とはいえ、追跡している最中は、ひどく気分が高揚していたことは否めなかった。

モアクームの屋敷はいちばん遠いうえ、こんな状態でダマリスを家に送り届けるなど論外だったため、ジェネヴィーヴはみすぼらしい隊列をマイルズの屋敷に連れていった。ジェネヴィーヴが屋敷の前で足を止めると、件《くだん》の露天商が疑り深そうな顔を向けた。「ここがおまえんちか?」

「ええ、そうですとも」ジェネヴィーヴはきっぱりそう告げると、ほつれて顔にかかる髪をさっとうしろに払った。帽子は落ちてメロンの下敷きとなり、使いものにならなくなっていた。「おふざけであなたたちをここまで連れてきたりはしません」

男が扉を強く叩くと、応対した従僕が目を丸くした。

「この生意気な女が、ここに住んでるっていうんですがね」ジェネヴィーヴの隣にいた男がうなるようにいった。従僕は口をあんぐりと開けたまま、ただただ彼らを見つめるばかりだった。

「もう、じれったいったら!」ジェネヴィーヴは声を上げた。「主人はどこ?」

「あ――は、はい――書斎においでです、奥さま」従僕は口ごもりながらもそういうと、あたふたとみんなの前に立って廊下を進んでいった。

ジェネヴィーヴもあとにつづこうとして腕を引き、男の手をふりほどこうとしたが、男は放そうとしなかった。従僕のあとをぞろぞろとついていきながら、露天商たちが畏れいったように屋敷の内部をながめまわした。

「レディ・ソアウッドでございます、旦那さま。その、お、お連れの方々と」従僕は書斎の入口でそう声を上げると、ジェネヴィーヴを部屋に通そうとすばやくあとずさりした。

デスクの前で手紙に目を通していたマイルズが、従僕の説明を聞いて不思議そうに顔を上げた。ジェネヴィーヴが部屋に入り、ほかの者たちもどやどやとあとにつづくのを見て、彼はまゆをさっとつり上げた。

「なんと、これは驚いたな」マイルズは椅子から立ち上がった。男がジェネヴィーヴの腕をつかんでいることに気づくと、その表情が氷のように冷たくなった。「手を切り落とされたくなかったら、妻の腕を放せ」

男がさっと手を離した。「申しわけございませんです、旦那。知らなかったもんですから。まさかこの人が、紳士の奥さまだったとは」

「ふむ」マイルズはジェネヴィーヴの全身に視線をめぐらせ、笑いだしそうになるのをぐっとこらえた。「まあ、その気持ちはわからないでもないが」

ジェネヴィーヴにも、自分がどんな格好をしているのか、いやというほどわかっていた。手にはつぶれた帽子、スカートは引き裂け、トマトの上に倒れたときの大きな赤い染みがべっとりついている。ディミティ地のフロックドレスのキャップスリーブは、片方が完全に引きちぎられていた。顔じゅうに髪が落ちかかり、頬はおそらく泥まみれ。こんな情けないありさまでは、露天商に身分の低い女だと思われてもしかたがない。

露天商がことのいきさつを説明し、被害を訴えはじめると、ジェネヴィーヴとその友人たちは激しく反論した。必死に笑いを噛み殺して聞いていたマイルズが、手をさっとひとふりして全員を黙らせた。

「もういい」と彼は唇を噛みながらいった。「説明にはおよばない。おかしな誤解が生じたという点では、みな同意見だろう」マイルズはデスクのいちばん上の引き出しを開け、小さな革の硬貨入れを取りだした。「どうやらおたくの、そう、資産に、多少の被害が出たようだな」

マイルズの魅力と大量の硬貨のおかげで、ものの数分で露天商たちを追い払うことができた。マイルズはシーアとダマリスにじつに礼儀正しくふるまった。「紅茶でもいかがです?」

シーアがくすりと笑った。「けっこうですわ、もう失礼しないと。ガブリエルとわたし、お茶の時間はいつもマシューと過ごすようにしているので」彼女は埃まみれになった眼鏡を外し、ハンカチで拭きはじめた。

「ほんとうにごめんなさい」ジェネヴィーヴは屈辱のあまりからだをこわばらせながらふたりの友人に詫びた。「わたしのせいでおふたりを災難に巻きこんでしまって」

「なにをいうの。最近は退屈気味だったからちょうどよかったわ」とシーアが陽気な声でいった。「ただしガブリエルが聞いたら、スリル満点の場面を見逃したことをさぞかし残念がるでしょうね」

「兄はそんなふうに心を広く持ってはくれないでしょうね」ジェネヴィーヴはダマリスをふり返った。「きっと、わたしを打ち首にしようとするわ」

「アレックのことなら心配しないで」ダマリスはさっと手をふって否定した。口もとに笑みを浮かべている。「あの人がやきもきしているときって、見ていてとても愛おしいの。それに今回のことで、医者に診《み》てもらうためにいつまでもロンドンにいるのではなく、クレイヤー城に帰ろうと思ってくれるかもしれないわ。わたしにはそのほうがいいの。田舎暮らしが恋しいもの」

マイルズが貸し馬車を呼び、乗りこむふたりに礼儀正しく手を貸した。ジェネヴィーヴは友人たちに手をふって別れを告げると、胃が締めつけられる心地で書斎に戻っていった。マイルズが入ってきて扉を閉めた瞬間、くるりとふり返って叱責を受ける覚悟をした。ところがマイルズは、いきなり笑い転げた。

「笑っているの？」ジェネヴィーヴはいった。「妻が通りを駆けずりまわって野菜の屋台をひっくり返したというのに、あなた、笑うだけ？」

「失礼」マイルズが必死になって笑いをこらえた。「ぼくはただ――あの男の話を聞いているあいだ、ぐっとがまんしていたものだから、きみが、きみが――縁石を飛び越えて――それで――」けっきょくふたたび笑い転げてしまう。

「心しておくべきだったわ。妻がそこいらのこそ泥かなにかのように家に引きずられて戻ってきても、あなはただただおもしろがるだけだということを」

「いや、失礼」マイルズがなんとか笑いをこらえ、真剣な顔をしようとした。「たしかにふざけた態度をとってしまった。でも、じゃあ険悪な態度をとったほうがよかったと？」そういって、じっさいしかめっ面をしてみせる。「厳格な夫を演じたほうがいいのか？」マイルズがいきなり目をぎらつかせ、ジェネヴィーヴに近づいてきた。あとほんの一メートルというところでようやく足を止める。「きみには小言をいうべきなんだろうな」そういって、人さし指で彼女の肩からむき出しの腕をなぞっていった。

彼の肌が直接触れた瞬間、ジェネヴィーヴは身を震わせた。ここは鋭く切り返したいところだが、なぜか言葉がなにも浮かんでこない。マイルズのあの目——期待にきらめき、こちらを見透かすようなあの目を見ていると、身動きがとれなくなり、全身がびりびりとしびれてしまう。

「すごく悪い子だ、とね」マイルズの視線が彼女の肩にいったん戻ってから下に向かい、胸をかすめるようにして動く自分の指先を追った。「どんな罰がいいかな？」身をかがめ、唇を耳にかすめる。「どうしたら、きみを従順な妻にできる？」歯で耳たぶをとらえ、そっともてあそぶ。「どうしたら、きみの心をやわらげて、その気にさせることができるだろう」

マイルズが彼女の首に鼻をこすりつけ、乳房を手で包みこんだ。ベルベットのようにやわらかい唇を素肌にそっと這わせるうち、彼のからだから熱気がほとばしってきた。ジェネヴィーヴはあのうずくような感覚が両脚のあいだで花開き、ふくれ上がって脈を打ちはじめるのを感じた。これほどマイルズを欲していたとは。彼の手や口にほんの少し触れられただけで、からだじゅうに欲望が押しよせてしまうとは。腹が立ってしかたがない。マイルズはこちらの反応を心得ているのだ。自分はなにも感じていないくせに、反応するわたしを見て楽しんでいるにすぎない。

ジェネヴィーヴは身をこわばらせてあとずさった。「もっときちんとした服に着替えなければ。失礼するわ」

彼の目が熱気に花開いた。「手伝おう。ご存じのとおり、ぼくはレディの女中役を得意とするのでね」

その言葉に、ジェネヴィーヴの脳裏にあのコテージでの日々がよみがえってきた。ドレスのうしろボタンを留めるといいながら、ドレスを床に落としたまま、マイルズがしきりにこのからだをまさぐっていたときのことが。思い出に胸を締めつけられたジェネヴィーヴは、なにも言葉を返すことができなくなった。そのままくるりと背を向け、部屋から逃げるように出ていった。

「ジェネヴィーヴ!」ぎょっとして顔を上げると、祖母が青い目をぎらつかせながら客間に入ってくるところだった。そのあとを、ボールディンがおろおろとついてくる。執事が部屋から立ち去るや、伯爵夫人が手のなかに丸めていた新聞をジェネヴィーヴに向かってふりまわした。「あなた、いったいなにを考えているの?」

「お祖母さま?」ジェネヴィーヴはわけがわからずに祖母を見つめた。「なんの話ですか?」

「わたしに向かってしらを切っても無駄よ。あなたがこの世に生まれでたときから、あなたのことを知っている人間なのですからね。二日前、アレックとダマリスがなにやらいい争っていたことには、ちゃんと気がついていました。あのふたりがわたしになにか隠していることくらい、お見とおしでしたよ。それがいま、この三流紙にすっぱ抜かれたわけなのね」伯爵夫人がジェネヴィーヴのわきのテーブルに、新聞を叩きつけた。

「ああ、なんてこと」ここ数日間、自身のみじめさに浸りきっていたジェネヴィーヴは、女中を追いかけまわした一件を忘れかけていた。彼女は新聞を見下ろした。ご丁寧にも、レディ・ルックスバイのコラムが表に出るよう折りたたまれている。

「ええ、ほんとうに、〝ああ、なんてこと〟という気分だわ」祖母がレディ・ルックスバイの記事を読み上げはじめた。「『月曜日、イーストエンドの通りを疾走した花嫁はだれ？　どうやらサー・Mは、無鉄砲な新妻の手綱を握りきれていないようだ』これはいったいだれのことでしょうね？」祖母が辛辣な声でいった。

「どうしてこの人にわかったのかしら！」ジェネヴィーヴは即座に切り返した。

「ああいうたぐいの人たちが、どうやってネタを手にするのかですって？」伯爵夫人が両手を投げだした。「お金を払って情報を仕入れるのよ。使用人や車引き、小金を稼ごうと通りで目を光らせている連中から。そういう人たちは、こういううまみのある情報で数ペニーを稼いでいるのですよ。いったいどうしてこんなことを？　あなた、頭がどうかしてしまったの？」

「わたしだって、通りを駆けずりまわろうと思って出かけていったわけではないんです」ジェネヴィーヴは弁解した。「話を聞きにいっただけなのに、彼女のほうが逃げだして」

「だからといって、追いかける必要があったの？　なんにしても、その〝彼女〟というのはだれのこと？　あなたがイーストエンドまで訪ねていくなんて、いったいだれなの？」

「モアクーム卿の舞踏会でお給仕していた女中です」

祖母がジェネヴィーヴをまじまじと見つめた。「どうしてそんな娘と話をしたいと思ったの?」

「ラングドンからの手紙について聞きたかったからです。お祖母さまにもお話ししたでしょう」

「ええ、わかっていますよ。でも、その娘と話をしたからといって、なにがわかるというの? あの醜聞はもう過去のものでしょう」

「お祖母さまはそうおっしゃるけれど、わたしたちがロンドンに戻ると同時に、『オンルッカー』に攻撃されはじめたんですよ——家族と一緒に劇場に出かけただけなのに!」

「そうね。でも燃料さえ与えなければ、すぐに立ち消えたでしょうに。あなたはとにかく、慎重にふるまえばいいだけだったのよ。どうして自然消滅させておけないの?」

「わたしには重大なことだからです。ほんとうにラングドンがあの手紙を送ったのかどうか、たしかめたいんです。その女中なら、なにか知っているかもしれません。ラングドンがいまどこにいるのかとか」

「まさかあなた、あの男を捜すつもりではないでしょうね! ジェネヴィーヴ!」

「いいえ、捜すつもりです。ほんとうにラングドンのしわざなのかどうかをたしかめなければ。どうしてそんなことをしたのかも」

「その理由は火を見るよりも明らかでしょう」伯爵夫人が痛烈にいい返した。「ああいうたぐいの男の考えることなんて、ひとつしかありません。レディが耳にするようなものではありませんよ。あなた、どうかしているわ、ジェネヴィーヴ。スタフォード家の者は、世間の手本にならなくてはなりません。それに状況を考えれば、あなたはとりわけ用心しなければならないはずですよ」

「わたしはなにも悪いことはしていません。通りを走るのは罪ではありませんし。どうしてわたしは年がら年じゅう慎重にふるまわなければならないんですか？　そんなの、大切なことでもなんでもないわ。そんなことをしたからといって、わたしという人間が変わるわけでもないのに」

「ジェネヴィーヴ！」祖母が衝撃を受けたような顔で彼女をまじまじと見つめた。「まさか本気でそんなことをいっているわけではないでしょうね。やはり、ダマリスとレディ・モアクームがあなたに悪影響を与えているのではないかしら。あのふたりとは、もうあまり会わないように。じっさい、しばらくはソアウッドの領地に戻っているのがいちばんかもしれないわね。あなたは少し休む必要がありますよ。ここのところ、あまり調子がよくないみたいだから」

「そんなことはありません！」ジェネヴィーヴは目をぎらつかせた。「それどころか、絶好調ですわ」

「ばかなことを」

「ええ、かまいませんとも。ばかにだってなってみせます」

祖母がしばらくじっと見つめてきた。「その言葉に、わたしはなんと応えたらいいのかしら」そういって立ち上がる。「もう帰ります」

「ああ、お祖母さま、ごめんなさい」ジェネヴィーヴも立ち上がり、祖母のもとへ行って手を取った。「お祖母さまに当たってしまったりして。なんだかここのところ、ぴりぴりしているんです。なにもかもが、ものすごく……ものすごく窮屈に感じられることがあって」

「なにもかも？」

「自分でもよくわからないんです。パーティや人とのおつき合いとか、みんなにじろじろ見られたり、こそこそ噂されたりばかりで」神経をすり減らされているほんとうの理由を、まさか祖母に話すわけにもいかなかった。夫がやたらにちょっかいを出し、誘惑してくるために、欲望をかき立てられてしまうからだ、などといえるはずもない。「今夜はレディ・ヘムファーストの舞踏会があります。行けば、いやでもエローラと顔を合わせてしまいます。ご招待を受けるべきではなかったわ」

「たしかに彼女にはぞっとさせられるわね」伯爵夫人は嫌悪感を分かち合うことで機嫌を直したようだ。「それでも、ああいうたぐいの人を無視するすべも学ばなければ」

「あの人、先日も休憩時間のあいだじゅうずっとマイルズに色目を使っていたじゃありませんか」

「ばかばかしい！」伯爵夫人は、取るに足りない心配だとでもいいたげに、さっと手をふった。「マイルズはエローラを相手にするほど悪趣味ではありませんよ」

「ええ、わかっています」ジェネヴィーヴは、そんな言葉はちっとも慰めになっていないとはあえていわなかった。ほかの女性ならマイルズも誘惑されかねないといわれているようなものではないか。

「あなた、今夜の外出はやめておいたほうがいいのかもしれないわね」

ジェネヴィーヴは、マイルズとふたりきりで意志の強さを競う夜を想像し、ため息をもらした。「いいえ、行かなければ。さもないと、あの三流紙の記事のために人目を避けていると思われてしまいます」ジェネヴィーヴは頭をふり、強いて明るい笑みを浮かべた。「もうくだらないお話は充分。ゆっくり腰を下ろして、お茶をご一緒してください。ここしばらく、お祖母さまとゆっくりおしゃべりする機会がなかったように思いますから」

ジェネヴィーヴは鏡台の前に腰を下ろし、ペネロピに髪を仕上げてもらっていた。そのとき階段を上がってくるマイルズの足音がした。彼女は部屋の入口をふり返り、無意識のうちに部屋着の腰帯をきゅっと締め直した。でもこれでは、まるで彼を待っていたように見えてしまう。そう気づくと、鏡に顔を戻した。マイルズが入口で足を止めたので、ジェネヴィーヴは練習を重ねた無頓着な表情で彼をふり返った。びくびくとする内心が表情に出ていないことを祈るのみだ。かつては、どんな状況でもどうふるまうべきかを心得ていたジェネヴィーヴだが、ここ最近はどうも自信が持てなかった。とりわけ、マイルズと一緒のときは。

マイルズがにこりとして部屋に入ってきた。ペネロピがちょこんとひざを曲げてから立ち去ったが、ジェネヴィーヴは彼女がその直前に好奇に満ちた視線でちらりとふり返ったことを見逃さなかった。当然ながらペネロピも、夫婦のあいだの冷たい亀裂に気づいているのだ。そういうことは、使用人に隠しとおせるものではない。

毎朝、ジェネヴィーヴの寝室に入ってくるたび、ペネロピも女主人がベッドにひとりで寝ていることに気づいているはずだ。それに夕食の席で交わされる夫婦のぎこちない会話や、妻との朝食を避けようと毎朝マイルズがあわてて外出するようすについて、使用人たちの食堂では噂話に花が咲いていることだろう。最近になってマイルズが妻にやたらにちょっかいを出し、からかっていることも、使用人たちの噂になっているのだろうか？　マイルズがときに衝撃的なほど親密なしぐさでこちらの腕や肩をなでたり、話をしている最中に熱い視線をしきりに送ってきたりすることについても？

「今夜のきみ、とてもすてきだよ」マイルズがそういって、ぶらりと背後に近づいてきた。肩に手をおき、鏡のなかで目を合わせてくる。口もとをゆるませ、目の色を暗くしながら手を彼女の肩からこのうえなくゆっくりと滑り下ろしていき、部屋着の襟の下へじりじりと移動させていった。肌に当たる彼の手は熱く、動くたびに彼女のあらゆる感覚を目ざめさせていく。マイルズは鏡のなかで彼女の視線をしっかりととらえたまま、指先でやわらかな乳房の頂点をかすめた。ジェネヴィーヴがその刺激に激しい渇望をおぼえ、とろりと潤んで脈を打ち、欲望をかき立てられたことなど、すべてお見とおしだとばかりに、かすかに笑みを浮かべる。

ジェネヴィーヴはさっと立ち上がり、マイルズから顔を背けた。「すてきもなにも、まだドレスを着てもいないじゃないの」

マイルズが低く、吐息まじりの苦笑をもらした。「わかっているよ」

ジェネヴィーヴは頬を紅潮させた。「マイルズ、もう行ってちょうだい。わたし、出かける準備をしなければならないから」

「仰せのとおりに」マイルズは目を躍らせてかがみこみ、彼女の額にやさしく口づけした。「ぼくも準備しなければ」

そのあと、唇に軽く口をかすめた。と思ったら、いきなり口を戻し、肩に手を食いこませ、貪るような、熱い口づけを開始した。ジェネヴィーヴは彼にしなだれかかり、その甘い唇に誘惑されるまま、マイルズへと、激しい欲望しか存在しない甘く薄暗い世界へと、引きずりこまれていった。彼の口づけは、ジェネヴィーヴが身を震わせ、体内で欲望を脈打たせるまでつづいた。

やがてマイルズが頭を上げ、暗く渇望するような目で見下ろしてきた。一瞬、ふたりはその場で抱き合ったまま、欲望の刃《やいば》の上で身を固めていた。と、彼が視線を引きはがしてあとずさりし、しゃがれ声でいった。「ぼくも服を着替えなければ、遅れてしまう」

マイルズが大またで部屋から出ていったあと、ジェネヴィーヴは椅子にどさりとすわりこんだ。ひざから力が抜け、立っていられなかったのだ。

灯りに煌々と照らされたヘムファースト家の屋敷の前で、ジェネヴィーヴとマイルズは馬車から降り立った。屋敷に入ろうとしたとき、ジェネヴィーヴはふと息を詰まらせた。昔から人が大勢いる部屋に入っていくのは得意ではなかったが、最近はそれが試練と感じられるまでになっていた。結婚生活に問題があるとはいえ、外出のたびに隣にマイルズがついていてくれるのはありがたかった。彼の腕に手を添えているときのほうが、堂々と好奇の視線に立ち向かえるような気がした。

今夜は人の視線とささやき声がいつにも増して多いようだったが、驚きはしなかった。通りを駆けずりまわったという醜聞の記事を、ほとんどの人間が読んでいるのはまちがいなさそうだ。たとえ読んでいなくとも、読んだ者がその話を広めているだろう。無視するには、あまりにおいしいゴシップなのだから。

ジェネヴィーヴは頭を掲げてパーティの主催者にあいさつをしたあと、部屋を横切りながら、ときおり足を止めては雑談を交わし、人に悟られないよう、あることを目ざしていた。すなわち、ダンスフロアに逃げこむのだ。ちょうどワルツの旋律が奏でられたときフロアに出ることができたので、ジェネヴィーヴはマイルズのなじみの腕におさまり、ほっと肩の力を抜いた。こうしていると、つい笑みが浮かび、昔から彼とのダンスが大好きだった理由がありありと思いだされる。部屋を滑るように踊るうちにふたりの緊張感もほぐれ、ダンスが終わったときには背後を追いかけてくる人々のささやき声もほとんど耳に入らなくなっていた。ふたりは人混みを抜けてジェネヴィーヴの祖母とダマリスがすわっているところに向かった。妻のわきには、アレックが番犬よろしく突っ立っている。

ダマリスがさっと立ち上がってふたりに温かなあいさつをしたが、アレックはジェネヴィーヴをにらみつけていた。

「ダマリス、お兄さま」ジェネヴィーヴは頭を下げてあいさつをすると、たっぷり練習を重ねたスピーチを開始した。「先日は軽率なふるまいをして申しわけありません。ダマリスをあんなことに連れだす前に、きちんと考えるべきでした」

ダマリスがすぐにジェネヴィーヴの謝罪を押しとどめ、アレックですら肩の力を抜いて笑みを浮かべた。「ああ、そうだな。しかし妻の気性からすれば、たぶん妻のほうがおまえをそそのかしたんだろう、その逆ではなくて」

「今夜のところは、なにもかもシーアのせいにしておけばいいのではないかしら。彼女はここにきていないから、反論できないでしょう」とダマリスがいってにっこりとした。

「あなたたち三人とも、とんでもなくお行儀の悪いお嬢さま方ですよ」祖母のその言葉が鶴の一声となった。「でもまあ、なにか取り返しのつかない害があったわけではありませんからね。さあ、おすわりなさい、ジェネヴィーヴ。さっきからあなたと話をするのに、首をのばしてばかりで疲れてしまったわ」

ジェネヴィーヴはいわれたとおり祖母の隣に腰を下ろし、同時にアレックが妻をダンスフロアに連れだした。「あら、いやだ!」伯爵夫人がつぶやいた。「またあの人がきた。あなたのことを観察していたにちがいないわね」

ジェネヴィーヴが顔を上げると、エローラが近づいてくるのが見えた。笑みを浮かべ、見るからに気の進まない顔をしたミス・ハルフォードを引き連れている。

「あの人がどうしてあなたにこれほどこだわるのか、理解できないわ。あなたがあの人の義理の息子と婚約していたときには、ここまで奇妙な愛情を注いでいたようには見えなかったけれど」

「あの方のこだわりは、ほかのだれかさんに向けられているのではないかしら」ジェネヴィーヴは、エローラがうっとりするような笑みをマイルズに向けるのを見て、痛烈な口調でいった。

「あの襟ぐり、深すぎて胸が見えてしまいそうじゃないの」と伯爵夫人がつづけた。「でも、あの色が彼女の金髪に映えているという点は認めなければならないわね」

「そうですね」とジェネヴィーヴも同意した。エローラの豊満な胸がドレスの上からこぼれ落ちそうになっており、歩くたびに揺れるので、通り過ぎざま、あらゆる男の視線を惹きつけていた。「たしかに趣味がいいですわ」

服装にかんしても、男性にかんしても。

エローラがすわっている伯爵夫人にあいさつしようと、さっと身をかがめた。その体勢でいるのが少し長すぎるようね——ジェネヴィーヴは皮肉に思った。その体勢だと、エローラのドレスの胸もとがマイルズからばっちり見えるのだ。ジェネヴィーヴは、マイルズがその立場を利用しているかどうかをたしかめる気にはなれなかった。

「伯爵夫人」エローラが熱をこめた声でいった。「わたくしが後見している娘さんで、友人でもあるミス・ハルフォードはおぼえていらっしゃいますでしょう？　さあ、伯爵夫人にごあいさつなさい、アイオナ」

若きアイオナがジェネヴィーヴの祖母に礼儀正しくあいさつした。くすんだ茶色い髪と灰色の目をしたアイオナはもともと人目を引くタイプではなかったが、艶《あで》やかなエローラの隣に立つとさらに影が薄くなった。ジェネヴィーヴはその娘に少々同情したものの、それも彼女から明らかな敵意の視線を向けられるまでのことだった。

「それにしても、レディ・ジェネヴィーヴ」エローラがジェネヴィーヴの反対側の席に腰を下ろし、ジェネヴィーヴとマイルズのあいだにじりじりとからだをねじこんでくるので、マイルズが席を移らざるをえなくなった。「みなさん『オンルッカー』の記事に大騒ぎしているみたいね。あんな三流紙が重要だといわんばかりだわ。レディ・ホッディントンから、あなたが通りを駆けずりまわったというお話を聞かされたときは、くだらないことですわ、とすぐにいってやったのよ。そうでしょう、アイオナ?」

「はい」アイオナが冷たい声で答えた。

「もちろん、あの方が納得したわけではありませんけれど」エローラは、そのときの記憶を切り捨てるかのようにさっと手をふった。「人は、信じたいものを信じるものですからね。だれもかれもが、人の過ちにほくそ笑むようだわ。でも、いまに鎮まりますから、心配する必要はないわ、ジェネヴィーヴ」

「心配はしていません」ジェネヴィーヴは冷静に応じた。

「あなたも、あの記事にご気分を害されていなければよいのですけれど、サー・マイルズ」

エローラがマイルズを艶《なま》めかしく見上げた。

「ぼくはああいうものは気にかけません」とマイルズがいった。「妻の人間性を心から信頼しておりますので」

「まあすてき!」エローラが胸の前で両手をぱちんと合わせた。その動きが、左右の乳房をよせ上げ、いまにも襟もとからこぼれ落ちそうになる。「いかにもあなたらしいですわね、サー・マイルズ。ジェネヴィーヴ、あなた、ロンドンじゅうのレディの羨望《せんぼう》の的よ」

「そうですね」ジェネヴィーヴはそっけなく応じた。

エローラはさらにつづけた。「あなたを見かけたとき、とてもうれしかったの。噂話のせいで、遠慮なさるかと思っていたから」

「どうしてですか？　わたしも主人と同じように、ああいう三流紙など気にもかけませんわ」

「とても進んだ考えをお持ちなのね」とエローラが感心するようにいった。「たいていのレディは、あなたのような……勇気を持ち合わせていないのではないかしら」

「自分の名誉を重んじるのはよくないことなのですか？」とアイオナが口を挟んだ。

「アイオナ、わたくしのストールを取ってきてくれないかしら？」エローラはアイオナを見送ったあと、笑みを浮かべてジェネヴィーヴをふり返った。「アイオナのことは気にしないでね。あの娘は、昔からダースバリー卿に想いをよせていたのだけれど、彼があなたに求婚したとき、その望みが潰《つい》えてしまったの。あら、いやだ」エローラがはっとした表情をして、口もとに手を当てた。「わたくしとしたことが、サー・マイルズの前でこんなことを口走ってしまうなんて」そういって、マイルズに茶目っ気たっぷりの視線を投げかける。

しかしマイルズからなんの反応も返ってこないと見るや、彼女は間髪を入れずに先をつづけた。オーケストラの演奏がすばらしいだの、自分は踊るのが大好きだの、と。そしてダンスの相手としてのサー・マイルズの巧みさにため息をつき、ほかにも見え見えの褒め言葉を連発したため、とうとうマイルズもそのプレッシャーに屈し、エローラをダンスに誘わざるをえなくなった。

「あの人、前よりひどくなったみたいね」と伯爵夫人がいった。「そんなことがありえるとは想像もしなかったけれど」

「以前のわたしは義理の息子の婚約者でしたから、もう少し礼儀正しく接していたというだけのことではないでしょうか」とジェネヴィーヴはいいながら、マイルズがその魅惑的な女性をフロアでリードする光景をながめた。マイルズの思いやりに満ちた顔、魅力たっぷりの笑み――自分と踊るときの彼の表情には、どこかちがいがあるのだろうか。マイルズと踊る女性はだれでも、彼に注目されていると感じるの？　温もりと笑みに満ちた光を目に浮かべ、相手の女性がなにかおもしろいことをいうたびに口もとをねじらせるマイルズの注目を、一身に浴びていると？　マイルズは、わたしと踊るときよりもエローラを胸に抱いたときのほうが楽しいのかしら？

冷たい手がジェネヴィーヴの胸をわしづかみにした。努めてあのふたりを客観的に見ようとする。お似合いのふたりであることは認めざるをえない。エローラのやわらかなからだは、さぞかし抱き心地がいいだろう。肉感的なからだを持ち、称賛するような笑みを浮かべる女。いままで、マイルズがあの女性に格別の関心を抱いているそぶりを見せたことは一度もなかったとはいえ、ジェネヴィーヴは自分がその方面に詳しいわけではないことも自覚していた。なんといっても、マイルズとはたがいに強く求め合っているとかんちがいしていたくらいなのだから。愛を交わしたとき、彼のほうも夢中になっているものとばかり思っていた。

ところが現実は、冷たくて自分勝手で、気位が高い女だと思われていたのだ。

ジェネヴィーヴは踊るふたりを無視して祖母と話をしようと、ふり返った。しかし音楽が終わったとき、こっそりフロアを盗み見ずにはいられなかった。マイルズがエローラを連れて舞踏室の反対側に向かうのを見て、からだを鋭い痛みが突き抜けた。

「よかったわ」祖母が心底ほっとしたようにいった。「サー・マイルズが気をきかせて、あの人を遠ざけてくれたみたいね。またここに連れて戻るようなことをしたら、もう帰らなくてはならないと思っていたの」

おそらくマイルズがしているのはそういうことなのだろう――エローラが二度とジェネヴィーヴと祖母の邪魔をしないようにすること。それでもジェネヴィーヴは、マイルズは妻といるよりあの女性といることを選んだのではないか、と苦悩せずにはいられなかった。それに自分では認めまいと必死になったものの、数分後にマイルズがぶらぶらとこちらに戻ってくるのを目にしたとき、安堵がさざ波となってからだを駆け抜けたのも事実だった。

つぎのワルツがはじまると、マイルズがまたフロアに連れだそうとしたので、ジェネヴィーヴは抗議した。「ねえ、マイルズ、こんなことをする必要はないのよ。さっきワルツはもう踊ったじゃないの」

「こんなことをいったら驚くかもしれないけれど、ぼくがきみと踊るのは必要に迫られてのことではないんだよ」とマイルズが切り返し、彼女の手を腕に引きよせた。「それに夫婦になったいま、きみと好きなだけワルツを踊る権利があるはずだ」彼が問いかけるようにジェネヴィーヴを見下ろした。「踊りたくないのかい?」

「わたしはいつだって踊るのは好きよ」

「そうか、でも、ぼくと踊るのは好きかい?」

「お世辞を聞きたいの? あなた、自分が踊りの名手だとわかっているくせに」

「問題は、ぼくの踊りがうまいかどうかではなくて、きみがぼくと踊るのが好きかどうかということだ」

「ばかなことをいわないで。好きに決まっているじゃないの」

「よかった」マイルズが彼女の腰をつかみ、そのからだをぐっと引きよせた。「ぼくもきみと踊るのが好きだ」マイルズが、温もりのこもった目でまじまじと見つめてきた。「きみをこうして腕に抱くのが好きなんだ。温かくて、やわらかくて、しなやかだから。優雅で美しいきみを見つめるぼくを、この部屋にいる男全員がうらやんでいる」

「もう、マイルズったら……」ジェネヴィーヴは、近くでくるくると回転しながら踊る人たちに聞かれたのではないかと、あたりにちらちらと目をやった。

「きみのドレスを脱がせるときの感触が忘れられない」マイルズが彼女の抗議を無視してつづけた。「きみの素肌を、少しずつ、少しずつ、露わにしていくんだ。リボンをほどき、靴下を脱がせるときが、たまらない。きみがとうとう裸になった瞬間を、いまかと待ち構えるあの時間が」

「マイルズ！」理性とは裏腹に体内で切望が渦巻いた。いきなり息が詰まり、あらぬほどからだがほてってくる。頬がまっ赤になっているはずだ。「そんなの、ここでするような話ではないでしょう」

「わかっている」マイルズがにやりとした。「そういう話をするのも好きなんだ。そのドレスの下がどうなっているのかを正確に知っているというのが、うれしくてたまらない。雪のように白い肌に、濃いばら色の乳首。長く官能的な脚と、そのあいだでぼくを待ち受ける宝物」彼の目に浮かんだ熱気に、ジェネヴィーヴはからだを震わせた。「きみを貫いたとき、悦びに目を閉じるきみの顔が目に浮かぶよ。こらえきれずにもらす小さなあえぎ声も。絶頂に達したとき、きみの胸がぱっとピンクに染まることも」

それまではちがったとしても、いまはまちがいなく頬がまっ赤に紅潮しているはずだ。ただしそれが恥ずかしさからなのか、欲望からなのかはよくわからなかった。体内の奥深くで甘いうずきがはじまり、彼の言葉によって目ざめさせられた渇望が脈打っている。

マイルズがぐっと身をよせ、ささやきかけてきた。「それに、きみと愛を交わすときの話をしたとき、その頬がまっ赤に染まるのを見るのも好きだ」

ジェネヴィーヴはふさわしい返答を思いつくことができなかった。いま考えられるのは、彼をどこか隔離された部屋に連れこみ、そのからだに脚を絡めたいという願望だけだ。マイルズったら、どうしてこんな話ができるの？　まるでわたしを求めて止まないかのような視線じゃあないの。つい先日、冷たい女だと激しくののしったばかりだというのに。彼の言葉など信じられないことはわかっていた。こちらをもてあそんでいるだけなのだから。自分にしたがわせるために、こちらの欲望を利用しているだけ。恐ろしいのは、彼がそれに成功してしまいそうなことだった。

そのあと、ふたりは早々にいとまを告げた。馬車で屋敷に戻る途中、ジェネヴィーヴはいうことを聞かない五感をふたたび制御しようと必死になったが、馬車に乗っているあいだじゅうマイルズに熱い視線を向けられているとなっては、そう簡単にはいかなかった。馬車内の薄暗い灯りのなかでは彼の表情を読むことはできなかったが、ダンスの最中に口にしていたのと同じ内容を考えているのであろうことは、容易に察しがついた。ジェネヴィーヴの体内のうずきは、マイルズにしか鎮めることができない。はしたないとは思いつつも、ジェネヴィーヴは彼に触れてほしいという、自暴自棄ともいえるほどの切望を感じていた。彼に口づけしてほしい、力強い彼のものに、このからだを貫かれたい。

マイルズが馬車から降りるジェネヴィーヴの手を取ったあと、屋敷へと通じる階段を上りながら指を絡み合わせてきた。従僕が扉を開いたときはその手を放したものの、代わりに彼女の腰に腕を滑らせた。使用人の前でのそんなはしたない行為にも、ジェネヴィーヴはなにもいわなかった。からだのわきに軽く添えられていたマイルズの手が、階段を上がるうちにゆっくりと上がっていき、ついには指が乳房のすぐ下まできた。

マイルズはなにか話をしていたが、ジェネヴィーヴの耳には入ってこなかった。いまは、彼の手が胸の近くをさまよっているということと、残りのほんの少しのスペースを埋めてじっさい触れてくるのかどうかということで、頭がいっぱいだった。ジェネヴィーヴの部屋に到達したとき、マイルズもあとにつづいて入ってくるのを見て、彼女の心臓が胸のなかで激しく脈打ちはじめた。一瞬ののち、部屋で待ち構えているはずの女中の姿がないことに気づいた。ジェネヴィーヴはベルを鳴らそうと近づいたが、マイルズがその手首をつかんだ。

「いいんだ。ペネロピに待つ必要はないといっておいたから。今夜は、ぼくがきみの女中役をする」

そんな高飛車な態度は叱りつけてしかるべきなのだろうが、ジェネヴィーヴはそうしなかった。震えをごまかそうと、からだの前で両手をぴったり合わせた。マイルズの手が髪にのび、ヘアピンを一本一本丁寧に抜き取っていった。やがて髪が肩にばさりと落ちた。マイルズがその髪に指を埋めて梳き、頭皮をマッサージしてくれた。ジェネヴィーヴはその心地よさにため息をもらし、肩の力を抜いた。

つぎにマイルズはドレスのうしろボタンに取りかかり、ゆっくりと外していった。やがてドレスが左右に開き、下にずり落ちていった。マイルズがドレスのわきをつかんでゆっくりと引き下ろし、足もとまで落とした。それが終わると彼女の肩から腕をなで下ろしていき、身をかがめて肩甲骨のラインに口づけしはじめた。背後でせっぱ詰まったように硬くなる彼のものが感じられた。ジェネヴィーヴはほんの少しだけあとずさりし、彼にからだを押しつけた。肌に触れる手がいきなり熱を帯び、呼吸が荒くなる。

ジェネヴィーヴは内心ほくそ笑んだ。マイルズは、ほんとうにわたしを欲しているのね。彼がくべた薪は、彼女のなかだけでなく本人のなかでも燃えさかっている。彼はこのあとふたたびわたしと愛を交わし、そうなればここ数日の忌まわしい日々は終わりを告げる。もとのふたりに戻るはずだ。ジェネヴィーヴは全身の力を抜いて彼の硬いからだによりかかり、巻きついてくる腕を、肩と首をさまよう口を、期待して待った。

ところがマイルズはさっと手を下ろし、あとずさりした。そして多少乱れた声とはいえ、こう告げた。「ここから先は、きみひとりでできるだろう」

ジェネヴィーヴは彼をふり返った。仰天のあまり、反応を押し隠すこともできなかった。「え?」彼をまじまじと見つめる。「どうしてこんなことをするの? なにが望みなの?」

マイルズが彼女のあごに手をかけた。「きみのほうからぼくのもとにきてほしい。それがぼくの望みだ。きみのほうが、ぼくのベッドにくるんだ」

一瞬、ジェネヴィーヴはただただ見つめることしかできなかった。そのあと、募りに募った怒りが全身を駆け抜けた。「なら、出ていって！」意を決したかのように、腕を扉に向けて大きくふる。目を青い憤怒で燃え上がらせ、声に侮蔑をたっぷりこめる。「わたしがすがりつくとでも思うの？　わたし、あなたの奴隷にはぜったいにならないわ。あなたをあがめるような、従順な妻にはならない。わたしと結婚するなんて、あなた、ばかよ。それを受け入れたわたしは、もっとばかだわ。さあ、わたしの部屋から出ていって！」

マイルズが怒りにかっと顔を燃え上がらせた。「よろこんで！」

彼はくるりと背を向け、部屋から出ていった。ジェネヴィーヴはそのあとを追い、けたたましい音を立てて扉を閉じた。

19

マイルズが部屋の入口で足を止めるのを見ても、ジェネヴィーヴはここ数日、最大限の努力を払ってしてきたように、それを無視した。レディ・ヘムファーストの舞踏会に出かけた夜以降、礼儀正しくも冷ややかな態度を貫いてきた。彼になにか問われれば答えたし、ちょっとした話題を切りだされればそれに応じてはいたが、どんなに挑発されようともそれに乗るようなことはせず、できるだけ距離をおくよう心がけてきた。朝食は部屋でとり、マイルズが外出するまで部屋から出ようとせず、夜はぎりぎりまで夕食の席に下りていこうとはしなかった。

こんな状態をつづけていたら結婚生活に未来がないことはわかっていた。それでも、マイルズに屈するのはいやだった。自分という存在そのものをあきらめてしまうわけにはいかないのだ。怒りと苦悩と孤独感にさいなまれながらも、それがジェネヴィーヴにできる精いっぱいのことだった。こんなものは結婚生活とは呼べなかった。人生ですらない。それでも、こうしていれば泣き崩れることなく一日をやり過ごせるのだった。

「これからアレックに会いにいく」とマイルズがいったので、ジェネヴィーヴは彼をふり返った。彼はいまではすっかり見慣れた表情をしていた――あごを引き締め、目に陰鬱な色を浮かべている。かつて得意としていた気楽なにやけ顔はどこへやらだ。

わたしがこの人の人生をだいなしにしてしまったのね、とジェネヴィーヴは思った。同時に、自分自身の人生も。そう思うと胸が締めつけられ、一度ごくりとつばを飲みこんでからでないと冷静な声が出せなかった。「兄によろしく伝えてちょうだい。それにもちろん、モアクーム卿にも」

「そうするよ」マイルズがそこで言葉を切った。「行かなくてもいいんだよ。きみがそう望むなら、ミセス・パーミンターのパーティにつき添ってもいい」そういって、かすかに顔をしかめた。「お祖母さまもダマリスも行かないようだし……」

「いいえ、わたしひとりでだいじょうぶよ」ジェネヴィーヴは顔を背け、さりげないしぐさで鏡台から乳液の瓶をつかみ、てのひらにぽんぽんと出した。乳液をもむ手に視線を据えたまま、言葉を継ぐ。「今夜、拳闘の試合を観戦するのは、何日も前から予定していたことでしょう。わたしのつき添い役としてパーティに行くために、それをあきらめることはないわ。それにわたしだって、こういうことをもう何年もしてきたのだから」そして軽い口調でつけ加える。「レディ・ルックスバイがコラムでわたしを取り上げてから、もう三日以上たっているし」

「わかった」といいながらも、マイルズはその場を動こうとしなかった。「ジェネヴィーヴ……」

彼女は、明るくもよそよそしい笑みを浮かべた。「さあ、楽しんでらして。わたしも楽しんでくるから」

マイルズが口を真一文字に結んだ。「そうだな」

そして彼は出ていった。ジェネヴィーヴは洗面台の前の椅子に沈みこみ、頬づえをついた。泣かない。泣くものですか。ペネロピが部屋に入ってきたので、ジェネヴィーヴはあわてて顔を上げた。「ああ、ペネロピ。今夜は銀の薄いストールがついた青いドレスを着ていこうと思うの」

ペネロピの手を借りても、ドレスを着こむのにずいぶん時間がかかってしまったが、ジェネヴィーヴとしてはとくに急いでパーティに行きたいわけではなかった。先ほどマイルズにあんなことをいったとはいえ、ひとりでパーティ会場に入っていくのが恐ろしくてたまらなかったのだ。しかし当然ながら、これからはそういうことに慣れておかなければならない。

パーミンター家の戸口を抜けたとたん、ジェネヴィーヴはなにかおかしな空気を感じた。入っていった瞬間、会場がしんと静まり返ったわけではなかったが、それでも会話する声がいっきに低くなったのはまちがいなかった。こちらをふり返る顔もいくつかあった。ジェネヴィーヴを出迎えたミセス・パーミンターの笑顔も引きつっている。一方、彼女の夫である大佐は、いたずらっぽい視線をジェネヴィーヴのほうに向けた。

いったいどうしたというの？

ジェネヴィーヴは幅の広い玄関広間をゆっくりと横切り、その先の集会室に入っていった。先々で客たちがじりじりじりとわきによってこちらに道を開けているような気がするのは、わたしだけ？　それとも、じっさいそうされているの？　いきなり、胃に氷の塊を飲みこんだ気分になる。できうるかぎり無頓着な顔を装ってあたりを見わたし、知った顔が見つかることを祈った。いまこの瞬間なら、祖母の友人レディ・ホーンボーの姿ですら歓迎できそうだ。

だれかの顔が向けられるたびに貪欲な視線が感じられたが、ジェネヴィーヴがそちらを向くと、あわててさっとそらされてしまう。頭をよせてこそこそと小声で話す人たちが、ときおり好奇心いっぱいにジェネヴィーヴのほうをふり返った。レディ・カーステアーズと目が合ったので、ジェネヴィーヴはうなずきかけた。レディ・カーステアーズは一瞬ためらったのち、うなずき返してきたものの、すぐにさっと背中を向けて近くの人と会話をはじめてしまった。

なにかがひどくおかしい。ジェネヴィーヴには、みんながいったいなんの話をしているのかさっぱりわからなかったが、そこにいる客の多くが彼女の知らないことをなにか知っているのは明らかで――みんな、その話をしきりに広めようとしているようだった。ジェネヴィーヴはのどからじわじわと熱気が上がってくるのを感じ、赤らみがすぐにわかってしまう肌の白さを呪った。広々とした部屋のわきの扉に向かい、幅の広い廊下に出た。

廊下のあちらこちらに客が集まっており、やはり妙な動きを見せていた。ジェネヴィーヴは廊下の先にある部屋に目をやった。いますぐきびすを返して玄関に駆け戻りたい気分だったが、臆病なまねはできない。スタフォード家の者は、けっして逃げたりはしないのだ。そう自分に念を押しつつ、ゆったりと廊下を進んで音楽室に入っていった。あたりを見まわしてみる。部屋には客が大勢いて、全員がジェネヴィーヴをじろじろ見たりこそこそささやき合ったりしていた。ジェネヴィーヴは胸をわしづかみにされるほど動揺し、足を止めた。そのとき目の隅で、だれもすわっていない一脚の椅子をとらえた。対をなすもう一脚はべつの席に移されているので、どこか奇妙な配置になっていた。ピアノの背後に隠れているおかげで、孤立していると同時に会話するには騒々しすぎるため、ジェネヴィーヴには打ってつけの逃げ場になりそうだった。

つい駆けてしまいそうになるのを必死にこらえ、なんとか一定のペースを保ちつつその椅子に向かった。ようやくそこに腰を下ろすと、両手をひざにおき、背中をまっすぐのばして、脚を足首のところで控えめに交差させた。ここでうなだれてはいけない、とあごをくいと上げる。それでもだれかに目を向ける度胸はなかったので、部屋の反対側の棚におかれた小さな像をひたと見つめた。口のなかが綿のように渇き、恥辱のために耳が燃えるように熱くなってくる。どうしてみんな、あんな態度をとるの？　今夜はマイルズや家族といった楯となってくれる人が一緒にいないから、というだけの話ではなさそうだった。

それに、ここから逃げだすまで、どれくらいの時間この状態に堪え忍ばなければならないのだろう？　とはいえ、この小さな逃げ場から立ち上がって去るだけの気力を果たして集められるのかどうかもわからなかった。ここにいるかぎり、隠れていられるような気がする――だれのことも見ようとしなければ。凝視され、こそこそ噂されるという試練をもう一度くぐり抜けるには、相当な意志の力が必要となりそうだ。

そのとき、聞き慣れた声がして、ジェネヴィーヴは部屋の入口に顔を向けた。いまのは、マイルズの声？　ジェネヴィーヴは安堵のあまりへたりこみ、泣きだしそうになった。マイルズがきてくれた。もうだいじょうぶだ。ふたたび彼の声がした。どこかわからないほど、離れたところから。彼の声が遠ざかったので、心臓が激しく鼓動しはじめた。マイルズが帰ってしまったらどうしよう？　あたりを見まわしてもわたしの姿がないので、もう帰ったと思ってしまったら？

ジェネヴィーヴは勢いよく立ち上がり、向けられる視線も気にせず、混雑する客のあいだを抜けていった。廊下に到達したとき、ちょうどマイルズが反対側の部屋から出てきたところだった。彼はだれかに笑みを向け、うなずきかけてはいたものの、その表情はかすかに緊張しているようで、なにか意を決したような鋭い目をしていた。その視線がジェネヴィーヴの姿をとらえると、表情がゆるんだ。彼は笑みを浮かべて近づいてきた。

ジェネヴィーヴは彼のもとに駆けよりたい気持ちを必死にこらえた。いま顔に浮かんでいるのは救出された安堵感ではなく意外さであることを祈りながら、前進した。

「ジェネヴィーヴ」マイルズがジェネヴィーヴの差しだした手を取って一礼し、指に軽く唇を当てた。彼女の手が冷えきり、かすかに震えていることは、彼にも伝わったはずだ。

「マイルズ。驚いたわ。ガブリエルと兄と一緒ではなかったの？」

「あいつらのことは見捨てたよ。ぼくがどうしようもないほど家庭的な人間になってしまったと、おそらく何週間もからかわれることにはなるだろうが、それでもぼくは、きみと一緒にいたかったんだ」

「そうしてくれて、うれしいわ」マイルズにあいかわらず手を握られていたおかげで、ジェネヴィーヴの体内に温もりが広がり、支えとなった。

「だれか知り合いはきているのかい？」マイルズはそうたずねながら、さりげなく彼女の手を自分の腕に引っかけ、音楽室に向かいはじめた。ジェネヴィーヴとしてはあそこに戻るのだけはいやだったが、彼の行動が正しいのはわかっていた。なにが起きているにせよ、ゴシップに対抗するには正々堂々と立ち向かうよりほかないのだ。だからといって噂話が消えることはないだろうが、そんなものはなんとも思っていないと人に知らしめることはできる。

「ええ、もちろん」ジェネヴィーヴは、先ほど凍りついたようにあたりを歩きまわったときに見かけた顔を思いだそうとした。「レディ・カーステアアーズがいらしているわ。それに、そう、たしか、ミスター・サンダーソンも」

マイルズが知った顔を見つけ、足を止めておしゃべりをはじめたが、その間、ジェネヴィーヴをずっとわきに引きよせていた。彼の友人と一緒にいた女性が用心するような目を向けてきたが、女性のご多分にもれず、すぐにマイルズの魅力に屈し、やがてにこやかに会話を弾ませるようになった。しばらくしたのち、ジェネヴィーヴとマイルズは先に進み、何度も何度も足を止めてはおしゃべりに興じた。マイルズは意識してあたりをめぐり、まずはだれかと話しこんだあと、さりげない会話をつづけるなかで、ここであいさつを交わさなければ無礼にあたるという状況をつくったうえで、またべつのだれかと話しこむ、ということをくり返していった。

それだけでなく、ジェネヴィーヴは彼が愛情をたっぷり示していることにも気づいた。むろん節度を越えるようなことはしないものの、つねに彼女をわきに引きよせ、ときおり身をよせては耳もとにささやきかけ、彼女が話をしているときはうっとりと聞き惚れるかのようにまっすぐ見つめ返してきた。要するに、妻にすっかり魅了された夫という風情《ふぜい》なのだ。現実はちがうはずなので、マイルズもなにか目的があってその役割を演じているにちがいない。それがなんなのかはわからなかったが、マイルズの社交的な洞察力を信頼しきっていたジェネヴィーヴは、とにかく合わせて演じることにした。彼に笑みを返しては浮ついた言葉をかけ、きらめく目で見上げ、小娘のように目をぱちぱちとしばたたく以外のことならなんでもした。

おかげでジェネヴィーヴはすっかりくたびれはて、マイルズがようやく音楽室の隅に腰を落ち着けたときには、さすがにほっとした。そこに彼の知り合いが立っていたので、マイルズが先ほどまで観戦していた拳闘の試合について延々と話しこむことになった。ジェネヴィーヴはその会話の輪に入ることは求められなかったし、礼儀正しく会話を交わすべき女性もいなかったので、ようやく肩の力を抜いて、娘たちが入れ替わり立ち替わりピアノの腕前を披露する傍らで心をさまよわせることができるようになった。マイルズが、三人で部屋の隅に隙間のない三角形を描くよう位置取りしてくれたおかげで、ほかの人間は彼らの会話に気軽に参加できない雰囲気がつくられていた。

やがてふたりは軽食をとろうと席を立ったが、ジェネヴィーヴとしては、食べるよりもすわったまま若い女性たちのピアノ演奏に耳を傾けるほうがまだましだった。ようやくマイルズがかすかにうなずきかけてきた。これで、逃げだしたと見られることなくいとまを告げられるだけ長く滞在したと判断したのだろう。ふたりはのんびりとした足取りで玄関に向かい、途中、主催者の女性にあいさつしたときは、今夜はとても楽しかったとまっ赤なうそをついた。マイルズがジェネヴィーヴを足早に玄関前の階段に導き、歩道に出た。

「歩いて帰ろう。すぐだから。それに、馬車がくるまで待ちたくない」

「そうね」ジェネヴィーヴとしても、緊張をいくらかほぐすためにも、軽くからだを動かしたい気分だった。「それにしても、どういうことなの？　なにがあったの？　どうしてみんな、おかしなふるまいをしていたの？　それにどうしてあなたがパーティに駆けつけてくれたの？」

「お祖母さまから伝言を受け取ったんだ。きみが家を出るまでに間に合わなくて、伝言を届けにきた男がひどくあわてたので、ボールディンが気をきかせてぼくに届けさせたんだ。どうやらきょう、あのいまいましい三流紙にまたべつの記事が掲載されたらしい」

「『オンルッカー』に？　でも、いったいなにが――みんなに、あんな態度をとらせてしまうほどの記事なんて。レディ・カーステアーズにあからさまに無視されたくらいなのよ」

ジェネヴィーヴは、客たちの軽蔑的な表情や冷たい拒絶のまなざしを思いだし、軽いわななきを抑えきれなかった。「わたし、なにもしていないのに」

「わかっている」マイルズはあごを引き締め、見たこともないほど冷たい目をしていた。

「どうやら、でたらめを書かれたらしい」

「なんと書かれていたの？」恐怖で胸がいっぱいになる。

「レディ・ルックスバイは、ダースバリーがきみとの婚約を破棄したのは、あの夜、図書室で起きたことだけが原因ではなく、きみがほかの男と密通しているとわかったからだとほのめかしたんだ」

ジェネヴィーヴの顔から血の気が引いていった。彼女はいきなり足を止め、言葉を失ったままマイルズを見つめた。マイルズが彼女に向き直った。そのいかめしい表情を見て、ジェネヴィーヴは胸を冷たい恐怖にわしづかみにされた。「マイルズ――あなたまさか――まさか、そんなこと、信じていないわよね？」

「信じるものか！　ジェネヴィーヴ」マイルズは表情をゆるめて彼女を腕のなかに引きよせた。「ぼくはダースバリーのようなまぬけじゃない。きみがそんなことをするなんて、信じるものか」

ジェネヴィーヴは安堵のあまり彼の腕のなかに沈みこんだ。その温もりとたくましさに慰められた。涙がこみ上げてきたが、瞬きで押しとどめた。マイルズがこちらにどんなに腹を立てているとしても、これだけはたしかだ――わたしはマイルズに信頼されている。それに、いまは一緒にいるとどんなに心が動揺しようが、わたしはマイルズを頼りにすることができる。ジェネヴィーヴはからだを起こし、彼に小さくほほえみかけた。「だって、あなた、ずいぶん――」

「かりかりしている、って？」マイルズが目をかっと燃え上がらせた。「ああ。腹立たしくてたまらないさ。だれかを絞め殺してやりたい気分だ」マイルズが彼女の腕を取り、ふたりはふたたび歩きはじめた。「なにがいらだたしいかといって、この怒りの矛先を向ける相手がいないことなんだ。新聞記事には具体的な名前はいっさい記されていない。じっさいほのめかしているだけで、きみのことだとは証明できないようになっている。『図書室で〝現場〟

を押さえられたとあるレディは、それまでさんざん辛抱を重ねてきた婚約者にがまんの限界を超えさせたらしい』というふうに書かれているだけで。それを読めば、だれもがだれのことかぴんとくるものの、こちらがそんなのはでっち上げだと抗議しようものなら、やはりきみのことだと世間に認めたようなものだからな。それに当然ながら、きみが密通していたという男がだれなのかについては書かれていない。ぼくだとほのめかされてもおかしくなかったんだが、なぜか既婚者と書かれている」

「でも、どうして？」声が震えていたので、ジェネヴィーヴは一度ごくりとつばを飲みこんでから先をつづけなければならなかった。「どうしてその新聞は、わたしに汚名を着せようとするの？　わたしのこと、知りもしないはずなのに」

「そうすれば、いまいましいことに売上がのびるからさ。そんなゴシップを耳にすれば、みんな即座にあの新聞を買いに走るだろう」

それから数分ほどふたりは押し黙ったまま歩いていたが、やがてジェネヴィーヴは考えていたことを口にした。「でもどうして、わたしを標的に選んだのかしら？」

「わからない」マイルズは顔をしかめた。「きみにかんする噂をはじめて掲載したとき、売上が何倍も跳ね上がったことはまちがいないだろう。だから、またきみの話題を持ちだせば大当たりすると考えたのかもしれないな。それにしても、もう少し小さなあつかいでも人の好奇心を刺激しつづけることはできただろうに。どうしてこれほど露骨でとっぴなうそをでっち上げたんだろう？　奇妙なほど個人的な悪意が感じられる」

「新聞社にだれかが噂を提供したとしか思えないわ。でなければ、イーストエンドで女中を追いかけたときのことが、あれほどすぐに知れるはずがないもの。お祖母さまは、ああいう新聞は使用人たちにお金を払ってゴシップを仕入れているのだろうといっていた。でも新聞社にゴシップがたどり着くには、しばらく時間がかかるものでしょう？」

マイルズがうなずいた。「おそらく先方は、上流社会にいるだれかから直接、噂を仕入れているんだろうな」

「つまり、わたしの知り合いのだれかが新聞にうそを伝えているということ？　上流社会にいるだれかが、わたしの人生を……破滅させようとしているの？」ジェネヴィーヴはぎょっとした。「でも、だれが？　なんのために？」

「ラングドンかな？　手紙できみを図書室に呼びだしたところからして、あいつが思っていた以上にさもしい輩《やから》だということがわかったし」

「でも、そんなことをしてあの人になんの得があるの？」

マイルズが肩をすくめた。「やつはロンドンから逃げだした。アレックかぼくに見つかったら、どうなるかわかっているからだ。ぼくがあいつを捜索するよう、人を送りこんだことに気づいたのかもしれない。それに、あいつがしでかしたことや、あいつがどれほどあくどい男なのか、きみが暴露する可能性はつねにある。そんなことになれば、やつも世間からつまはじきにされるだろう」

「つまり、まずはわたしのほうを世間からつまはじきにさせておけば、あの人がわざとわたしを図書室に誘いだしたことを暴露する機会を奪えると考えたのかしら。あるいは、少なくともわたしが不道徳な人間だという記事を読んだあとなら、みんなわたしの言葉を信じなくなると」

「道義心のかけらもない男だから、そんなふうに考えて、きみの評判を傷つけようと躍起になっているのかもしれないな」

ジェネヴィーヴは屋敷に向かいながら考えこんだ。「でもそうなると、ラングドンはロンドンにいることになるわ。このレディ・ルックスバイのコラムを書く人間と、すぐに連絡が取れなければおかしいもの。それに、わたしがあの女中を追いかけたことも、だれかから聞かなければわからないわけだし。大陸や、どこかほかの逃亡先にいたら、そんな情報を得られるはずがないわ」

「たしかに。そうなると、やつはまだロンドンのどこかにいるのに、ぼくが見つけられずにいるということか」マイルズは顔をしかめ、玄関を開けてジェネヴィーヴにつづいてなかに入った。

ふたりは書斎に腰を落ち着けた。マイルズがふたつのグラスにブランデーを注ぎ、ひとつをジェネヴィーヴに手わたした。「ほら、これを飲んで。気分がよくなるから」

ジェネヴィーヴはいわれたとおりにひと口飲み、かっと燃えるような液体がのどを通過するあいだ顔をしかめていた。ため息をついて椅子の背にもたれかかると、からだじゅうの筋肉が徐々にほぐれていくのがわかった。

「ロンドンをもっと徹底的に捜索すべきだった」とマイルズがいった。「あいつの友人に話を聞いて、なじみの場所を捜してまわるだけでは足りなかったのか。それにしても、ロンドンから逃げだすくらいの頭はある男だと思っていたんだが。賭博場や売春宿を隅から隅まで捜してまわるべきだった」

「きりがないわ」とジェネヴィーヴはいった。マイルズがラングドンを捜して売春宿をめぐると考えただけで、胃がきりきりしてきた。

「そうだが、少なくともやつがこれ以上なにかするのを阻止することができる」

「肝心なのは、わたしたちがどうすべきかよ」

「最初は、『オンルッカー』にがつんといってやろうかとも考えた」とマイルズがいった。

「そんなことをしたら、もっと大きな醜聞になってしまうだけだわ」

「おそらくは。それでも、いくらかせいせいするだろう」

「それはわたしも同じだろうけれど」とジェネヴィーヴ。「でも新聞社と対決すれば、事態はもっと悪くなってしまう。考えてもみて、レディ・ルックスバイがなんと書くか。『とある紳士が妻の無分別な行いを暴かれたことに怒り心頭に発し、編集長を襲撃』だなんて」

「領地に戻りたいかい？」

「そうできたらうれしいでしょうけれど、できないわ。だれのしわざなのかはともかく、その人のせいでロンドンを追われるなんて、まっぴらよ」

「きみならたぶんそういうだろうと思っていた」

「わたしは、いつもどおりの生活を送らなければ」ジェネヴィーヴはブランデーをもうひと口飲んでからいった。今夜はさんざんな思いをさせられたとはいえ、こうしてマイルズと一緒にすわって話ができたのはうれしかった。ふたりの関係が昔に戻った気分だ。以前のようにマイルズに気づかわれ、この試練を乗り越えるために手を差しだしてもらっているような気分。「今回のことは、お祖母さまにしてみればつらいことだと思うけれど、お祖母さまならわたしの支えになってくれるはずよ。ダマリスも、シーアも」助けになってくれる友人たちを思うと、少し背筋がしゃんとしてきた。「社交的なおつき合いはつづけなければ――お祖母さまなら、拒絶される心配をせずとも訪ねていける人たちを知っているはずだわ。わたしとしては精いっぱいいつもどおりの生活を送るつもり。シーアから、〈ハチャーズ書店〉に行かないかと誘われているの」

「本を買いに？」

「ええ。そんな驚いた顔をすることはないでしょう。わたしだって、文字くらい読めるのよ」そのあと、彼女は声を立てて笑った。「でも白状すれば、そのお店がどこにあるのかもよく知らないわ。もしシーアの都合さえよければ、明日の午後にでも出かけてくる。そのあと〈ガンターズ〉に氷菓子を食べにいってもいいと思っているの。それに、劇場やオペラや、パーティにも顔を出さなければ。まだ招待してもらえそうなら、の話だけれど」

「招待されるさ」とマイルズが自信たっぷりにいった。「ぼくは母に手紙を書くよ。母なら助けにきてくれるはずだ」

「お義母さまが、ここに？」ジェネヴィーヴは驚いて彼を見つめた。「でもたしかお義母さまは、ロンドンがおきらいではなかったかしら」

「ああ、そうだ。しかし母なら、ぼくたちが総力を結集する必要があるとわかってくれる」

「まるで軍事作戦かなにかのようね」

「そうなる。母はあまり社交界に顔を出さないほうだけれど、友人がいないわけではない。少女時代からの腹心の友が、レディ・ペンバロウなんだ」

「ターウィック公爵夫人の姪御さんのこと？」

「ああ。母も彼女とそうしょっちゅう会えるわけではないんだが、レディ・ペンバロウはロンドンの最新ニュースを逐一、母に知らせてくれている。うちの一族がスタフォード家と同じくらいの影響力があると世間に知らしめれば、根拠のないゴシップなどもみ消せるさ。きみのお祖母さまの力はありがたいが、夫の一族があんなくだらないデマは信じないという点をはっきり示せば、もっと大きな意味があるだろう」

「ああ、マイルズ……」ジェネヴィーヴは口ごもった。

マイルズが驚いた顔を向けた。「なんだい？　まさか、母にはきてもらいたくないとか？」

「ちがう！　もちろん、そんなことは思っていないわ。お義母さまがきてくだされば、すごくうれしい。誇らしくもある。そんな……そんなことをしてくださるなんて、ほんとうにありがたいわ。お義母さまは、わたしが思っていたよりもはるかにやさしくしてくださったし」ジェネヴィーヴはそこで言葉を切った。これ以上つづけると、声に涙がにじんでしまいそうだ。

「きみはぼくの妻だ」マイルズがきっぱりといった。「だからいま、母はきみのことを娘だと思っている。母は生まれつき心やさしい人ではあるが、子どものひとりが危機に瀕しているとなれば、ライオンのごとく強くなれるんだ」

考えてみれば当然だ。ジェネヴィーヴにたいする誹謗中傷は、いまやソアウッド家にたいする誹謗中傷となる。だからマイルズが救いの手を差しのべてくれるからといって、こちらを気づかっているとかんちがいしてはならない。ジェネヴィーヴの名誉は、いまやマイルズの名誉でもあるのだから、彼がそれを守ろうとするのも当たり前の話。もちろん安堵はしたが、同時に少々気持ちが落ちこむのも事実だった。

「少し疲れたわ」ジェネヴィーヴはそういってグラスをわきにおいた。いきなり大きな疲労感が押しよせてくる。

「そうだろう」マイルズがすぐに自分のグラスもおき、立ち上がろうとするジェネヴィーヴに手を貸した。彼は一緒に廊下を進んだが、階段の前で足を止めた。「ぐっすりお眠り」彼女の手を掲げ、唇を押しつけたあと、放した。「心配は無用だ。ことの真相を暴いてみせるさ」

「出かけるの？」ジェネヴィーヴはマイルズが玄関に向かうのを見て問いかけた。

マイルズがふり返った。「ああ。ラングドンがまだロンドンにいるのなら、必ず見つけだしてやる」

彼が去り、ジェネヴィーヴは階段の足もとにひとり取り残された。玄関の扉が閉ざされて家が静寂に飲みこまれたあとも、しばしその場にとどまっていた。やがてため息をもらすと、くるりと方向転換して階段を上がり、空っぽのベッドに向かった。むろん、マイルズが今回の不正をただし、この恐ろしいうそを広めた悪党を見つけてみせると意を決してくれたのは、すばらしいことだ。

それでもジェネヴィーヴは、一緒に上の階にきてもらいたかった、彼の腕のなかでこの寂しい夜を過ごしたかった、と思わずにはいられなかった。

20

〈ガンターズ〉に向かいながら、ジェネヴィーヴは胃がきりきりするのを感じていた。シーアと一緒に〈ハチャーズ書店〉に入っていくときは平気だった。書店で知り合いと遭遇する確率はかなり低いからだ。しかしこの人気の菓子屋では、上流社会のレディと遭遇する可能性は充分にある。だから店内に知った顔がひとつもないことに気づいたときは、小さく安堵のため息をもらした。もちろん、堂々とふるまっているところを見せつける目的で出かけてきているのだから、知り合いがひとりもいない場所にいても意味がないのだが、それでもその日の試練を免れたと思うと正直ほっとした。

シーアと一緒に氷菓子をほぼ食べ終え、マシューの最近の災難話にジェネヴィーヴが声を立てて笑っていたとき、店に入ってきた女性三人がはたと足を止め、彼女に視線を向けた。ジェネヴィーヴは笑みを消し、すっと背筋をのばした。

そのようすに気づいたシーアが話を中断し、戸口をふり返った。「お知り合い？」

「ええ」ジェネヴィーヴは三人の女性を見つめたままでいった。いちばん年かさの女性がはっと息を呑んだのち、ジェネヴィーヴを無視してすばやく顔を背けた。ジェネヴィーヴは無表情を装った。「いまわたしを無視したのはミセス・ファーンハム。若い女性の片方は娘さんのリリアン。もうひとりはアイオナ・ハルフォードよ。あなたはご存じないと思うけれど。レディ・ダースバリーにくっついていないアイオナを見るのははじめてだわ」

ミセス・ファーンハムがふたりの若い女性になにやら言葉をかけ、ジェネヴィーヴとシーアからできるだけ離れた席に向かった。娘のほうはあとについていったが、アイオナは一瞬立ち止まり、ジェネヴィーヴに怒りのまなざしを向けてきた。そのあと友人たちのあとを追おうといったん背中を向けたものの、いきなりさっとふり返ってジェネヴィーヴのテーブルにつかつかと近づいてきた。

「よくもぬけぬけと！」アイオナが非難するような声でいった。ジェネヴィーヴがなにもいわず、冷たくまゆをつり上げてみせると、アイオナはせきこむように先をつづけた。「ご自分のなさったことを恥じて、引きこもっているべきでしょう！　ダースバリー卿のように、ごりっぱで高潔な方にあんなことをしておきながら」

ジェネヴィーヴは目の隅で、ほかの客たちが席からからだをねじるようにしてふり返り、好奇心も露わにこちらを見つめているのに気づいた。ひざの上でこぶしを固めつつ、ここは立ち上がってアイオナに平手を食らわせるべきか、好奇の視線からさっさと逃げだすべきか、ためらった。それでも、なんとか冷静に応じてみせた。「ミス・ハルフォード、みなさんが見ていますよ」

「かまいませんとも！」とアイオナが切り返した。「わたしは、なにも恥じ入る必要はありませんから。恥じ入るべきは、あなたのほうでしょう、まるで……商売女じゃないの！」

ジェネヴィーヴはすっと鋭く息を吸いこんだ。ところが彼女がどうすべきか考えるより早く、シーアがすっくと立ち上がってアイオナの腕を強くつかんだ。アイオナは驚いた顔でシーアを見上げた。

シーアがきっぱりとした声でいった。「お嬢さん、あなたのほうはご自分の評判など気にもかけず、その情けない態度をみなさんによろこんでご披露したいのかもしれないけれど、お店にいるほかのお客さまのことも考えたほうがよいのではないかしら。みなさん、愚かな娘さんが怪物ハルピュイアのごとくわめき散らす声を聞きにきたわけではないのですから」

アイオナが滑稽なほど口をあんぐりと開け、シーアをまじまじと見つめた。「痛い！　痛いじゃないの。放してちょうだい」

「あなたが正気を取り戻したら、よろこんで放して差しあげます」とシーアはいったが、その先をつづける前にミセス・ファーンハムが飛んできた。

「アイオナ！　アイオナ！」ミセス・ファーンハムがきっとシーアをふり返った。「その手をお離しなさい！　あなた、どこのどなた？　ご自分がいま、だれに向かって話をしているのか、わかっているの？」

「とても無礼で軽率な娘さんと話しているんです」とシーアは応え、眼鏡の奥の灰色の目できっとにらみつけた。「あなたがこの娘さんを教育する立場にいる方なら、じつに情けない仕事ぶりだといわざるをえませんね」ミセス・ファーンハムが鳩の胸のようにぷっとからだをふくらませ、顔をまっ赤にする一方、シーアはつづけた。「もっとも、この娘さんがだれをお手本にこんな芝居じみた言動を取るのか、察しはつきますけれど」

ジェネヴィーヴはすばやく立ち上がった。即座に、しかも鋭い言葉で彼女を守ろうとしてくれたシーアのことを抱きしめたい気分ではあったが、ここで騒ぎを起こしてレディ・ルックスバイのコラムに新たなネタを提供するわけにはいかなかった。

「わたしたち、もう帰るところですので、ミセス・ファーンハム」とジェネヴィーヴはいった。「でもミス・ハルフォードがご自分を見世物にしてしまう前に、手綱をしっかりつかんでおいたほうがよろしいのではないかしら」

その年配女性から怒りの返答がくるものと思っていたが、ミセス・ファーンハムはジェネヴィーヴを見ることすら拒み、わざとらしく鼻を鳴らして顔をさっと背けた。まるでジェネヴィーヴの姿が視界に入るだけで不愉快だとばかりに。その侮蔑は、思っていた以上にジェネヴィーヴの胸に深く突き刺さった。彼女はくるりと背中を向けて戸口に向かい、シーアがついてくるかどうかをふり返ってたしかめることすらしなかった。目の奥を涙が刺激し、屈辱のあまり頬が燃えるほど熱くなる。やみくもに通りを進んでいくと、シーアがわきに追いついて腕を取り、逆方向にふり向かせた。

「馬車はあちらよ」シーアがそういって、モアクーム家の艶やかな黒い馬車の前まで連れていってくれた。ジェネヴィーヴが乗りこんで座席に沈みこんだあと、シーアも乗りこんだ。

「なんて恐ろしい女なの！　さすがのわたしもキリスト教徒の慈悲心を失ってしまいそうだったわ」

ジェネヴィーヴはうなずき、笑みを浮かべようとしたものの、目に涙があふれてきたのであわててそっぽを向き、ピカデリーの風景を見るのは生まれてはじめてだとばかりに窓の外をひたと見据えた。シーアはそんな彼女をちらりと見やったあともしゃべりつづけた。先ほど遭遇した女性たちのことはさておき、一緒に食べた氷菓子の称賛からはじまって、〈ハチャーズ書店〉で購入した本の話に行き着いたあと、馬車が屋敷の玄関前に乗りつけるころには話題も尽きていた。ジェネヴィーヴはひざの上で両手を強く絡み合わせ、わっと泣きだしてしまいそうになるのを必死にこらえ、目の隅からついこぼれ落ちてしまう涙をときおり拭っていた。

「わたし、もう失礼しないと」ふたりして馬車から降りながら、ジェネヴィーヴはのどを詰まらせたような声でいった。

「だめよ」シーアがジェネヴィーヴの肩に腕をまわし、一緒に屋敷につれて入った。ふたりの帽子を受け取ろうと歩みよってきた従僕を手で追い払うと、シーアはジェネヴィーヴを小さな居間に通し、扉をきっちりと閉めた。「さあ、話して」シーアはボンネット帽を取って椅子に放った。「どうしたの？　あのひどく愚かな娘さんのせいだけなの？」

「いえ、ちがう」ジェネヴィーヴは首をふり、唇を真一文字に結んだ。涙が勢いよくこみ上げてくる。「ああ、いやだ！　泣いたりするなんて！　ごめんなさい」

「泣いて当たり前だわ」シーアがジェネヴィーヴの帽子のリボンをほどき、先ほど自分の帽子を放った椅子に向かってさっと飛ばした。「菓子屋であんなふうに攻撃されれば、だれだって泣きたくなるわよ」

ジェネヴィーヴはシーアの言葉に笑い声を上げたものの、それがなぜか泣き声に変わり、いったんそうなると、もはや涙をこらえきれなくなった。ついに身をよじらせておいおいと泣きじゃくり、顔を涙でぐしゃぐしゃにした。シーアがジェネヴィーヴに腕をまわし、ソファまで連れていってすわらせ、彼女が思いきり泣くあいだ、肩をやさしく叩いてくれた。

「わたし、申しわけなくて。すごく、申しわけなくて」まるで絞りだすかのように、ジェネヴィーヴの口から言葉がもれた。「なにもかもをだいなしにしてしまったの」

「なにをいうの」シーアがきっぱりといった。「そんなことがあるはずがないわ。なにをだいなしにしたというの？」

「わたしの――わたしの人生よ！　マイルズの人生。ああ、シーア、あなたにはわからないんだわ！　もう、ほんとうに、ほんとうに最悪な事態になってしまったの」ジェネヴィーヴは震えるような息を吸いこむと、ハンカチを取りだして顔から涙を拭った。

シーアがジェネヴィーヴの肩を抱く手を下ろし、真正面から彼女を見据えた。「どうして自分とマイルズの人生をだいなしにしたと思うの？」

「マイルズと結婚してしまったからよ！　わたし、あの人が人生を犠牲にしようとしているのを、止めなかった。しかも、あの人の申し出に飛びついてしまった。いまとなっては——もうあの人は、一生涯わたしに縛りつけられてしまったんだわ！」

シーアが顔をしかめた。「この前ふたりで話してから、なにも変わっていないということ？　マイルズは、まだあなたに腹を立てているの？」

「いいえ。いえ、そうなの。ああ、わからない！　頭が混乱してしまって。でもときどき、あの人に憎まれているんじゃないかと思うの」

「ジェネヴィーヴ！　そんなことはぜったいにないわ。ガブリエルからそんなことはひと言も聞いていないし」

「ガブリエルは——」ジェネヴィーヴはほとんど懇願するような顔でシーアを見つめた。「ガブリエルは、マイルズの気持ちを知っているのかしら？」

「わからないわ」シーアが困惑の表情を浮かべた。「ガブリエルからその話は聞いていないので。ジェネヴィーヴ……どうしてマイルズに憎まれていると思うの？」

「だってあの人——わたしにいうことを聞かせたがっているんですもの」ジェネヴィーヴは

思い切って口にした。シーアのまゆが高くつり上がり、ジェネヴィーヴは髪の生え際まで顔をまっ赤に染めた。

「ジェネヴィーヴ、それはどういう意味?」シーアがひどく心配するような声でいった。「マイルズは――つまり彼は、あなたにつらく当たるの? その……暴力をふるうとか? それとも、あなたのいやがることを無理やりさせようとするの?」

「ちがうわ! あの、ちがうの、そういうことではなくて。あの人はわたしに手を上げたりはしない。それだけはたしかよ」ジェネヴィーヴはさらに頬を染め、みじめなようすで顔を歪めた。「あの人、わたしのことを冷たい女だというの。こちらはそんなつもりではないんだけれど。自分では――」ため息をもらす。「自分では、そんなことはないと思っていたの。でも男の人がなにを望むものなのか、わたしにはわからなくて」

「マイルズから、ええと、なんというか、〝満足できない〟とでもいわれたの?」シーアが遠まわしにたずねた。

「いいえ。でも、きみは冷たい女だっていわれたわ。それに、好きなだけひとりで寝ればいい、とも。でもわたし、そんなことを望んでいるわけじゃないの――そうしたかったわけじゃなくて。ただ――そういうものだからというだけで。わ――わたしは、自分ひとりの時間がほしかっただけなの。ほら、いつでも、ひとりになりたいときは、そこに行けるという場所が」

「ときどきひとりになりたいと思うのは、悪いことではないわ。わたしだって、プライオリー館には、読書や考えごとや……とにかくひとりになりたいときのための部屋があるもの」

「あなた——」ジェネヴィーヴはシーアには目を向けず、自分の手を見つめながらいった。

「あなたとガブリエルには、べつべつの寝室がある？」

「どうかしら」シーアは驚いた顔をした。「考えたこともなかったわ。プライオリー館では、ないわね。いままで一度も——どうかしら、結婚したとき、そういうことは考えなかった。でもわたしは牧師館で育った人間でしょ、だからあなたとくらべれば、あまり大きな場所には慣れていなかったし。ガブリエルの領地に戻れば、ええ、たしかに寝室はふたつあるわ。服やなにやらを収納することを考えれば、そのほうが便利だから。でも現実は……」シーアは頬をほんのりピンクに染めてにこりとした。「ガブリエルが自分の部屋で寝ることはないわね。だからあそこは、あの人にとって、やたらに大きな衣裳部屋ということになるかしら」

「まあ」

「マイルズはそのことで腹を立てているのかしら……あなたが自分の寝室を持っているから？」

「そうではないと思うの。それについて、あの人がなにかいっているわけではなくて——ご存じのように、マイルズって少し口数が多いけれど。でもあの人がひどく腹を立てているのはそのことではなくて、その……」ジェネヴィーヴは肩をすくめた。「わたしそのものと、わたしの性格にたいしてなの」

「あなたにそんな口をきいてしまったことにたいして、マイルズはひと言も謝っていないの?」

「謝ろうとはしたみたい」ジェネヴィーヴはもう一度肩をすくめた。「あんなことをいって申しわけなかったとはいっていたわ。あの人は、人を不愉快にさせるのは好きではないから。なんでも穏やかにおさめるのを好む人だわ。それでも、いわれた言葉は消えない。それを撤回することはできないのよ」

「でもあなただって、たまには心にも思っていないことを口にしたりするのではないかしら?」

「そうね」ジェネヴィーヴはうなずき、またしても自分の手をしきりに見つめはじめた。「そんなことはどうでもいい、とあの人にいったわ。わたしはあなたとはちがうし、あなたほど……欲望は抱いていないから、と」彼女はドレスからぶら下がるリボンの端をねじったりほどいたりをくり返した。「でも、それはうそなの」ほとんどささやくような声になる。「ほんとうは、楽しんでいたの。でも、できなかった――あの人に冷たい女だといわれたあとで、それを認めることはできなかった。あの人がずっと、楽しんでいるふりをしていたことに気づいたあとは」

「ふりをしていた？」シーアが疑うような声でいった。「つまりあなたは、マイルズが――なんといったらいいのかしら、繊細ないい方はないけれど、とにかく楽しんでいるように装っていたというのね。でも男の人が、その、反応を偽ることはできないのではないかしら」

「そういう意味ではないの」ジェネヴィーヴは顔を上げた。「でも男の人は、ほんとうはこちらほどその気になっていなくても、あたかも欲しているようにふるまうことはできるでしょう。けんかしたあと、最初はわたしたち、ほとんど口もきかなかった。なのに突然あの人ったら、なにもかも順調だというふりをしはじめたの。昔のような態度で、こちらをからかったり、楽しげに話しかけてきたり、それに……」ごくりとのどを鳴らす。「わたしに触れてきたり、口づけしたり、思わせぶりな顔をしたり――わたしのいっている意味、わかるわよね？」

「思いあたるふしはあるわ」シーアはそっけなく答えた。

「だからわたし、てっきり、この人はまたわたしをベッドに誘うつもりなんだ、これでなにもかももとどおりになる、って期待したの。ところがあの人、そうはしなかった。しばらくしたら、急にやめてしまったの。だからわたし、ものすごくまぬけな気分になってしまって。まぬけ以下よ。だってわたし、すごく……そそられてしまったから。あの人、わざとわたしを苦しめたんだわ。わたしの気持ちを利用したのよ。だから、そうね、あの人、わたしにつらく当たっている。わたしのこと、傷つけたわ」

「でも、なんのために？　理解できない」

「わたしを屈服させるためよ！」ジェネヴィーヴはすっくと立ち上がった。「先日の夜、わたしのほうから彼のベッドにこいといわれたの。わたしにすがりつかせたいんだわ、わたしにあきらめさせようというのよ――」

「なにを？　マイルズは、あなたになにをあきらめさせたがっているの？」

「わたし自身よ！」ジェネヴィーヴは叫んだ。「あの人に、わたしは彼の妻であるだけでなく、いまだにジェネヴィーヴ・スタフォードでいたがっている、と責められたわ。でもわたし、自分が自分でなくなるのはいやなの」

「もちろんだわ。マイルズだって、マイルズでしかいられないはずだもの」

「そうよ！　そのとおりだわ。あの人は、わたしを全面降伏させたいのよ。だからもう、わたし、頭がどうにかなってしまいそうなの！　マイルズったら、しつこいんですもの。きっとわたしの頭がおかしくなるか、がまんしきれずにあきらめてあの人のベッドに行くかするまで、やめないつもりなのよ。でもわたしは、そんなふうにはなれない。男の人の力に屈するなんて、いやよ」ジェネヴィーヴはそこで言葉を切り、シーアに挑むような視線を向けた。

　シーアはそんな彼女をしばし見つめていたが、やがて口を開いた。「あなた、自分は自尊心の高い人間だといっていたけれど、わたしから見れば、謙虚すぎるほど謙虚だわ」

ジェネヴィーヴはぽかんとした顔でシーアを見つめた。

「ご自分ではまだ気づいていないみたいだけれど、マイルズがあなたをその気にさせられるだけではないのよ。あなたのほうも、彼をその気にさせられるはず」

「いいえ、それはないわ」ジェネヴィーヴは悲しげにいった。「あの人、わたしのことなんて気にもかけていないもの」

「そこがまちがっているのよ。ゆうべガブリエルが一緒にいるとき、マイルズはあなたと例の噂にかんする伝言を受け取った。ガブリエルが、あなたがはまりこんだ苦境に気づいたときのマイルズの表情を見ているのだけれど、あなたのことを気にもかけていない人の表情ではなかったみたいよ。マイルズは即座に立ち去ったらしいわ。大急ぎであなたのもとに駆けつけたのよ。あなたが傷ついていることも、あなたが彼を必要としていることも、わかっていたから。ガブリエルやマシューがなにか危険な目に遭えば、わたしはすっ飛んでいく。それと同じように、彼もあなたのもとへ飛んでいったのよ」

「わたしはあの人の妻だもの。つまり攻撃されているのは、あの人の家名でもあるし」

「マイルズの行動は、家名を気にかけてのものとは思えない」とシーアがきっぱりといった。

「それなら、どうしてあの人、こちらが震えるまで口づけしておきながら、さっさと歩き去ってしまうの?」ジェネヴィーヴは声を上げた。

「歩き去ったのかもしれないけれど、マイルズにとっても簡単なことではなかったはずだわ、ジェネヴィーヴ。あなたは美しい女性ですもの。そしてマイルズは男性だわ。あなたもさっきいったように、〝欲望〟を持つ男の人」

「たしかにそういうふうには見えたけれど」ジェネヴィーヴは悲しげに認めた。

「あなた方の寝室で起きていることはわたしにはわからないけれど、あなたとマイルズが一緒にいるところは見てきた。大切に思う女性に向ける視線だわ。マイルズのあなたを見つめる表情は、心から求める女性を見つめる表情そのものだった。マイルズが演技上手というだけのことかもしれないけれど、わたしにいわせれば、あなたから歩き去ったときのほうが演技だったのではないかしら」

「ほんとうにそう思う？」ジェネヴィーヴは声にうぶな希望がにじむのを隠しきれずにたずねた。

「ええ、そう思うわ。マイルズがあなたになにを望んでいるのか、どうしてそんな態度をとるのかはよくわからないけれど、あなたが全面降伏することはないわよ。おたがい、歩みよることのできる中間点があるはずだわ。料理長がお店の人と値切り交渉するときのようす、見たことない？」

「マイルズと交渉しろというの？」ジェネヴィーヴは口をあんぐりと開けた。

「言葉で、という意味ではなくてね。でもあなたは、彼に影響を受けるのと同じだけ、彼に影響を与えることができる。忘れないで、男の人はいつだって自分の隊に裏切り者を抱えているものだわ。それを利用して、今回の戦争を終結できるのではないかしら」

「主人はいるかしら?」ジェネヴィーヴはボンネット帽を脱いで従僕にわたしながらたずねた。

「書斎においでです、奥さま」

ジェネヴィーヴは玄関広間を横切り、反対側の壁に飾られた大きな鏡の前で足を止めた。ひとしきり泣いた名残がまだ見受けられたが、まぶたが少し腫れている程度で目の充血はほとんど消え、頬には魅惑的な赤みが差している。涙に濡れたおかげでまつげがつんと尖《とが》り、いかにももろくやわらかそうな唇が魅力的だ——助けを求める訴えには昔から抗えないマイルズのような男には、ことに魅力的に映るはず。髪型が少々乱れていたので、ほつれ髪をなでつけようとしたところで、ふと手を止めた。小さな笑みを浮かべ、ピンからほつれた髪はそのまま、長くなめらかな首に沿って流しておくことにした。そのうえで、マイルズの書斎を目ざして廊下を進んでいった。

どきどきして、指を神経質に握りしめたり広げたりしてしまう。わたしは女優ではないけれど、誘惑する女の役くらいは演じられるはず。新婚旅行のときの甘く官能的な日々をヒントにすればいい。シーアのいうとおりだ。マイルズとて、ふたりで愛を交わしたときの思い出にまったく動じずにいられるはずがない。彼のほうも、このうえなく情熱的に参加していたのだから――彼の目に浮かんだきらめきはよくおぼえている。

ジェネヴィーヴは書斎の入口で足を止め、マイルズがこちらの気配を感じて顔を上げるまで待った。マイルズは気づくと笑みを浮かべて立ち上がった。「ジェネヴィーヴ。どこにいるのかと思っていたところだ。きょうはシーアと出かけたのかい？」

「ええ。とても楽しかったわ」〈ガンターズ〉での一幕については黙っておくことにした。

マイルズに歩みよりながら手を掲げ、手袋をじりじりと引っ張って脱ぎはじめた。

「それはよかった」マイルズの視線がその手に注がれた。ゆっくりとしたもの憂いしぐさに、釘づけになっているようだ。

ジェネヴィーヴは彼の目の前まできたところで手袋をすっかり脱ぎ去り、足を止めて手袋を彼のデスクに放り投げた。彼の目をのぞきこみ、口を開く。「じつは、あなたに頼みがあってきたの」

「そうなのか？」マイルズはつぶやくようにそういうと、彼女ののどのあたりにへばりつく髪に触れようと手をのばした。

「ええ。明日、馬車で『オンルッカー』に乗りつけようと思って」

「ジェネヴィーヴ……」マイルズがかすかに警戒の表情を見せた。「あいつらと対決したらもっと大きな醜聞になるという点で、意見が一致したはずだが」

「新聞社に乗りこむつもりはないわ」ジェネヴィーヴは上目づかいで笑みを浮かべ、彼の上着の襟を指でつまんだあと、胃のあたりまで滑り下ろしていった。「馬車のなかから見張ってみるつもりなの。だれかこれぞという人物が建物に入っていくのを確認できるかもしれないから」

「ラングドンとか？」少々しゃがれた声になったので、マイルズはせき払いした。

「そうね」ジェネヴィーヴは手を上着の内側に滑りこませた。人さし指で、さりげなくチョッキの模様をなぞっていく。「でも、まさかわたしひとりでそんなことをするわけにはいかないでしょう？」

「ああ、もちろんだ」マイルズの胸が、先ほどよりも少し速く上下しはじめ、頬にかすかな赤みが差してきた。

「だから夫として、明日の午後、わたしにつき合ってくださらないかと思って」

「そうしよう」マイルズがきらめくような強烈な視線を向けてきたので、ジェネヴィーヴは思わず彼によりかかり、唇を重ね合わせたくてたまらなくなった。しかしそこはぐっとこらえてあとずさりし、指でチョッキを下になぞるようにしてから離れた。扉に向かいかけたところで、彼の声にふり返る。

「ジェネヴィーヴ……いったいなにをしているんだ？」

ジェネヴィーヴはゆっくりと笑みを浮かべて目をきらめかせた。「あら、そんなことわかっているくせに」
ジェネヴィーヴはくるりと背中を向け、ゆったりとした足取りで部屋をあとにした。

21

ジェネヴィーヴは上の階に行き、ドレスの手直しに取りかかった。優雅なマホガニー製の箪《たん》笥《す》の上で寝そべる猫の油断のない視線の下、ペネロピと一緒にドレスをより分け、手直しできそうなものを選んでいく。それまでジェネヴィーヴは、自分の持っているドレスがここまでハイネックばかりだということに気づいていなかった。そのうちの多くは、襟ぐりに取りつけられたレースの肩掛けがないほうがよほどすてきに見えるし、ペネロピの手で襟ぐりを下げられそうなドレスも一、二着見つかった。

同時にジェネヴィーヴは、持っているネグリジェも驚くほど冴えないものばかりであることに気づいた。全部が全部、ハイネックと長袖の必要がある？　ところどころに多少のレース飾りがあったところで、害はないだろう。下着にかんしても、ペティコートからその下のものにいたるまで、もう少しおしゃれなものにしてもよさそうだ。翌日、『オンルッカー』社に出かけたあとで、買い物をする時間はたっぷりあるだろう。

その夜の夕食には、深紫のサテンドレスを着ていった。豊かな手触りと色彩に、だれもがつい触れてみたくなるようなドレスだ。レースの肩掛けを外してみたところ、深い色合いと幅広の四角い襟ぐりに、白い胸がくっきりと美しく映えた。そんなドレスを身につけるのにいつもの控えめな髪型ではもったいないような気がしたので、ペネロピにいってカールのついた金髪を少しほつれさせ、軽く首と顔にふわりとかけてもらった。食堂に入っていったとき、マイルズが称賛に目を見開いたことが彼女の成功を物語っていた。

食事の最中も、ジェネヴィーヴは夫と軽く戯れ、機会あるごとに彼の腕や手に軽く触れてみた。欲望の兆《きざ》しが彼の表情をやわらげ、目の色を深めるのがわかった。マイルズはこちらのそれとない誘惑にはっきり応じることこそしなかったものの、どうやらまったく無反応でもいられないようだ。彼女の見立ては夕食後に確認された。マイルズが逃げるようにしてクラブに出かけていったのだ。

翌朝、部屋着姿で髪を背中に垂らしたまま、ジェネヴィーヴは朝食に向かうマイルズを呼び止めた。彼の視線が下ろした髪にさっと注がれたあと、襟を合わせた部屋着の胸もとに移動した。そこからネグリジェの白い綿地がのぞいているのだ。

「ボールディンにいって、朝食はこの部屋に用意させたの」とジェネヴィーヴは明るい口調で告げ、彼の腕を取って食堂わきの控えの間に連れていった。「こちらのほうが、ずっと居心地がいいもの」

ジェネヴィーヴが示した小さな部屋には、円卓にふたり分の席が用意され、サイドボードには温められた料理が並んでいた。「ちゃんと服を着替えていなくてごめんなさいね。でもわたしたちふたりきりだから、べつにいいかしらと思って。ボールディンには、料理は自分たちで取るからいいといっておいたの」

マイルズはなにも答えずに椅子に沈みこんだ。ジェネヴィーヴは彼のひざにナプキンを広げたり紅茶を注いだりとあれこれ世話を焼き、彼の皿に料理を取るといってきかなかった。彼の前に皿をおいたあとはテーブルに身を乗りだした。その動きがゆるく結んだ部屋着を大きくはだけさせ、ネグリジェと胸の谷間を露わにした。

マイルズは食事のあいだじゅう、いつになく静かだったが、ジェネヴィーヴはそれをいい機会に、祖母が今後数日間に計画している軍事作戦ともいうべきものについてぺちゃくちゃとしゃべった。祖母の古くからの友人たちを訪ね、〝哀れなジェネヴィーヴ〟にたいする恐ろしいデマを公然と非難する予定なのだ。

「お祖母さまが、わたしがどこかのお屋敷を訪ねていくにはまだ早すぎると感じてらっしゃるのを知って、ほんとうにほっとしたわ。それなら、あの新聞社を見張る時間がたっぷり取れるものね。それにきょうの午後は生地屋でローン地とレースを選んで、ネグリジェとシュミーズをつくらせようと思うの。結婚前は、お嫁入り道具を揃える時間がほとんどなかったでしょう」

マイルズの目がどんよりとしたが、ジェネヴィーヴはそれには気づかないふりをした。小さなテーブルの下でおたがいの脚がうっかりぶつかったときもしかり。もっとも、この朝、三度目に彼が椅子のなかで落ち着きなく身をよじらせるのを目にしたときは、笑みを隠すために下を向かなければならなかったが。紅茶を飲み終えると、ジェネヴィーヴはさっと立ち上がってテーブルをまわり、かがみこんで彼のこめかみに軽く口づけした。

「お先に失礼。急いで着替えて、『オンルッカー』に行く準備をしなくてはね」そこでふと動きを止め、扉を見やる。「このお部屋、すごく気に入ったわ。あなたはどう？ 朝食は、毎朝ここでいただくべきじゃないかしら。ここのほうがずっと……親密な雰囲気だから」

ジェネヴィーヴはそんなふうにマイルズの自制心に攻撃をしかけながら、『オンルッカー』の社屋に馬車で乗りつけた。馬車の狭い空間のなかにいると、マイルズとしても彼女を見ないわけにもいかなかったし、周囲を漂うかすかな香水のかおりを避けるわけにもいかなかった。

馬車が停まると、ジェネヴィーヴは彼の前をよぎるように身を乗りだし、窓から外をのぞいた。「どの建物？」

「あの灰色の扉があるところだ」マイルズは馬車の壁にじりじりとにじりよった。「窓に貼られた新聞が見えるだろう」

「あら、ほんとうだ、見えたわ」ジェネヴィーヴはバランスを取ろうと、さりげなく彼の腿に手をおいた。彼の脚がぴくりとした。一瞬ののち、マイルズが馬車の反対側に移動し、彼女に席を譲った。「移ることないのに、マイルズ。余裕はたっぷりあるんだから」ジェネヴィーヴは彼に笑いかけ、髪の束をさりげなく指に巻きつけた。

「ぼくはこっちでいい」マイルズがいささか険しい声で応じた。「きみはひとりでいるのが好きだろうし」

「いつもそうとはかぎらないわ」ジェネヴィーヴはゆっくりと広げた笑みをしばし彼に向けたのち、顔を背けて通りの向こうの扉に注意を向けた。

ふたりは正午近くまで監視をつづけたが、見知った顔が建物に出入りすることはなかった。終始、座席でそわそわと落ち着きなく過ごし、一度などは馬車を降りて短い散歩に出かけることまでしたマイルズが、ついに口を開いた。「どうやらなにも成果はなさそうだ。そろそろ帰ったほうがいいだろう」

「そうね」とジェネヴィーヴも素直に応じた。「明日は、なにかわかるかもしれないわ」

「ジェネヴィーヴ……こんなことをしても無駄だと思うよ」

「それでも、何度か試してみるべきよ。ほかにはほとんど手立てがないんですもの。お願いだから、またつき合ってくれるといって」

マイルズはうなりに近いような声を発し、うなずいた。「ああ、いいだろう。明日、またきてみよう」

その週いっぱい、ジェネヴィーヴとマイルズは新聞社を見張りつづけた。何人か出入りはあったものの、これといった人物は現れず、馬車の狭い空間のおかげでマイルズを誘惑する機会にたっぷり恵まれたジェネヴィーヴも、夫というよりは自分自身をその気にさせているだけなのではと思いはじめた。

ドレスに手を加え、誘惑的な下着も新調した。しかしいくら色っぽいネグリジェやシュミーズを揃えたところで、それを身につけたところをマイルズに見てもらわなければ意味がない。食事のたび、ジェネヴィーヴは臆面もなくマイルズに色気をふるい、ぐっと身をよせたり、彼の腕に触れたり、襟を直したりする機会をすかさずとらえた。しかしマイルズも、肌をほてらせたり、こちらの香水を嗅いで鼻孔を広げたりすることはあっても、彼女を腕に抱いて寝室に連れていこうとはしなかった。

この人ったら鉄の意志の持ち主なのね。それとも、わたしには彼をその気にさせるだけの魅力が備わっていないというだけの話かしら。そんなみじめな気持ちにもなった。さらに悔しいことに、ジェネヴィーヴがそういう手に出たために、マイルズのほうが家で過ごす時間をなるべく避けようとしはじめた。毎朝逃げるようにしてクラブに向かい、夕食のために着替える時間まで帰ってこないのだ。おかげでジェネヴィーヴは家でひとり無為に過ごしてばかりいるようになった。ひとりになるための寝室をあれほど願っていた自分が、いまやこの家全体を独り占めできるようになったことに、皮肉を感じずにはいられなかった——じつにみじめだ。

　ある日の午後遅く、ジェネヴィーヴは退屈してふらふらと階下へ向かった。マイルズはクラブに出かけており、ダムバートンの夜会に出かけるまでにはまだ数時間ある。おもしろくもない社交イベントだが、出席者もまばらなことから騒ぎを引き起こすことなくジェネヴィーヴが出かけられるいい機会だからと、祖母に出席を命じられたのだった。

　あまりの退屈さに、めずらしく暇つぶしに読書でもしようと本を探す気分になったのだが、図書室に向かいかけたとき、家の裏手から大声が聞こえてきた。廊下を戻って執事のいる配膳室に近づくにつれ、ボールディンが陰気な表情をした筋張った細身の男と声を荒げて話しているのが見えてきた。その見知らぬ男は紳士の身なりをしていたが、雰囲気は使用人とも紳士とも判断がつかなかった。

「ボールディン？」ジェネヴィーヴは声をかけてみた。

「奥さま！」ボールディンがくるりとふり返った。いつもは無表情な彼が、しまったという顔をしている。「失礼いたしました。この男に、サー・マイルズはご在宅でないと告げたのですが、あんまりしつこいものですから。ご主人さまに伝言を残すようにいったのですが」

「伝言なぞ持っていないことは一目瞭然だろう。ちがうか？」男が鼻であしらった。「ソアウッドはこちらの話を聞きたがるはずだ。すぐにでも」

「それなら、わたしに話してもらえませんか。そうすれば、わたしから主人に伝えますので」ジェネヴィーヴは事務的な口調でいった。男が疑わしげな目を向けたので、さらに言葉を継ぐ。「まずは、お名前をお聞かせいただきましょうか」

「パーカーです。おたくのご主人のために仕事をしている者です」

「パーカー！」ジェネヴィーヴは背筋を正した。マイルズが雇ったボウ街の捕り手の名前ではないか。「サー・マイルズの書斎で話を聞かせてもらえませんか？　あなたのおっしゃるとおりですわ。主人はすぐにも話を聞きたがるでしょう」男をしたがえて廊下を書斎に向かっているとき、ジェネヴィーヴはこうつけ加えた。「わたしの兄のこともご存じのはずですね。ロードン卿です」

「はい。あの方のためにも仕事をしたことがあります。すばらしい紳士です」

「ええ」ジェネヴィーヴはマイルズのデスクの前に腰を下ろし、向かいの椅子に腰かけるよう、パーカーに手ぶりでうながした。「で、ミスター・ラングドンの件ですね？」

ジェネヴィーヴがもくろんだとおり、兄アレックの名前とマイルズが依頼した内容に触れたおかげで、パーカーは安心したのか口を開いた。「ラングドン本人を見つけました」

「なんですって？　ここで？　ロンドンにいるの？」

「はい。見つけたのはバースです。最初はブライトンに行っていたので少々時間を食ってしまいましたが、そこでは見つからなかったのでバースに行ってみたんです。やつはあそこの保養施設にいて、年配のご婦人方を相手に心にもない世辞を述べていました。そのことを伝えに戻っているあいだにやつは逃げてしまうでしょうし、サー・マイルズみずからやつに話を聞きたがっていたことから、一緒にロンドンに連れてきてしまうのがいちばんだと考えたのです」

「よくやってくれました」ジェネヴィーヴは、兄がこの男を頼りにする理由がわかった気がした。「いまラングドンは、どこに？」

「ここからそう遠くない家畜小屋にとらえています。いとこがそこの厩番の長をやっていて、馬具部屋のひとつを使わせてくれたんです。ほかの者に気づかれる心配はありません」

「よかった。わたしをそこに連れていってください」

パーカーが椅子のなかで落ち着きなくからだを動かした。「さあ、そんなことをしてもいいものかどうか。サー・マイルズがお気に召さないのでは」

「ロンドンの家畜小屋も、クレイヤー城の厩舎も、さほど変わりはないでしょう。クレイヤー城の厩舎なら、幾度となく訪れています。あなたのいとこは、わたしに色目を使うような人かしら？　あるいは、下働きにそういうことを許すような人？」

「とんでもない！」パーカーが憤慨したように声を上げた。

「つまり、きちんとしたお宅の家畜小屋ということね」

「ええ、もちろんです。ここからさほど遠くない場所ですから。ただ……あなたにもしものことがあったらと……」

「あなたが一緒にいて、わたしをラングドンから守ってくださいますよね？」

「はい」

「それに彼のことは、逃げないように縛り上げるかなにかの方法をとっているでしょう」

パーカーがうなずいた。「けっこう。それならば、わたしにもしものことがあるはずもありません。主人には伝言を送って、現地で落ち合うようにしましょう。そこの住所を教えていただけるなら」

ジェネヴィーヴがデスクからメモ帳を引っ張りだしてペンを手にするのを見て、パーカーもあきらめて住所を口にした。ジェネヴィーヴは短いメモのなかでいきさつを簡潔に説明し、従僕を呼んでクラブにいるマイルズに届けるよう指示した。

「クラブにいなかったら、ほかを当たってちょうだい」と彼女はつけ加えた。「それでは」パーカーをふり返る。「ラングドンのところに案内してください」


「マイルズ？　聞いているのか？」

「え？」マイルズはぽかんとした顔でガブリエルを見た。「ああ、失敬。聞いていなかった」ガブリエルがあきれたように天を仰ぎ、マイルズはため息をもらした。「まいったな。きょうはいい話し相手になれそうもない」

「きょうは？」ガブリエルが愉快だといわんばかりの声でいった。「わが友よ、今週はほとんど、いい話し相手になっていなかったぞ。いや、もっと前からだ――きみがロンドンに戻って以来、ずっと」

たしかにそうだった。マイルズは気もそぞろで、ぼんやりしがちになるかと思えば、いらいらと神経質になり、だれかれかまわず当たり散らそうとしていた。そのため、彼のスパーリング相手を申しでる者がひとりもいなくなってしまったほどだ。マイルズはガブリエルの目に同情を見て取り、いがみかかりたくなる気持ちをぐっとこらえた。ガブリエルの考えていることはお見とおしだ――こいつは性急な結婚を後悔している、ひどく怒りっぽく冷酷なジェネヴィーヴのせいで、みじめな思いをしているのだ、と。マイルズとしては、ジェネヴィーヴにたいする友人の誤解に激しく抗議したいところだった。

もちろんジェネヴィーヴのせいにはちがいない――マイルズは陰鬱な気分で思った。とはいえ、それについて友人たちに説明するわけにもいかなかった。あの残忍な女から宣戦布告されたようなものなのだから。それ以外に表現する言葉が見つからなかった。なにしろここ数日、敵は機会あるごとにこちらをじらし、苦しめてばかりいるのだから。彼女はぼくの頭をどうにかしてしまうつもりではないか、と思いはじめたくらいだ。

朝食の席では、気がつくとトーストに嚙みつくジェネヴィーヴを、あの黄金色のパンに彼女の歯が食いこむさまを、うっとり見つめていた。指についたマーマレードを舐めとる姿を見たときなどは、彼女の手首をつかんでひざの上に抱きよせたいという衝動をこらえるので精いっぱいだった。しかもあの小さな朝食用の部屋にふたりきり、気を散らしてくれる使用人をただのひとりもおかないことで、彼女はさらに耐えがたい状況をつくりあげていた。しかし苦悩するのは食事の席だけではない。ジェネヴィーヴの近くにいるときはいつも、あのラベンダーの香水に鼻孔をくすぐられてしまう。彼女が動くたび、着ているドレスがかさかさと音を立てるたびに、意識せずにはいられなくなる。デスクにすわっていれば、彼女がぐっと身を乗りだして話しかけてくる。引き締まった胸もとをさらけ出すかのようにデスクの上で腕を組むので、こちらとしてはたまらない。ゆうべ本を探して図書室に現れたときなどは、たんなるネグリジェ姿だった。ランプの灯りを背に立つものだから、からだのラインが透けて見え、欲望にのどを詰まらせそうになったほどだ。

突如として、彼女が身につける服すべての――露出度が高まったように思えてならない。ドレスも以前よりからだにまとわりついて見える。まるで、下に穿いているペティコートの枚数を減らしたかのように。あんな小さなキャップスリーブでは、肩を隠しているとはいいがたい。それに、軽い肩掛けをはおっていたとしても、すぐにそれがずり落ちて裸の腕がじりじりと露わになっていくので、マイルズとしてはそこから視線を引きはがさずにはいられなくなってしまうのだった。襟ぐりの上には、甘美な胸のふくらみが。むろん、社交界のほかの女性たちとくらべて露出度が高すぎるということはないのだが、それにしてもなかなかすてきなながめだった。

ただしそれは、彼女のベッドには行くまいと意を決している男でなければの話。そういう男の場合、十もの地獄をくぐり抜けることになる。

そもそもあんなことをはじめた自分がいけないのだ。あのときはいい考えに思えたのだが。ジェネヴィーヴにこちらにたいする気持ちを素直に認めさせるには、完ぺきな方法に思えたのだ。マイルズとしては、ふたりの関係はけっして興ざめした冷ややかなものではないことを認めさせたかった。ときおりベッドをともにするだけで、あとはそれぞれ勝手に時間を過ごすようなうわべだけの夫婦ではないということを、認めさせたかったのだ。正直にいえば、ジェネヴィーヴにあなたとベッドをともにしなくてもなんとも思わないと宣告されたときは、自尊心が――そしておそらくはそれ以上のなにかが――傷つけられた。自分の妻を妻として求めて悪いことがあろうはずもない。妻に一緒にいてほしいと願うことの、なにがいけないのか。

ジェネヴィーヴを誘惑する試みがみずからの欲望をぎりぎりまで追い詰めてしまうであろうことは、最初からわかっていた。しかしまさか彼女にたいする自分の渇望にここまで責めさいなまれるとは、思ってもいなかった。さらには、ジェネヴィーヴがこちらの意に添うどころか、立場を逆転させ、逆に誘惑をしかけてくるとは。そんなかたちでこちらの欲望の炎をあおるとは、意外だった。こんなことでは、初心を貫くのがますますむずかしくなってしまう。いつ爆発してもおかしくないほどにまで緊張が高まり、これ以上自制心を保っていられなくなりそうだ。いま道を踏み外さずにいられるのは、自分の意志の強さのおかげにほかならない。

しかし残念ながらジェネヴィーヴのほうも、こちらに負けず劣らず意志が強い。いや、もっと強いかもしれない。スタフォード家の人間は昔から冷淡なことで知られているのだから――マイルズは悶々として考えた。

「サー・マイルズ」

白昼夢からふと顔を上げると、驚いたことに屋敷の従僕のひとりがクラブの従業員につき添われてためらいがちに立っていた。マイルズはさっと立ち上がった。脈が速まり、即座にジェネヴィーヴのことが心配になる。

「なんだ？　どうした、ベック？」

「レディ・ソアウッドからです、旦那さま」従僕が手紙を差しだしたので、マイルズはそれをつかみ取って封を切った。中身に目を通すにつれ、まゆがどんどんつり上がっていった。ひとつ悪態をついたのち、もう一度すばやく読み直してみる。しかし二度読んだところで、内容が変わるわけもなかった。

「なんと！」

「マイルズ？　なにか問題でも？」ガブリエルが立ち上がってたずねた。「なにかぼくに手伝えることは？」

「ああ、問題大ありだ」マイルズは手紙をもみくしゃにすると、ポケットに押しこんだ。

「きみの申し出には感謝するが、自分ひとりで対処するよ」そういうとくるりと背中を向け、大急ぎで店をあとにした。

22

「ミスター・ラングドン」ジェネヴィーヴは狭い寝台にすわりこんだ男を見下ろした。薄くなった砂色の髪はへたり、顔には一日分の無精ひげが生えている。上着はなく、シャツの上にはだけたチョッキを着ているだけで、それも身につけるには少々染みが多すぎた。手錠で足首がベッドの支柱につながれている。「なんだかひどくみじめな姿ね」

「愛しのレディ！」ラングドンが勢いよく立ち上がり、むなしく髪をなでつけた。「よくぞきてくれました！　どうかこの頭のおかしな男に、ぼくを解放するようにいってやってください」

「それはどうかしら」ジェネヴィーヴは彼に冷酷な目を向けた。「いまのあなたは、なにかを要求できる立場にはいないのでは」

「でも、ぼくがあなたになにもしていないことはご存じでしょう」と彼が抗議した。「この男がいうには、サー・マイルズはぼくがあなたに害をおよぼしたと考えているそうですが、そんなのはでたらめだと、あなたならご存じのはずだ。あなたには、このうえない敬意と称贅を抱いているのですから。あなたにたいする思いの強さゆえ、少々度を超してしまったかもしれませんが」ラングドンは大言壮語の途中でいったん言葉を切ったのち、今度はもう少し世俗的な口をきいた。「ソアウッドと結婚したというのは、ほんとうですか？」

「ええ。ほんとうよ。主人はあなたにあまりいい感情を抱いていません」

「あなたとソアウッドがそういうこととは、気づきませんでした――あなたとダースバリーが愛し合っていないことはわかりきっていましたが。そうでもなければ、あなたがぼくにふり向くはずがありませんよね？　しかしサー・マイルズに出し抜かれていたとは、知らなかった」ジェネヴィーヴのいかめしい顔つきに気づくと、彼の声が消え入った。ラングドンはせき払いした。「それは、まあ、ともかくとして、助けてもらえませんか？　ソアウッドに、ぼくに悪気はなかったと伝えてもらえませんか？」

「悪気はなかったですって？　悪気がなければ、わたしを図書室におびきだしたあと、どうなると思っていたの？」

「おびきだした!?」ラングドンが口をあんぐりと開けた。「そんな！　まさかあなた、ぼくに会いたいといってきたことを否定するつもりではありませんよね？　そのあとどうなるかなんて、ぼくにわかるはずもないでしょう？」彼は正当性を主張するかのように憤慨してみせた。「あなたの婚約者があとをつけていたとしても、ぼくにはどうしようもないことです。美しい女性にいいよられたら、拒めるはずもありませんから」

「あなた、図々しくも、わたしがあなたを誘ったというつもり？　図書室で会おうと、わたしがあなたに声をかけたと？」ジェネヴィーヴの怒りがいちだんと高まった。

「だって、じっさいそうじゃありませんか！　レディが逢い引きの約束をしたことを認めたがらないのはわかっていますが、ここまでぼくを不当に非難するなんて、いくらなんでもひどすぎます」

「ミスター・ラングドン。わたしはいつであろうとどこであろうと、あなたに会いたいといったおぼえはありませんし、わたしがそんなことをしたと信じるのは愚か者だけです。主人はダースバリー卿よりもずっと良識を持ち合わせた人ですから、わたしがそんなことをしたといっても信じたりはしませんよ。主人には、あなたにたいして少し手加減するよう頼むつもりでしたが、あなたがこんなふうにわたしに汚名を着せるつもりなら……」

「お望みどおりのことをいいますから！」とラングドンがいった。「とにかくこの男に、この恐ろしい足かせを外すよう命じてください。煩わしいことこのうえないんです。ぼくはすぐに消えますから。どこか――」

その瞬間、道具部屋の扉が勢いよく開き、マイルズが入ってきた。「なんと！　ジェネヴィーヴ、これはいったいどういうことだ？」マイルズはまずジェネヴィーヴをにらみつけ、つぎにパーカーに視線を向けたあと、最後にラングドンに据えた。険しい表情でラングドンに近づいていく。

「やめて！　マイルズ、待って」足かせにつながれた鎖をいっぱいにのばして遠ざかろうとするラングドンの前に、ジェネヴィーヴは立ちはだかった。「焦らないで。いまミスター・ラングドンから、あのパーティのときのことについて訊いていたところなの」彼女はラングドンに向き直った。「マイルズに手だしはさせないわ。あなたがほんとうのことだけを話してくれるなら。いっさい脚色することなく」

「さっきいったとおりですよ！」ラングドンが哀れな声を出した。「あなたからの手紙を受け取ったんです」マイルズが低いうなり声を発したので、ラングドンがびくりとしてジェネヴィーヴにすがりつくような視線を向けた。「レディ・ジェネヴィーヴ……」

「マイルズ、お願いだから」ジェネヴィーヴは、マイルズがため息をもらしてあとずさりし、腕を組むまでにらみつづけていた。

「いいだろう。話してみろ」

「うそじゃありません」ラングドンがジェネヴィーヴに視線を戻した。「あなたから、図書室で会おうという手紙を受け取ったんです。驚きましたよ、正直いって。なにしろ、それまであなたがぼくに少しでも関心を抱いているそぶりは、一度も目にしたことがなかったんですから」

「じっさいそうだったもの」ジェネヴィーヴはぶっきらぼうに応じた。「それに、わたしはあなたに手紙など送っていません」

「なんと書かれていたの？」とジェネヴィーヴはたずねた。

「おぼえていません！」ラングドンが不満げな声を上げた。「酔っ払っていたんですから！ぐでんぐでんでした。たしか、『お会いしなければ』とかなんとかという言葉と、時間と場所が書かれていました。だからぼくは、まっすぐ図書室に向かったんです。そのあと、眠りこけてしまったようですが」彼は顔をしかめた。「というのも、目をさましたとき、あなたがいたからです。それまでは、冗談かなにかだと思っていました。でも、ほんとうにあなたが現れた。天使のようなあなたが」そういってため息をもらす。「当然ながら、ぼくはわれを忘れてしまいました」

「ミスター・ラングドン、あなた、図書室で会おうという手紙をわたしに送っていないと誓いますか？」

「ぼくが？」彼が困惑の表情を浮かべた。「いいえ。おわかりでないようだ。あなたがぼくに手紙を送ったのであって、その逆ではありません」

ジェネヴィーヴはマイルズをふり返った。マイルズがあごを引き締めた。

「ラングドン」マイルズが大またで近づき、ラングドンのシャツの前をつかんでそのからだをぐいと引き上げた。その顔には、ジェネヴィーヴが見たこともないほど冷たい怒りが浮かんでいた。「もしのどにナイフを突き立てられたとしても、いまと同じ話をするか？」

「き、きみがべつの話を聞きたいというのでなければ」ラングドンが不安げに答えた。

「まったく、なんてことだ！」マイルズはラングドンをベッドの上に突き倒した。「パーカー、こいつを放してやれ。ラングドン、ロンドンから出て、二度と顔を見せるな。おまえが妻のことをひと言でもだれかに話したとわかれば、必ず見つけだして、片をつけてやるからな。おまえの母親ですら見わけがつかなくなるくらい、こてんぱんに叩きのめしてやる。わかったか？」

ラングドンは口もきけずにうなずいた。

マイルズがくるりとふり返り、ジェネヴィーヴに厳しい視線を投げかけた。「話がある」彼は妻の手首をつかみ、部屋から出ていこうとした。

ジェネヴィーヴは抵抗することなくついていった。マイルズは外に待たせたおいた馬車に彼女を乗せると、反対側の席に腰を落ち着け、いかめしい顔つきをした。ジェネヴィーヴは冷静な顔でそんな彼を見つめ返した。

「ひと晩じゅう、そうやって機嫌を損ねているつもり？」ややあって、彼女はたずねた。

「機嫌が悪いわけじゃない。今後、またきみを家にひとりで残しておいていいものかどうか、考えているんだ。まったく、ジェネヴィーヴ、頭がどうかしてしまったのか？」

「いいえ」ジェネヴィーヴは動じない声でいった。「あなたがいう〝頭がどうかした〟というのが、あなたの同意を得なければなにもしてはいけないという意味ならば」

「やめてくれ。きみが頑固にも自分の身の安全をおろそかにしたからといって、ぼくを責めるのはお門《かど》ちがいというものだ。きみはだれにもなにも告げずに、どこともわからないところにひとりで飛びだしていったんだぞ。そのうえ、きみを守ろうとするぼくを悪者あつかいするのか」

「飛びだしていったですって！　それに、わたしひとりではなかったわ。あなたが雇ったミスター・パーカーと一緒だった。ラングドンはベッドに拘束されていた。いまはまだ昼間で、ここは治安の悪い地域ではないわ。行き先をあなたに伝えたという事実はいうにおよばず」言葉を発するごとにジェネヴィーヴの声は刺々しくなっていった。馬車が屋敷の前で停まったとき、彼女はマイルズに皮肉たっぷりにまゆをつり上げてみせた。「お気づきのように、家からさほど離れていない場所だったしね。わたし、どこに行くにもあなたについてきてもらうために待たなければならないのかしら？」

ジェネヴィーヴは扉を開け、彼の助けも待たずに自分で降りた。ふたりして玄関前の階段を上がるとき、ジェネヴィーヴはこの煮えくり返る怒りを発散する先を探してなどいないとばかりに冷静な声でたずねた。「今夜はダムバートンの夜会があるのを忘れないでね」

「夜会などどうでもいい！　ジェネヴィーヴ、まだ話は終わっていないぞ」

「わたしのほうは終わったわ」ジェネヴィーヴはマイルズをすぐうしろにしたがえて自分の部屋にきびきびと入っていった。「まあ、ペネロピ、お風呂を用意してくれたのね。ありがたいわ」

女中がちょこんとひざを曲げてあいさつした。「はい、奥さま。そろそろお湯を加えてもよろしいですか？」

「ええ、お願い。急がなければ。少し遅れているから」

ペネロピが部屋から出ていった。ジェネヴィーヴはぬっと立ちはだかるマイルズを無視して鏡台に向かい、イヤリングを外しはじめた。鏡越しにマイルズをちらりと見やる。彼はベッドのわきに突っ立ったまま、女中がベッドの上に用意した今夜のドレスを見下ろしていた。ピンクのドレスの横には新調した下着も揃っている。ジェネヴィーヴが見守るなか、マイルズが惚《ほう》けた顔でその繊細なレース飾りのついたシュミーズを指でつまんだ。

ジェネヴィーヴは笑みを噛み殺した。いまの気持ちを、なんと表現したらいいだろう——いらだち、安心感、興奮、期待、そういう感情がいっぺんに押しよせ、解放を求めて騒ぎ立てている。彼女は髪のピンを外しはじめた。

「どういうことなんだ、ジェネヴィーヴ？」マイルズがしかめっ面を向けた。「この服……」

「はい？」ジェネヴィーヴはヘアピンを箱に入れ、問いかけるような顔で彼をふり返りながら指で髪をすいた。「わたしの服がどうかして？」

「なんだか、その……」マイルズが彼女から視線を引きはがし、口ごもりがちにつづけた。

「前とちがうな」

「ええ。そうなの。わたし、下着やネグリジェをしょっちゅう新調しているのよ、マイルズ。妻が浪費するのはお気に召さないかしら？」

「え？　いや。ネグリジェも新調したのかい？」

「ええ」ジェネヴィーヴは箪笥を開いて繊細なネグリジェを掲げてみせた。最近流行の、ハイウエストの袖なしネグリジェだ。胴の部分は総レース地で、胸の下をサテンのリボンで絞り、そこから透け透けのボイル地のスカートが流れ落ちるデザインになっている。「少し贅沢な品なのはわかっているけれど、とてもきれいだったから」マイルズの仰天した顔には気づかないふりをしつつ、ジェネヴィーヴはネグリジェを折りたたんで箪笥に戻した。

「それだけかい？」マイルズがしゃがれ声でたずねた。

「いいえ。ほかにも注文してあるの。買いたいものをリストアップして、あなたの許可を得なければならないかしら？」

「いや！」マイルズがせき払いして顔を背けた。「変なことをいわないでくれよ」彼の指が、ふたたびベッドの上の極薄のシュミーズをさまよった。「ぼくは、そんなに口うるさい夫ではないさ」

「自分でも、そんなふうに考えてはいけないとわかっているのよ」とジェネヴィーヴは軽く応じた。「でも、もうなにを信じたらいいのかよくわからなくて。だってあなた、わたしをひとりで外出させたくないみたいだし、あなたに黙って新しい服を買ってもいけないようだし、それに――」ベッドをちらりと見やる。「――わたしの妻としての義務を拒んでいるし」

「妻としての義務だって！　なにをいうんだ、ジェニー、わかっているだろう、ぼくが――」やかんを手にした女中がきびきびとした足取りで入ってきたので、マイルズは口をつぐんだ。あとに、同じようにやかんを手にしたべつの女中がつづいた。

マイルズはペネロピが湯を浴槽に注ぎ入れ、手でかきまわして温度をたしかめるのを辛抱強く待った。

「ねえ、マイルズ」ジェネヴィーヴはそう声をかけたあと、ペネロピにドレスのうしろを外してもらおうと、髪を持ち上げたままふり返った。

「ジェネヴィーヴ、やめてくれ」

「やめろって、なにを？」彼女は透明な澄んだ瞳で彼を見つめた。「急がないと、夜会に遅れてしまうわ」

マイルズはなにかいいかけたが、ペネロピをいらだたしげにちらりと見やった。「もう、知るか！」彼は扉から出ていき、廊下から自室に向かうと、大きな音を立てて扉を閉めた。

ジェネヴィーヴはくすくす笑いながらドレスから脚を抜いた。女中の前でこんな場面をくり広げるべきでないのはわかっていた。それでなくとも彼女とマイルズは、今夜のことで使用人たちにたっぷり噂話のネタを提供していたのだから。ところが奇妙なことに、ジェネヴィーヴはそんなことは気にならなかった。

「もういいわ、ペネロピ。あとは自分でするから」

女中たちが出ていって扉が閉まったあと、ジェネヴィーヴは腰を下ろして靴下を脱ぎはじめた。マイルズが自分の部屋をどすどすと歩きまわる音が聞こえてくる。力任せに箪笥を開け閉めする音や、部屋の反対側にブーツを放り投げているとおぼしき音が。ジェネヴィーヴはにやにやしながら靴下を片方脱ぎ、もう片方に取りかかった。

そのとき、マイルズの部屋に直結する扉が開いた。「ジェネヴィーヴ、ぼくは――」マイルズはそこまでいうと入口で固まり、脚に手をかけた状態のジェネヴィーヴをまじまじと見つめた。

「はい？」ジェネヴィーヴはとぼけた顔で問いかけた。

彼も服を脱いでいる最中のようだった。ブーツも上着もチョッキもネクタイも消え、ズボンからシャツの裾がはだけている。ジェネヴィーヴは手を止めずに親指を靴下の上に引っかけ、ゆっくりと脚から下ろしていった。脱ぎ終わると靴下をわきに放って立ち上がり、マイルズの顔を見つめながらシュミーズの紐をゆっくりとほどいていった。マイルズは扉の縁にかけた手をぎゅっと丸め、木枠に指を食いこませた。

ジェネヴィーヴはわざと時間をかけて服を脱いでいった。シュミーズの裾をつかみ、頭から脱ぎ去った。挑むような視線をマイルズに据えたまま、ペティコートの紐をほどき、床に落とす。裸になるのは恥ずかしくなかった。彼が欲望の表情を浮かべ、口もとをゆるめて目に熱い渇望の光を燃え上がらせるのを見つめながら、ジェネヴィーヴのほうは官能的な悦びに浸りきっていた。最後の下着から脚を抜くと、ジェネヴィーヴはゆったりと浴槽に向かった。縁に用意されたタオルをさりげなく手に取り、浴槽に入ってからだを沈め、頭をのけぞらせて全身に湯を浸していく。

この人、なにもしないつもりなのかしら、と思った直後、彼がすばやく近づいてなめらかな動きで彼女を抱きよせた。「もうがまんできない！」

マイルズの腕が巻きついてきた。鉄のようにたくましく、硬い腕が。やがて唇が重なった。貪るような、めまいがするほどの激しい口づけに、いつしかジェネヴィーヴのからだはとろけ、マイルズにしがみついていた。マイルズはようやく口づけを中断すると、ジェネヴィーヴを抱き上げて自分の寝室に運んだ。彼女をベッドに下ろし、隣に並んで横たわる。その表情にやさしさはほとんど感じられなかった。彼はひじをついて両手で彼女の顔を包むと、険しい顔で目の奥をのぞきこんできた。

「これからはぼくのベッドで寝るんだ。わかったか？　あちらの部屋は服の保管場所にしようが風呂を浴びる場所にしようが、不機嫌なときの逃げ場にしようが、ほかの人間をことごとく閉めだそうが、どう使おうがかまわない。だが夜はここで寝るんだ。ここがきみの居場所なんだから。ぼくのベッドが」

ジェネヴィーヴは口角を持ち上げた。「ええ、マイルズ」彼をまねてその顔を両手で包みこみ、引きよせて口づけした。

唇が合わさったとき、マイルズが吐息とともに低いうなり声を発した。彼の唇は硬くてがむしゃらで、数週間にわたる欲求不満にせき立てられるように求めてきた。ジェネヴィーヴもそれに等しい情熱で応じた。あまりにも長いあいだじらされ、抑圧されていた熱情が体内で燃えさかり、いくら彼に触れようと、どんなに彼の唇を味わおうと、まだまだ足りない気がした。彼のシャツの下に手を滑りこませ、その素肌を執拗に愛撫した。指で感じるマイルズの素肌は熱く、なめらかだった。ジェネヴィーヴは熱をこめて彼のからだをまさぐり、肉体を溶けこませたいとばかりにその背中に指を食いこませた。

両手を下げていくとズボンのウエストバンドに行きあたったので、手探りしながらボタンを外しにかかった。マイルズが上半身を起こして彼女に馬乗りになり、着ていたシャツを引きちぎって頭から脱ぐとわきへ放った。ジェネヴィーヴの手が彼の引き締まった腹を探ってなでつけ、その感触を味わった。マイルズを見つめ、彼に触れたいま、彼女は自分が思っていたよりもはるかに彼を欲していたことを実感し、ぎょっとした。マイルズの素肌に唇を押しあて、そっと頰をなすりつけてみる。

「マイルズ」そうささやきながら腕をするりと巻きつけてしがみつき、身を震わせた。涙がこみ上げてきて頰を流れ落ち、彼女の顔だけでなく彼の胸も濡らした。

「ジェネヴィーヴ?」彼のものが硬くふくれ上がる一方で、彼の声には不安がにじんでいた。

マイルズがからだをずらして顔をのぞきこんできた。「泣いてるのか？　痛かったかな？　そんなつもりは――」

「ちがう、ちがうの」ジェネヴィーヴはにこりとし、瞬きして涙を散らした。「なんでもないの。ただ――なんだかすごく――ああ、マイルズ！　自分の気持ちがよくわからない。わたしのことを、いつまでもいつまでも抱きしめて、二度と放さないで」そういって彼の首に腕を巻きつけ、ぎゅっと抱きよせた。「あなたがほしい」そうささやきかけながら、手を彼のズボンの下に滑りこませていく。「わたしのなかに、入れてほしいの」

マイルズが低いうなり声を発してズボンをはぎ取った。ジェネヴィーヴを下に組み敷き、脚のあいだに滑りこむ。ジェネヴィーヴは硬いものが当てがわれるのを感じた。震えるような息を吸いこみ、ふたたび彼の名前をうめくように口にしたあと、腰を動かし、うながした。このうえなくゆっくりと、彼がなかに沈みこんできた。彼女のなかを広げ、満たし、むなしさを埋めていく。マイルズが腰を動かしはじめると同時にジェネヴィーヴは彼に脚を巻きつけ、長く、激しい突きがくり返されるごとに夢中になっていった。彼の動きが速くなると、その背中に指を食いこませた。動きが速く、激しくなり、やがてジェネヴィーヴはせっぱ詰まったように息を切らし、その先で待ち受ける恍惚に必死に手を届かせようとした。

マイルズがからだをびくんとさせた。筋肉を収縮させ、彼女のなかに精を放つ。ジェネヴィーヴは体内で炸裂する悦びに、叫び声を上げた。

ふたりはからだをぴたりと合わせたままだった。マイルズは妻から下りようとしたが、彼女に手をつかまれ、そのままとどまった。ジェネヴィーヴはマイルズの重みを感じつつ、やわらかなマットレスに沈みこんでいたかった。上から下までぴったりと押しつけられた素肌を味わい、耳もとにかかる荒い呼吸を聞き、胸に当たる激しい鼓動を感じていたかった。先ほどの言葉が脳裏によみがえる——ここがきみの居場所なんだから、ぼくのベッドが。

ジェネヴィーヴは吐息とともに笑い声を発し、彼の首もとに唇を押しつけた。なかで彼がぴくりと動いたのがわかり、うれしくなる。「もう?」そうつぶやき、マイルズの筋肉質な尻の曲線を指で軽くなぞった。

「ふむ」マイルズが彼女の肩に口づけをした。「きみのこと、まだまだ味わいつくせないようだ」彼が唇を合わせてきた。先ほどは激しく奪った唇を、今度はゆっくりと、やさしく味わい、愛撫する。「こういうことをするのは、ずいぶん久しぶりだな」

「ほんの数週間よ」ジェネヴィーヴはふたたび苦笑をもらし、彼のからだに指先を歩かせながら、肋骨を数えていった。

「飢えた男からすれば、とんでもなく長い時間だよ」マイルズが顔を上げ、笑みを浮かべた。

「苦しかった。拷問だった」

ジェネヴィーヴは笑った。「自業自得でしょう。あなたがはじめたことなのよ」

「そうだったかな？　どうしてそんなことをしたのか、思いだせないよ」

「わたしを自分の意に添わせるためだったのではないかしら」

マイルズが目を見開いた。「ちがうよ、ジェニー。それはない。ぜったいに」

「わたし、ほかの人間にはなれないわ、マイルズ」ジェネヴィーヴはかすかに絶望的な声でいった。「自分が自尊心の高い女だというのはわかっているし――」ごくりとつばを飲みこむ。「――冷たい女だというのもわかっている」

「冷たい！」マイルズがにやりとした。「そんなことは、ぜったいにいっていないぞ」そういってジェネヴィーヴの首のわきにやさしく唇を押しつける。

「いいえ、いったわ。あなたがそう思っていることはわかっている。みんながそう思っているもの。わたしだって、ちがう人間になりたくないわけではないのよ。あなたをよろこばせる、あなた好みの女になりたくないわけではないの」ジェネヴィーヴは両手で彼の顔を包みこみ、ひたと視線を向けた。「でもわたしには、スタフォードの血が色濃く流れている。お祖母さまを見てちょうだい。あれが五十年後のわたしの姿よ。わたしは心やさしい柔軟な女にはなれないの。あなたの妻でいるというだけではだめなのよ。わたしは永遠にジェネヴィーヴ・スタフォードでもあるの。そのせいで、きっとたびたびこんな争いになってしまうんだわ」

「争うたびにこういう結末が待っているなら、ちょっとくらい戦争してもいいかもな」マイルズがにこりとしてやさしく口づけした。「ジェネヴィーヴ……あの日、ぼくはいうべきではないことをたくさん口にしてしまった。腹を立てていたんだ。本気でいったわけじゃない。ぼくは……傷ついていたんだ。許してくれるだけでいい。きみからジェネヴィーヴ・スタフォードを取りのぞいてくれなんて、頼んでいるわけではないんだ。ぼくはただ、きみにジェネヴィーヴ・スタフォード・ソアウッドでいてもらいたいだけなんだよ」そういって、彼女の顔に軽いキスの雨を降らせはじめた。「きみに変わってほしいなんて思っていない。ありのままのきみが好きだ。いまのまま、意志の強い、まっすぐなきみが」彼はにやりとして、ふたりのあいだに手を滑りこませ、彼女の乳房を愛撫しはじめた。「ぼくをこんな気分にさせてくれるきみが好きだ」

「無作法なまねをしないでちょうだい」ジェネヴィーヴはわざとらしく刺々しい声でいった。

「そうせずにはいられないだろう？　目の前に、こんなにかわいらしいきみがいるんだから」そういってジェネヴィーヴの首に口づけする。「とても色っぽい」つぎは彼女の鎖骨に。「それに、裸だし」そしてのどのくぼみにも。「ああ、愛しいジェネヴィーヴ、きみがぼくにどんな影響を与えているか、感じないか？」

「感じているわ」ジェネヴィーヴはにこりとして彼の髪を指ですき、いまの言葉を強調するように腰をくねらせた。「すごく心惹かれる感触ね」

マイルズは彼女ののどに唇を押しつけていたが、やがてずり下がっていった。そのあとじっくりと時間をかけ、長く、やわらかな口づけで彼女を愛し、欲望を刺激し、悦ばせた。

ジェネヴィーヴはからだの隅々まで彼に探られた気分になり、やがて期待のあまり身もだえしそうになった。そうなってようやく、マイルズが彼女のなかに入ってきた。またしても、もどかしいほど、うっとりするほどゆっくりとした、長くなめらかな動きで、彼女の欲情を高めていく。ついにふたりは激しい情熱に押し流されるまま、絶頂に達した。

そのあとは、ふたりして満ち足りたけだるさをおぼえた。ジェネヴィーヴがマイルズに身をよせたとき、彼がぼうっとした声でいった。「今夜、ダムバートンの夜会には行けそうにないな」

ジェネヴィーヴは笑い声を上げ、けだるげにからだをのばした。「行かなくてもかまわないわ。ただ、お風呂のお湯がすっかりさめてしまったのは残念ね」

「女中にお湯を持ってこさせよう」

「だめよ！　マイルズ！　こうなったのがばれてしまうでしょ！」

「まだばれていないとでも思ってるのかい？」彼が苦笑した。

ジェネヴィーヴはうめき声を上げ、赤らめた顔を彼の胸に埋めた。「マイルズったら……使用人たちに、色欲に見境を失った獣のような夫婦だと思われてしまうわ」

「やはり新婚さんだな、と思われるだけさ」マイルズが彼女の髪に口づけした。「それに、いままでの諍いには気づいていただろうから、使用人たちもぼくらが仲直りしたことをとてもよろこんでくれるんじゃないかな」

「どうしてわたしがここで寝ることにそれほどこだわるのか、わからないわ」ジェネヴィーヴはそういって起き上がり、のびをした。

「わからない？」マイルズが彼女の背筋に指をゆっくりと走らせた。「冬になったら、そのほうがはるかに暖かいだろう。それに長く暗い夜には、だれかが一緒にいてくればうれしいものさ」

ジェネヴィーヴは肩越しに皮肉たっぷりの視線を向けた。「そんな理由なの？」

「いいや」マイルズは彼女の髪を指に巻きつけた。「そんなにいやかい？ぼくと一緒にいるというのが」

ジェネヴィーヴは笑みで表情をやわらげた。「いいえ」かがみこみ、彼の唇にそっと口づけする。「ちっともいやではないわ」

23

「ラングドンの言葉を信じるかい？」二時間後、ふたりして暖炉の前に腰を落ち着けているとき、マイルズがたずねた。驚くようなことではなかったが、マイルズも参加したためにふだんよりうんと入浴に時間がかかってしまった。風呂のあとは彼の部屋でともに夕食をとった。ひどく空腹だったため、料理が乾いてあまり味がしなくなっていることも気にならなかった。

「ええ」ジェネヴィーヴは彼のひざにすわり、肩に頭を休めていた。「男とは名ばかりの情けない人ではあるけれど、わたしを図書室に誘いだしたことを責めたときのとまどいと驚きは、演技ではなさそうだったわ」

「だれかさんが熱心なあまり待ってくれなかったから、ぼくはあいつの話を最初から聞いていたわけではないが、あの男、自由の身になるためならどんなでたらめでも口にしたんじゃないかな」

「たしかにそうね」ジェネヴィーヴは背筋をのばし、マイルズの顔をのぞきこんだ。「でも考えてもみて。あんな悪だくみをするだけの頭がラングドンにあるかしら？　あまり頭のまわる人には見えないわ」

「そうだな。それに本人もいっていたように、あの晩はひどく酔っ払っていた。やはりあいつの言葉を信じるしかなさそうだ。まあ、そう思っていなければ、ぼくだってあんなふうにすんなりやつを解放したりはしなかったさ」マイルズはそこで言葉を切ったあと、きっぱりといった。「もっとも、一刻も早くきみとふたりきりになって、その頭に雷を落としたいと思う気持ちがあったというのも否めないがね」

「そうでしょうとも」ジェネヴィーヴはそっけなく応じた。前にかがみこみ、彼の耳に口づけしたあと、耳たぶにそっと嚙みつく。

「おい、気が散るじゃないか」マイルズが彼女のドレスの下に手を忍びこませた。

「それはこちらのセリフでしょ！　まったく」怒ったような口調ではあったが、笑い声がその効力を消していた。

「怒ったのか？」マイルズが彼女の首に鼻をなすりつけ、さらに手でまさぐった。

「やめて！」ジェネヴィーヴは彼の腕をぱしんと叩いた。「いま真剣な話をしているところなのよ」

「きみがはじめたくせに」マイルズはそういいながらも手の動きを止めた。「さて、きみに手紙を送ったのがラングドンでないなら、いったいだれが送ったのかが疑問だな」

「わたしのことが気に入らないだれかであることはまちがいないわね」ジェネヴィーヴは彼の肩に頭を戻した。

「あるいは、あの結果を望んでいただれかだな」

「つまり、あなたとわたしが結婚したということ？」ジェネヴィーヴは困惑してたずねた。

マイルズが笑った。「ちがうよ。もっとも、きみがそのことを重要視してくれていると思うと、ぼくの傷ついた自尊心も少しは癒されるがね。だがそうではなくて、きみとダースバリーが結婚を取りやめたということだ」

「たしかにそうだわ！」ジェネヴィーヴはからだを起こした。「あなたのいうとおりね。まさにあの瞬間、ダースバリーが取り巻きと一緒に図書室に入ってくるなんて、偶然にしてはできすぎている。あのときラングドンとわたしが図書室で確実に鉢合わせするよう、二通の手紙が届けられた――それに犯人は、あの状況でラングドンがどういう行動に出るか、ちゃんと先を読んでいたことになる。あとは、ダースバリーを図書室にうまく誘導するだけですむ」

「そのとおりだ。ぼくは、ミス・ハルフォードがあやしいと思う」

ジェネヴィーヴはうなずいた。「あの出来事で得をしたのは彼女ですものね。あのふたり、まもなく婚約するのではないかともっぱらの噂よ。それに彼女なら、ラングドンがいつもそのへんをうろついて、人に迷惑をかけてばかりいることにも気づいたでしょうし。なんだか……」ジェネヴィーヴはふたたびマイルズにからだを預けた。「おもしろくなってきた。人間、やられたらやり返すものよね」

「ふむ。それがスタフォード家の人間だった場合は、とくに」マイルズが彼女の腕をなにげなくさすりながらいった。

「でも、だからといってどうしたらいいのかはよくわからない。ミス・ハルフォードがダースバリーと結婚するのは大歓迎だもの。あんな退屈で愚かな男と結婚するなら、それだけで充分な罰になるのではないかしら。さんざんゴシップの種にされたのは腹が立つけれど、それをべつにすれば、彼女の策略でいちばんいい思いをしたのはわたしだわ」

「そうなのか？」腕をさすっていたマイルズの手がぴたりと止まり、ジェネヴィーヴはいきなり彼がからだをこわばらせるのを感じた。もっとも、その理由はよくわからなかったが。

「それはそうよ」ジェネヴィーヴはここでしくじりたくはなかったので、さりげない声を保ちつつ彼のローブの下に手を滑りこませ、それを胸まで持っていった。「いくつか、おもしろいことがわかったもの」人さし指で彼の乳首にじらすように円を描いてぐっと身を引きよせ、耳すれすれに唇を近づける。「まずなにより、夫婦の夜の営みにかんするお祖母さまの見解が、まるっきりまちがっていることがわかったわ」

マイルズのからだから力が抜けていくのが感じられた。彼が首に鼻をなすりつけ、ジェネヴィーヴの軽く結わえられた腰紐をほどいて部屋着の前を開いた。「じゃあ、ほかにはどんなことがわかるか、試してみようじゃないか」

快適な毎日が戻ってきた――とジェネヴィーヴは思った。いや、それをいうなら、これまで記憶にあるどんな日々よりも快適だ。さまざまなパーティに出席せずともあまり気にならなくなった。それより家でマイルズと一緒に過ごすほうがいい。マイルズと一緒にいるのがここまで楽しいことも、ひとりでいるときは幾度となく彼を思ってしまうことも、ジェネヴィーヴにしては少々驚きだった。マイルズが部屋に入ってくるたび、からだの奥が熱くとろけてしまうのだから。ときおり、自分がダマリスのように夫に夢中の妻になっていくような気がしてならなかった。たとえそうだとしても、べつに気にはならなかったが。

数日後、レディ・ジュリアがロンドンに到着した。末娘のネルだけでなく、長女のアメリアも一緒だった。アメリアは子どもたちを夫と家庭教師に任せ、まだ幼い末っ子だけを乳母とともに連れてきていた。マイルズがこっそり教えてくれたところによれば、アメリアという女性はなにかと場を仕切らずにはいられないたちのようだ。もっともジェネヴィーヴとしては、その思いがけない援軍には感動せずにはいられなかったが。ネルがきてくれたことはもっとうれしかった。それはザークシーズも同じようで、彼はいつもの威厳をかなぐり捨ててネルの腕に飛びこんでいった。

ネルは笑い声を上げて猫の耳のうしろを掻いてやり、はじめてのロンドンでなにをしたいか、ジェネヴィーヴにあれこれ希望を語りはじめた。あらゆる名所に行きたいのだという。なかでもアストリー・ローヤル演芸劇場とロンドン塔のライオンは外せないらしい。ジェネヴィーヴは、きっとマイルズがよろこんで連れていってくれるわよ、と請け合った。

その約束どおり、翌日の午後、三人でロンドン塔見物に出かけているあいだ、レディ・ジュリアとアメリアがジュリアの友人レディ・ペンバロウを訪ねていった。その翌日にはジェネヴィーヴも、レディ・ペンバロウとレディ・ジュリアに連れられてレディ・ペンバロウのおばにあたるターウィック公爵夫人を訪ねることになった。年齢とともに貫禄《かんろく》を増した公爵夫人は、イギリス社交界の中心人物のひとりだった。最近の流行など鼻にもかけず、まっ白になった髪を複雑に盛り上げ——幸い髪粉はつけていなかったが——十五年前に流行した、ローウエストでスカートがぼわっと広がるドレスを身につけていた。

公爵夫人はジェネヴィーヴの祖母とはさまざまな意味で正反対のタイプだった。人から変わり者あつかいされることに非常なよろこびをおぼえ、他人の目などまったく気にかけない人なのだ。ただしロードン伯爵夫人に負けず劣らず誇り高き女性で、なにより家族を重んじていた。幸い、公爵夫人が定義する〝家族〟には、姪の腹心の友であるレディ・ソアウッドもふくまれており、その定義はさらにレディ・ソアウッドの家族にまでおよんでいた。それゆえ公爵夫人はジェネヴィーヴとレディ・ジュリアをお茶に招待し、ノーフォークのさまざまな豪族にかんするひどく退屈な講釈まで垂れてくれた。そうした豪族のなかでも中心的役割を演じていたのが、ターウィック公爵の一族だった。

狙いどおり、公爵夫人に目をかけてもらっていることが知れわたると、大勢の貴婦人たちがふたたびジェネヴィーヴのもとを訪ねてくるようになり、彼女の社交生活が復活した。おまけに、ジェネヴィーヴにとってはあまりうれしくないことではあったが、レディ・ダースバリーまで顔を見せにやってきた。エローラのことは避けられるものなら避けたいところだったのだが、運悪く、ネルが取り組んでいた刺繍の糸がもつれ、それをほどく手伝いに没頭していたため、ボールディンから告げられるまでエローラの到着に気づかなかったのだ。

「レディ・ソアウッド、お目にかかれてたいへんうれしゅうございますわ」エローラがマイルズの母に大げさに語りかけた。「こちらがサー・マイルズの妹さんですのね」そういってネルの頭を軽く叩いた。ネルを激怒させること請け合いのしぐさだったが、おめでたいことに本人はそんなことには気づいてもおらず、つぎにアメリアにおべっかを使いはじめた。

この人、マイルズに自分の褒め言葉が伝わることを期待しているのね、とジェネヴィーヴはむっとしながら思った。ここ数日のなかでなにがいちばんうれしかったかといえば、夫にちょっかいを出そうとするエローラの姿を見ずにすむことだった。

エローラは時間を無駄にすることなくジェネヴィーヴの話題を持ちだした。「レディ・ジェネヴィーヴの噂を耳にされたときは、さぞかし驚かれたのではないでしょうか、レディ・ソアウッド。わたくしもですのよ。もちろん、わたくしもふくめて、レディ・ジェネヴィーヴを知る者ならだれでも、あんな噂を信じるはずもございませんけれど。あなたも、あのようなものにはいっさい関心を払わないのでしょうね」

エローラが、その話題についてさらに意見を述べるよううながされるのを待ち望んでいたとすれば、期待外れの結果に終わった。レディ・ジュリアは、にこりとほほえんでこういっただけだった。「もちろんですわ、あんな根も葉もない噂。ところで、あなたは一年を通じてロンドンにいらっしゃるのかしら、レディ・ダースバリー？」

「ええ、愛する主人が亡くなってからは、ずっと。主人がいたときは、ほとんどの時間を故郷の領地で過ごしておりました。その思い出があるものですから、まだあそこに戻るだけの気力を奮い起こすことができませんの」

「ええ、そうでしょうね。わたしは主人の思い出にいつも慰められてきましたが」

「そうでしょうとも、そうでしょうとも」エローラがうなずいた。「胸の痛みがやわらいだときには、きっとそうなるにちがいありませんわ」彼女は媚《こ》びるような笑みを浮かべ、つぎにネルに顔を向けた。「あなたはロンドンを楽しんでいるかしら？」

「ええ。ロンドン塔に行きました。それにお兄さまがアストリー・ローヤル演芸劇場での出し物を観に連れていくと約束してくれたんです。女中から聞いたんですが、これから何日間かロンドンにバーソロミューの市が立って、それは見ものなんですってね。綱わたりや手品や人形劇に、剣を飲みこむ男の人もいるとか。でもまだジェネヴィーヴから連れていくとい

う お返事をもらっていないんです」ネルが悔しそうにいった。

「あらまあ！　わたくしならあんなところには行かないわ」とエローラがいった。「情けないと思われてしまうでしょうけれど、わたくしには少々刺激が強すぎますから。あんまり派手な見世物があるので、気を失った女の人もいると聞きました」

「ほんとうに？」ネルが疑うような顔をした。「わたしなら気を失ったりはしないわ」

「ええ、あなたならそうでしょうけれど。でもね、あんなところにひとりで行ってはだめですよ」ネルはそんなことはひと言も口にしていないにもかかわらず、エローラは念を押すようにいった。「そんなことをするのは、とてもお行儀の悪いことですからね。それにあなたのお年ごろには刺激的すぎるでしょうから」

そんなふうにいわれたら、ネルとしては是が非でも行ってみたくなるに決まっている、とジェネヴィーヴはうんざりした気分で思った。これで、ネルと一緒にそこに連れていってくれとマイルズに頼みこまなければならなくなるだろう。ネルがしつこくせがむだろうから。ジェネヴィーヴとしては、行くことにはそれほど乗り気になれなかったが、そこに連れていってくれないかとマイルズを甘い言葉でそそのかすことそのものは、それなりに楽しいかもしれない、とひとり笑みを浮かべた。

ジェネヴィーヴはカーテンをわずかに持ち上げ、馬車の窓から外をのぞき見た。新聞社前の通りは静かだった。なにごともなく何日か過ぎたのち、彼女とマイルズは新聞社への訪問客に目を光らせる機会を徐々に減らすようになっていた。ジェネヴィーヴの社交生活が忙しくなったいまは、なおさら時間が取れなくなった。しかし今朝マイルズが外出したあと、なんとなく落ち着きを失ったジェネヴィーヴは、一、二時間ほど馬車から見張ってみることにしたのだった。

ひとりの女性が馬車のほうに近づいてくるのを見て、ジェネヴィーヴははっとしてわずかに背筋をのばした。見おぼえのある女性だ。その女性が新聞社に入っていったので、ジェネヴィーヴの関心がいちだんと高まった。マイルズが監視活動のために馬車のわきのポケットに残していってくれた折りたたみ式の小型望遠鏡を取りだし、いっぱいにのばしてみる。新聞社の扉がふたたび開いたとき、ジェネヴィーヴは望遠鏡をその戸口に向けた。

女性は新聞社から出ると通りの先をちらりと見やったあと、くるりと方向転換し、きた道を戻りはじめた。ジェネヴィーヴは胸をどきどきいわせながら女性のあとを目で追った。ダマリスとシーアと自分のもとから逃げだした、あの娘にまちがいない。マイルズからだという偽の手紙をジェネヴィーヴに手わたした女中だ。

ジェネヴィーヴは馬車の窓から身を乗りだし、御者に呼びかけた。「あの女性を追いかけて。茶色いドレスを着た人」

御者は了解したとばかりに帽子を軽く持ち上げ、馬たちを放すよう小僧に告げると、前進しはじめた。女性との距離を保ちつつゆっくり進んでいったが、一度か二度、彼女を先に進めるために馬を止めなければならなかった。あの女中が目的地に到達したとき、どうしたらいいだろう、とジェネヴィーヴははやる心で考えた。馬車から降りて面と向かえば、また逃げだされるかもしれない。今回は馬車に見捨てられる危険はないものの、馬車で人を追いかけるのは簡単ではない。旧市街の細く曲がりくねった通りに入りこんでしまえば、なおさらだ。

女中が乗合馬車に乗りこんだので、ジェネヴィーヴの馬車はさらにあとを追った。御者が彼女の姿をずっととらえておけることをジェネヴィーヴは祈った。驚いたことに、馬車はメイフェアの方角に向かっていた。あの女中は、ふたたびあの地域で職を得たのかもしれない。乗合馬車を降りると、女中は通りを進み、囲いのない小さな公園に入っていった。ジェネヴィーヴの馬車は公園を通り過ぎ、入口の少し先で停止した。ジェネヴィーヴはカーテンをわずかに開いて外をのぞいてみた。女中がベンチに向かった。そこにはすでにべつの女性がすわっており、そちらの女性が顔を上げた。

ジェネヴィーヴは口をあんぐりと開けた。見知った顔だった。ミス・ハルフォードつきの女中ではないか。

犯人は、やはりアイオナ・ハルフォードだったのだ！　考えて見ればもっともな話だ。かつては、アイオナのようないくじなしにそんな大それたことができるはずもないと考えたこともあったが、ダースバリー卿にかんすることとなると彼女がかっと激しい炎を燃やす現場を過去に目にしたではないか。〈ガンターズ〉で詰めよってきたあの若い女性なら、ジェネヴィーヴを破滅させようとするだけの度胸を持ち合わせているのかもしれない。

ジェネヴィーヴはふたりの女性が短い会話を交わすあいだ、じっと待った。アイオナの女中がもうひとりの女中に小袋と折りたたまれた手紙をわたし、後者はそれをすぐにポケットにしまいこんだ。そのあと、ふたりとも公園から立ち去った。ジェネヴィーヴがつけてきた女中のほうはきた方向に戻り、アイオナの女中はうつむきかげんでジェネヴィーヴの馬車の方角に足早に近づいてきた。

ジェネヴィーヴは扉を開け、馬車からするりと降りた。女中が近づいてきたところで、そのまん前に立ちはだかった。女中はぎょっとして足を止め、目を見開いた。くるりと背中を向け、走りだす。

ジェネヴィーヴはあとを追いかけた。またしても街で追跡劇をくり広げたことが知られれば祖母にさんざん叱られるだろうが、こんな機会をみすみす逃すわけにはいかなかった。ひざまでスカートをたくし上げて歩道を猛突進するうち、長い脚のおかげで距離がどんどん縮まっていった。背後で御者が驚いた声を上げ、あわてて彼女のあとを馬車で追いかけはじめた。

ジェネヴィーヴは、このままだと女中に飛びかかり、もろとも地面に倒れこむしかないのではと恐れたが、女中が背後をふり返るという失敗を犯してくれた。女中はその拍子に敷石にけつまずき、地面に転がった。

ジェネヴィーヴは即座にその上に飛びかかって女中の腕をつかみ、ぐいと引っ張り立たせた。「まあ！」ジェネヴィーヴは、だれかに見られている場合のためにわざと大きな声でいった。「ひどい転び方でしたね。手を貸して差しあげましょう」

「放して！」女中が身をよじらせ、腕を強く引いたが、ジェネヴィーヴの手から逃れることはできなかった。「どうして追いかけてくるんですか？　あたし、なにもしてないのに」女中が哀れっぽい声でいった。

「あら、そう？　なら、どうして逃げたの？」ジェネヴィーヴはすばやく左右を見やり、通りには御者のほかだれもいないのをたしかめると、手を貸しているふりはやめて辛辣な声でいった。「もう逃げようなんて思わないことね。さあ、馬車に乗りなさい。わたしの質問に答えてくれれば、痛い目に遭わせたりはしないわ」

女中は最後に必死に通りに目をやったあと、だれもいないとあきらめたのか、がくんと肩を落として両手を強く握り合わせ、おとなしく馬車に向かった。ジェネヴィーヴは女中を馬車に押し入れたあと、自分も乗りこんだ。

「あなた、ミス・ハルフォードつきの女中よね？」

娘がうなずいた。「はい」

「名前は？」

女中は困った顔をしたものの、やがてつぶやいた。「タンジー・マリンズと申します」

「わかったわ、タンジー。わたしがなにを訊きたいのか、察しはついているはずよね」

「お答えできません。ぜったいに、お答えできないんです。あの方に、紹介状もなしに追いだされてしまいます」女中が目に涙をためた。

「あなたに訊いたことは、ミス・ハルフォードには知られないようにするから」ジェネヴィーヴは励ますようにいった。

「ミス・ハルフォード！」女中が耳障りな笑い声を上げた。「あたしがいっているのは、アイオナさまのことではありません。奥さまのことです！」

ジェネヴィーヴは身をこわばらせた。「レディ・ダースバリーという意味？　エローラのこと？」

「ええ、そうです！　アイオナさまがこんなことをするわけがありませんもの！」

「こんなことというのは？」ジェネヴィーヴはすかさずたずねた。

「いえ、お願いですから、あたしに訊かないでください。お答えできないんです！　あの方がどんな人間か、ご存じないんです！」

「充分存じ上げている気がするわ」ジェネヴィーヴはそっけなくいった。「でもあなたはミス・ハルフォードに仕えているはずでしょう。さっき、彼女はエローラとはちがうというようなことをいったわね。それなら、わたしにしゃべったからといって、ミス・ハルフォードがあなたを追いだすはずはないわ」

「ああ、ちがうんです。あたしを雇ってくだすったのはアイオナさまではなく、奥さまのほうなんです。アイオナさまがかつて旦那さまの後見を受けてらした関係で、奥さまがあたしをアイオナさまの女中として送りこんだんです」

「それでも、あなたにお給金を支払っているのはミス・ハルフォードのはずよ。それなら、エローラにあなたを追い払わせるようなことはしないのではないかしら」

「アイオナさまは、奥さまにたてつくようなことはなさいません」タンジーが激しく首をふった。「ぜったいに」

「いずれにしても、あのふたりのどちらにも知られないようにするから」ジェネヴィーヴはべつの角度から攻めてみることにした。「だれに訊いたか、あのふたりにはぜったいにいわないわ」

「でも、わかってしまいます！　ぜったいにわかってしまいますもの！」

　ジェネヴィーヴは女中が気の毒になってきた。すっかりおびえきっているようだ。それでも、憐れみからあきらめるわけにはいかなかった。いまは、徹底的にスタフォードを貫く必要がある。そこで背筋をすっとのばし、その冷たい視線で女中を上から鋭くにらみつけた。

「わたしがだれだかわかっているの、タンジー？」

「はい」彼女がうなずいた。「ダースバリー卿とご結婚なさるはずだった方です」

「それだけじゃないわ。わたしはレディ・ジェネヴィーヴ・ソアウッドであり、兄はロードン伯爵よ。わが一族にたてつくのは賢いことではないわ。かつて祖先は敵をみな殺しにすることで有名だった。あなたがわたしの知りたいことを教えてくれないとなれば、必ず一生後悔させてやるからおぼえておきなさい」

タンジーがごくりとつばを飲みこみ、目を皿のように見開いてジェネヴィーヴをまじまじと見つめた。

ジェネヴィーヴはわずかに肩の力を抜いてほほえみ、今度は飴を差しだした。「それにね、タンジー。わたしがあなたにほかのお仕事を見つけてあげるわ。祖母もわたしも、しょっちゅう新しい女中を雇っている女性を大勢知っているの。レディ・ダースバリーにこのことを知られようが知られまいが、あの家にいとまを告げたいというのなら、ほかの家に必ず仕事を見つけて差しあげるわ。それに――」そういってジェネヴィーヴはレティキュールのなかから小銭入れを取りだし、ぴかぴかの金貨を掲げた。「――これがあれば少しは気が休まるのではないかしら」

タンジーの目が、ジェネヴィーヴが掲げた金貨と同じくらい大きく見開かれた。彼女は金貨とジェネヴィーヴを交互に見やった。期待と恐怖のあいだで引き裂かれているのは明らかだ。「ああ、でも……本気でそうおっしゃっているのでしょうか?」

「まちがいなく本気よ」ジェネヴィーヴは金貨を差しだした。

タンジーは下唇を噛みしめ、金貨の誘惑からいったん目をそらせたあと、戻した。しかしけっきょくは手をのばして金貨をつかみ取ると、こそこそとした動きでシャツの内側に挟みこんだ。

「さっきの娘さんもレディ・ダースバリーに雇われたの？　さっき、公園であなたが会っていた娘さん」ジェネヴィーヴは、まずはべつの人物に焦点を当てることでタンジーの口が軽くなることを期待した。

「はい」タンジーがうなずいた。「さっきのはハッティです。いとこの。奥さまからほかの女中を見つけるようにいわれたんです。モアクームさまのお屋敷ではたらいているだれかを。だからあたしがハッティをあのパーティで雇われるよう、送りこみました。そうすれば、ハッティもそれなりのお金を稼げるかもしれないと思って」

「でも、どうしてエローラはあなたを利用したの？　自分の女中ではなくて」

「奥さまですか？　だって、奥さまは外国の方ですから。たしか、フランスの方では？　ですからロンドンに知り合いはいないんです。それに、奥さまはあたしたちに話しかけることすらしません。ご自分のほうが、うんと偉いとお思いですから。それに、あたしなら文句もいわずに仕えるとわかってらっしゃったんです。というのも——奥さまは、いままでずっと、わたしにアイオナさまのスパイをさせていたから」

「ミス・ハルフォードをスパイ？　でも、どうして？」

「わかりません」タンジーは肩をすくめた。「アイオナさまは、奥さまがすでにご存じでないことは、なにもなさいませんのに。アイオナさまは、家のほかの者と同様、すっかり奥さまのいいなりです。だからあたしも、アイオナさまを……傷つけるようなことはなにひとつ報告する必要もありませんでした。報告したことといえば、アイオナさまがダースバリー卿を想ってらっしゃることとか、あれやこれやについてどうしたらいいのか迷っておられることとか。帽子屋のウインドウのなかではどういった帽子をお好みかとか。そんな程度のことばかりです。それを受けて、奥さまがアイオナさまにどの帽子を贈るのか決めて、感謝されようとしているのかもしれません。奥さまはアイオナさまのことをすっかりご存じで、とても親切にしているという印象を与えるために。それに、アイオナさまが怖がることがあれば、奥さまはそれを利用します。自分の思いどおりにするために」

「なんて邪悪な人！」

「え、ジャアク？」タンジーがぽかんとした顔をした。

「なんてひどい人なのかしら」

「あ、ええ、そうですね」

「つまりエローラは、それまでもあなたをさんざん利用していたから、わたしにたいする策略にもあなたを雇ったということね」

タンジーが鼻を鳴らした。いったん口火を切ると、率先して話がしたくなってきたようで、積年の恨みを晴らすかのように言葉がつぎからつぎへと飛びだしてきた。「あたし、雇われたわけじゃありません。今回のはちがいます。だって、その分、余分にお給金はいただいていませんもの。あたし、あの方が抱えるフランス人女中と同じだけは稼げないんです。でも奥さまは、あたしが辞めないとわかっています。だって、あたし、どこにも行き場がないでしょう? 奥さまのいうとおりにしなかったら、あたしが何年もアイオナさまのスパイをしていたことをご本人に告げ口されてしまいます。そうなれば、アイオナさまから追いだされてしまうでしょう。紹介状もなしに。もしもほかで雇われたとしても、奥さまがその雇い主にあたしが悪い女だと触れまわってしまうでしょう。奥さまからなにかを盗んだとかなんとかと話をでっち上げて。じっさい、そうしてやるからといわれましたもの。奥さまのご要望に尻ごみするたびに、そういわれました。だから、やらないわけにはいきませんでした。そんなことを聞かされたら、アイオナさまはひどく傷ついて、あたしをお憎みになるでしょう。あたしを放りだしておしまいになるはずです」

「こちらが面倒をみるわ」ジェネヴィーヴの目には冷たく険しい光が浮かんでいた。「心配しないで。ことの真相を知れば、アイオナもそんなふうには感じないと思う。そうならないとしても、わたしがエローラよりもうんといい雇い主をお世話するから」

「奥さまよりもいい方を見つけるのは、さほどむずかしくはないでしょうね」とタンジーがつぶやいた。

ジェネヴィーヴは苦笑した。「まあ、なかなかいうじゃないの。その意気よ」そういってタンジーにほほえみかける。「さあ、教えて。エローラはどうして図書室での一件を画策したの？」

「アイオナさまをダースバリー卿とご結婚させるためです。奥さまは、その、あなたさまのことを、あまりお気に召さなかったようで」タンジーはジェネヴィーヴに不安げな視線を向けた。

「つまりエローラは、わたしと義理の息子を結婚させたくなかったということ？」

「あの方はつねに女王蜂でいたいんです。お父上が亡くなってからというもの、ダースバリー卿は家の切り盛りを奥さまの好きにさせてらっしゃいました。奥さまは、ダースバリー卿がアイオナさまとご結婚なさるものと思っていたんです。でも、あの結婚式に参加なさったあと、ダースバリー卿があなたさまと結婚するとおっしゃって。あなたさまのほうが、かわいそうなアイオナさまよりもお美しいですから。だから奥さまはそれを阻止しようとなさったんです。ダースバリー卿がアイオナさまとご結婚なされば、奥さまは家のことを好きに仕切れますもの。いままでも、ずっとそうでしたから。でも相手があなたさまとなれば……」

ジェネヴィーヴはうなずいた。「そうね。そうなれば、エローラにとって面倒なことになったでしょうね」

「だから、あなたさまを追い払おうとなさったんです」

「でも、だとしたら、どうしてあの人は、ここにきてまたわたしをおとしめようとしたの？あなたとあなたのいとこを使って、『オンルッカー』にわたしのことを告げ口させているのでしょう？」

「はい。奥さまは、あの新聞社を経営している男性をご存じなんです。先代がお亡くなりになったあと、ロンドンにきて以来、奥さまはその男性になにかと話を持っていっています。奥さまがまだお若いときからのお知り合いだそうで。たぶん、おふたりは、その……とにかく、奥さまはあのコラムのネタをいくつか提供し、男性のほうはその見返りとして奥さまに宝石やなにかを贈っているんです。奥さまは贈り物はおよろこびですが、新聞社に入っていくところを人に見られたくないので、代わりにあたしを送りこんでいるんです」

「でもきょう、あそこに入っていったのはあなたのいとこのほうだったわ」

「はい」タンジーがうなずいた。「いとこがあのときの手紙をわたす手伝いをして以来、奥さまはあたしに代わっていとこを新聞社に送りこむことにしたんです。あたしがどこの人間か、だれかに気づかれたときのことを恐れて。あの方は――奥さまは、あなたさまのことを恐れているんだと思います。それに、あなたのお祖母さまのことも。〝大蛇〟と呼んで」

ジェネヴィーヴはにんまりとした。「それを聞いたら、祖母がよろこぶわ」

「ハッティから、あなたさまに追いかけられたことを聞きました。ハッティも、あなたさまになにをされるかとびくびくしていました。それを奥さまに話したところ、奥さまがその話を新聞社に持ちこませたんです。それに、先日の記事、あなたさまが、その、ほかの紳士と——の件も」

「ええ、あの件ね」ジェネヴィーヴはそっけなくいった。「それにしても、どうしてエローラがいつまでもわたしを攻撃しつづけるのか、理解できないわ。ダースバリーがわたしとの婚約を破棄したときに、目的は果たしたはずでしょう。さらにわたしの人生をめちゃくちゃにしようとするほど、わたしのことを憎んでいるのかしら?」

「そういうことではないと思います。問題は、旦那さまのほうで」

「旦那さま?」

「あなたさまの旦那さまです。奥さまは、あの方をご所望《しょもう》なんです」

「マイルズのこと?」ジェネヴィーヴが怒りに目を燃え上がらせたので、タンジーがじりじりとあとずさりした。

「はい。あなたさまがあの方と結婚なさると知ったときの奥さまの怒りようといったら、すさまじいものでした。そういうことは、望んでらっしゃらなかったのです。おふたりがロンドンに戻ってらっしゃったとき、奥さまはマイルズさまの気を引けると思ってらっしゃいました。あの方を勝ち取れると。でも、マイルズさまがちっともなびかないので、それは悔しがっておいででした」

怒りに駆られながらも、ジェネヴィーヴは少々胸がすっとする思いだった。「つまりあの人は、わたしの評判をだいなしにすれば、マイルズがわたしを見捨てるだろうと考えたのね？」

「たぶん。そうすればマイルズさまの目をさまさせることができる、あの方を怒らせることができる、とおっしゃっていました。そうなればあなたさまが尻尾を巻いて、領地に戻っていくと。マイルズさまがおひとりでロンドンに残れば、必ず自分にふり向かせることができるとお思いのようでした。寂しい思いをさせれば、きっと、と」

「なるほど筋が通るわ。とんでもない筋ではあるけれど」ジェネヴィーヴはタンジーを見やった。「あの家に戻りたい、タンジー？　もしよければ、いまわたしと一緒にきてもいいのよ。だれかほかにレディつきの女中を探している人が見つかるまで、あなたにはたらき場所をつくるよう、女中頭にいうから」

「まあ！」タンジーの目が期待にいったん見開かれたが、そのあと、憂いに沈んだ。「でも――でも、まずはアイオナさまと話をするべきですね。きちんと説明しなければ。あの方には、ずっとよくしていただきましたから。それに、あの方にあたしの話を信じていただければ、ひょっとして……」タンジーは肩をすくめた。「もし信じていただけなければ、あなたさまのもとへまいります」タンジーが必死のまなざしをジェネヴィーヴに向けた。「それでもよろしいでしょうか？」

「もちろんよ。あなたがそうしたいのであれば。約束は忘れないわ。だから心配しないで」

タンジーは肩の力を抜き、小さな笑みを浮かべた。「ありがとうございます」

タンジーが馬車を降りかけたところで動きを止め、顔をしかめてジェネヴィーヴをふり返った。「どうぞ用心なさってください。奥さまはなにかたくらんでおいでのようなので。フランス人の女中になにやら命じているのを小耳に挟みました。言葉は理解できませんでしたけれど、なんだかすごい形相をしていらしたので」

「ありがとう、タンジー」ジェネヴィーヴは身を乗りだし、タンジーの腕に手をおいた。「肝に銘じておくわ」

タンジーははにかみがちな笑みを浮かべてちょこんとひざを曲げたあと、馬車を降りてそそくさと去っていった。ジェネヴィーヴはカーテンを戻して御者に呼びかけた。「帰るわ、ミルトン。急いで」

24

帰宅してみると、屋敷が大騒ぎになっていた。レディ・ジュリアがアメリアと並んで門口に立ち、涙に暮れる女中となにやらしきりに話しこんでおり、ボールディンはいつものポーカーフェイスからは想像もつかないほどの動揺ぶりを見せていた。ジェネヴィーヴが入っていくと、全員がいっせいに期待のまなざしを向けてきたが、すぐに表情を曇らせた。

「ジェネヴィーヴ！　ネルは一緒？　あの娘がどこにいるか、知っている？」レディ・ジュリアがたずねた。

ジェネヴィーヴの胸に氷の塊が生まれつつあった。「いいえ。どうしたんですか？　ネルがいなくなったんですか？」

ジュリアは目に涙をいっぱいにため、手を唇に押しつけた。

代わりにアメリアが答えた。「母とわたしはお買い物に出かけていたの。例によってネルはお買い物には興味がないからと、赤ちゃんと一緒にお留守番をしていたの」彼女は泣いている使用人のほうをなんとなく手ぶりで示した。ジェネヴィーヴは、その女中がもともと家にいた使用人ではなく、アメリアの赤ん坊の世話をする乳母であることに気づいた。「帰宅したときには、ネルの姿が消えていたわ。どこにいるのか、だれも知らなくて」

ジェネヴィーヴは執事をふり返った。「たいへん申しわけありません、奥さま。ネルさまがお出かけになるところはだれも見ておりませんし、家じゅうを捜しました」彼はそこでひと息ついた。まるで、責任を取って自害でもしそうな顔をしている。「こうなったからには、解雇も覚悟しております」

「あなたのせいでないのはたしかよ」レディ・ジュリアが目もとを拭いながらいった。「ネルは昔から、勝手気ままなことばかりしてきたから。これが自宅でのことなら、ちっとも心配しないの。でも、いまはこうしてロンドンにいるから……」

「そうですね。ロンドンははるかに治安の悪い場所です」とジェネヴィーヴはいった。「ボールディン、責任の所在についてあれこれいうのはやめて、とにかくネルを捜すことに集中しましょう」そして泣いている乳母の前に行く。「ネルはずっとあなたと一緒にいたの？」

「はい、奥さま」娘はそういうとしゃくり上げ、頰を流れ落ちる涙を拭った。「一緒にお庭にいたんです、奥さま。きょうはとてもお天気がよかったので。でもルーパートぼっちゃまがぐずりだしたものですから、お二階にお連れしたんです。ぼっちゃまを寝かしつけたあと下の階に戻ったときには、ネルさまはお庭にはいらっしゃいませんでした。だから、ご自分のお部屋に戻られたかなにかしたとばかり思っていたんです。まさか――まさか――」女中はふたたび声を上げて泣きはじめた。

ジェネヴィーヴは女中の腕をぎゅっとつかんだ。「やめなさい。泣いてもなにもならないわ。ネルのお母さまのことを考えて」

女中が涙をぐっとこらえ、目を見開いてジェネヴィーヴを見つめ返した。「はい」

「最後にネルを見たのはいつ？」とジェネヴィーヴはつづけた。

「そうですね、たぶん、一時間くらい前かと。捜しはじめたとき、ルーパートぼっちゃまはまだお休みでしたから」

「ネルは、これからなにをするとか、どこかに行くかもしれないとか、いっていなかった？」

「いいえ。でも、ぼっちゃまと一緒に表に出たとき、ネルさまはなにか読んでらっしゃいました。お手紙のようなものを。でもすぐにポケットにしまわれて、それについてはなにもおっしゃいませんでした」

「じゃあ、その前にネルはお庭にひとりでいたの？」

女中がうなずき、ボールディンが口を挟んだ。「ネルさまは、レディ・ジュリアとアメリアさまがお出かけになったすぐあとに、読書をしようとお庭に出ていかれたようです。しかしネルさまが家のなかに入ったところは、だれも見ておりません」

「だれか訪ねてきた人はいたかしら？　ネルを訪ねてきた人は？　あるいは、彼女に手紙をわたそうとした人とか？」とジェネヴィーヴはたずねた。

「わたしの知るかぎりではおりませんが、ほかの者たちにも訊いてみます」彼は一礼すると部屋から出ていった。

「どこに行ったか、心当たりはない？」とレディ・ジュリアがたずねた。

「あの不愉快な猫が外に出たので、ネルが捜しにいったのではないかしら」とアメリアがいった。

「でも、猫なら家にいるわ」とレディ・ジュリア。「さっき見かけたもの。だからその可能性はないでしょう」

「手紙というのは、どういうことかしら？　ネルになにか書いてよこす人がいる？」とアメリアが問いかけた。「ロンドンに知り合いはひとりもいないのに」

「ネルは、それが知り合いからの手紙だと思ったのではないでしょうか」とジェネヴィーヴはいった。ふたりの女性が困惑した表情をしたので、言葉を継ぐ。「こんなことになってほんとうに申しわけないのですが、わたしに仕返しをしたがっている人物がネルを利用しているのではないかと思うんです。今回の噂話を広めた人物が」

「では、それがだれだかわかったの？」とレディ・ジュリアがたずねた。

「はい」ジェネヴィーヴは、ミス・ハルフォードの女中が明かした話を手短に話して聞かせた。

「なんて恐ろしい女なの！」ジュリアが大声を上げた。「でも、どこに——どうやって——まさかあの人、ネルを傷つけたりはしないわよね？」

「ネルに危害を加えるつもりはないと思います。でも、なにも保証はありません。いまのところ、エローラの計画はなにひとつ本人の思惑どおりにはいっていないので」

「奥さま」ボールディンが戻ってきた。みすぼらしい身なりの娘をひとりしたがえている。見たところ、台所の流し場ではたらく身分の低い女中のようだった。「このメイが申しますには、きょう、訪ねてきた者がいたということです。奥さまに話しなさい、メイ」

娘はびくびくした目をジェネヴィーヴに向けたあと、ちょこんとひざを曲げてあいさつすると、口を開いた。「だれだかは知りません、奥さま。ただ、だれかになにかわたしたがっていたみたいなんですけど、料理長がすぐに追い払いました。料理長は、フランス人はきらいなんです」

「フランス人！　その人、フランス人だったの？」

「料理長は、言葉を聞いてそうだったといっていました」娘が不安げに顔を上げた。「あたしにはよくわからなくて、奥さま」

「でもその人は、だれにも会わずに帰ったのね？　あなたと料理長のほかには、だれにも会わなかったのね？」

「そのあとは、見かけていません。扉を閉めましたから。だから、帰ったと思います」

「でも扉を閉めたあと、その人がわきにある庭園の入口を見た可能性はあるのね？　裏手にある庭を見たかもしれないわ」ジェネヴィーヴはボールディンに顔を向けた。

「おっしゃるとおりです、奥さま。そのことに、だれも気がつかなかった可能性はあります」

「つまりその人が、庭にいたネルに話しかけたかもしれないということね。あるいは、ネルが読んでいるのを乳母が見かけたという手紙をわたしたのかも」

「それが重要なことなの？　その人がフランス人ということが？」レディ・ジュリアがたずねた。

「はい。エローラつきの女中はフランス人なんです。きっとエローラがネルをおびきだしたんですわ。わたしからの手紙だと偽ったものをわたして。それがあの人のやり方なんです。そうすれば、わたしに責任を押しつけられるとばかりに」

「でも、呼びだされたとしても、ネルがそこにどうやって行けるというの？　ネルの知っている場所といったら、どこかしら？」レディ・ジュリアが青ざめた。

「そうですね」ジェネヴィーヴはしばし考えこんだが、いきなりはっとひらめいた。「バーソロミューの市だわ！」

「なんですって？」

「先日、ネルが話していた市のこと？」とアメリア。

「はい。エローラが訪ねてきたとき、ネルがそのことを話題にしていました。あのときエローラが、いかにもネルをその気にさせてしまうようなことばかり口にしたので、なんて愚かな人なのかしらと思っていました」

「きっとあなたのいうとおりよ」ジュリアが表情を明るくした。「さっそく、そこに行ってみましょう」

ジェネヴィーヴはまゆをひそめて考えこんだ。「マイルズを呼んでこなければ。お義母さま、うちの馬車を使って〈ホワイツ〉に行っていただければ、御者が店に入ってマイルズを呼んできてくれます。マイルズが一緒にいてくれれば、ネルがたとえバーソロミューの市に行ったとしても、世間体が保たれます。わたしはネルを追いかけてみます。そこまで貸し馬車を雇うほうがいいでしょう」

「わたしも一緒に行くわ」とアメリアがいった。

「いいえ、あそこでエローラに見つかったとしたら、彼女の狙いはわたしたちの評判に傷をつけることにほかなりません。だから、被害に遭うのはわたしひとりで充分です」

「かまわないわ。あの子はわたしの妹なのよ。それに、その卑劣な女があなたから盗もうとしているのは、わたしの弟だわ。いずれにしても、あなたには手助けが必要になるかもしれないし」

「そのとおりだわ」とレディ・ジュリアがうなずいた。「わたしはひとりでマイルズを呼びにいきます。だからあなたたちふたりは、ネルを見つけてちょうだい。あそこであの女を見つけたら、ぜひ、そうね、よくわからないけれど、とにかくなにか悲惨な目に遭わせてやって」

全員がそれぞれの行動を開始した。従僕のひとりがレディ・ジュリアの馬車を用意させるために走り、執事みずからが通りに出て貸し馬車を呼び止め、ふたりの女性を乗りこませた。ジェネヴィーヴが気前のいい心づけを約束したので、貸し馬車は猛スピードで突き進んだ。

数百年の歴史を誇るその大きな市は、スミスフィールド地区のクロスフェア通り沿いで開催されていた。古代城壁のすぐ外側だ。かつては小修道院の墓場周辺と小道沿いで開かれていたのだが、年月とともに規模がどんどん拡大し、いまでは聖バーソロミュー教会のはるか先まで広がっていた。

貸し馬車は市のなかには乗り入れられないので、女性ふたりは入口に到達したところで降り、目の前に広がる光景を仰天のまなざしでながめた。大勢の人が群がる間に合わせの通路が四方にのび、テントや露店、そして木材であわただしくつくられた建物の表面が沿道に並んでいた。さまざまな方角から音楽が流れてきて、品物を売りつけようとする露天商の叫び声があたりに満ちている。少し離れたところに、一時的につくられた足場から三つのゴンドラがぶら下がっており、振り子のように前後に揺れていた。そこも人がいっぱいで、全員が悲鳴を上げていたが、よろこんでいるのか怖がっているのか、ジェネヴィーヴには判断がつきかねた。

「すごいわ」ジェネヴィーヴはため息をつき、左右に目をやった。「どうやったら、ここでネルを見つけられるというの？」

「二手に分かれたほうがいいかしら？」とアメリアがたずねた。「さっきまではそうしたほうがいいと思っていたのだけれど、いまは……」

「迷子になってしまいそうですね」ジェネヴィーヴはうなずいた。「一緒にいたほうがよさそうですわ」

そこでふたりは肩を並べ、無秩序な通路のひとつを進み、ネルはいないかときょろきょろとあたりを見まわしていった。露店から呼びこみの声がかかり、ふたりに色目を使ってくる荒くれ男もひとりではすまなかった。ここがいかがわしい場所だとされるのももっともだったが、その色とりどりの光景と音は魅惑的でもあった。わきでは一段高くなった舞台の上で曲芸師が宙返りを披露していた。その反対側の芝地では、背の高い二本のポールに綱がわたされ、端にしつらえられた小さな踊り場の上に男がひとり立ち、綱わたりを開始しようとしている。

若い娘が簡単に迷いこんでしまいそうな場所だ。それに乗じてだれかがネルを連れ去ることも可能で、その場合、彼女の身になにが起きたのかを知ることは永遠にないだろう。早くマイルズにきてほしい、とジェネヴィーヴは思いながらも、彼とレディ・ジュリアがこの人混みのなかでこちらを見つけるのは不可能ではないかと心配になってきた。

左手のほうに、ぬっとそびえ立つゴンドラの柱が見えた。彼女はそれを指さしてアメリアに声をかけた。「ネルがいないか、あそこに行ってみましょう。ネルがいちばん惹きつけられるとしたら、あの乗り物ではないでしょうか。それに、いちばん目立つ場所です。運がよければ、迷子になったネルもあそこに行くかもしれません」

アメリアも同意し、ふたりは柱に向かった。そして案の定、頭上高くに掲げられた乗り物を見上げる、見知った人物が立っていた。

「ネル！」

ネルがふり返り、どっと安堵の表情を浮かべた。「ジェネヴィーヴ！　お姉さまも！」ネルはふたりに駆けより、大きな笑みを浮かべた。「すごいわよね？　いわれたとおり、ずっとここで待っていたんだけれど、会えないのではないかと怖かったわ。ものすごい人混みなんだもの」

「もう会えたから、だいじょうぶよ」ジェネヴィーヴは周囲をさっと見まわした。「それにマイルズもいまこちらに向かっているわ」

「ネルったら、何を考えていたの？」アメリアは妹を抱きよせたあと、すぐに小言を口にしはじめた。「こんなところにきたりして！　しかも、ひとりきりで！」

ネルが不審な顔をした。「でも、ジェネヴィーヴが市で待ち合わせましょうといってきたのよ。そうすれば、だれにも知られずにすむからって」姉とジェネヴィーヴの顔を交互に見やるうち、彼女の声が消え入った。「ジェネヴィーヴ？　わたしに手紙を送ったでしょう？」

「いいえ、送っていないの。わなだったのよ。その手紙、まだ持っている？」

ネルはうなずき、スカートのポケットに手を入れた。

背後でかん高い笑い声が上がり、ジェネヴィーヴは身をこわばらせた。ふり返ると、エローラが取り巻きの紳士の腕に手をかけながら、ぶらぶらとこちらに向かってくるところだった。そのうしろにくっついているアイオナが、びくびくしたようすで周囲を見まわしている。ほかにも貴婦人がふたりと、ダースバリー家とつき合いのある男性が何人かおともをしているようだ。なるほど、とジェネヴィーヴは思った。この光景を取り巻きにしっかり目撃させようという魂胆ね。

「レディ・ジェネヴィーヴ！」エローラが衝撃を受けたような大声を上げた。心底驚いているような顔ではあったが、その直後、エローラはしてやったりとばかりの表情を浮かべ、言葉を継いだ。「ここでいったいなにをしてらっしゃるのかしら？　まさかあなたにお会いするとは。しかも、おひとりで」そういって、大仰にあたりを見まわす。

「そうですね」ジェネヴィーヴは刺々しく応じた。「まさかここでお目にかかるとは、驚きですわ」

「ジェネヴィーヴひとりじゃないわ」とネルが声高にいった。「わたしたち、みんな一緒にいるでしょ」そういって、隣にいる姉を手ぶりで示した。

エローラはそのときはじめてソアウッド家のもうひとりの女性に気づいたようで、ぎょっとした表情をした。「あら、まあ。そうね」そこで言葉を切り、気取ってせき払いした。「でもねえ、ジェネヴィーヴ、こういってはなんだけれども……ここは、子どもを連れてくるような場所ではありませんよ。そもそも、ここはレディがいるべき場所ではないでしょう」

「そういうあなたも、ここにいらっしゃるわけですけれど」とジェネヴィーヴはいい返した。スタフォードの血が煮えたぎるという兄の言葉の意味が、ようやくわかったような気がした。こうしてエローラと面と向かっているいま、たまりにたまったエネルギーがぐつぐつと煮えくり返るのが感じられる。そしていきなり、周囲のことをより鋭く、明確に、激しく意識するようになった。どうやらわたし、敵と戦いたくてしかたがないみたいね。ジェネヴィーヴはどう猛な笑みを浮かべた。それを見たエローラが目をぱちくりさせ、知らず知らずあとずさりしていた。

「それとは話がまるっきりちがうでしょう」立ち直るまでしばし口ごもったのち、エローラがそう応じた。「あなたはまだうら若き女性、結婚したての新妻なのにたいし、わたくしは未亡人であり――」

「わたしたちよりあなたのほうがはるかに歳がいっているというのは、わかっています」ジェネヴィーヴは嬉々として同意した。「でもいくら歳を取っているとはいえ、レディの評判は簡単に傷ついてしまうものですよね、そうでしょう？」

エローラは忍び笑いをもらし、両わきの男性をちらりと見やった。「でもね、ジェネヴィーヴ、わたしには紳士のつき添いがいるけれど、そちらはいないじゃないの」

「おや、そこがあなたのまちがっているところなんですね、レディ・ダースバリー」そういう陽気な男性の声がしたので、全員がふり返ると、一メートルほど離れたところにマイルズが立っていた。そのすぐ隣にはにこやかな顔をした彼の母親が、もう一方の隣にはモアクーム卿が立っていた。

エローラがのどを絞められたような声を発した。「サー・マイルズ」

「こんにちは」マイルズはそう応じると、ゆったりとした足取りでジェネヴィーヴのわきについた。「ジェネヴィーヴ、一瞬、きみたちとはぐれてしまったのかと思ったよ。すごい人混みじゃないか？」彼はエローラとその取り巻きを見やった。「きょうは、同じようなことを考えた人が大勢いるみたいですね」

「ああ、まったくだ」男たちのひとりがいった。「ものすごい人出だな」彼は周囲を見まわした。「暗くなる前に帰らなければ。そんな時間になれば、それこそレディがいるべき場所ではなくなってしまう」

「では、これにて失礼」とマイルズはいって、ネルのからだに腕をまわし、その場を立ち去ろうとした。

「待って、まだ話は終わっていないの」とジェネヴィーヴはいった。「レディ・ダースバリーにいうことがあるわ」

「ほんとうに?」マイルズが妻に用心するような目を向けた。

「ええ、そうなの」ジェネヴィーヴは前に進んだ。薄青の目を、相手の女の顔にひたと据えながら。「あなたの魂胆はすべてお見とおしよ、エローラ。きょうも、わたしになにをしようとしていたのか、ちゃんとわかっているわ。無邪気な若い娘の身になにが起きようが、おかまいなしなのね。それに、ダースバリーとわたしを結婚させないために、図書室での一件を仕組んだのはあなただということも、わかっているわ」

「ジェネヴィーヴ!　なにをいうの?」エローラがずる賢く下唇をわなわなと震わせてみせた。

「あなたは、狡猾《こうかつ》で心の卑しい邪悪な女だといっているのよ。あなたのせいで婚約を破棄されたのは、どうでもいいの。人生のなかでも、最高にありがたいことだったから。それに、ロンドン一すばらしい男性と結婚できたことを、毎日、神に感謝しているわ。あなたの狭量で気取った義理の息子ではなくてね!」

エローラの取り巻きから押し殺すような笑い声が上がった。背後からは、驚いたマイルズの小さなうめき声。しかしジェネヴィーヴはどちらも無視した。いま彼女は乗りに乗っており、エローラにいうべきことをいうまではやめられなかった。

「でもあなたは、『オンルッカー』に悪意に満ちたうそを告げることで、わたしの評判に傷をつけようとした。そうなれば、主人の名前にも傷がつく。それだけは許せない。それにあなたが危害を加えたのは、わたしひとりではないはずよ。もう何年もミス・ハルフォードのことをスパイしてきたのよね。それにもう何カ月も、あの三流紙に上流社会の噂話を垂れ流してきた」

アイオナがはっと息を呑み、男性陣のひとりが「おい！」と叫んだ。

「それに、あなたがどうしてわたしの評判をだいなしにしようとしたのかもわかっている。わたしを追いだして、サー・マイルズを手に入れようとしたのでしょう。彼との情事を望んでいたのね。あなたがそんな願望を抱いたことは、非難できない。でも、この人を手に入れるためにあなたがしでかしてきた卑劣なことについては堂々と非難するし、ぜったい許すわけにはいかないわ」

「あなたから彼を奪うのに、卑劣な手を使わなきゃならないとでもいわんばかりね！」エローラが怒りに顔をねじ曲げて反論した。「いまは彼もあなたの魔法にかかっているかもしれないけれど、その愛情も長くはつづかないわよ。あなたみたいな冷酷女には、すぐに飽きてしまうでしょうよ。もっと温かくて、男性のあつかいを心得た女がほしくなるに決まっているわ」

「この人は、あなたになんて目もくれないわ」ジェネヴィーヴはぶっきらぼうにいった。

「わたしは、あなたにはないものを差しだせるもの。わたしはマイルズを愛している。でもあなたは人を愛することのできない人よ。はっきりいわせてもらうわね、エローラ」ジェネヴィーヴはエローラに指を突きつけながらじりじりと迫っていった。「あなたには、一生かかってもわたしの夫を手に入れることはできないわ。なにをしようが、どんな策略をめぐらそうが、どんなにわたしの名誉を傷つけようが。わたしは傷口を舐めるために田舎に逃げ、あとはあなたに好き放題させるような女ではないの。マイルズはわたしのものよ！」彼女はエローラから数センチのところまで迫ると上からぬっと見下ろし、目に薄青の炎をたぎらせた。「あなたも、スタフォード家の評判を聞きおよんでいるのではないかしら？　スタフォード家の者は、自分たちのものをぜったい人に譲ったりはしない」

長いことふたりの女性はたがいをにらみつけていた。あたりには静寂がこだましていた。やがてガブリエルが口を開いた。「まいったな。この場面を見逃したことを知ったら、シーアがぷりぷり怒るぞ」

マイルズが笑いはじめ、ネルと母親がそれにつづき、アメリアの目さえも楽しげに動きはじめた。エローラがのどに詰まったような叫び声を上げ、ジェネヴィーヴに飛びかかり、その顔にかぎ爪を立てようとした。ジェネヴィーヴはその攻撃を左手でかわしつつ、こぶしに固めた右手をくりだした。こぶしはエローラの頬にまともに食いこんだ。

エローラが悲鳴とともに顔をつかんでよろよろとあとずさりした。取り巻きの男性のひとりが彼女を受け止め、ほかの男性陣が周囲を取り囲んで彼女を引き離そうとした。アイオナは突っ立ったまま、しばしエローラとほかの男たちをながめていた。やがて彼女はジェネヴィーヴに顔を向け、かすかにうなずきかけると、あたふたとみんなのあとを追って去っていった。

「みごとな一撃だ」マイルズがにやにやしながらジェネヴィーヴに近づいて腕をまわした。「これで、ダースバリー家の面々をことごとくやっつけたな」

ジェネヴィーヴは彼にしかめっ面を向けた。「そんなにうれしそうな顔をしなくてもいいじゃないの」

「だって、しかたがないだろう?」彼は笑い声を上げ、ほかの者たちに向き直った。「せっかくきたんだから、少し見物してまわるかい?」

みんな二つ返事で同意し、モアクーム卿がレディ・ジュリアに腕を差しだした。みんながそぞろ歩きするあとを、ジェネヴィーヴとマイルズがのろのろとついていった。

「いやあ、おもしろいものを見せてもらったよ」とマイルズがいって、ジェネヴィーヴの手を取って唇に押しつけたあと、自分の腕のなかに押しこんだ。

「ちょっとやりすぎたかもしれないわね」ジェネヴィーヴは少し恥じ入ったようにいった。

「あなたに恥をかかせてしまったかしら?」

マイルズが笑った。「あんなふうに守ってもらったのに、恥をかかされるわけがないだろう？　これで、鬱陶しい誘いをかわさなくてもすむようになった」彼は一瞬黙りこくったあと、いきなり低く真剣な声を出した。「さっきのは、本気かい？」

「もちろんよ」ジェネヴィーヴは彼をちらりと見やった。

「つまり、ぼくを愛しているというくだりのことだけれど」

ジェネヴィーヴは、彼の目にかすかな恐怖を見て取り、驚いた。「ええ」静かにそう答えたあと、胃のざわめきを感じて顔を背けた。「心配しなくてもだいじょうぶよ。変な期待はしないから。あなたがわたしと結婚したのは名誉と義務感からなのはわかっているもの。兄にたいする忠誠心からよね」

「ジェネヴィーヴ」マイルズが足を止め、彼女に顔を向けた。「ぼくはアレックに義理立てしてきみと結婚したわけじゃない。それに、紳士だからという理由できみと結婚したわけでもない。ぼくがきみと結婚したのは……きみを見たとき、その顔から悲しみを取りのぞくためなら、なんでもしたいと思ったからだ。男は、憐れみや忠誠心からそういうことはしないものさ。愛しているよ、ジェネヴィーヴ。もう何年も、心の底ではきみを愛していたんだと思う。でなければ、どうしてあんなふうにきみにまとわりついていたんだと思う？　どうしてあのいまいましい猫にがまんできたと？」

ジェネヴィーヴののどから笑い声がこみ上げてきた。「マイルズったら……いま真剣な話をしているのよ」

「これ以上、真剣な気分になったことはないさ」マイルズが彼女の手を取った。「きみが、ぼくらは運命の相手ではないという話をするたびに、いやでたまらなかった。きみのほうはぼくと毎晩同じベッドで過ごしたくないんだと思うと、耐えられなかった。きみとあんなくだらないけんかをしたのは、どうしてだと思う？　きみに、ぼくのことを選んでもらいたくて、しかたがなかったからなんだ。きみがぼくと結婚したのは、自暴自棄になったからではない、と信じたくて。きみもぼくと同じように、便宜上の愛のない結婚生活なんて求めていないといってほしかった。知りたかったんだ……きみはぼくを愛している、と」

「愛しているわ。ああ、マイルズ、あなたを愛している。モアクーム家のパーティでの、あの恐ろしい災難以上にありがたいものはなかった。だって、あの一件がなければ、あなたと結婚できなかったんですもの」ジェネヴィーヴは彼の首に腕を巻きつけ、顔を見上げた。

「気をつけたほうがいいぞ」マイルズがほほえみながら警告した。「みんなに見られている」

「じゃあ、せいぜい見せつけてやりましょう」ジェネヴィーヴはつま先立ちになり、彼に口づけした。

訳者あとがき

ロードン伯爵家の令嬢として、上流社会の礼儀作法を徹底的に叩きこまれてきたジェネヴィーヴ・スタフォード。祖母譲りの厳格さと気性の激しさ、さらには青白く光る目と銀にも見える淡い金髪ゆえ、社交界では「氷の乙女」の異名を取り、あまり人をよせつけようとはしませんでした。

しかし兄アレックがダマリスという人生の伴侶を得たいま、そんなジェネヴィーヴにも真剣に結婚を考えるべき時期がめぐってきました。そしてその高い地位と美貌を武器に、結婚相手として社交界でも一、二を争う人気の伯爵、ダースバリー卿との婚約にこぎつけます。口を開けば退屈な話題を持ちだしてばかりいるダースバリー卿ですが、そこは世の習わしを重んじる「氷の乙女」のこと、結婚など義務にすぎず、相手の家柄がふさわしければそれでいいのだと割り切り、婚約者の愚鈍さには目をつぶって挙式の準備を着々と進めていました。ところがある舞踏会の夜、ジェネヴィーヴは思わぬ事態に陥って大きな醜聞を招き、ダースバリー卿から婚約破棄をいいわたされてしまうのです。ダースバリー卿に未練はないものの、このままでは彼女の評判は地に堕ち、二度と社交界に顔を出せなくなってしまいます！それを避ける手立てがあるとすれば、とにかくだれかと結婚することだけ。

そんなとき救いの手を差しのべたのが、兄アレックの親友であり、ジェネヴィーヴとも昔なじみのサー・マイルズ・ソアウッドでした。嘆き悲しむジェネヴィーヴにマイルズがプロポーズし、その場にいた全員を驚かせると同時に、よろこばせたのです。

ところがジェネヴィーヴ本人はべつでした。この求婚を受け入れれば彼の人生を犠牲にしてしまうのでは？――ためらう彼女の背中を祖母ロードドン伯爵夫人が強く押し、けっきょくジェネヴィーヴは究極の選択を迫られてしまいます――マイルズの好意に甘えて結婚し、社交界にふたたび返り咲くか、荒涼とした故郷ノーサンバーランドに戻って生涯をひとり寂しく過ごすか……。

はたしてジェネヴィーヴの選んだ道は？

そしてそれが行き着く先は？

さらには、ジェネヴィーヴに汚名を着せようと企む腹黒い存在が明らかになり、物語は意外な結末へと突き進むのです……。

キャンディス・キャンプによる「聖ドゥワインウェン・シリーズ」、いよいよ最終章となりました。

トリを務めるヒロインは、前作で美貌の未亡人ダマリスの愛を勝ち取ったアレック・スタフォードの妹、ジェネヴィーヴです。その超然とした冷酷な態度から「氷の乙女」と呼ばれ、男性にしても女性にしてもちょっと近づきがたいタイプの美女なのですが、彼女がそんな態度で人に接するのには、ある理由がありました——じつは知らない人とはなにを話したらいいのかよくわからず、どうしてもぎこちなくなってしまうため、いっそのこと相手をよせつけまいと、心に鎧をまとっているのです。自分をうまく表現できないだけで、ほんとうはとても内気な女性なのですね。弱く頼りない自分をさらけだすまいと、ついついそっけない態度をとってしまいながらも、心のなかでは、どうして自分にはそつなく会話をこなせないのだろう、どうしてほかのレディたちのように愛想をふりまくことができないのだろう、と思い悩んでいるのです。そんな不器用な彼女をいじらしく感じる読者も多いことでしょう。

片やヒーローのマイルズは、ジェネヴィーヴとは正反対。口がうまくて茶目っ気たっぷりの人気者です。彼の洗練された物腰に、老いも若きもレディというレディ全員が惹きつけられずにはいられません。そして、結婚は義務と割り切るジェネヴィーヴとはちがい、いつの日か愛する女性と出会って恋愛結婚ができるのではと期待するロマンチックな男性でもあります。そんなふうですから、ジェネヴィーヴとそりが合うはずもなく、おたがい顔を合わせればつねに鋭い言葉の応酬になってしまいます。

そんなふたりがはたして結婚できるのでしょうか?


本書のいちばんの読みどころは、マイルズとジェネヴィーヴのさまざまな〝攻防〟です。「押してもだめなら引いてみな」ではありませんが、ふたりがたがいに相手の出方を見きわめようとあの手この手で探り合っては一喜一憂するさまは、とてもほほえましくて愉快です。

そしてもうひとつの読みどころが、前二作のヒロイン、シーアとダマリスがジェネヴィーヴとタッグを組み、男性顔負けの〝アクション〟をくり広げるシーン。ロンドンの街を舞台にした淑女三人の活躍ぶりを、存分にお楽しみください。

また、前作では家名ばかりを重んじる頑固者にしか思えなかったロードン伯爵夫人も、今回は孫娘を思いやる祖母としての一面をほんのちょっぴりかいま見せ、人間的な深みが感じられます。

そして最後には、ある悪役とジェネヴィーヴの対決シーンに、胸がすっとする思いを味わっていただけることでしょう。


著者キャンディス・キャンプは、日本でも数多くの作品が紹介されている人気ロマンス作家です。本シリーズはこれで終了となりますが、これからもさまざまなロマンス、とくに得意とするヒストリカル・ロマンスで、世界じゅうのロマンス・ファンを楽しませてくれるものと期待しています。

また、キャンプの公式サイトでは、本作に登場する聖マーガレット教会やロードン伯爵家の屋敷内、当時の乗り合い馬車等、さまざまなシーンをイメージできる写真を見ることができます（http://www.candace-camp.com/）。

今後も著者キャンディス・キャンプの作品に、どうぞご注目ください！

二〇一四年九月

ザ・ミステリ・コレクション

視線《しせん》はエモーショナル

著者　キャンディス・キャンプ
訳者　大野晶子《おおのあきこ》

発行所　株式会社 二見書房
東京都千代田区三崎町2-18-11
電話　03(3515)2311［営業］
03(3515)2313［編集］
振替　00170-4-2639

印刷　株式会社 堀内印刷所
製本　株式会社 関川製本所

落丁・乱丁本はお取り替えいたします。
定価は、カバーに表示してあります。

ISBN978-4-576-14123-7
http://www.futami.co.jp/

パッション
リサ・ヴァルデス
坂本あおい［訳］

ロンドンの万博で出会った、未亡人パッションと建築家マーク。抗いがたいほど惹かれあい、互いに名を明かさぬまま熱い関係が始まるが…。官能のヒストリカルロマンス！

ペイシェンス 愛の服従
リサ・ヴァルデス
坂本あおい［訳］

自分の驚くべき出自を知ったマシューと、愛した人に拒絶された過去を持つペイシェンス。互いの傷を癒しあうような関係は燃え上がり…。『パッション』待望の続刊！

微笑みはいつもそばに
リンゼイ・サンズ
武藤崇恵［訳］
〔マディソン姉妹シリーズ〕

不幸な結婚生活を送っていたクリスティアナ。そんな折、夫の伯爵が書斎でなぞの死を遂げる。とある事情で伯爵の死を隠すが、その晩の舞踏会に死んだはずの伯爵が現れ⁉

いたずらなキスのあとで
リンゼイ・サンズ
武藤崇恵［訳］
〔マディソン姉妹シリーズ〕

父の借金返済のため婿探しをするシュゼット。ダニエルという理想の男性に出会うも彼には秘密が…『微笑みはいつもそばに』に続くマディソン姉妹シリーズ第二弾！

心ときめくたびに
リンゼイ・サンズ
武藤崇恵［訳］
〔マディソン姉妹シリーズ〕

マディソン家の三女リサは幼なじみのロバートにひそかな恋心をいだいていたが、彼には妹扱いされるばかり。そんな彼女がある事件に巻き込まれ、監禁されてしまい⁉

約束のキスを花嫁に
リンゼイ・サンズ
上條ひろみ［訳］

幼い頃に修道院に預けられたイングランド領主の娘アナベル。ある日、母が姉の代役でスコットランド領と結婚しろと言ってきて…。愛とユーモアたっぷりの新シリーズ開幕！

二見文庫 ザ・ミステリ・コレクション

その夢からさめても
トレイシー・アン・ウォレン〔バイロン・シリーズ〕
久野郁子［訳］

大叔母のもとに向かう途中、メグは吹雪に見舞われ近くの屋敷を訪ねる。そこで彼女は戦争で心身ともに傷ついたケイド卿と出会い思わぬ約束をすることに……!?

ふたりきりの花園で
トレイシー・アン・ウォレン〔バイロン・シリーズ〕
久野郁子［訳］

知的で聡明ながらも婚期を逃がした内気な娘グレース。そんな彼女のまえに、社交界でも人気の貴族が現われ、熱心に求婚される。だが彼にはある秘密があって…

あなたに恋すればこそ
トレイシー・アン・ウォレン〔バイロン・シリーズ〕
久野郁子［訳］

許婚の公爵に正式にプロポーズされたクレア。だが、彼にとって〝義務〟としての結婚でしかないと知り、公爵夫人にふさわしからぬ振る舞いで婚約破棄を企てるが…

この夜が明けるまでは
トレイシー・アン・ウォレン〔バイロン・シリーズ〕
久野郁子［訳］

婚約者の死から立ち直れずにいた公爵令嬢マロリー。兄のように慕う伯爵アダムからの励ましに心癒されるが、ある夜、ひょんなことからふたりの関係は一変して……!?

すみれの香りに魅せられて
トレイシー・アン・ウォレン〔バイロン・シリーズ〕
久野郁子［訳］

許されない愛に身を焦がし、人知れず逢瀬を重ねるふたり――天才数学者のもとで働く女中のセバスチャン。心優しい主人に惹かれていくが、彼女には明かせぬ秘密が…

永遠《とわ》のキスへの招待状
カレン・ホーキンス
高橋佳奈子［訳］

舞踏会でのとある〝事件〟が原因で距離を置いていたシンとローズ。そんなふたりが六年ぶりに再会し…!? 軽やかなユーモアとウィットに富んだヒストリカル・ラブ